FIRSTBORN

FIRSTBORN

크리스티 골든 지음 / 이동훈 옮김

제우미디어

스타크래프트 암흑 기사단: 계승자

초판 1쇄 | 2015년 4월 27일
2판 6쇄 | 2017년 9월 11일

지은이 | 크리스티 골든
옮긴이 | 이동훈

펴낸이 | 서인석
펴낸곳 | 제우미디어
출판등록 | 제 3-429호
등록일자 | 1992년 8월 17일
주소 | 서울시 마포구 상수동 324-1 한주빌딩 5층
전화 | 02-3142-6845
팩스 | 02-3142-0075
홈페이지 | www.jeumedia.com

ISBN | 978-89-5952-277-4
ISBN | 978-89-5952-280-4(set)
• 파본은 본사나 구입하신 서점에서 교환해드립니다.

제우미디어 소설 공식 카페 | cafe.naver.com/jeunovels
제우미디어 페이스북 | www.facebook.com/jeumedia

만든 사람들
출판사업부 총괄 손대현 | **책임 편집** 신한길 | **기획** 전태준, 홍지영, 김혜리, 여인우, 윤여은
디자인 총괄 디자인수 | **제작** 김금남 | **영업** 김영욱, 박임혜
도외주신분 백영재, 김유수, 배윤호, 양유신, 정향, 김준형, 블리자드코리아 현지화팀, 홍보팀, 커뮤니티팀, 마케팅팀, 웹서비스팀

열의를 갖고 나를 도와준
마르코 팔미에리와 크리스 멧젠에게 이 책을 바치며,
또한 진심으로 감사를 표합니다.
아울러 스타크래프트의 불꽃이 꺼지지 않게 지켜준
모든 플레이어들에게도 이 책을 바칩니다.

프롤로그

시간은 한 방향으로만 똑바로 흐르지 않았다. 절대로 그렇지 않았다.

시간은 얽히고설키며 사건과 감정, 순간을 끌어안고 춤추다가 눈부시게 빛나는 소중한 가닥들로 쪼개졌다. 그 가닥들은 낭랑한 소리를 울리며 홀로 흐르다가 다시 합쳐져 거대한 물결을 이뤘다.

계승자는 쉬면서 꿈을 꾸었고, 시간은 계승자의 안팎을 들락거리며 스스로의 모습을 짜나갔다. 기억은 나비처럼 날갯짓을 하며 계승자의 마음 속을 날아다녔다. 여러 세기를 뒤흔든 말 한 마디, 문명의 방향을 바꾼 하나의 생각. 자신의 식견과 열망, 심지어는 탐욕과 공포로 결코 변할 것 같지 않던 운명의 파도를 누구도 생각하지 못했던 새로운 방향으로 바꾼 사람들. 모든 것이 무너질 듯 말 듯 불안하게 흔들리고 있을 때, 관념처럼 눈에 보이지 않는 것이 모두를 망각 속으로 내던지거나 안전하고 굳건한 대지 위로 끌어올렸던 순간에 대한 기억들…….

모든 이의 생각, 말, 행동, 인생은 거대한 시간의 바다 속에서 만나고 헤어지기를 끝없이 반복하는 작은 물방울에 불과했다. 계승자는 그렇게 생각하기를 싫어하는 사람도 있다는 걸 알고 있었다. 그러나 개별적인 존재에 개별적인 정체성은 없다는 모순을 받아들이기로 마음먹었다. 그 알 듯 말 듯한 개념을 이해하는 것이 계승자가 태어난 목적이었다.

이 모든 말과 인생, 관념을 담은 생각 위로 엄청난 긴박감과 공포가 흘렀다. 시간은 한 방향으로만 흐르지 않았다. 시간은 움직이고 변했다. 그러나 그 표면에는 어떤 무늬가 있었다. 얽히고설킨 시간의 가닥들은 아무리 둔한 자라도 알아볼 수 있을 만큼 분명하고 강한 무늬를 이뤘다. 필연일까? 그럴 수도 있었고, 아닐 수도 있었다. 이 무늬는 시간과 운명, 행운의 소용돌이 속에서 계승자조차 주눅이 들 만큼 한 치의 어긋남도 없이 사라졌다 나타나기를 반복했다.

계승자가 알고 있는 모든 지식은 소중했다. 모든 기억과 소리, 향기와 감각, 목소리와 말, 그리고 생각. 그 모든 것은 계승자의 동족에게 반드시 필요했다.

그러나 예전에 여러 번 반복되었으며 앞으로도 다시 나타날 그 무늬에 대한 지식이야말로 계승자의 동족이 계승자를 지극히 중요하게 여기는 이유였다.

그 지식이 있기에 계승자는 없어서는 안 되는 존재였다.

계승자는 저편을 향해 팔을 벌렸다. 매 순간 굽이치며 그녀를 덮치려 하는 장엄하고 유일무이한 시간이라는 존재를 향해, 불어 오른 시간의 강물에 떠밀려온 잔해가 가져올 아픔으로부터 스스로를 지키기 위해.

계승자는 그런 사치를 용납할 수 없었다.

예전에 왔던 것, 그리고 앞으로도 분명히 다시 올 것에 대한 지식이 계승자의 영혼을 흐르는 시간의 물을 더럽히고 있을 때에는 더욱더 용납할 수 없었다.

계승자는 에너지를 끌어모아 큰 소리로 외쳤다.

제1장

신이 있더라도, 제이콥 제퍼슨 램지는 아직 그 신을 본 적이 없었다. 제이크는 신이 존재하는지조차 의심스럽게 여기는 사람이었다. 그러나 악마는 존재한다고 믿었다. 왜냐하면 지옥은 분명히 존재하기 때문이었다. 그 지옥의 이름은 겔가리스였다.

몇 년 전만 하더라도 고고학은 케케묵긴 했지만 인정받는 학문이었다. 마치 궁색한 자존심을 지키며 해가 갈수록 먼지를 먹어가는 가죽 표지의 백과사전 같았다. 연방은 적지만 안정적인 연구보조금도 주었다. 그리고 케케묵긴 했지만 인정받는 고고학자인 제이크 램지도 상당한 보조금을 받고 있었다. 수년 동안 제이크는 행복하게 모래밭에 앉아 있기도 했고, 콧노래를 부르며 진흙탕 속을 걸어 다니기도 했으며, 대기가 없는 곳에서 보호복 차림으로 다니며 썰렁한 농담도 즐겼다. 제이크는 햇빛에 화상을 입기도 했고, 바람에 피부염을 앓기도 했으며, 불에 덴 적도 있었다. 추위에 떨다가 동상을 입은 적도 있었고, 여러 해충과 동물들의 공격을 당하기도 했다. 제이크는 온갖 어려움을 다 겪었지만, 언제나 밝고 낙관적인 태도로 견뎌냈다. 제이크의 연구팀은 그의 그런 태도에 감동한 적도 많았지만, 짜증을 낸 적도 그만큼 많았다. 아니, 정직하게 말하면 짜증을 낸 적이 훨씬 더 많았으리라.

그러나 이곳에서는 얘기가 좀 달랐다…….

제이크와 그의 연구팀이 버티고 서 있는 이곳은 다리어스 그레이슨의 어눌하지만 정확한 표현을 빌면 '우주의 궁둥이에 난 뾰루지' 같은 곳이었다. 서른두 명의 고고학자들과 한때는 기운이 넘쳤지만 지금은 풍한 표정만 짓는 한 명의 실습생이 부족한 예산과 적은 보급품, 갈수록 꺾이는 사기에도 불구하고 이 산에서 무려 이 년씩이나 고된 일을 해오고 있었다. 그리고 성과는 거의 없었다.

제이크는 바로 그 성과가 없다는 점이야말로 자신이 이곳을 매우 싫어하는 이유라고 확신했다. 밤이 되면 기온이 영하로 떨어지고, 낮이 되면 피가 끓어오를 만큼 뜨거워지기 때문은 아니었다. 현미경으로 봐야 보이는 조그마한 곤충들이 사람 몸의 틈새란 틈새는 모조리 비집고 들어와 둥지를 틀어버리기 때문도 아니었다.

제이크는 스스로에게 말했다.

"그래, 그래서 여기가 지옥인 거야."

제이크가 락크롤러에서 나와 숙소 겸 통신 센터로 사용하고 있는 작은 대피소를 향해 단호한 발걸음을 내딛는 동안에도 바람은 그의 몸 위로 쉴 새 없이 몰아쳤다. 락크롤러는 기능이 뛰어났지만, 편의시설이 매우 빈약한 차량이었다. 락크롤러에서 대피소까지는 몇 미터밖에 되지 않았다. 그러나 지금처럼 지독하게 추울 때면, 그리고 정오처럼 지독하게 더울 때면 그 거리가 십 킬로미터처럼 느껴졌다. 제이크는 매섭게 부는 바람 속을 술 취한 사람처럼 비틀거리며 걸었다. 고글 속의 시선은 아주, 아주 조금씩 커져가는 대피소의 모습에 고정되어 있었다. 보호복은 해가 지기 세 시간 전에 입었다. 하지만 보호복의 내부온도가 연구자들의 사기보다 훨씬 무서운 속도로 떨어지자, 제이크는 보호복이 불량품이라고 확신했다. 제이크는 보호복에 알고 있는 욕을 모조리 퍼부었다. 보호복을 입어도 항상 추웠기 때문이다. 너무 춥지도 덥지도 않은 시간대는 하루에 십 분씩 두 번밖에 없었다. 그리고 제이크는 어느새 그 시간을 즐기기 위해 살아가고 있었다.

바람 소리는 마치…… 무언가가 울부짖는 소리처럼 들렸다. 하지만 제이크는 그런 생각조차 할 수 없을 만큼 피곤했다. 그는 장갑 낀 손을 쭉 뻗었고, 마침내…… 마침내 손이 문에 닿았다. 손가락이 바람에 떨리지 않도록 바람 불어오는 쪽으로 등을 돌린 다음, 문의 암호를 입력하려 했다. 하지만 그의 눈에는 암호 입력판이 보이지 않았다. 고글이 서리로 뒤덮여 있었기 때문이다. 고글 역시 보호복처럼 불량품이었다. 그는 웅얼거리며 고글을 벗었다. 차가운 바람에 눈을 가늘게 뜬 제이크는 암호를 입력해 문을 열었다. 안으로 들어선 그는 다시 찾아온 차가운 밤을 막아내려 문을 닫았다.

젤가리스의 밤이 주는 어둠에 길들여진 제이크는 문이 열리자 자동적으로 켜진 조명의 불빛에 눈이 부셔 아플 지경이었다. 그는 잠시 동안 눈을 아주 가늘게 떴다. 그러고는 바닥에 장갑을 떨어뜨리며 따스한 대피소 안을 움직였다. 제이크는 눈을 깜박거렸다.

"아, 빌어먹을."

작고 빛나는 파란 데시피드 한 마리가 따스한 곳을 찾아 열 개의 다리로 기어 제이크의 눈 속으로 들어왔다. 제이크는 어떤 생물도 살 수 없는 이런 환경에서도 이들이 생존하는 비결이 궁금했지만, 그 비결을 찾는 일은 곤충학자의 몫이었다. 아무튼 제이크는 눈에서 벌레를 꺼낸 뒤, 거친 손가락으로 짓이겨 버렸다. 그러고는 더욱 우울한 기분을 느끼며 자신에게 온 메시지가 있는지 확인했다. 늘 그렇듯이 오늘도 메시지는 없었다. 저그가 마 사라를 박살내 버리고, 프로토스가 와서 마무리를 하기 전까지는 제이크에게도 친구라고 할 만한 사람들이 적게나마 있었다. 그러나 이제는 그런 사람들이 없었다. 이에 반해 제이크의 연구팀원 중 일부는 아직도 가족들과 연락을 취하고 있었다.

하지만 제이크도 시간이 흐를수록 연구팀원들의 가족들이 보내는 메시지의 수가 점점 줄어들어간다는 사실을 눈치채고 있었다.

제이크는 휘어진 철판과 전선, 전등을 모아 만든 낡아빠진 기계인 비드시스 위로 걸어가며 몸을 감싸고 있던 서리에 뒤덮인 보호복을 벗었다. 그리고 손가락으로 밝은 갈색의 머리카락을 빗어 넘기다가 조금 전에 죽인 벌레의 내장이 아직 손가락에 묻어 있다는 사실을 눈치챘다. 아무렴 어때, 음파세척기가 닦아내지 못하는 것은 없는걸. 음파세척기는 손가락의 표피 몇 겹도 같이 깎아 버렸지만, 그것들은 이미 필요 없는 표피였다.

콘솔에서는 붉은 등이 깜박이고 있었다.

제이크는 파란 눈을 깜박였다. 지금 눈앞에서 깜박이고 있는 붉은 등이 현실인지, 혹은 불쌍할 리 없는 죽은 데시피드가 일으킨 즐거운 환각인지조차 구분할 수 없었다.

하지만 깜박이는 붉은 등은 엄연한 현실이었다. 붉은 등은 마치 타소니스의 이웃집 크리스마스트리에 매달린 전구처럼 깜박이고 있었다. 제이크는 타소니스가 존재했던 시절을 떠올렸다.

걱정이 몰려왔다. 그들이 마지막으로 받은 메시지에는 레슬리 크레인의 어머니가 뇌졸중으로 돌아가셨다는 소식이 담겨 있었다. 물론 레슬리가 고향으로 가서 어머니의 장례식에 참석하고, 상심한 아버지와 함께 머무를 방법은 없었다. 페리가 오려면 팔 개월을 더 기다려야 했기 때문이다.

제이크는 심호흡을 하고 최악의 사태에 대비해 마음을 굳게 먹었다. 그리고 짜증나게 빛나는 붉은 등을 주먹으로 내리쳤다.

스크린에 자치령의 휘장이 떠오르자 제이크의 한쪽 눈썹이 놀라움에 들썩였다. 테란 자치령은 적들에게 꽁무니를 물린 이후, 제대로 된 통치 행위를 못하고 있었다. 제이크는 멩스크가 재건 활동에 매우 바쁘다고 들었다. 그리고 지금 스크린에 자치령 휘장이 뜬 것은 분명 자치령 재건이 공식 메시지를 보낼 수 있는 단계까지 진행되었음을 알리는 신호였다.

그나저나 자치령의 누가 제이크 램지 또는 그의 연구팀원들에게 무슨 볼일이 있다고 메시지를 보낸단 말인가?

스크린이 잠시 어두워졌다가 젊은 남자의 얼굴이 나타났다. 군복의 높은 목깃 위로 구불구불한 금발이 늘어져 있었다. 분명히 군대의 두발 규정을 훨씬 넘어선 길이였다. 그렇다면 이 젊은이는 군인 행세를 하는 사기꾼이거나 규정의 적용을 받지 않는 예외적인 인물이 분명했다. 강철 같은 회색 눈과 우아한 이목구비, 차분한 태도에서 풍기는 온화한 분위기를 지닌

이 젊은이는 '잘생겼다'기보다는 '아름답다'는 표현이 더 어울렸다. 제이크는 얼굴을 찡그리고 팔짱을 꼈다. 제이크는 분명 누가 봐도 거만하게 행동하고 있었다.

화면 속의 젊은이는 그윽하고 부드러운 목소리로 말했다.

"안녕하시오, 램지 교수. 아마도 내 얼굴은 낯설 테지만, 내 이름은 많이 들어봤을 거요. 나는 발레리안 멩스크, 영광스러운 아크튜러스 황제의 아들이오."

제이크는 눈썹을 이마 끝까지 치켜세웠다. 멩스크에게 아들이 있었던가? 제이크는 홀로그램에서 본 멩스크의 모습을 떠올렸다. 멩스크의 얼굴은 이 젊은이와는 달리 완벽하게 균형 잡히지 않았다. 그러나 제이크는 젊은이의 균형 있고 세련된 행동거지에 주목했다. 하긴, 콩 심은 데 콩 나고 팥 심은 데 팥 나기 마련이었다. 젊은이는 군인 행세를 하는 사기꾼이 아니라 군규에 적용을 받지 않는 인물이 분명했다.

발레리안은 미소 지었다.

"이런 소식을 듣게 되어 놀랐을 거라고 생각하오. 아버지께서 공식 발표를 하지 않으셨으니까. 한동안 나는 존재하지 않는 사람이었소……. 그러나 교수에게는 내가 분명 존재함을 알리고자 하오. 또한 충분한 자금과 보급품, 기회를 제공할 거요. 내가 연락을 한 이유가 궁금할 거라고 생각하오."

제이크는 느리게 말을 내뱉었다.

"그야 궁금하지. 나도 왜 연락했는지 알고 싶었다고."

믿을 수 없이 완벽한 외모를 가진 젊은이의 사전 녹화된 메시지를 보는 게 아니라 마치 젊은이와 직접 이야기라도 하고 있는 것 같은 말투였다.

문이 열리더니 차가운 칼바람이 쏟아져 들어왔다. 제이크가 벗어놓은 장비에 발이 걸려 넘어진 남자가 거친 목소리로 욕을 퍼부어댔다.

그리고 짜증이 난 여자의 목소리도 들렸다.

"제이크, 제발! 바닥에 물건 좀 그만 어질러 놓으라고요!"

제이크는 비드스크린에서 눈을 떼지 않은 채 손짓으로 다리어스와 켄드라 마사를 불렀다. 그들이 비드스크린 앞으로 급하게 다가왔다.

발레리안의 말은 계속 이어졌다.

"나와 당신은 엄청난 열정을 가지고 있소."

언제나 쉬지 않고 일하며, 걸핏하면 이곳에 멋진 남자가 없음을 한탄하던 켄드라가 킥킥거렸다.

"나도 저 남자에게 열정이 생기네요. 저 사람은 누구예요, 교수님?"

제이크가 대답했다.

"발레리안 멩스크, 아크튜러스의 아들이지."

"거짓말하지 말아요. 교수님."

다리어스가 평소처럼 재잘거렸다. 제이크는 입에 손가락을 대고 둘을 조용히 시켰다.

발레리안의 말이 계속 이어졌다.

"우리는 모두 지나간 일을 연구하는 데 열정을 품고 있소."

발레리안은 '지나간'을 '쥐나간'으로 발음했다. 어찌됐든 그런 꾸민 듯한 태도는 그에게 잘 어울렸다.

"오래전에 잊히고 시간과 바람, 먼지 속에 사라져간 문명의 유산을 찾고, 땅속에 잠들어 있던 유적들을 발굴하고, 보물들을 찾아내는 열정 말이오. 물론 보물은 옛날 옛적의 금은보화가 가득 든 상자가 아니라 진정한 보물인 지식을 뜻하오. 아버지께서는 지난 몇 달간 열심히 일하셨소. 우리는 자치령을 재건하고 있소. 그리고 아버지와 나는 힘뿐만 아니라 예술과 문화로써 자치령을 다스리겠다고 맹세했소."

다리어스는 십 년이나 알고 지낸 제이크도 당황할 만큼 지독한 욕설을 내뱉었다.

"조용히 좀 해, 다리어스."

제이크가 낮은 목소리로 주의를 주었다. 그의 마음속에서 뭔가가 요동치고 있었다. 데시피드를 짓이겨 죽였듯이 오래전에 철저하게 죽이고 파묻었던 뭔가가 마음속에서 다시 살아나고 있었다. 희망일까? 발레리안은 마치 제이크와 서로 진심으로 믿는 사이인 양 회색 눈으로 그의 눈을 강렬하게 쏘아보고 있었다. 제이크는 심장이 발레리안이 다음에 할 말에 대한 기대감으로 빠르게 고동치는 것을 느꼈다.

"얼마 전에 베카 로 행성에서 이상한 건물이 발견되었소. 우리가 알고 있던 어떤 건물과도 달랐지. 아마 교수도 그 일은 잘 알고 있으리라 생각하오."

물론 제이크도 그 일은 알고 있었다. 그 소식은 이 음울하고 기분 나쁜 곳까지도 전해졌다. 폭풍에 건물, 아니 건물이라고 부르기는 조금 어색한 구조물이 하나 드러났는데, 누구도 그게 뭔지 알 수 없었다. 어떤 아이가 실수로 그 건물 깊숙한 곳에 있던 유물을 작동시켰고, 그 유물은 지능을 가진 세 종족, 즉 테란과 프로토스, 저그가 모두 들을 수 있는 신호를 발신했다. 이후 세 종족은 이 영광스럽고 아름다운 물건을 자신들이 소유하기 위해 끔찍한 전투를 벌였다.

그리고 구조물 밖으로 완전히 새로운 형태의 생명체가 폭발하듯 나오면서 누구도 예측하지 못했던 형태의 결말이 찾아왔다. 그것은 일종의 에너지로 이루어진 생명체로, 저그와 프로토스를 흡수했다. 그러나 알려지지 않은 어떤 이유로 인해 인간만은 산 채로 쫓겨났다. 제이크는 수많은 밤을 이 사건에 대해 생각하느라 잠을 이루지 못했으며, 더 많은 것들을 알고자 했다. 제이크는 이론을 구축하고, 관련된 논문도 발표했다. 다른 고고학자들이 프로토스의 것도, 저그의 것도 아닌 뭔가 새롭고 특이한 유물을 발견했다는 소문을 들을 때마다 제이크의 기분은 별로 좋지 않았다…….

제이크는 눈을 깜박였고, 발레리안이 아직도 말하고 있다는 사실을 깨닫고는 현실로 돌아왔다. 제이크는 발레리안의 메시지를 마저 들어야 했다. 하지만 몽상에 빠져서 메시지의 일부 내용을 제대로 듣지 못했다.

"그 일은 아버지의 관심을 끌었고, 더 많은 유물들이 존재한다는 보고가 들어왔소. 왜 유물들이 나타나고 있는지 지금으로써는 알 길이 없소. 그저 거기 있다는 것만 알 뿐이오. 아버지께서는 현명하게도 그 모든 유물들을 탐사해야 한다는 결정을 내리셨고, 내가 고고학을 매우 사랑한다는 점을 아시고는 나를 이 계획의 책임자로 임명하셨소."

다리어스가 또 떠들어댔다.

"쳇, 고고학을 매우 사랑한다라……. 저놈은 분명히 똥 싸려고 모래 속에 쪼그려 앉아본 적도 없다는 데에 한 표……."

"입 닥치지 못해!"

제이크가 소리치며 다리어스의 말을 막았다. 발레리안의 말은 분명 가슴속의 뭔가를 깨우고 있었다. 저그와 프로토스를 빨아들인 의문의 생명체라니, 그런 것이 있다면 희망이라고 불러도 손색이 없으리라. 그리고 고통도 느껴졌다. 마치 얼어붙은 팔다리에 감각이 돌아오면서 찌르는 것 같았다.

발레리안의 말은 계속 이어졌다.

"이 일은 매우 중요하오. 그래서 교수에게 꽤 오랫동안 받지 못했을 수준의 지원을 할까 하오. 완벽한 재정지원은 물론이고 최신예 장비와 기술도 지원하겠소. 그리고 매우 중요한 일이기 때문에 나는 수많은 사람들의 신상을 직접 검토하느라 시간을 보내야 했소."

발레리안은 말하면서 희미한 미소를 지었다.

"램지 교수가 페가수스 발굴지에서 행한 연구를 잊을 수 없더군요. 만약 관심이 있다면, 당신을 이 팀에 합류시킬까 하오."

다리어스가 등을 툭 치자 제이크는 비로소 미소를 지었다. 그는 자신과 자신의 연구팀이 페가수스에서 이룬 성과를 매우 자랑스럽게 여겼다. 하지만 유감스럽게도 주요 과학상의 심사위원 중 그 누구도 제이크가 해낸 일의 중요성을 이해하지 못했다.

몸을 앞으로 내민 발레리안은 조용하지만 다급한 어조로 말했다.

"이 세 번째 외계인 종족의 신비를 밝히는 일에 참여하기를 바라오. 우리의 발견은 전 인류에게 도움이 될 거요, 램지 교수."

켄드라가 낮은 소리로 말했다.

"그리고 우리에게도 도움이 되고말고……."

비드스크린을 진지하게 노려보는 켄드라의 얼굴에서는 이미 장난기가 사라지고 없었다. 켄드라의 갈색 눈에 가득한 감정은 제이크의 마음속에서 끓어오르는 그것과 같았다.

"완벽한 재정지원이래요. 세상에, 이제 우리가 못할 건 없어요!"

제이크의 귀에 켄드라의 말은 거의 들리지 않았다. 발레리안의 말은 끝나가고 있었다.

"합류하고 싶다면 연락을 주시오. 꼭 하길 바라오. 이 메시지의 끝에는 암호가 있소. 만약 이 영광스런 모험에 나와 함께 하기를 원한다면 그 암호를 입력해 주시오. 하지만 마지막으로 주의할 게 하나 있소. 나의 활동은 공식적인 게 아니오. 따라서 팀원 외의 그 누구에게도 나의 실체에 대해 말해서는 안 되오. 나는 익명의 후원자로 남고 싶소. 앞으로 만나게 될 사람들도 나를 그냥 브이라고…… 황제께 직접 보고하는 사람이라고만 알고 있소."

발레리안은 점잖게 미소 지었다.

"신속히 결정을 내렸으면 하오. 만약 교수가 거절한다고 해도 기꺼이 그 자리에 들어갈 사람들은 너무나도 많으니까."

스크린이 어두워졌다. 제이크 램지는 오랫동안 스크린을 쳐다보고 있었다. 아니, 검게 빛나는 스크린을 보고 있는 게 아니었다. 그의 마음속에 있는 탑 모양의 외계인 사원을 보고 있었다. 베카 로에서 발견된 사원.

그 사원은 고고학적 관점에서 볼 때, 아니 어떤 관점에서 봐도 심하게 망가져 있었다. 세 종족은 하늘과 지상에서 사원을 놓고 처절한 전투를 벌였다. 행성 위의 모든 저그와 프로토스가 죽었고, 테란의 우주선 대부분이 파괴되었다. 사람들이 그 사원을 찾으러 가야겠다고 생각한 것은 그로부터 수개월이 지난 후의 일이었다.

지식은 그렇게 사라져 버렸다! 그 생각만 하면 역겨웠다. 정확한 정보는 극소수만이 남았다. 그 생명체를 담고 있던 숨 막히게 아름다운 건물은 박살이 났다. 그 안에 숨겨져 있던 모든 비밀도 사라져 버렸다. 건물 안에 들어간 해병대는 건물을 조사하거나 분석하라는 명령 대신, 점령하거나 그게 불가능할 경우 파괴하라는 명령을 받았다. 망할, 그놈들은 심지어 건물에 핵 공격을 가했다. 건물은 핵병기의 에너지를 사탕 빨아먹듯이 흡입해 버렸다. 결과적으로 그 건물을 촬영한 홀로그램은 몇 개 되지 않았고, 거기서 회수한 데이터도 얼마 없었다.

그 정도면 고고학자에게 최악의 악몽으로 손색이 없었다. 누구도 본 적 없는 소재로 만들어진 휘어진 벽, 보석과 화려한 색상, 소용돌이 무늬! 그 특유의 질감! 분명 고대의 것이었다. 그러나 마치 어제 만들어진 것처럼 생생했다.

궁금한 게 너무나 많았다. 이 연구에는 군대도 개입되어 있을까? 최종 결정권자는 과연 누구일까? 예산은 어떻게 조달되었고, 이 연구에 특별한 관심을 가진 사람들은 대체 누구일까?

"제이크? 저 사람의 제안에 응할 거예요? 아니면 그냥 보고만 있을 거예요? 그리고 침 좀 닦으세요."

다리어스의 쩌렁쩌렁한 목소리가 제이크를 화들짝 깨어나게 했다.

제이크는 반사적으로 손을 입가로 가져갔다. 그러자 다리어스는 방이 떠나가라 웃어댔다. 켄드라도 미소를 지었다. 제이크도 입을 훔치고 나서 웃었다. 자신이 침을 흘리지 않았다는 사실을 이미 눈치챘다.

제이크는 심호흡을 하고, 암호를 입력했다. 그리고 여정이 시작되었다.

제2장

    스물두 살의 발레리안 멩스크는 아름답고도 훌륭하며, 재능까지 갖춘 사나이였다. 그걸 스스로도 아는 까닭에 살짝 거만해 보이는 듯한 모습으로 생각에 잠겼던 발레리안이 쉽게 준비 자세를 취했다. 발레리안은 맨발로 나무로 된 마룻바닥 위에 굳건히 서 있었다. 키 크고 유연한 몸을 검도의 전통 전투복인 케이코기와 하카마가 감싸고 있었다. 발레리안은 수년 동안의 수련을 통해 익숙해진 동작으로 사백 년 된 검의 자루를 움켜잡았다. 우아하고 아름다우면서도 치명적인 이 무기는 몸의 일부와 다름없었다. 발레리안 역시 이미 오래전부터 이 무기를 몸의 일부처럼 여기고 있었다.

    칼날이 촛불에 반사되어 빛났다. 발레리안의 뒤에서는 부드러운 음악이 흐르고 있었고, 두 개의 큰 벽난로 속에서는 향나무가 타면서 부지직 소리를 내고 있었다. 기마 자세를 취한 발레리안의 몸은 한 치의 미동도 없는 상태를 유지하고 있었다. 발레리안의 근육은 수축되어 바로 움직일 준비를 하고 있었다. 발레리안은 마치 끈기 있는 포식자처럼 자세를 유지하면서 칼끝으로 상상 속에 있는 적의 목을 겨누고 있었다.

움직일 낌새조차 없던 발레리안은 마치 폭발하듯 순식간에 움직임을 시작했다.

발레리안은 매우 빠르고 정확하게 정밀하고 우아한 동작을 취했다. 막기, 치기, 돌기, 베기, 피하기, 구르기, 뛰기 등의 동작이 계속 반복되었다. 칼날이 바람을 가르며 날카로운 소리를 냈다. 계속 힘을 쓰자 발레리안의 숨소리는 갈수록 빨라졌으나, 여전히 규칙적이고 꾸준했다.

마지막으로 발레리안은 실전에서라면 칼날에 묻어 있었을 피와 핏덩이를 닦아내는 동작을 신속하게 취했다. 그 동작은 한편으론 거만하게 보였다. 발레리안은 칼을 머리 위에서 휘두른 다음, 칼집에 집어넣었다. 그리고 다시 동상처럼 움직임 없는 자세로 서 있었다. 발레리안은 스스로의 호흡을 철저히 통제하고 있어서 어떤 적도 그의 미약한 움직임이나 들숨소리를 감지할 수 없었다. 발레리안의 눈썹에서 땀방울이 번득였다. 조금 전에 반사했던 난로 속의 불빛이 이제는 그 땀방울에서 빛나고 있었다.

발레리안은 예의를 갖추어 고개를 숙였고, 이로써 수련이 끝났다.

발레리안은 칼집에 꽂힌 칼을 받침대에 올려놓았다. 그러고는 낡은 술병과 유리잔이 늘어서 있는 작은 탁자로 가서 자신이 원하는 음료를 골랐다. 포트와인은 오래되었고, 갈색 액체가 담긴 디캔터와 그걸 따라 마실 때 쓰는 작은 유리잔도 오래된 물건이었다. 둘 다 발레리안에게 잘 어울렸다.

발레리안은 포트와인이 담긴 잔을 들어 올려 불빛에 대고 와인의 색깔을 보았다. 그리고 향을 음미한 후 조금씩 홀짝 맛보았다. 아버지는 루비 포트와인을 좋아했다. 발레리안은 토니 포트와인을 좋아했다. 그건 발레리안이 마음속에서라도 아버지의 거대한 그늘에서 자신을 분리하려는 작은 노력이었다. 그는 자신만이 반항적인 아이라고 생각하지 않았다. 위대한 인물을 부모로 둔 자녀들은 끊임없이 부모의 그림자에서 벗어나려고 분투하는 법이었다. 하지만 그중 일부는 실패했다. 그들의 이름은 하찮은 이야기의 소재로나 기억되었고, 결국 역사 속으로 사라져 버렸다. 그리고 그들의 독특한 재능과 특성 역시 부모의 유산 속으로 사라져 버렸다.

발레리안은 절대 그런 운명을 겪지 않을 거라고 스스로에게 맹세했다.

발레리안은 또 한 번 술을 홀짝였다. 시럽 같은 액체는 그의 혀를 감싸고 목구멍 속으로 미끄럽게 넘어갔다. 발레리안은 벽에 붙어 은은하게 빛나는 버튼 몇 개를 눌렀다. 커다란 패널식 벽이 위로 열리더니 매끈한 검은색 플랫폼이 나왔다. 발레리안은 부드러운 가죽 의자에 앉은 후 플랫폼을 보았다.

플랫폼 위에서 삼차원 이미지들이 불규칙한 모습으로 움직이고 있었다. 이 이미지들은 못해도 백 번은 족히 봤으리라. 발레리안은 이미지들의 모든 엉성한 노출, 모든 어설픈 각도, 모든 엉성한 클로즈업을 다 외우고 있었다. 이미지들은 도무지 기원을 알 수 없는 외계 생명체에 대한 모든 기록영상들의 모음이었다.

움직이는 이미지에서 나오는 빛이 발레리안의 얼굴 위에서 명멸했다. 발레리안은 이미지들을 처음 봤을 때를 떠올리며 다시금 골똘히 쳐다보았다. 고통 속에 비명을 지르며 마지막 숨을 헐떡이는 인간들, 프로토스들, 저그들의 소리는 발레리안을 털끝만치도 방해하지 않았다. 발레리안의 시선은 오로지 유적에만 쏠려 있었다. 이런 불완전한 이미지들로는 그의 지적 허기를 충족시킬 수 없었다. 발레리안은 마치 크래커 한 조각과 물 한 컵만으로 허기를 달래는 굶주린 사나이 같았다. 그런 부족한 음식으로는 오히려 허기를 더할 뿐이었다.

발레리안은 언제나 고대 문명에 매혹되어 있었다. 아주 어린 시절, 그는 무기를 든 두 군인을 호위병으로 데리고 밖으로 나가 유적을 발견하겠다며 땅을 파곤 했다. 그리고 땅속에서 뭔가 이상한 것을 발견할 때마다 매우 조심스럽게 출토했다. 발레리안이 모은 이상한 모양의 돌, 화석화된 나무, 작은 생물의 껍데기 등이 너무 많아지자 어머니는 매우 당혹스러워하며 수집을 못하게 했다.

최근까지 발레리안은 아버지인 '위대한 자' 아크튜러스를 실제로 두 번밖에 본 적이 없었다. 아버지는 아들을 하찮게 여겼고, 어머니에게 책벌레에 계집애 같은 약골을 키우고 있느냐고 말했다. 발레리안은 성장하면서 자신이 책벌레이긴 하지만 계집애 같은 남자도, 약골도 아니라는 점을 의심 많은 아버지에게 증명해 보였다. 발레리안은 여덟 살 때부터 고대 및 현대 병기를 다루는 훈련을 받았다. 그는 숙달된 검사였으며, 무술가였다. 또한 가우스 소총을 포함한 완전무장을 하고도 쉽고 빠르게 기동할 수 있었다.

그는 전쟁과 미술이 녹아 있는 문화를 좋아했다. 발레리안은 고대 무기에 각별한 열정을 갖고 있었다. 고대 무기를 좋아하는 이유는 그것들이 아름답고, 정성 들여 제작되었으며, 오래되었기 때문이다. 아크튜러스도 아들이 이런 물건들을 모으는 일은 허용해 주었다. 고대 무기는 사람을 죽이는 물건이라고 여겼기 때문이다. 아무튼 무기와 무술은 부자가 행복하게 만나 공감을 나눌 수 있는 접점이 되어 주었다. 그리고 이후로 부자의 주된 대화 주제가 되었다.

아크튜러스가 아들을 데려와 백워터 행성을 넘겨줘도 안전하다고 판단한 후, 발레리안은 이제껏 아버지와 보냈던 시간보다 훨씬 더 많은 시간을 함께 보냈다. 그것은 결코 쉽지 않은 연대 관계였다. 부자간일지라도 너무나 다른 개성을 가진 두 사람이 쉽게 어울려 지내기는 힘들었다. 그러나 그들에게는 제국을 부흥시키겠다는 공통의 목표가 있었다. 그 목표는 언젠가 발레리안에게 넘겨질 테고, 그럼으로써 제국의 평화는 유지되리라.

두 사람은 마치 고양잇과 동물처럼 침착하고, 강하며, 교활했다. 아크튜러스가 초원을 달리는 근육질의 사자라면, 발레리안은 정글을 누비는 날렵하고 조용한 표범이었다. 그들의 시각은 달랐다. 그러나 일단 충분한 공감대가 형성되면 의견충돌을 일으키는 일은 극히 드물었다.

그리고 더 많은 외계인 사원이 있다는 소문이 조금씩 새나오자, 그들은 조사할 가치가 충분하다는 데 의견을 모았다. 발레리안은 외계인 사원에 대해 생각하기를 좋아했다. 외계인 사원의 이미지는 위대한 문명들의 옛 시절을 떠올리도록 만들었기 때문이다. 아버지 역시 베카 로에서 있었던 일을 알고서는 사원의 힘을 차지해서 사용하고 싶어 했다. 발레리안은 마치 아름다운 소녀와 사랑에 빠진 소년처럼 사원에 대해 사랑을 품었다. 눈부신 환상을 품었고, 생각만 해도 기뻐서 어쩔 줄 몰랐다. 조금이라도 더 가까이 가고 싶고, 더 알고 싶고, 만지고 싶고, 탐험하고 싶었다.

발레리안은 이번에는 해병대를 데리고 일을 시작하지 말아달라고 아버지를 설득했다. 부드럽고 설득력 있는 어조로 해병대의 독특한 기술은 다른 곳, 예를 들면 자치령의 재건이나 반란 진압 등에 더욱 유용할 거라고 주장했다.

하지만 발레리안의 주장을 들은 아크튜러스의 첫 반응은 싸늘했다.

"말도 안 된다, 아들아."

발레리안은 반박했다.

"그 유적들은 오직 프로토스와 저그에게만 해를 입힌다고 알려져 있습니다."

"베카 로의 유적을 처음으로 작동시킨 소년은 그 안으로 빨려들었다가 다시 토해져 나왔지."

아크튜러스가 대답했다.

발레리안은 기회를 놓치지 않고 아버지의 의견에 동의했다.

"그렇습니다, 아버지. 그리고 우리는 소년이 어떤 행동으로 그런 반응을 일으켰는지 알고 있습니다. 유적은 어떤 의미에서 볼 때 살아 있습니다. 어떤 종류의 심리적인 능력을 갖고 있는 것 같습니다. 그 이상한 생명체가 버리고 떠난 빈 유적을 조사한다면, 아무런 위험 없이 유적에 대한 지식을 습득할 수 있을 것입니다."

아크튜러스가 얼굴을 찌푸리자 짙은 색의 굵은 두 눈썹이 모아졌다. 마치 이마에 커다란 애벌레 두 마리가 들러붙어 있는 것 같았다.

"무엇 때문에 빈 유적을 탐사하려는 게지?"

"비어 있지 않은 유적의 처리 방법을 알아내려는 데 있습니다. 우리가 멀쩡한 유적의 작동 원리를 이해했을 경우…… 그것을 가지고 무엇을 할 수 있을지 생각해 보십시오."

아크튜러스가 침묵을 지키는 동안, 그의 아들은 어깨를 움츠리며 버터처럼 부드러운 가죽 소파로 가서 앉았다. 발레리안은 이 일에 흥미가 없는 척했지만 심장은 거칠게 뛰고 있었다. 인생에서 이 계획의 실현보다 더 의미 있는 일은 없었다. 발레리안과는 다른 곳에 관심이 쏠려 있는 아크튜러스는 지적 열망으로 유적을 탐사하고자 하는 아들을 결코 이해하지 못하리라. 발레리안은 유적 발굴을 너무나도 간절히 원했지만, 그 사실을 아버지에게 들켜서는 안 된다는 것도 알고 있었다. 그랬다가는 이를 발레리안이 나약한 증거라고 여길 게 뻔했다. 지난 몇 달간 부자간의 유대는 그 어느 때보다도 굳건해졌지만, 발레리안은 언제나 아찔한 외줄 곡예를 하고 있는 것 같은 기분이었다. 아크튜러스의 싸늘한 회색 눈은 언제나 아들을 주시하고 있었다.

"아버지께서도 이 일이 해볼 가치가 있다는 걸 인정하셔야 합니다."

발레리안은 매우 아름다운 모양의 작지만 비싼 다크 초콜릿 조각을 집어 입 안에 털어 넣었다. 그리고 당과류가 차려진 탁자를 둘러보며 말을 이었다.

"그리고 아버지께서도 인류를 위한 희생을 기피할 생각은 없으실 테지요."

아크튜러스가 미소를 지었다. 아크튜러스도, 아들도 '인류를 위해'라는 말이 실은 '멩스크 왕조의 이익을 위해'라는 말의 다른 표현일 뿐임을 알고 있었다. 발레리안은 과거 젊고 열정이 넘치고 의분에 불타던 시절의 아버지를 상상했다. 그때의 아버지라면 '인류를 위해'라는 말을 문자 그대로 받아들였으리라. 어머니가 말했듯이, 아버지가 항상 냉소적이기만 한 사람은 아니었다. 아버지는 비겁하기 짝이 없는 방식으로 행성 전체에 폐기물을 투기하던 연방에 맞서 무기를 들었다. 그는 편안한 삶을 스스로 버리고 타인들에게 테러리스트로 불리는 불확실한 삶을 택했다. 그 생활에는 루비 포트와인도, 맛있는 초콜릿도, 골동품 검도 없었고, 끝없이 이어지는 전투와 도주, 전략 수립의 지겨움을 달랠 편안한 주변 환경도 없었다. 운 좋게도 상황이 바뀌어 아크튜러스는 다시 부유해졌고, 사치품에 둘러싸여 살 수 있게 되었다. 그러나 앞으로도 항상 그런 결과가 나온다는 보장은 절대 없었다.

누구에게도 말하지 않았지만, 발레리안은 여전히 아버지를 존경하고 있었다. 어머니의 무릎 위에 앉은 발레리안은 오직 비드스크린을 통해서만 아버지의 얼굴을 크게 볼 수 있었다. 다른 사람들에게 아버지는 열정이 넘치고, 강력하며, 매력 있고, 누구도 막을 수 없는 지도자였다. 어머니는 이렇게 말했다.

"저분이 너의 아버지시란다. 너도 커서 저분처럼 될 거야."

하지만 발레리안은 그렇게 되지 않았다.

성인이 되었을 때 발레리안의 옆에 있어준 사람은 어머니와 그를 따라다니던 무표정한 얼굴의 군인들 말고는 없었다. 할아버지와 할머니, 숙모는 발레리안이 보는 앞에서 적들에게 살해되었는데, 그로 인해 발레리안과 어머니, 병사들은 적에게 발견되어 살해당하지 않기 위해 끊임없이 움직여야만 했다. 발레리안이 세 살이 되던 무렵, 그들은 우모잔 보호국 깊숙한 곳에 있는 튼튼하고 안전한 은신처를 찾아냈다. 그들은 거기서 오 년을 안전하게 머물렀다. 그러던 어느 날 밤, 어머니가 깊이 잠들어 있는 발레리안을 깨웠다. 어머니의 머리는 흐트러져 있었고, 두 눈에는 두려움이 깃들어 있었다. 어머니는 발레리안을 감싸 안으며 조용히 있으라고 애원했다.

"사랑하는 발, 단 한 마디도, 아니 신음조차 내서는 안 된다."

그리고 얼마 안 있어 그들은 그 자리를 피해 도망쳤다. 발레리안은 병기들이 야간에 내뿜던 밝은 발사광과 전투의 소음을 떠올렸다. 그리고 달리다가 넘어져 땅에 쓰러졌을 때, 어떤 군인이 채 걸음을 멈추기도 전에 자신을 일으켜 세워 주었던 것도 기억했다. 그 군인은 다른 군인에게 발레리안을 넘겼고, 자신은 전투를 계속했다. 발레리안은 얼굴도 기억나지 않는 그 이름 모를 군인이 자신과 어머니를 위해 싸우다 죽었음을 나중에야 알게 되었다. 탈출선에 타지 못한 사람들은 살아남지 못했다.

탈출선이 적의 공격을 당해 흔들리자 발레리안은 눈을 꼭 감고 어머니에게 달라붙었다. 그러나 멩스크가 고용한 조종사들은 유능했고, 그들은 탈출에 성공했다.

"엄마?"

발레리안은 떨고 있었다. 그의 눈은 크게 떠져 있었고, 심장은 거칠게 뛰고 있었다.

"아빠랑 만날 수 있어?"

"그럼, 얘야. 언젠가는 만날 거야."

발레리안은 몇 시간 동안 잠을 이루지 못한 채 어머니의 무릎을 베고 누워 있었다. 어머니의 손이 발레리안의 밝은 금발을 만지작거리고 있었다. 발레리안은 어머니가 최대한 소리 죽여 흐느끼는 소리를 들었다. 안 그래도 그날 밤에 많이 무서웠을 발레리안을 더 무섭게 하지 않기 위해서 소리를 죽여 울었던 것이다. 발레리안은 어머니의 뜻을 알아채고 자는 척했다. 그날 밤 그리고 그 후로도 오랫동안, 발레리안은 아버지가 위대하고 선한 싸움을 하는 훌륭한 전사라고 믿어 의심치 않았다. 그 싸움이 구체적으로 무엇인지는 이해할 수 없었다. 그러나 어머니는 항상 그 싸움이

매우 중요하며, 그 때문에 아크튜러스가 자신들과 헤어질 수밖에 없다고
말했다.

발레리안은 결국 아버지의 모습을 직접 보게 되었다. 아버지는 강한 근
육과 예리한 정신의 소유자였다. 그러나 결코 코랄의 젊은 반란군은 아니
었다.

그리고 발레리안이 보기에 아크튜러스는 자신과 같은 부류의 사람도
분명 아니었다.

아크튜러스가 아들의 의견에 동의했다.

"내가 봐도 그건 해볼 가치가 있겠구나. 적어도 시도해볼 가치는 있다
고 본다. 만약 안 되면 다른 걸 해보면 되지."

황제는 술잔을 치켜들었다.

"그럼 인류의 이익을 위해."

아크튜러스는 건배를 하고 미소 지었다.

이후 몇 주간은 발레리안에게 인생 최악의 시기이자 최고의 시기이기
도 했다. 최악의 시기가 된 이유는 기원을 알 수 없는 유적들에 대한 보고
가 쇄도해서 도대체 어디부터 손을 대야 할지 몰랐기 때문이다. 최고의 시
기였던 이유는 언제나 꿈꿔오던 것, 이제껏 누구도 알지 못했던 외계인 유
적에 대한 지식을 얻었기 때문이다. 집 근처의 흙을 가지고 흙장난을 하던
소년이 자라나 자신의 꿈을 현실로 이룰 수 있는 사나이가 되었다. 이제
발레리안은 외계인 사원에 들어가 볼 수만 있다면 더 이상 여한이 없었다!

발레리안은 직접 외계인 사원에 들어가 보고자 노력했으나, 이것만큼
은 뜻대로 되지 못했다. 발레리안의 발목을 잡은 것은 아크튜러스였다.
아크튜러스는 외계인 유적이나 사원이 완전히 안전하다고 입증될 때까

지는 그의 아들이자 황위 계승자를 그 근처에도 보내지 않을 작정이었다. 그런 주장을 담은 아크튜러스의 표현은 유례가 없을 정도로 직설적이었다. 부자는 그때까지 했던 것 중 최악의 대화를 나누었고, 결국 그들이 앉았던 의자들이 뒤집어지듯 대화는 종결됐다. 아무튼 아크튜러스는 자신의 의견을 관철하는 데 성공했고, 발레리안은 아버지의 주장에 굴복할 수밖에 없었다.

발레리안은 그때 아버지와 나눴던 말들을 생각하며 눈살을 찌푸렸다. 그는 한숨을 쉬며 토니 포트와인을 한 번 더 홀짝였고, 거칠고 조마조마한 홀로그램 영상을 계속 들여다보았다.

여기서 뭔가 놀라운 것이 발견되면 아버지가 어떤 반응을 보일지 눈에 선했다. 아크튜러스 멩스크가 아무 말도 못하고 서 있을 모습을 생각하니 벌써부터 웃음이 나왔다. 그건 정말 통쾌한 광경이리라.

"태자 저하?"

부관인 찰스 휘티어의 목소리였다. 이십 대인 휘티어의 붉은 머리칼은 마치 길들여지기를 거부하는 듯 바짝 서 있었다. 휘티어는 약간 불안해하는 태도로 복도에 서 있었다. 하지만 발레리안은 전혀 신경 쓰지 않았다. 휘티어는 언제나 약간 불안해 보였으니까.

"무슨 일이지, 찰스?"

"제이콥 교수가 만나러 왔습니다, 태자 저하."

발레리안은 미소 지었다.

"아하! 알려주어 고맙네. 그분을 어서 모시고 오게."

그는 손을 뻗어 홀로그램을 일시 정지시켰다. 홀로그램은 모호하지만 매혹적인 상태로 멈췄다.

휘티어의 모습이 사라졌다가 잠시 후 교수와 함께 나타났다. 발레리안은 자리에서 일어나 날카로운 회색 눈으로 교수를 빠르게 샅샅이 살폈다.

램지 교수는 키가 백팔십 센티미터를 넘었다. 그러나 램지 교수만의 특징이라고 할 만한 것은 그것뿐이었다. 교수는 보통 체격에 눈은 하늘색이었다. 눈가의 잔주름은 분명 태양빛에 너무 많이 노출되어 생겼으리라. 연갈색의 머리는 금발로 보기엔 너무 짙고, 갈색이라고 하기엔 너무 옅었다. 램지 교수의 머리는 햇볕에 바랜 채 약간 헝클어져 있었다. 그에게서 풍기는 왠지 익숙한 느낌과 산만한 분위기는 고고학자하면 발레리안이 떠올리던 바로 그런 모습이었다. 발레리안은 상대가 키가 크건 작건, 말랐건 뚱뚱하건, 남자건 여자건 그 사람이 고고학자인지 아닌지를 알아볼 수 있었다. 그는 결코 고고학자를 다른 직업의 종사자로 착각하는 실수를 범한 적이 없었다.

그러나 제이콥(발레리안이 수집한 정보에 따르면 제이크라는 애칭으로 더 많이 불린다고 했다) 교수는 고고학자들 중에서도 더욱더 헝클어지고 산만한 사람으로 보였다. 교수의 파란 눈동자는 한시도 가만히 있을 줄 몰랐다. 교수는 살면서 단 한 번도 본 적이 없던 이 방 안의 사치품들을 조금이라도 더 많이 눈 속에 담아가려고 눈동자를 이리저리 굴렸다. 그러다가 결국 발레리안과 시선이 마주쳤다.

발레리안은 미소 지으며 앞으로 걸어 나와 손을 내밀었다. 그는 가식 없는 따스한 태도를 보이며 교수에게 말을 붙였다.

"램지 교수, 이렇게 만나게 되어 반갑소."

램지는 발레리안이 뻗친 손을 덥석 움켜잡았다.

"저도 반갑습니다…… 브이."

발레리안의 예상대로 고고학자의 손은 못이 박히고 튼튼했으며, 손톱은 이리저리 갈라져 있었다. 좋은 증거였다. 비록 모든 고고학자들이 장갑을 착용하지만, 가장 뛰어난 고고학자들은 가급적 유물에 손상을 입히지 않기 위해 장갑을 벗어던지고 맨손으로 작업하려고 한다는 것 정도는 발레리안도 알고 있었다. 발레리안은 램지 교수야말로 최고의 고고학자가 아닌가 하는 생각이 들었다. 발레리안의 손에도 못이 박혀 있었다. 어릴 적 흙장난을 할 때처럼 손으로 흙을 파서 박힌 못이 아니라, 고대 병기를 자주 쥐어서 생긴 못이라는 차이는 있었다. 발레리안은 램지 교수가 악수를 하다가 젊은 황위 계승자의 손이 매우 단단하다는 사실에 한쪽 눈썹을 실룩거리는 모습을 지켜보았다.

발레리안은 포트와인이 놓인 작은 탁자로 걸어가며 소파를 가리켰다.

"앉아요."

램지는 아주 잠시 동안 망설이다가 미소를 지으며 자리에 앉았다. 램지 교수는 분명 그가 가진 옷 중에서 가장 좋은 것을 입고 왔을 테지만, 방 안을 가득 채운 화려한 분위기에 비하면 빛바래고 유행에 뒤떨어져 보였다.

재빠르게 홀로그램 쪽으로 돌아간 램지의 눈이 약간 커졌다. 램지는 두 번 다시 볼 수 없을 만큼 화려한 방을 관찰하는 것보다 이미 여러 번 본 외계인 사원이 담긴 저화질 홀로그램에 더 큰 흥미를 품은 게 분명했다. 발레리안은 이 사람이야말로 진짜배기라는 믿음을 더욱 굳히게 되었다.

발레리안은 조각이 새겨진 마호가니 담뱃갑을 열었다.

"만나게 되어 기쁘다는 표시로 담배 한 대씩 하는 게 예의일 것 같군요. 괜찮겠소, 교수?"

"오, 감사합니다, 태자 저하. 하지만 됐습니다. 저는 담배를 피우지 않습니다. 그리고 부탁이니 저를 부디 제이크라고 불러주십시오."

발레리안은 미소를 지으며 담뱃갑을 닫았다.

"나를 발레리안이라고 불러주면 나도 그렇게 하지요."

제이크는 얼굴이 창백해졌고, 발레리안은 미소가 더욱 커졌다.

"이런, 내가 보냈던 메시지에서도 밝혔듯이, 우리는 모두 엄청난 열정을 갖고 있는 사람들이오. 서로를 직위로 부르는 것은 우리의 공통 관심사에 대한 소통을 막을 뿐이라오."

"예…… 알겠습니다. 발레…… 발레리안."

제이크는 더듬거리며 그의 이름을 불렀다.

"담배를 피우지 않는다면, 술은 즐기나요? 포트와인을 대접해도 되겠소?"

살짝 놀란 제이크가 웃었다.

"술은 저도 좀 마십니다. 포트와인을 주십시오. 감사합니다."

발레리안은 자신의 빈 잔에 술을 채운 뒤 제이크를 위해 새 잔에 술을 따랐다. 제이크는 잠시 망설이다가 발레리안이 내미는 잔을 받았다. 제이크의 눈은 크리스털 술잔에 쏠려 있었다. 발레리안은 심령술사가 아니었지만, 그의 눈에도 제이크가 무슨 생각을 하는지 뻔히 보였다. 술잔 하나의 가격이 아마도 제이크가 처음으로 벌였던 고고학 탐사의 예산보다도 비쌀거라는 생각을 하고 있으리라.

"경이로운 것의 발견을 위하여."

발레리안이 말하며 술잔을 들었다. 제이크는 발레리안의 잔에 술잔을 조심스럽게 부딪쳤다. 두 사람은 잔에 담긴 술을 홀짝거렸다. 발레리안은 술잔을 내려놓더니 탁자에 달린 버튼을 눌렀다. 그러자 잠시 후 방으로 들어온 찰스 휘티어가 들고 있던 작은 가죽 상자를 발레리안에게 건넸다.

"고맙네, 찰스. 제이크, 이 상자에는 여러 개의 데이터 칩이 들어 있소. 그중에는 내가 보여주고 싶은 여러 사람들의 이력서도 있소. 그 이력서의 주인들은 크게 인정받은 사람들이오. 나는 이들이 당신에게 매우 큰 보탬이 될 거라고 생각하오."

제이크는 망설이다가 입을 열었다.

"태자 저하……."

"발레리안."

"발레리안, 저는 지금의 팀과 수년 동안 함께 일해 왔습니다. 저는 제 연구팀을 완벽히 신뢰합니다. 그뿐만 아니라 그들은 고된 일을 잘 견디고, 똑똑한 사람들입니다. 저는 권해주신 사람들을 데려가고 싶은 생각이 전혀 없을 뿐더러 그래야 할 이유도 모르겠습니다."

발레리안은 고개를 끄덕였다.

"연구팀에 대한 교수의 애정에 경의를 표하오. 다만 나도 교수의 연구팀 모두를 철저히 조사했다는 점은 알아두기 바라오. 물론 그들 중에 데려가서는 안 될 사람이 있다는 뜻은 아니오. 다만 교수에게 보여드리고 싶은 사람들이 있고, 그들의 면모를 살펴봐 달라는 것뿐이오. 일단 그 사람들의 이력서를 보면 내가 왜 그들을 추천했는지 알게 될 거요."

발레리안은 미소를 지었고, 제이크도 고개를 끄덕였다. 둘은 서로의 뜻을 이해했다.

'좋았어.'

"떠나기 전에 숙독해야 할 기밀 정보도 있소. 그 정보는 일급 기밀이오."

제이크는 안락의자에 파묻힌 몸을 움직였다.

"저는 팀원들에게 무엇이든 감추고 싶지 않습니다. 아까도 말씀드렸다시피, 그 친구들과 수년 동안 함께 일해 왔습니다. 저는 그들을 믿습니다."

발레리안이 미소를 지으며 답했다.

"물론 그래도 되오. 그러나 내가 알려도 괜찮다고 결정할 때까지는 비밀로 해줬으면 하는 게 있소. 둘 다 알다시피, 이건 일반적인 발굴 작업이 아니니까."

제이크는 마음에 들지 않는 것 같았다. 발레리안은 말을 계속 이어갔다.

"분명 교수를 포함한 모든 사람들은 우리가 지금 하는 일의 중요성을 이해할 거요. 그리고 지난번의 발굴에서 어떤 성과가 있었다면, 지금 받는 예산에 만족하리라 믿어 의심치 않소."

제이크의 얼굴이 붉어졌지만, 발레리안의 말에 숨어 있는 진실을 부정하지 않았다.

발레리안은 말을 계속 이어나가며 홀로그램을 향해 고개를 끄덕였다.

"최근 저것에 대한 이론을 내세워 논란을 일으키신 적이 있더군요. 불쾌하게 들린다면 미안하오만, 괴짜라는 소리도 여러 번 들었다고 알고 있소."

제이크는 포트와인이 든 잔을 내려놓았다.

"불쾌하게 들립니다. 단지 모욕을 주시려고 저를 겔가리스에서 여기까지 데려오신 겁니까?"

'아, 어찌되었건 줏대 있는 사람이로군. 너무 막히지 않고, 적당한 융통성만 있다면 이렇게 줏대가 강한 것도 괜찮아.'

"물론 그렇지 않소. 사실…… 교수를 여기로 데려온 이유는 내가 당신의 이론에 동의하기 때문이오."

제이크의 푸른 눈에 놀란 빛이 감돌았다.

"정말입니까? 그런 말을 하는 사람은 당신이 처음입니다."

발레리안이 주제에 대해 슬슬 얘기를 꺼냈다.

"그것만이 논리적으로 타당한 유일한 결론이기 때문이오. 안 그렇소? 이…… 사원은…… 분명 저그의 것이 아니오. 그리고 프로토스 건축에 대한 우리의 얕은 지식으로 봐도 분명 프로토스의 것도 아니오. 건축물은 두 종족의 특성을 전혀 띠지 않고 있소. 그리고 테란은 제외하고 프로토스와 저그만을 빨아들였소. 이건 우리 종족에게 별 관심이 없다는 뜻이요. 어쩌면 내 동료들 중 일부가 생각하는 대로, 우리가 저것보다 훨씬 우월한 종족일지도 모르겠소. 달리 말해, 건축물이 보여주고 있는 양상은 분명하오. 여러 증거로 볼 때 이 사원을 만든 외계인은 저그와 프로토스의 공통된 조상이오. 나도 당신과 마찬가지로 그러한 결론을 믿고 있소. 이 사원은…… 그런 느낌을 확실히 풍기고 있소."

발레리안의 시선이 다시 홀로그램으로 향했다.

"태자 저…… 아니 발레리안, 당신이 제 이론에 동의해 주시니 너무나도 기쁩니다. 그러나 건축물이 경배의 장소라는 증거는 없습니다. 따라서 건축물을 사원으로 불러야 할 이유는 없습니다. 그리고 유적은 느낌도 갖고 있지 않습니다."

"어떤 사람들은 그 부분에 대해 이의를 제기할 수도 있소, 교수."

"아마도요. 어떤 사람들은 제 직업이 매우 낭만적이고 흥미로운 일이라고 생각합니다. 그러나 실제로는 매우 힘들고, 수수께끼를 푸는 것처럼 어려운 일입니다. 지적 능력의 한계에 도전하는 멋진 일이라는 점은 분명하지만, 현장에 낭만 같은 건 거의 없습니다."

"그렇다고 해도 나는 건축물을 사원이라고 부르고 싶소."

발레리안의 목소리는 기만적으로 들릴 만큼 부드러웠다. 제이크의 입술이 가늘어졌지만 고개는 끄덕거렸다. 발레리안의 메시지를 알아들은 것이다.

"제이크, 당신은 우리가 원해왔던 성공을 가져다줄 수 있소. 당신은…… 특별한 능력과 뛰어난 자격을 갖추고 있소."

"제, 제가요?"

제이크는 스스로가 그리 특별한 사람이 아니라는 점을 잘 알고 있었다. 발레리안은 기뻐했다. 이제 둘의 자아가 맞설 일은 없으리라. 제이크에게서 마음에 드는 점을 또 발견한 발레리안은 고개를 끄덕이고 다시 포트와인을 홀짝였다.

"그렇소, 당신은 특별한 사람이오."

발레리안은 대답을 한 뒤 가죽 상자를 가리켰다.

"모든 것이 저 안에 있소. 저 안에 든 것을 읽고 나면, 분명 내게 궁금한 점들이 생길 거요. 하지만 그런 궁금증을 품는 일은 타당하다고 생각하오. 저 안에는 교수의 연구팀을 위해 사전 녹화된 메시지도 들어 있소. 해병대가 떠나고 발굴지 가까이로 갈 때까지 그 메시지를 재생하지 말아 주시오. 더 이상은 당신을 잡아두지 않겠소. 무엇보다도 배를 타야 하니까요. 그리고 기억해 두시오. 나는 당신의 팀을 제외한 모든 사람들에게는 그저 브이일 뿐이오."

발레리안이 몸을 일으켰다. 이번 모임은 끝났다. 남은 포트와인을 다 마신 제이크는 일어서서 손을 내밀었다. 방을 나서는 제이크의 표정에서 혼란스러움이 느껴졌지만, 한편으로는 투지도 느껴졌다. 발레리안은 방을 나서는 그를 잠시 바라보다가, 다시 정지된 홀로그램으로 시선을 돌렸다.

경이로운 것의 발견을 위하여.

발레리안은 버튼을 누르고 다시 홀로그램을 감상했다.

• • •

전투순양함 회색호랑이호는 지난 몇 년간의 거친 항해로 인해 여기저기 상처가 생기고 더럽혀졌다. 그러나 상처 난 전투순양함의 함장은 배가 우주 항해에 전혀 문제가 없다고 램지와 연구팀에 보증했다. 램지는 젊은 함장을 위아래로 쳐다보았다. 제이크는 함장이 자신의 불안을 눈치챘는지, 아니면 그의 주장을 확실히 입증할 근거가 있는지조차 알 수 없었다.

함장은 키가 크고 날씬했으며, 기름이 자르르 흐르는 금발에 뭐라 말할 수 없는 색의 눈동자를 가졌다. 그리고 자신이 지휘하는 배의 외양에 걸맞게 상처투성이에다 지저분했다. 함장의 피부가 너무나 창백하다는 점도 제이크의 걱정을 더욱 키웠다. 마치 태어나서 전혀 햇빛을 받아본 적이 없는 사람 같았다. 함장의 눈두덩에는 다크서클이 자리 잡고 있었다. 함장은 자신을 로버트 메이슨 대령이라고 소개했다.

"회색호랑이호는 최고의 배입니다. 저는 이런 배를 많이 타 봤습니다만, 이놈만큼은 매우 특별하다고 할 수 있지요."

제이크는 대갈못이 빠져나가는 소리나 낡은 금속판이 삐걱대는 소리가 날 것을 예상하며 다시 한 번 배를 쳐다보았다.

메이슨의 말은 계속되었다.

"우리는 이런 임무를 이미 세 번이나 했답니다. 승무원들은 고고학자 여러분들을 태우고 다니는 걸 좋아합니다. 다들 조용하신 분들이죠. 그렇지 않습니까?"

메이슨은 치열이 고르지 못한 황백색의 치아를 내보이며 미소 지었다.

제이크가 대답했다.

"대부분의 사람들은 그렇습니다."

물론 다리어스는 빼고! 제이크는 부디 덩치 큰 다리어스가 현명하게 처신해서 승무원들과 싸우지 않기를 바랐다. 그제야 제이크는 함장이 아까 한 말의 의미를 비로소 깨달았다.

"잠깐만요. 전에도 이런 임무를 맡아 보셨다고 하셨나요? 그때는 어디로 가셨지요?"

메이슨은 어깨를 으쓱했다.

"어딘지 잘 기억나지 않습니다만, 지난 사 개월 동안 고고학자 세 팀을 내려주었습니다."

"이 배로 말인가요?"

제이크는 질문의 수위를 적절히 조절하지 못하고 나오는 대로 물었다. 메이슨의 얼굴에서 미소가 사라졌다. 제이크는 메이슨의 어색하고 이상한 미소를 더 이상 보지 않게 되어 기뻤지만, 자신을 노려보는 메이슨의 시선을 보니 상황이 개선된 건 아니라고 판단했다.

메이슨이 딱딱하게 내뱉었다.

"이 전투순양함은 칠 년 동안 항해를 했습니다. 그러니 배의 꼴이 이 모양이라고 아무렇게나 말하지는 말아 주세요. 배가 보기 좋은 상태는 아니지만, 당신들의 잘난 궁둥이는 확실히 지켜줄 수 있단 말입니다."

제이크는 성질을 꾹 참고 점잖게 대꾸했다.

"물론 그렇겠지요."

메이슨은 마지막으로 한 마디를 비아냥스레 덧붙였다.

"그리고 나는 당신들 같은 약골들이 어찌되든 전혀 걱정할 필요가 없어요."

그러고 나서 서둘러 경사로를 걸어가 승무원들에게 소리치며 지시를 내렸다.

제이크는 자신의 팀이 이 흥미로운 여행에 투입된 첫 번째 팀일 거라고 생각해왔다. 그러나 진상을 아는 사람에게 자신의 연구팀이 네 번째라는 사실을 듣고 나니 기가 죽었다. 발레리안이 처음으로 고른 사람이 자신이 아니라는 사실을 말하지 않았다는 게 무척이나 실망스러웠다. 하지만 스스로도 알다시피 제이크는 분명 자격을 갖춘 교수였다. 설령 괴짜라고 대중들에게 조롱을 받더라도 말이다. 뭐, 어쨌거나 지난 일이었다. 제이크는 시대란 항상 변한다고 생각했다. 어떤 때는 조금씩 변하지만, 어떤 때는 외계인의 침공으로 변하기도 한다.

낡아빠져 폐기처분 일보 직전인 전투복 차림의 승무원들이 장비가 담긴 상자들을 배에 싣는 모습을 보니 한숨이 나왔다. 다행히도 제이크는 전투 장비에 대해 그리 지식이 뛰어난 사람은 아니었다. 그러나 이 배와 마찬가지로 승무원들이 입은 전투복도 한때는 지금보다 상태가 좋았을 거라는 정도는 눈치챌 수 있었다. 승무원들의 전투복은 더럽고, 여기저기 손상되어 있었으며, 원래의 목적으로 사용하기에는 분명 안전치 못한 상태였다. 그러나 전투복들은 여전히 쓰이고 있었고, 하나도 버려지지 않았다. 제이크는 그것도 나름 좋은 일이라고 생각했다.

어찌되었건, 지금으로써는 배가 목적지에 닿기만 하면 그만이었다. 제이크는 방금 도착한 장비를 점검했고, 그 품질에 충격을 받았다. 장비들은 그야말로 뽀드득 소리가 날 정도로 완전한 새것이었고, 너무도 깨끗해서 눈이 부실 정도였다. 장비가 너무 좋아서 제이크는 울 뻔했다. 장비에 포함된 조립식 건물들은 겔가리스에 세웠던 것보다 최소한 몇 광년은 진보된 모델이었다. 그리고 이 소식에 놀라워하고 행복해하는 켄드라에게 수도 시설도 잘 작동한다는 사실을 전해줄 수 있어 기뻤다.

이 정도면 불평할 건더기가 거의 없었다. 그런데 왜 이처럼 심통이 나 있었던 걸까?

제이크가 얼굴을 찌푸린 것은 너무나 성의 없이 장비를 나르는 승무원들의 태도 때문이었다. 제이크는 회색호랑이호에 대한 욕이 나오려는 것을 간신히 눌러 참았다. 함장을 또 도발하기 싫어서였다. 목청을 가다듬은 제이크는 승무원들에게 장비를 좀 더 조심스럽게 다뤄줄 것을 간청하려고 했다. 그때 누군가가 제이크의 이름을 불렀다.

"램지 교수님?"

그 목소리는 부드러웠지만, 왠지 따르지 않으면 안 될 것 같은 힘도 느껴졌다. 램지는 몸을 돌려…… 눈높이를 낮춰 목소리의 주인인 스물다섯 살 정도로 보이는 키 작은 여자를 내려다보았다. 단발로 자른 윤기 있는 검은 머리카락이 도자기 같은 얼굴을 감싸고 있었다. 그녀의 입술은 도톰하고 부드러웠으며, 눈은 짙은 푸른색이었는데, 범접할 수 없는 싸늘함이 느껴졌다. 그녀가 입은 몸에 딱 맞는 군청색 강하복은 늘씬한 몸의 굴곡을 잘 살려 주었다. 엉덩이에 걸친 벨트에는 그녀에게 어울리지 않게 우악스럽게 생긴 슬러그 권총이 두 자루나 끼워져 있었다.

램지는 눈을 깜박였다.

"음. 예, 제가 제이크 램지입니다. 무슨 일이신가요?"

여자가 미소를 지으며 손을 내밀었다.

"저는 교수님께 중요한 일을 해드리고 있어요. 그리고 앞으로도 그 일을 계속할 거고요. 제 이름은 R.M. 달입니다. 경비대의 대장이에요."

제이크도 손을 내밀어 R.M.의 작은 손을 움켜잡았다가 압도당했다. R.M.의 악력은 놀랄 만큼 셌다.

"죄송합니다만, 어디의 대장이라고요?"

아담한 여인의 얼굴에 미소가 번졌다.

"교수님의 연구팀을 경호하는 경비대의 대장이에요. 아마 여기서는 해병들이 주변을 어슬렁거리거나 서서 대기하는 모습을 못 보셨을 거예요. 그렇지요?"

제이크는 말을 더듬었다.

"모, 못 봤습니다. 봤어야 했나요?"

R.M.이 고개를 흔들자 검은 비단 같은 머릿결이 부드럽게 찰랑거렸다.

"아니요. 여러분이 적대적인 상황에 처하게 되면 저희들이 뒤를 봐 드릴 겁니다."

"적대적인 상황이라……. 예를 들면 어떤 건가요?"

R.M. 달은 날씬한 어깨를 움츠렸다.

"사생활을 간섭받기 싫어하는 저그, 프로토스, 또는 골칫덩이 테란 무리의 매복 공격 같은 상황이지요."

"그런 일이 예전에도 있었나요?"

R.M.이 다시금 어깨를 으쓱였다.

"한두 번 정도 있었어요."

제이크도 R.M.의 미소에 미소로 답했다. R.M.이 무엇의 약자인지 알 수 없었지만, 그녀는 키가 작은 게 아니라 아담했다. 많이 나가봐야 사십 킬로그램 정도 될까. 이 덩치 작은 여자가 저그를 막는다는 생각만 해도 실로 놀랍기 그지없었다. R.M.도 그런 제이크의 생각을 읽었는지, 짜증이 난 듯 부드럽고 희미한 눈썹을 살짝 찌푸렸다.

"이런 일에는 진력이 났죠."

달은 마치 날씨 이야기를 하듯 조용히 입을 열었다.

"이제는 익숙해질 때도 되었는데 말이죠. 지급된 장비의 품질은 이미 보셨을 거예요. 설마 그분이 여러분의 경비대 대장으로 자기 앞가림도 못하는 사람을 보냈을 거라고 생각하시나요? 머리에 헬멧도 쓰지 않은 채 삼십 초에 한 번씩 자극제를 맞지 않으면 제대로 총질도 못한다고 생각하는 거예요?"

제이크는 달래는 투로 손을 들었다.

"우리는 지금 매우 가치 있고 귀한 외계인 유적지로 가고 있어요. 저는 당신이나 다른 누구도 그 일대에 사격을 가하지 않기를 원해요. 이런 경비 조치가 정말로 필요한가요?"

"저와 당신을 고용한 그분은 그렇게 생각하고 계십니다."

고용한 그분?

"브이는 이런 얘기를 전혀 안 했는데요."

주변을 돌아본 R.M.은 제이크에게 다가가며 조용히 말했다.

"그분은 황위 계승자이십니다. 그분은 우리 같은 사람들에게 말하고 싶지 않은 것까지 말해야 할 의무가 없는 분이십니다."

발레리안의 호칭을 들은 제이크의 눈이 살짝 커졌다. R.M.의 말은 적어도 허세가 아니었다. 그래도 아직은…….

"별로 마음에 들지 않네요. 그분은 우리 팀에 추가로 합류시킬 인원들의 이력서는 보여줬으면서 왜 당신들의 이력서는 보여주지 않았지요?"

"아마 당신이 제 이력서, 또는 저를 제대로 평가하지 못할 거라고 생각했기 때문이겠지요."

그 말을 들은 제이크는 멍하니 서 있었다. 딴 건 다 참아도 R.M.이 주어진 임무를 제대로 할 수 있을 거라고는 진심으로 말할 수 없었다. 제이크는 입을 열었다.

"당신뿐만이 아니에요. 그게…… 나는 당신네 대원들이 전혀 필요하지 않아요."

제이크는 그 말을 내뱉은 순간 다시 주워 담고 싶었으나 후회하기에는 너무 늦었다.

"교수님, 우리를 싫어하거나 불쾌해하는 건 교수님의 자유예요. 그러나 최악의 상황이 오면 우리는 목숨을 바쳐서라도 교수님 일행을 구할 겁니다. 그때가 오면 뒤로 물러서서 우리가 맡은 일을 하게 내버려 두세요."

R.M.이 몸을 돌려 걸어갔다. 잠시 후 제이크가 모르는 또 다른 여자와 세 명의 남자가 그를 지나쳐 갔다. 아마 R.M.이 이끄는 경비대의 대원들일 터였다. 그들은 서로를 팔꿈치로 찌르며 제이크에게 미소를 지어 보였다. 그러나 제이크는 그 미소의 의미를 해석할 수 없었다.

제이크는 잠시 홀로 서 있었다. 모두와 함께…… 영 좋지 않은 곳에…… 발을 들여놓았다는 느낌을 지울 수 없었다.

제3장

    제이크는 이렇게 많은 해병들에게 둘러싸여 있는 일이 난생처음이었다. 그리고 그들 때문에 몹시 불편하다는 사실을 인정하지 않을 수 없었다. 제이크는 원래 태평스런 사람이었고, 한때는 긍정적이기까지 한 사람이었다. 그리고 이제 네마카에 있는 사원을 발굴한다는 기대감에 긍정적 태도가 다시 돌아왔다. 사원은 황위 계승자가 고집하는 표현이었다. 하지만 불안요소가 발견되자 이 탐험이 극도로 즐거운 것만은 아니라는 사실이 드러났다. 그리고 뚱하고 음침하기까지 한 사람들(특히 다리어스!)과 함께 상당히 오랫동안 일을 해온 제이크이지만, 사회성이 결여된 이곳 해병들의 적대적이면서 오만한 태도에 비하면 그 정도는 별 게 아니라는 점도 알게 되었다.

    이 배에서 제일 멋있어 보이는 사람조차도 한때는 극악무도한 범죄를 저지르고 다녔다는 점도 알게 되었다. 그 사실을 생각만 해도 제이크의 몸에서는 진땀이 흘렀다.

마커스 라이트야말로 바로 그런 사람이었다. 제이크는 라이트와 함께 함 내부를 돌아다니며 간단한 안내를 받았는데, 라이트가 바로 그런 사람이라는 점을 한눈에 알아보았다. 열 살 때부터 피운 담배로 인해 거칠어지고 쉰 목소리를 듣자, 상대방의 피가 얼어붙을 정도의 섬뜩한 위협을 해대던 라이트의 과거 모습을 유추하기란 그리 어렵지 않았다.

켄드라가 귓속말로 제이크에게 전해준 바에 따르면, 마커스 라이트는 무려 일곱 명의 사람을 고문하고 죽이고 인육을 먹은 뒤 체포되었다고 했다.

마커스의 키는 무려 백구십팔 센티미터였고, 체중은 백 킬로그램을 가뿐히 넘겼는데, 온몸이 단단한 근육인 것 같았다. 밝은 노란색의 머리카락은 군대식으로 짧게 깎여 있었고, 눈동자는 흰색에 가까운 파란색이었다. 그리고 관자놀이에서 턱을 잇는 흉터가 나 있었다.

"과학자 여러분들을 모시게 되어 기쁩니다."

이렇게 말하는 라이트의 목소리는 마치 깨진 유리 조각들끼리 서로 부딪치는 소리처럼 들렸다. 그러면서 미소 짓는 라이트의 푸른 눈은 충분히 이상해 보일 만큼 들뜬 기색이 역력했다. 그래도 제이크는 그의 말을 믿기로 했다.

"물론 저희는 싸우기 위해 훈련받은 몸입니다. 전투야말로 우리의 본업이지요. 그러나 저 개인적으로는 때때로 전투 없는 평화로운 항해를 해도 나쁠 건 없다고 생각합니다."

라이트는 저녁식사용 접시만한 손으로 문을 열어젖혔다.

"여기가 식당입니다. 주방은 항상 운영 중이니까 밤늦게 시장하시더라도 문제없어요."

'시장하시더라도'라는 말에 제이크는 눈을 깜박였다. 라이트의 입에서 나온 이 공손한 표현이 재사회화의 성과인지, 혹은 새로운 사냥감을 잡아 요리할 준비가 되었다는 뜻을 에두른 말인지 무척 궁금했다. 배의 손님을 제일 먼저 식당으로 안내한 행동도 도무지 이해가 가지 않았다. 재사회화를 통해 범죄자였던 라이트의 두뇌가 말끔히 청소되었다고 해도, 아직은 옛 자아가 상당 부분 남아 있어서 그를 여기로 데려온 건 아닐까? 그리고 재사회화가 완료되었을 때, 과연 얼마만큼의 긍정적인 효과가 나오는지도 궁금했다.

아무튼 제이크는 애써 태연하게 대답하려 했다.

"고맙네. 기억해 두지."

한때는 자랑스러운 전투함이었던 이 배는 많은 민간인과 물자를 실어 나르기 위해 개조가 이루어진 상태였다. 거대한 화물칸 내부에 칸막이벽을 세워서 서른한 명의 제이크 일행이 잘 숙소를 만들었다. 물론 침대는 군용 표준 지급품이고, 한 방에서 여덟 명씩 자야 했다. 연구팀의 장비는 화물칸에 정성스럽고 안전하게 적재되어 있었다. 제이크는 연구팀의 장비가 이 배의 가격보다 비쌀 거라고 생각했다. 회색호랑이호는 예전과 마찬가지로 상처투성이의 거친 배였지만, 그래도 분명 아직은 필요할 때 사자후를 토할 수 있었다. 병기 체계는 제이크가 봐도 평균 수준은 되었다. 제이크가 어떤 구역에 고개를 들이밀자 여러 벌의 전투복이 마치 쇠갈고리에 매달린 고기처럼 걸려 있는 모습이 보였다. 전투복들은 아까 짐을 부리던 승무원들이 입었던 것보다는 훨씬 덜 찌그러졌고, 덜 패여 있었다.

제이크는 자문했다. '어째서 학살의 이미지가 떠오르는 것일까?'

라이트가 물었다.

"포커를 하시나요?"

제이크는 포커를 쳤다. 그리고 곧잘 이겼다. 카드 카운팅은 그에게 너무 쉬운 일이라 의식적으로 포커를 끊어야겠다고 마음먹을 정도였다. 이러한 흥미로운 사실을 감안해서, 제이크는 다른 사람을 고문하고, 죽이고, 심지어 먹은 일에 대해 죄책감을 느끼지 못하는 사람과는 어떤 경우라도 게임을 하지 않을 작정이었다.

제이크가 우물거렸다.

"음, 난 못 치네."

마커스는 점잖게 미소 지으며 말했다.

"그것 참 유감이네요."

제이크의 뒤에서 멋진 여자 목소리가 들려왔다.

"저는 포커를 치는데요."

제이크의 몸이 얼어붙었다.

마커스가 낮은 소리로 껄껄거리며 웃었다.

"아, 물론 당신이 포커 하는 건 알고 있어요, R.M. 그러나 포커 판에는 초대하고 싶지 않아요."

제이크는 의문을 억누를 새도 없이 반사적으로 물었다.

"왜지?"

마커스는 여전히 명랑한 목소리로 답했다.

"작은 숙녀분은 자신이 해롭지 않은 귀여운 여인인 척 행세하기를 좋아하거든요. 하지만 같이 포커를 쳤다가는 속옷까지 홀랑 다 털릴 거예요. 그걸 분명히 아셔야 해요. 그리고 R.M.은 제이크 교수님께 잘 해드리세요."

R.M.은 도톰한 입술을 오므려 앞으로 쭉 내밀었다. 그 모습을 본 제이크는 심장마비를 일으킬 뻔했다.

"감히 내 즐거움을 방해하다니, 마커스."

R.M.은 마커스에게 윙크했다. 그 모습 앞에서는 살인자에다 식인종이기까지 한 이 덩치 큰 사나이도 흔들리지 않을 수 없었다.

"하지만 네 말은 사실이야. 안타까워라, 교수님을 홀딱 벗겨먹으려고 여기서 매복 중이었거든."

R.M.은 복도를 따라 성큼성큼 걸어갔다. 마치 일부러 자신의 존재를 알리기라도 하는 듯 R.M.의 전투화 발자국 소리가 금속 바닥을 타고 울렸다. 두 남자는 군청색 강하복을 따라 드러난 R.M.의 다리와 엉덩이 근육의 부드러운 움직임을 감상했다.

갑자기 제이크는 R.M. 달이 아니라 마커스가 자신들을 경비해 주기를 바라게 되었다.

"저 여자, 문제를 일으키겠어."

R.M.이 목소리가 들리지 않을 만큼 멀리 가자 제이크는 한숨을 쉬며 말했다. 그러면서 다리어스와 연구팀의 다른 남자들을 생각했다. 그리고 몇 안 되는 연구팀의 여자들도 생각했다.

마커스가 허세 좋게 말했다.

"아뇨. R.M.은 문제를 일으키지 않습니다. 오히려 문제를 해결하는 쪽이죠."

• • •

그날 저녁 시간, 제이크는 발레리안이 일단 장비를 제공한 이후에는 자신이 고용한 고고학자들에게 더 이상의 자비를 베풀지 않았다는 사실을 똑똑히 알게 되었다. 저녁식사로 나온 음식을 보니 혀를 톡 쏘던 포트와인이 하염없이 그리웠다. 그날의 저녁식사로는 연방 건국 직후쯤에 제조된 것 같은 전투 식량이 대충 익혀져 멋대가리 없는 회색 접시 위에 담겨서 나왔다. 설마 익히는데 화염방사기라도 썼단 말인가? 하지만 해병대는 이 음식 같지도 않은 음식을 돼지처럼 꾸역꾸역 입 안에 열심히 처넣었고, 추잡한 농담을 주고받으며 웃어댔다. 제이크는 주식인 정체모를 회녹색의 덩어리와 부식인 역시 정체모를 회갈색의 덩어리를 포크로 쑤셔보다가 놀라운 초콜릿이라고 적힌 후식으로 손을 뻗었다.

물론 먹어도 놀라운 느낌은 전혀 들지 않았다.

팀에 새로 배속된 사람들을 만나보느라 쓰레기 같은 음식에 그만큼 신경을 덜 쓰게 된 게 그나마 고마울 지경이었다. 제이크는 발레리안이 추천해준 남녀 팀원들을 거부할 구실을 찾아보려 애썼다. 그러나 결국 그들을 인정할 수밖에 없었다. 그들의 자격은 매우 특별했다. 심지어 제이크는 어느 샌가 그들이 자신의 일에 더욱 적극적으로 참여해주길 원하고 있었다.

안토니아 브라이스, 오웬 티그, 유리 페트로프는 제이크의 팀원들만큼 자연에 혹사당한 외모를 하고 있지 않았다. 무엇보다도 그들은 여태까지 비교적 수월한 일들만 해온 상태였다. 처음에 자기소개를 할 때만 해도 분위기가 어색했지만, 얼마 안 있어 토론은 활기를 띠었다. 그리고 제이크는 다시금 발레리안을 믿게 되었다. 좋은 장비에 좋은 사람들. 모든 게 잘 될 것 같았다.

팀에 배속된 두 명의 의사인 찬드라 파텔과 에디 레인싱어 역시 완벽한 실력을 갖추고 있었다. 고고학이 우주에서 제일 위험한 일은 아니지만, 팔다리가 부러지는 사고는 드물지 않게 일어났다. 그 외에도 질병에 감염되

거나 동물에 물리고 일사병에 걸리는 일도 있었다. 그리고 일하는 것보다 아파서 쉬는 것을 더 반길 바보는 세상에 없었다. 제이크가 원하는 것은 외계인 유물뿐이라는 말이 나오자 파텔의 눈이 반짝였다. 물론 고고학은 파텔의 영역이 아니었지만, 그녀는 이번 임무가 견딜 수 없을 만치 심심하지는 않을 거라는 점을 충분히 알고 있었다. 하지만 이번 임무 기간이 얼마가 될 지는 아무도 몰랐다.

제이크의 왼쪽으로 몇 칸 떨어진 자리의 탁자 건너편에서 R.M.이 조용히 밥을 먹고 있었다. 하지만 R.M.은 모든 대화 내용을 귀담아 듣고 있는 게 분명했다. 제이크는 놀라울 정도로 심하게 R.M.을 싫어했다. 제이크 자신도 왜 그러는지 궁금할 정도였다. 그는 여자와 일하는 데 문제를 겪어 본 적이 전혀 없는 사람이었다. 그러나 이번만은 뭔가가 그의 비위를 거스르고 있었다. 하지만 그건 옳지 않았다. 그렇잖은가? 제이크가 그렇듯이 R.M.도 명령을 따라야 했다. R.M.의 패거리들을 고용해 제이크의 경호를 맡긴 것은 발레리안이지, R.M.이 아니었다. 그리고 발레리안은 이곳에 없지만, R.M.은 있었다. 결국 제이크는 엉뚱한 사람에게 짜증을 쏟아 붓고 있는 셈이었다.

하지만 제이크도 R.M.이 멋진 여자란 점은 인정했다. 그는 이제껏 멋진 여자 혹은 남자와 일해본 적이 없었다. 그래서 R.M.이 팀원들 중 일부의 주의를 산란하게 할까봐 걱정됐다. 젠장, 제이크도 인정해야 했다. '그녀가 정신 못 차리게 만들까봐 두려운 거잖아.'

바로 그때 R.M.이 고개를 느리게 돌려 제이크와 눈을 맞췄다. 제이크는 시선을 딴 데로 돌리지 못하고 R.M.의 눈만 쳐다볼 뿐이었다. R.M.의 도톰한 입술이 살짝 굽어지며 희미한 미소를 지었다. 그리고 둘은 시선을 서로 약간씩 돌려 회녹색의 음식 같지 않은 음식을 한 포크씩 퍼먹었다. 제이크는 한숨을 쉬고는 다시 토론에 정신을 쏟아부었다.

아무래도 긴 임무가 될 것이다.

· · ·

솔직히 말하자면, 네마카는 우주공간에 떠 있는 바윗덩어리였다.

그리고 그곳에 대기는 없었다.

그곳은 대기 없는 바윗덩어리일 뿐, 어떤 흥미로운 점도 없었다. 지질학적으로 어떤 특별한 점도 없었다. 그리고 한때 이곳에서 진화했던 극소수의 생명체들도 다른 곳에서 볼 수 있는 것들뿐이었다. 제이크는 보고서를 읽어보고, 더 이상의 기대를 하지 않았다. 만약 네마카가 단순한 바윗덩어리가 아니었다면, 뭐라도 기대를 갖게 하는 바가 있었다면……. 어찌되었든 누군가는 이미 조사를 했을 테니 발레리안이 말한 경이로운 것을 발견할 기회는 사라져 버린 셈이었다. 그러나 네마카는 테란은 물론, 지성을 가진 어떤 생물도 매혹시킬 수 없는 행성이었다.

물론 이곳에 사원을 남기고 간 정체불명의 생물은 제외하고 말이다.

제이크의 연구팀은 함 내부에서 공간이 넓은 구역에 집결해 있었다. 과거 이 구역은 수송선들로 가득 차 있었지만, 지금은 휑하니 텅 비어 있었다. 제이크는 팀원들에게 말했다.

"그 건축물…… 아니 사원은 어느 정도 땅속에 묻혀 있는 상태다."

발레리안이 고집하던 용어를 사용하는 자신의 모습에 살짝 움찔했지만, 제이크는 그 용어가 입에 붙도록 노력했다. 제이크는 함장에게 이곳에 비드시스를 설치해 달라고 요청했는데, 이 구역을 연구팀의 회의실로 사용하기 위해서였다. 그들은 이미 몇 번의 브리핑을 실시했고, 모든 연구팀원들은 제이크가 읽은 보고서를 읽어보았다. 단, 발레리안이 제이크 혼자서만 읽어보라고 한 기밀 보고서는 당연히 누락된 보고서였다. 제이크는 네마카에 착륙할 날이 내일 혹은 내일모레인 지금 상황에서 모든 팀원들이 준비를 완료하고 발굴에 열의를 갖게 하고자 했다.

브리핑실은 그리 편하지 않았다. 의자도 없기 때문에 각자 납작하거나 빵빵한 베개를 가져와 방석처럼 깔고 앉아야 했다. 오늘, 제이크는 그들에게 특별대우를 했다. 또한 비밀을 절대로 팀원들에게 알리지 말라던 발레리안의 지시를 살짝 어기고 있었다. 제이크 램지는 이번 기회의 가치를 잘알고 있었고, 발레리안을 존중했다. 그러나 연구팀은 도착할 행성이 어떤곳인지 알 권리가 있었다. 제이크는 모두를 착석시키고, R.M.의 경비팀대원인 세바스티엔, 톰, 에이던을 향해 고개를 끄덕였다. 그들도 고개를끄덕이고는 문 밖으로 나갔다. 브이가 누구인지 알지 못하는 해병들이 브리핑을 방해하지 못하게 하기 위한 조치였다.

제이크는 입을 열었다.

"오늘 네마카 발굴에 관한 좋은 소식과 나쁜 소식이 있다. 우선 좋은 소식부터 알려주지. 십오 년 전 처음 발견되었을 당시에 획득한 피상적인 정보를 제외하면 네마카 행성에 대한 시각 정보가 그리 많지 않다. 그 정보는 행성에 별 흥미가 없던 해병들이 만든 조잡한 것이다. 시간이나 때우면서 카메라로 한 번 쓱 훑어보고 만든 거지. 그게 현실이다. 자…… 좋은 소식이 이 정도면, 나쁜 소식은 과연 어느 정도일까?"

다리어스가 웃음을 터뜨렸고, 몇몇 사람들도 웃었다. 제이크도 살짝 미소를 지었다.

"별로 좋게는 들리지 않지만, 엄연히 좋은 소식이다. 귀찮아하던 해병들이 옛날에 아무리 건성건성 기록한 이미지들이라도 우리 임무에는 도움이 되니까 말이지. 단, 우리가 갈 목적지가 십오 년 전과 같은 상태를 유지하고 있는 경우에 한해서지만."

제이크는 홀로그램을 작동시켰다. 방 안의 모든 사람들이 침묵했다. 물론, 제이크는 이미 본 홀로그램이었다. 사실 발레리안이 준 모든 것을 기회가 생기자마자 모조리 봐 버렸다. 비디오카메라는 사원을 이리저리 마구 훑고 있었는데, 그 모양새로 보건대 촬영자는 자신이 찍고 있는 물체가 뭔지 모르는 게 분명했다. 그 사실에 제이크는 속이 메스꺼웠다. 그동안 귀중한 시간이 낭비되었다. 잘만 했으면 이 사원을 이미 몇 년 전, 사원이 테란이 아닌 지적 생명체에 의해 건설되었다는 증거가 나온 시점에 발굴했을지도 모르는 일이었다. 비디오 촬영자가 앉았는지 비디오카메라의 시점이 낮아졌다. 그리고 주변에 먼지가 피어올랐다. 발레리안은 이 영상에서 뭔가를 발견했고, 찾아냈으며, 그것이 무엇인지 알아차렸다. 제이크와 그의 팀원들도 마찬가지였다.

이십여 년 전에 이 영상을 찍은 바보 같은 촬영자는 이상한 걸 보고도 카메라의 초점을 그것에 고정시키지 않았다. 그러나 켄드라의 눈에는 보였다. 켄드라가 소리를 질렀다.

"앗, 멈추세요!"

영상 속에서 녹색으로 아름답게 빛나던 이상한 물체는 빠른 속도로 홀로그램을 가로질러 사라져 갔다. 켄드라가 느낀 안타까움은 제이크도 충분히 느끼는 바였다.

"정지."

제이크는 이미 느리게 재생되고 있던 영상을 일시 정지시켰다. 그는 콘솔을 조작한 후 녹색 물체에 초점을 맞췄다.

"확대."

녹색 물체가 점점 커졌다. 조악한 화질에도 불구하고 제이크의 심장은 점점 더 빨리 뛰고 있었다. 영상 속 물체는 희미하고, 색이 바랬지만 제이크의 눈에는 아름답게 보였다. 그는 이런 걸 혼자만 볼 수 없었다. 팀원들이 소리 죽여 웅성거리는 소리에 그들도 자신과 똑같이 느끼고 있다는 사실을 알아차렸다.

제이크는 팀원들에게 말했다.

"저곳이 우리의 발굴지다."

다리어스가 떨리는 목소리로 말했다.

"빌어먹을, 우리는 재수가 뒈지게 좋네요."

제이크는 다리어스를 향해 미소 지었다. 바로 이런 점 때문에 무려 십 년 동안이나 다리어스를 참아왔다. 다리어스의 외면은 까칠했지만, 마음은 고대 기술과 유물의 힘을 무척 잘 이해하고 있었다. 다리어스의 거친 외피를 조금만 벗겨내도 그런 내면을 볼 수 있었다. 아니, 조금만이라는 말은 사실에 어긋났다. 꽤 많이 벗겨내야 볼 수 있다고 제이크는 속으로 바로잡았다.

"다리어스의 말이 맞다. 물론 평소처럼 화끈한 말투로 말하기는 했지만 말이지. 우리에게는 발견한 모든 것을 분석하고 기록할 수 있는 최고의 장비가 있다. 또한 우리가 지급받은 대기 생성기도 최고의 제품이라고 들었다. 설치가 완료되면 우리는 매우 이상적인 환경에서 일할 수 있을 것이다. 젤가리스에서 오랜 시간을 보낸 여러분은 이 소식에 매우 기뻐해 마지 않을 거라고 나는 확신한다."

제이크는 팀원들에게 미소 지었고, 팀원들도 미소로 답했다. 인생은 즐거웠다. 이제 그들은 오랫동안 처해왔던 힘든 상황들을 과거 이야기로 치부하며 웃어넘길 수 있게 되었다.

제이크의 말이 이어졌다.

"특히 기쁘게 생각하는 것은 사원의 대부분이 땅속에 묻혀 있다는 점이다. 이는 우리가 직접 파내야 한다는 얘기지. 그러면 아무런 손상도 입히지 않은 채 사원을 확보할 수 있다."

"저는 누구도 그걸 손상시킬 거라고는 생각 안 하는데요."

등 뒤에서 멋진 여자 목소리가 들렸다. 제이크는 비드시스에서 고개를 돌려 브리핑실의 입구에 서 있는 R.M. 달을 보았다. R.M.은 팔짱을 낀 채로 문에 기대 서 있었다. R.M.의 목소리는 크지 않았지만 잘 들렸다.

제이크는 깨달았다. '명령을 내리는 데 익숙하군. 흠, 정말이야.'

에디 레인싱어가 달의 말에 맞장구쳤다.

"그래요. 저건 핵병기의 직격에도 견딜 수 있다고 들었어요. 그리고 핵병기의 힘을 빨아들였고요."

제이크가 고개를 끄덕였다. 제이크의 연구팀이라면 이미 알고 있는 사실이었다. 그러나 달과 의사들은 잘 알고 있지 못했던 얘기였다.

"그건 사실이다. 그리고 우리 장비로는 유물에 생채기 하나도 입히지 못할 거라는 말도 맞지. 그래도 저걸 부술 기회를 노리는 사람이 있다면 손을 들어봐."

사람들은 깔깔거렸고, 당연히 아무도 손을 들지 않았다.

"좋다. 나는 사원을 땅속에 두기보다는 밖으로 꺼내는 편을 선택하겠어."

달이 가까이 다가오며 말했다.

"질문해도 되나요, 교수님? 나는 사원이나 발굴 활동에 대해서 별로 아는 게 없어요. 그러나 여러분의 안전을 지키기 위해서 나도 나름대로 연구를 했지요. 유물은 위험해요. 내가 알기로는 베카 로에서 유물을 우연히 작동시켰던 사람이 사라졌다고 해요. 이번에 그런 사태가 벌어지는 일을 막기 위해서 어떤 대비책을 준비하셨나요?"

"음…… 실은 아까 말하려던 나쁜 소식이 그겁니다. 고고학자로서 제가 가장 원하는 것은 사원을 에너지 생명체가 온전하게 들어 있는 상태로 안전하게 발굴하는 것입니다. 하지만 유감스럽게도 네마카의 사원은 어둡지요. 생명체가 예전에 떠났다는 얘깁니다. 사원의 윗부분은 이미 날아가버렸고, 사원은 이제 누구에게도 전혀 해를 끼칠 수 없는 상태입니다. 그러나 나는 저 안에 아직 우리가 알아야 할 것들이 산더미처럼 많이 있다고 확신합니다. 그러니 만약 사원에 구멍을 내고 싶다면 나부터 먼저 제압한 다음에 하시죠."

R.M.은 다소 기분이 상한 것 같았다.

"알았어요. 이 임무가 듣던 것보다는 조금 더 위험할 거라는 전제를 세웠거든요."

"나쁜 거라고 해도 무방해요."

켄드라가 고개를 돌려 R.M.을 보며 미소 지었다. R.M.도 켄드라에게 미소를 지어 보였다.

"내가 볼 때 사원은 안전하지 않아요. 어쩌면 내가 제이크를 제압해야 할지도 몰라요. 사원에 구멍을 내는 건 내가 할 일이죠. 제이크가 완벽히 틀렸고, 사원 안에 감춰진 덫이 있다면요."

"전혀 그렇지 않아요. 사원 안의 위험요소는 에너지 생명체와 함께 사라졌습니다. 오히려 당신과 경비팀이 할 일이 없어 지루해할 것 같아 더 두렵군요."

제이크는 반사적으로 답했다. 연구팀이 동요하지 않기를 바랐지만, 연구팀 경비업무를 맡은 여자가 던진 질문은 정곡을 기가 막히게 찔렀다.

만약 연구팀이 틀렸다면, 그때는 어떻게 하지?

제4장

값비싼 장비를 잔뜩 실은 두 대의 수송선이 선두로 먼저 떠난 뒤, 제이크와 팀원들도 수송선에 탑승했다. 대부분의 업무는 잘 진행되고 있었다. 제이크는 무엇보다도 연구의 개시 광경 일부를 볼 수 있어서 기뻤다. 팀의 정비원들은 이미 해병대와 함께 내려간 뒤였다. 모두가 특수 보호복을 입고 있었고, 여벌의 특수 보호복도 여섯 벌이나 있었다. 제이크는 이 어색하고 불편한 옷에 익숙했지만, 그렇다고 이 옷을 좋아하지는 않았다.

네마카에도 수천 년 전에는 대기가 있었다. 그러나 거대한 유성과의 충돌로 대기는 사라졌다. 유성이 충돌하면서 만들어낸 약 이백 킬로미터 직경의 구덩이는 우주에서도 보였다. 수송선의 조종사가 연구팀원을 태우고 하강하는 동안, 제이크도 구덩이를 똑똑히 볼 수 있었다. 장 생성기는 가로세로 길이가 각각 일 미터였고, 넓이는 오십 센티미터였으며, 무게는 천 킬로그램이 넘었다. 육중한 전투복을 입고 건설로봇에 탑승한 해병대는 마치 아이들이 가지고 노는 장난감 병정들처럼 보였다. 그러나 그들이 수행하는 임무는 뒤에 남은 사람들의 생과 사를 좌우할 수도 있는 중요한 것이었다.

붉은 머리에 주근깨투성이인 잘생긴 젊은 조종사 그레이엄 오브라이언은 그들이 사원 근처에 착륙한 다음 대기 발생기가 만든 대기 속으로 들어가게 된다고 말했다. 그 말을 하는 오브라이언은 견딜 수 없이 따분해하는 표정이었다.

켄드라가 미소 지으며 말을 걸었다.

"당신도 보러 가지 않을래요?"

제이크는 켄드라가 불쌍하다고 생각했다. 이제 연구팀 말고는 아무도 없을 오지로 가기 전에 또 남자를 꾀려 하니 말이다. 하지만 제이크는 그런 켄드라를 비난할 수 없었다.

오브라이언이 웃었다.

"절대로 안 갑니다. 저런 걸 보는 게 이번이 세 번째입니다. 처음에는 재미있었지만 그 다음에는……."

그가 어깨를 움츠렸다.

켄드라는 한숨을 쉬었다.

오브라이언은 외계인 유적에 대한 흥미는 모자랄지 몰라도 조종 기술은 결코 모자람이 없었다. 오브라이언이 모는 수송선은 별 탈 없이 부드럽게 비행했다. 착륙도 매우 부드럽게 이루어져, 제이크는 착지한 후에도 잠시 동안 수송선이 멈췄다는 사실을 깨닫지 못할 정도였다.

수송선에 탄 모든 사람들은 조용한 비전문가처럼 보이려 했지만, 그 시도는 실패했다. 제이크는 자신이 제일 먼저 하선하지 못하게 되자 살짝 치기 어린 실망감이 들었다. 보호복을 입어 움직임이 어색한 그는 먼 길을 오게 만든 유적을 한눈에 살펴보고자 온몸을 돌렸다.

수십, 수백 개의 수정이 유물을 둘러싸고 있었다. 수정의 방향은 제멋대로였고, 마치 칼날처럼 곤두서 있었다. 그들은 눈부신 태양빛을 받아 반짝였고, 그 반짝임에 눈이 멀 지경이었다. 하지만 제이크는 아름다운 것들에 아무런 흥미가 없었다. 그의 관심은 오직 수정에 둘러싸인 거대한 유물에만 쏠려 있었다. 한쪽 면만 볼 수 있었지만, 어둡다는 걸 알기에는 그 정도로도 충분했다. 유물은 마치 벗어놓은 곤충의 허물처럼 죽은 듯 보였다. 자로 잰 듯한 직선은 전혀 보이지 않았다. 유물의 겉모양은 마치 미궁처럼 비비 꼬여 있었다. 겉에는 십여 개의 구멍이 나 있었다. 그 구멍을 이용해서 연구팀이 안으로 들어갈 수 있으리라. 위쪽은 들쭉날쭉하고 거칠었으며, 나머지 부분과는 달리 비대칭 형태였다. 이상한 에너지 생명체가 밖으로 튀어 나왔을 때 이렇게 된 것이었다.

'과연 얼마나 오래되었을까?' 제이크는 자신이 유물에 온통 마음이 사로잡혔다는 사실도 자각하지 못하고 있었다. 그저 바라보는 것만으로도 만족스럽다는 것을 알 뿐이었다. 건드리다가 화상을 입을 걱정만 없다면…….

제이크는 눈을 깜박이며 정신을 차렸다. 그리고 R.M.이 즐거운 듯한 미소를 지으며 쳐다보는 것을 느끼자 얼굴이 뜨거워졌다.

유물을 즉시 탐사하는 일이야말로 이제껏 제이크가 그 무엇보다도 간절히 원해오던 것이었다. 그러나 그건 불가능했다. 모든 차량이 사용 중이었고, 기지를 건설하기에 적합한 유일한 장소는 여기서 수 킬로미터나 떨어져 있었다. 걸어서 다니기에는 너무 멀었다. 해병대는 아직도 그들이 머무를 자리의 경계선을 치고 있는 중이었다. 제이크는 발전기 한 대가 지면에 동체를 고정시킨 다음, 윙윙거리는 작은 소리와 함께 작동하는 장면을 조바심을 내며 지켜보았다.

제이크 역시 지도를 꺼내 참조하고, 기지의 위치를 표시하고, 거기에 맞춰 건설로봇에 지시를 내리느라 바빴다. 제이크는 건설로봇들이 굴러가는 모습을 바라보았다. 그리고 난생처음으로 발굴지의 적절한 위치에서 잠을 자는 기분이 어떨지 상상해보았다.

"신사숙녀 여러분, 불꽃놀이를 할 시간입니다."

이제는 익숙해진 거친 목소리가 들렸다. 마커스 라이트는 마치 어린아이처럼 들떠 있었다.

"절대 놀라지 마세요!"

제이크는 모든 전문 용어를 알고 있는 기술자들이 그날 밤 저녁식사 시간에 용어들을 알려줄 거라고 생각했다. 그때 어디선가 누군가가 뭔가를 눌렀다. 갑자기 눈부신 빛이 번쩍였다. 제이크는 어쩔 수 없이 눈을 감았다. 다시 눈을 떴을 때는 온 세상이 밝은 파란색으로 변해 있었다. 제이크의 머리 위에는 돔이 덮여 있었다. 돔의 색상은 이제껏 그가 들어온 지구의 하늘색과 거의 같은 파란색이었다. 그러나 지구의 하늘과는 달리, 보호돔은 빛을 내며 느리게 고동치고 있었다. 제이크는 미소를 지었다. 이제 네 시간만 기다리면 이 행성에도 대기가 생긴다. 그리고 대기가 생긴 후 몇 시간 동안은 매우 춥겠지만, 그 후에는 보호복을 벗어도 안전하다. 십팔 개월 후 보급선이 올 때까지 운이 좋다면 제이크의 팀에서 누구도 다시 보호복을 입을 일은 없으리라.

네 시간은 참으로 길었지만, 그동안 연구팀은 캠프를 설치했다. 마침내 마커스의 목소리가 제이크의 귀에 다시 들렸다.

"이제 보호복을 벗으셔도 됩니다."

제이크는 보호복을 벗었고, 다른 팀원들이 보호복을 벗는 모습을 보았다. 그는 공기를 들이마셨다. 차갑고 건조했지만 숨 쉴 수 있었다. 마커스가 그를 향해 점잖게 미소를 지었다.

"곧 익숙해질 것입니다. 처음 한 달 정도는 코피가 나겠지만 곧 적응되실 겁니다."

코피는 별로 보기 좋은 광경이 아니었다. 그러나 보호해 줄 대기가 없는 것보다는 나았다. 제이크는 고개를 끄덕이며 살짝 몸을 떨었다. 그러나 마음은 잔뜩 흥분해 있었다. 연구팀은 입고 온 보호복을 창고에 보관했으며, 신경 써서 제대로 걸어 두었다. 모든 인원이 보호복 정리를 마치자 제이크는 그들의 상기된 얼굴을 돌아보았다.

드디어 오랫동안 기다렸던 시간이 왔다. 한 가지 일만 더 하고 나면, 연구팀은 락크롤러에 모든 짐을 싣고 달려가 마침내 그들을 기다리고 있는 놀라운 유적을 보고 만지고 경험하게 되리라.

함께 왔던 해병대는 전투 장비를 착용한 다음 손을 흔들었고, 타고 온 수송선으로 돌아갔다. 마커스 라이트가 사람들을 헤치고 제이크에게 다가와 손이 으스러질 정도로 강한 악수를 청했다.

한 점의 가식도 없이 마음 가득히 진심을 담아 마커스가 말했다.

"교수님, 당신에게 가장 큰 행운이 따르기를 바랍니다."

제이크는 미소로 답했다. 물론 라이트가 손을 너무 세게 잡아 미소가 살짝 우그러지기는 했다.

"고맙네, 마커스."

제이크는 살인자가 그의 손을 놔주자 터져 나오려는 안도의 한숨을 참으면서 답했다. 라이트가 움켜쥐었던 손가락의 욱신거리는 고통을 애써 무시한 채 제이크는 떠나가는 해병대를 보았다. 이런 순간이면 언제나 느꼈던 안도감과 약간의 슬픔이 이번에도 느껴졌다. 해병대는 떠나면서 마지막 남은 문명의 흔적을 모두 거두어 갔고, 이제 팀은 이 행성에 홀로 남겨졌다. 물론 비상시에는 외부로 연락을 취해 도움을 요청할 수 있었다. 그러나 네마카가 다른 행성과 매우 멀리 떨어져 있다는 점을 감안한다면, 도움 요청을 받고 몇 시간 이내로 구조대가 출발한다고 해도 도착까지는 최소한 며칠이 걸릴 터였다.

하지만 제이크는 가족 같은 연구팀원들과 자신에게 이런 순간이 찾아오는 게 언제나 기뻤다. 제이크와 연구팀원들 사이에는 이제껏 살면서 다른 누구와도 나누지 못한 동료애와 친밀감이 있었다.

제이크는 마치 우주의 왕이 된 것 같았다. 팀원들은 흥분했다. 이번 탐사 기지는 이제껏 연구하면서 설치했던 어떤 것보다도 화려했다. 이제 사원이 그들을 기다리고 있었다. 라이트의 엄청나게 강한 악력이 제이크의 손에 남겼던 아픔도 이제 사라져 가고 있었다. 고개를 빳빳이 치켜든 제이크는 분명하고 조용한 목적의식을 품고 통신 센터로 갔다. 제이크는 시야 한편으로 R. M.의 까마귀 날개처럼 휘어진 검은 눈썹이 올라가는 것을 보았다. 제이크의 태도 변화에 R. M.은 놀란 듯했다.

'좋았어. 아마 이제부터는 서로 빙빙 도는 일은 없을지 모르겠군.' 제이크는 정말로 R. M.과 더 이상 충돌하고 싶지 않았다.

통신 센터는 해병들이 처음으로 세운 건물 중 하나였다. 제이크는 늘어선 반짝이는 등, 배선, 빛나는 모니터, 콘솔, 버튼들을 보고 놀랐으나, 그 놀라움을 얼굴에 떠올리지 않기 위해 애썼다. 또한 장비들 중 대부분은 휴대가 가능하다는 사실도 알았다. 그러자 그의 척추를 타고 흥분이 섞인 약간의 전율이 몰려왔다.

제이크도 발레리안과 마찬가지로 베카 로 사건에 대한 문서가 부족한 현실이 매우 안타까웠다. 그런 범죄적인 과실이 두 번 다시 있어서는 안 되었다. 제이크의 연구팀은 이 순간을 후세에 철저히 전달하는 데 필요한 모든 것을 다 갖추고 있었다.

선임 기술자인 테레사 발도비노가 긴 검은 머리를 쓸어 넘기며 제이크에게 미소를 지었다. 테레사는 그들이 맡은 임무에서 이런 부분을 제이크보다 훨씬 더 즐기는 사람이었다.

"언제라도 말씀만 하세요, 제이크."

제이크는 심호흡을 하고 고개를 끄덕였다. 테레사가 버튼을 누르자 발레리안의 홀로그램이 나타났다. 모두가 그 모습을 주의 깊게 지켜보았다. 거기 있는 사람들 중 발레리안을 직접 만나본 것은 제이크와 R.M.뿐이었다. 그리고 이제껏 홀로그램으로라도 발레리안을 본 사람은 다리어스와 켄드라뿐이었다. 하지만 모두가 신비에 싸인 후원자 브이가 누구인지는 알고 있었고, 그가 과연 어떻게 생겼는지 보고 싶어 했다.

사전 녹화된 영상 속의 발레리안은 미소 짓는 매력적인 젊은이의 모습이었다.

"반갑소, 램지 교수. 그리고 수고가 많은 팀원 여러분, R.M.도 다시 보게 되어 기쁘오."

발레리안의 미소가 더욱 뚜렷해졌다. 예의상 짓는 미소가 아니라 진정한 우정을 표현하는 미소였다. R.M.도 미소로 답했다. 제이크는 R.M.과 발레리안의 관계가 매우 굳건함을 알게 되었다.

"지금쯤이면 램지 교수가 여러분에게 사원이 어둡다고 알려 주었을 거요. 그러나 그렇다고 해서 그곳에 발견해야 할 중요한 게 없다는 뜻은 아니오. 오히려 그곳에서 당혹스러운 작은 수수께끼를 풀어야 하오. 여러분은 스스로를 첫 번째로 그곳에 일하러 도착한 사람이라고 알고 있을지 모르겠소. 하지만 이는 잘못된 생각이오. 만약 나 때문에 그런 잘못된 생각을 품게 되었다면 진심으로 사과하오. 여러분이 가 있는 그 특별한 사원은 이미 여러 연구팀의 조사를 받았소. 그러나……."

홀로그램 속의 발레리안은 계속 말하고 있었다. 그러나 발레리안의 목소리는 충격을 받고 분노한 연구팀원들이 내뱉는 욕설에 섞여 들리지 않았다.

"뭐야, 젠장."

다리어스의 말이었다.

"그러니까 이미 여러 팀이 다녀갔단 뜻이야?"

테레사가 말했다.

"쓸 만한 건 먼저 왔다 간 사람들이 다 부숴 버렸을 텐데……."

켄드라였다.

제이크는 손을 휘저어 좌중을 진정시키려 했으나 수군거림은 가라앉지 않았다.

"다들 조용히 해요!"

크고 또렷한 여자의 외침이 들렸다. 그 목소리에는 감히 맞설 수 없는 힘이 느껴졌다. 제이크를 포함한 모두가 말을 멈추고 R.M.을 쳐다보았다. 작은 덩치에서 그처럼 큰 목소리가 나왔다는 데 충격을 받았다.

R.M.은 갑자기 어조를 낮췄다.

"교수님의 말씀을 들어 봅시다. 계속하세요, 램지 교수님."

제이크가 눈을 깜박였다.

"음…… 고마워요."

제이크는 손으로 황갈색 머리칼을 쓸어 넘겼다. '도대체 무슨 말을 해야 하지?' 다른 연구팀원들처럼 제이크 역시 실망과 분노를 느끼고 있었다. 제이크도 알다시피 회색호랑이호는 예전에도 고고학자들을 실어 나른 적이 여러 번 있다고 했다. 그러나 회색호랑이호에 승선했던 고고학자들이 이 사원에 온 사람들인지는 알 수 없었다. 발레리안은 분명 의도적으로 제이크가 아직 탐사가 안 된 곳으로 간다고 믿게끔 했다. 그게 거짓이라면, 도대체 이 사원에는 얼마나 많은 부주의한 발자국들이 찍혀 있단 말인가?

"다들 주목해. 나도 자네들만큼 화가 나 있어. 어쩌면 자네들보다 더 화가 나 있을지도 몰라. 그러나 일단 홀로그램부터 다 보고 나서 얘기를 하자고. 발레리안의 말이 아직 안 끝났으니까."

제이크는 홀로그램을 일시 정지시켰던 테레사에게 고갯짓으로 영상 재생을 계속하라고 지시했다.

홀로그램 속 발레리안은 계속 말을 이어갔다.

"……이미 이 사원을 조사했소. 그렇다고 이곳의 수수께끼가 모두 풀리지는 않았소. 오히려 진실은 그와 거리가 멀지. 사원 깊숙한 곳에는 공동이 있소. 그러나 아직 거기에 가 본 사람은 없소. 다른 연구팀장이 남긴 말을 담은 동영상이 있소. 사원에 가기 전에 그 동영상을 보라고 권하는 바요. 그 연구팀의 흥미로운 이론들을 여러분도 알아야 하오. 제이크…… 예전에 왔던 연구팀들은 그 공동에 들어가기 위해 모든 노력을 다했소. 유감스럽지만, 어떤 때는 장애물들을 폭파하려고도 했소."

다리어스는 뭐랄까…… 세련됨과는 매우 거리가 먼 말을 내뱉고는 몸을 돌려 눈을 질끈 감았다. 다리어스의 표정은 영 좋지 않아 보였다. 제이크는 다리어스의 기분을 이해했다.

"아마 여러분은 나더러 고고학자라는 직업을 지나치게 낭만적으로 여긴다고 생각할 거요. 그러나 이곳에는 뭔가 매우 색다른 것이 있소. 나는 이 사원의 중심에 매우 심오한 비밀이 숨겨져 있다고 확신하오. 그건 태고로부터 전해 내려온 것일 가능성이 매우 크오. 제이콥 제퍼슨 램지 교수, 당신은 학계의 주류와는 매우 다른 의견을 견지한다는 평판을 들어왔소. 이제 당신의 의견이 타당함을 드러내 보일 때가 온 거요. 나의 친구여, 사원의 중심부로 가는 길을 찾아서 역사에 당신의 이름을 남겨 주시오. 다른 칩에는 가급적 철저히 숙독해야 할 이전 발굴의 기록이 들어 있소. 당신의 연구팀이 당신을 도와 이 수수께끼를 풀어서 우리의 지식을 더할 거라 믿어 의심치 않소. 최고의 행운을 기원하오. 이 사원에 대한 과거의 모든 지식을 하나로 잇는 단서를 찾았다는 소식이 오기를 기다리고 있겠소. 그때까지 안녕히 지내시오."

그리고 이미지는 사라졌다.

제이크는 팀원들이 더욱 분노에 찬 불평을 내뱉기 전에 억지로 힘찬 태도를 지어 보였다.

"그만하면 됐어. 우리가 할 일이 매우 많은 것 같군. 이제 밖으로 나가 중요한 게 뭔지 알아보자고."

R.M.의 경비대에 속한 남성 대원들과 한 명의 여성 대원은 평소 아무리 조용하고 나서기 싫어했더라도 이번에는 반드시 나가려고 했다. 그들은

모두 락크롤러에 승차한 후 목적지로 떠났다. 제이크는 R.M.과 그 부하들이 이번에는 전원 소총을 휴대한 사실을 알아차렸다. 하지만 방금 발레리안에게 들은 사실 때문에 너무 낙담해서 뭐라고 저항할 수 없었다.

사원에 가까이 다가가자, 그 참모습이 어떻게 생겼는지 알 수 있었다. 그리고 전에 왔던 연구팀이 못 끝낸 일들이 많다는 사실도 알게 되었다. 사원은 적갈색의 돌과 흙 속에 반이나 묻혀 있었다. 제이크는 그 모습에 갑자기 이유를 알 수 없는 분노를 느꼈다. '도대체 사원의 얼마나 많은 부분이 보이지 않는 땅속에 묻혀 있는 것일까?' 물론 그들은 거기에 대해 충분히 신경을 쓰고 있었다. 마흔두 명의 사람들이 락크롤러에서 내려 제이크의 지시를 기다렸다.

제이크는 잠시 동안 서 있으면서 주변 대지를 잘 훈련된 눈으로 살폈다. 분명 흙 위에 수많은 발자국이 남아 있었다. 뭔가를 파서 가져간 흔적도 있었다. 제이크는 위로…… 위로 고개를 들었다. 이 사원은 우라지게 컸다. 그리고 보기 싫도록 칙칙한 녹색이었다. 그는 마음속으로 한숨을 쉬었다. 제이크는 연구팀이 조사할 수수께끼의 공동 외에 다른 뭔가가 이곳에 있기를 바랐다. 제이크는 손을 흔들어 대열을 전진시켰다. 그들은 수정 사이로 길을 터갔다. 제이크는 이전에 온 사람들이 부주의하게 밟아 부서뜨린 많은 수정을 보고 구역질이 날 지경이었다. 한편 수정이 매우 약한 이유도 궁금했다. 에너지 생명체가 없으면, 수정의 강도가 약해지기라도 한단 말인가? 그러다가 그들은 그 이유를 알게 되었다.

제이크는 가장 가까이 있는 타원형의 어두운 입구를 찾아냈다. 왼쪽에 있는 그 입구는 몇 미터 위에 있었다. 그러나 유적의 표면에는 굴곡이 있어서 손과 발을 얹을 곳이 충분했다. 제이크는 손을 내밀어 유적의 표면을 만져 보았다. 제이크는 만지면…… 무슨 일이 벌어질 거라고 어느 정도는 예상했다. 다만 그 결과까지는 알 수 없었다. 그러나 아무 일도 벌어지지 않았다. 유적은 완벽히 죽어 있었다. 제이크는 손전등을 꺼내 들고 유적 안으로 발을 들여 놓았다.

"다리어스, 켄드라, 테레사, 레슬리는 날 따라와."

이들은 램지 교수와 가장 오래 일한 사람들이었고, 그만큼 교수가 가장 신임하는 사람들이기도 했다. 제이크는 또한 이들이야말로 이 안을 가장 먼저 들여다 볼 자격이 있는 사람들이라고 생각했다.

"이 안이 안전하다는 판단이 들면 우리 다섯 명이 한 팀을 이루어 내부를 탐사하는 거야."

그때 R.M.이 소총을 들고 앞으로 나서며 말했다.

"저도 교수님과 함께 가겠습니다."

제이크는 눈살을 살짝 찌푸렸다. R.M.과의 긴장이 어느 정도 누그러지긴 했지만, 이 순간을 그녀와 함께하고픈 생각은 전혀 없었다.

"사원은 비었어요. 이곳에는 위험한 게 아무것도 없습니다. 그리고 우리보다 먼저 이 안에 들어간 사람들이 많다는 점을 기억해 둬요."

R.M.은 바로 대답하지도, 몸을 움직이지도 않았다. 그저 차가운 파란 눈으로 교수를 바라보았다. 결국 제이크는 한숨을 쉬었다.

"알겠어요. 따라오셔도 됩니다."

R.M.은 우아한 걸음걸이로 교수 옆에 서 있는 사람들 사이를 뚫고 입구로 나갔다. 제이크는 R.M.이 강하게 요구하지 않은 일을 두고 감사라도 표해야 하나 싶었다. 그는 R.M.이 쉽게 벽을 타고 올라 순식간에 입구에 도착하는 모습에 주목했다. 그녀는 힘겹게 몸을 들어올려, 입구에 발을 대

고 서서 안을 들여다보았다.

그들은 느리게 앞으로 움직였다. 제이크는 움직임을 멈추고 휘어진 벽에 빛을 비춘 다음, 손으로 짚었다. 벽에는 여러 색의 줄무늬가 그어져 있었다. 한때는 분명 화려한 색이었겠지만, 지금은 칙칙해져 있었다. 벽에 그어진 줄무늬들은 점점 가늘어지더니 사라졌다. 대체 뭘까? 뭘 의미하는 걸까? 제이크는 발레리안이 말한 풀리지 않은 수수께끼를 떠올렸다. 벌써부터 보이고 있었다. 제이크는 탐험가였고, 이번 탐사는 아마도 신이 이제껏 주신 가장 큰 기회가 되리라.

제이크는 여전히 한 손으로 벽을 짚어나가며 모서리를 돌았다. 그리고 벽의 매끄러움이 점점 사라져 가는 것에 주의했다. 유적을 둘러싸고 있는 것 같은 수정들이 이곳의 벽에 훨씬 많이 붙어 있었다. 벽에는 수정 외에도 혹 같은 돌출부가 많이 달려 있었다.

제이크는 뭔가가 퍽 하고 부딪치는 소리를 들었다. 그와 함께 웅얼거리며 욕하는 소리와 헉 하는 숨소리도 들었다. 부딪치는 소리와 욕설은 다리어스가 낸 것이었고, 숨소리는 레슬리가 낸 것이었다. 제이크는 뒤늦은 주의를 주었다.

"다리어스, 머리 조심하라고."

그리고 레슬리 쪽을 신경 쓰며 바라보았다.

"레슬리, 괜찮아?"

레슬리는 고개를 끄덕였다. 그녀는…… 신경이 곤두선 것 같았다. 제이크는 약간 당혹스러웠다. 레슬리를 알고 지낸 지 수년이 지났지만, 단 한 번도 밀실 공포증의 징후를 보인 적이 없었기 때문이다. 분명 이 장소는 뭔가 이상했다. 그들이 발굴했던 다른 어떤 장소와도 달랐다. 레슬리가 머뭇거리며 말했다.

"왠지 벽이 조금 흔들리는 것 같아요. 눈치채신 분 없으신가요?"

R.M.은 웃음을 참았다. 켄드라가 눈살을 찌푸렸다.

"레슬리, 겁먹지 말아요. 평소답지 않네요."

레슬리는 당혹스러운 듯한 목소리로 말했다.

"예, 제가 봐도 그런 것 같아요. 죄송해요."

제이크가 미소를 지으며 달랬다.

"괜찮아, 레슬리. 여긴 불안정한 곳이야. 하지만 곧 익숙해질 거야."

레슬리는 왠지 납득이 안 간다는 표정이었지만, 그래도 미소로 답했다. 제이크는 계속 앞으로 나아갔다.

어둠 속에서 간간히 이상한 소리가 들렸다. 아마도 사원 여기저기에 뚫린 입구로 바람이 들어오면서 나는 소리인 것 같았다. 레슬리에게 주의를 기울이고 있던 제이크는 다리어스 역시 신경이 곤두서기 시작한 것을 알고 좀 놀랐다. 이 낯선 유적에 들어와서도 전혀 당황하지 않는 사람은 오직 제이크와 R.M.뿐이었다.

미궁은 생각한 것 이상으로 크고 복잡했다. 모퉁이를 돌 때마다 제이크는 분필을 꺼내 벽에 표시를 했다. 발레리안이 보내준 문서를 좀 더 충분한 시간을 들여 숙독했으면 좋았을 걸 하는 후회가 들기 시작했다. 그러나 황위 계승자의 메시지는 연구팀을 기죽게 만들었다. 황위 계승자가 원한 건 단지 연구팀이 현장에 가서…….

제이크는 눈살을 찌푸렸다. 그들의 앞에 예전에 온 탐사대가 쳐놓은 밧줄이 있었기 때문이다. 그러나 밧줄은 매듭이 없는 상태로 그의 앞에 늘어뜨려져 있었다. 제이크는 눈살을 찌푸리며 자신이 무엇을 하는지도 알아채지 못한 채 밧줄로 다가가 팔을 뻗었다.

"제이크, 안 돼요!"

R.M.이 다급하게 소리쳤지만 이미 너무 늦었다. 제이크의 발밑에 있던 바닥이 푹 꺼졌다. 제이크는 한마디 비명도 지르지 못하고 팀원들 앞에서 모습을 감추고 말았다.

제5장

제이크는 뭔가에 세게 부딪쳤다. 그는 거칠게 숨을 내쉬었고, 잠깐이지만 이대로 죽는 줄 알았다.

제이크는 다시 숨을 들이쉬며 중얼거렸다.

"도대체 어떻게……."

그는 아래쪽에서 나는 신음소리를 들었다. 제이크가 뭐라고 욕을 퍼부으려는 찰나, 바닥이 또 꺼졌다. 그는 사원 속으로 또 떨어졌고, 다시금 바닥에 세게 부딪쳤다. 이번에는 발목이 삔 게 확실했다. 제이크는 바닥이 또 꺼지지 않을까 걱정하며 떨어진 곳에 잠시 동안 누워 있었다. 그러나 두 번째로 떨어진 곳의 바닥은 튼튼한 것 같았다. 제이크는 조심스럽게 일어나 앉았다. 뼈가 부러진 곳은 없는 것 같았다. 그러나 아까 삔 발목 외에도 이곳저곳에 타박상을 입은 것 같았다. 제이크는 자신이 떨어진 곳의 바닥을 두들겨 보았다. 단단한 것 같았다. 제이크가 제대로 앉으려는 순간,

누군가가 그의 머리 위로 떨어졌다. 제이크는 비명을 질렀다.

R.M.의 멋진 목소리가 들렸다.

"저예요, 제이크. 밟아서 미안해요."

R.M.은 불을 켠 다음 천장을 비췄다.

"제 시간에 온 것 같네요."

제이크는 R.M.의 시선을 쫓았다. 그의 머리 위에 다른 뭔가가 있다는 징후는 없었다. 오직 이 특별한 터널, 아니 복도처럼 보이는 곳의 휘어진 천장뿐이었다. 여기는 대체 어떤 곳일까?

"무슨 일이 벌어졌나요?"

"교수님 발밑의 바닥이 꺼지면서 아래층으로 추락했어요."

기다란 밧줄을 돌돌 감아올리던 R.M.은 한쪽 끝이 잘 드는 칼에 잘린 것 같은 모습을 보고 얼굴을 찌푸렸다.

"저는 언제나 밧줄을 비롯한 이런저런 도구들을 가지고 다녀요. 교수님이 추락하는 걸 보고 에이던에게 밧줄 한쪽 끝을 잡고 있으라고 한 다음, 교수님이 떨어진 곳으로 밧줄을 타고 들어왔어요. 그런데 제가 들어오자마자 꺼졌던 바닥이 도로 막혀버렸지요. 그리고 여기에는 우리 둘만 남았고요."

제이크는 위를 쳐다보고 R.M.의 말을 납득했다. 어디에도 구멍 같은 건 보이지 않았다.

"막혔다고? 세상에."

'어떻게 막혔을까? 도대체 여긴 어떤 곳이란 말인가?' 제이크는 왼쪽 다리에 무게중심을 실은 채 비척거리며 일어났다. 벽에 기대 몸을 지지한 제이크는 손전등을 켰다. 앞쪽을 보니 복도는 몇 미터 앞에서 폭이 넓어지며 여러 갈래로 갈라졌다. 뒤쪽을 보니 얼마 못 가 사람이 지나다닐 수 없을 만큼 길이 좁아지고 있었다. 혹시 바닥이 갑자기 무너지는 건 아닐까 궁금해 하며 제이크는 바닥으로 주의를 돌렸다.

"음, 여기는 좀…… 달라 보이는군요. 녹색이 선명해요."

제이크가 바닥과 벽을 살피는 동안, R.M.은 경비대에 자신의 위치를 알렸다.

"그래…… 두 층 아래로 떨어졌어. 스크린에 내 위치가 보이나? 좋아."

R.M.은 상대방의 말을 듣다가 다시 말을 이어갔다.

"그래, 거기서 만나자고."

R.M.은 고개를 돌려 제이크를 보았다. 그녀의 시선이 제이크의 발목으로 향했고, 이내 얼굴이 일그러졌다.

"부러졌나요?"

"최소한 삔 거 같아요."

"톰이 나갈 길을 알려줄 거예요. 밖에 있는 사람들이 이 복도의 구조를 알아냈고, 몇 번만 돌아가면 출구가 있다고 하더라고요. 곧 사람들을 만날 수 있을 거예요. 교수님, 걸을 수 있겠어요?"

"한 발로 깡충깡충 뛸 수는 있죠."

R.M.은 한숨을 쉬었다.

"그러면 여기서 기다려요. 들것을 가지고 돌아올게요. 그리 오래 걸리지 않을 거예요."

R.M.은 대답도 듣지 않고 몸을 돌려 앞쪽에 놓인 갈림길 중 왼쪽으로 갔다. 제이크는 R.M.의 불빛이 멀어지더니 사라지는 모습을 지켜보았다. 그리고 자신의 발목을 노려보고 얼굴을 찌푸리더니 손전등으로 주변을 비춰보았다.

시간은 계속 흘러갔다. 제이크는 오른쪽 길을 계속 쳐다보았다. 그러고는 다친 발목을 시험 삼아 움직여 보았다. 아직도 아팠다. 그러나 그 사실을 염두에 두고 조심스럽게 행동한다면, 오른쪽 길로 나아갈 수 있을 것 같았다. 제이크는 벽에 기대어 몸을 지탱한 채 절뚝거리며 나아갔다.

보통 부상을 당했는데도 허세를 부리는 일은 바보 같은 짓이지만, 제이크는 호기심이 많은 사람이었다. 오른쪽 길이 그의 뒤로 난 복도처럼 작아질지도 모르지만, 사원에 대해 알고 싶은 마음이 더 컸다. 그리고 마냥 앉아서 R.M.과 그녀의 팀을 기다리기만 하다가 실려 가는 건 싫었다.

그런데 오른쪽 길은 좁아지지 않았다. 계속 이어져 있었다. 그리고…… 갈수록 녹색이 선명해졌다. 그리고 그의 발밑에 있는 바닥의 느낌도 변해 갔다. 갈수록 단단해지면서도 유연해지는 느낌이었다. 어떤 모퉁이를 돈 제이크는 갑자기 걸음을 멈췄다. 일 미터 앞에서 길은 막혀 있었다. 그러나 갑자기 튀어나와 제이크를 꼼짝 못하게 하고, 그의 심장을 흥분으로 두근두근 뛰게 한 것은 막혀 있는 길이 아니었다.

제이크의 왼쪽 벽에는 짙은 색 페인트 같은 것으로 쓴 듯한 커다란 상형 문자가 적혀 있었다.

오랫동안 제이크는 숨도 제대로 못 쉬면서 상형문자를 바라보고 있었다. 물론 해석할 수는 없었지만, 그 문자는 벽에 무작위로 생긴 무늬가 아니라 분명 누군가가 일부러 적어놓은 것이었다. 제이크는 용기를 내어 몸을 굽혀 문자들을 가까이서 보았다. 물론 행여나 문자를 망가뜨릴까봐 주의를 기울였다. 제이크의 마음속에는 수많은 의문이 떠올랐다. '도대체 누가 이걸 썼을까? 도대체 무슨 뜻일까? 이 문자를 적는 데 쓰인 잉크는 어떤 것일까?' 제이크는 잉크에 대한 답부터 찾기 시작했다. 시간이 지나면서 잉크 중 일부는 떨어져 나갔고, 떨어진 잉크 조각들은 이상한 녹색의 바닥 위에 점점이 널려 있었다. 귀중한 표본들이 자칫 날아갈세라, 제이크는 숨을 참아가면서 장갑을 끼고 재킷에 달린 여러 개의 주머니 중 하나에서 무균 용기를 꺼냈다. 그리고 용기에 잉크 조각들을 조심스럽게 쓸어 담았다. 제이크는 손이 떨리지 않는 것에 스스로도 놀랐다. 그는 그동안 자신이 받아왔던 모든 훈련은 바로 이 극적인 순간을 보기 위한 것이라고 생각했다. '이 문자는 얼마나 오래되었을까? 무엇으로 쓰였으며, 어떤 내용을 전하고 있을까?'

그때 R.M.의 목소리가 들려왔다.

"제이크, 도대체 어디 있는 거예요?"

제이크는 그 목소리에 대답하며 일어서려고 했다.

"이쪽 복도로 오세요. 방금 뭔가를 발견……."

일어서던 제이크의 삔 발목이 휘어졌다. 그는 쓰러지지 않으려고 팔을 뻗었고, 장갑을 끼지 않은 손으로 상형문자가 적힌 쪽 건너편의 벽을 짚었다. 갑자기 강렬한 빛이 비추자 제이크는 순간적으로 앞이 거의 보이지 않았다. 그는 벽에서 손을 뗐다. 눈에 남겨진 빛의 잔상이 점점 희미해졌다. 제이크의 손가락 사이로 뿜어져 나온 빛은 사각형 모양으로 몇 초 동안 눈부시게 빛나다가 사라졌다.

제이크는 그 빛을 응시했다. 그는 생각을 읽는다는 마법의 주문도, 이른바 고고학의 낭만 따위도 그리 믿지 않았다. 그저 자신이 보고, 검증하고, 만져본 것만 믿을 뿐, 그의 감정이나 상상의 속삭임은 믿지 않았다. 그러나 이번만큼은 온몸에서 전율이 느껴졌다. '그와 연구팀이 더듬고 있는 이곳은 대체 어떤 곳이란 말인가?'

R.M.은 빛이 사라지기 시작할 무렵 복도로 들어왔다.

"아, 문을 발견한 것 같아요."

• • •

한 시간 후, 제이크는 삔 발을 미라처럼 붕대로 칭칭 동이고 베개로 받친 채 마흔한 명의 팀원들과 함께 앉아 있었다. 테레사가 발레리안과 통신하려고 시도하는 동안, 제이크는 그들에게 상황을 설명해주었고, 팀원들의 얼굴에는 함박웃음이 피어났다. 그는 발견 자체보다도 팀원들이 기뻐하는 모습 때문에 더욱 기분이 좋았다. 테레사가 우선 황위 계승자의 부관과 통화를 마쳤고, 잠시 후 발레리안 멩스크의 잘생긴 얼굴이 떠올랐다. 발레리안은 미소를 짓고 있었으나, 약간의 당혹감을 지울 수는 없었다.

"제이크, 휘티어로부터 당신이 연락을 해왔다는 얘기를 듣고, 무슨 이야기가 나올지 궁금했소. 혹시 발굴 과정에 문제가 생긴 건 아니길 바라오."

발레리안은 그렇게 말하며 붕대를 칭칭 동여맨 제이크의 발목을 살짝 살펴보았다.

"넘어져서 다쳤을 뿐입니다. 그보다는 뭔가 발견했다는 사실을 알려드리게 되어 기쁩니다. 사원의 중심부로 가는 또 다른 진입로를 발견했습니다. 이전까지 누구도 발견하지 못했던 터널이지요. 테레사가 관련된 이미지들을 보내드리고 있습니다."

제이크가 볼 수 없는 다른 스크린으로 시선을 옮긴 발레리안의 눈이 별안간 커졌다.

제이크가 말을 이었다.

"우리는 이 문자가 어떤 의미인지, 무엇으로 썼는지 알지 못합니다. 연구실에서 현재 분석 중입니다. 그러나 가장 놀라운 것은 제가 벽을 건드리자 생긴 일입니다."

제이크는 발레리안에게 그와 관련된 이미지들을 볼 시간을 주었다. 이 순간 제이크와 자치령의 황위 계승자는 마치 어린아이들처럼 웃고 있었다.

"그렇습니다. 이건 문입니다. 그리고 이 상형문자는 들어가는 방법을 설명해 놓은 게 틀림없습니다."

발레리안은 한숨을 쉬었다.

"제이크…… 지금 이 순간, 나와 당신의 운명을 기꺼이 바꾸었으면 하는 바람이오."

제이크는 그 말이 참말이라고 믿었다.

"뭐라도 더 발견하면 바로 연락을 주시오. 언제라도, 어떤 내용이라도 좋소."

발레리안의 눈은 흥분으로 빛났다.

"나에게 모든 것을 말해 주시오."

"물론입니다. 발굴의 모든 순간을 기록할 것이라고 약속드립니다."

"좋소. 너무나 흥분되는군요. 칼리슬 교수의 이론에 대해서는 어떻게 생각하시오?"

제이크는 칼리슬 교수의 이론을 담은 동영상을 아직 보지 않았으므로, 그 이론이 무엇인지 알지 못했다.

"음…… 거기에 대해서 뭐라도 얘기를 하려면 그 이론을 좀 더 열심히 살펴봐야 할 듯싶습니다."

"오오, 물론이오. 제이크, 나 역시 그 이론에 대해서는 이렇다 할 의견이 없소. 나는 당신에게 매우 기대가 컸소. 그리고 당신은 이미 다른 학자들을 가뿐히 뛰어넘었소. 사원의 중심부 공동으로 들어가는 길을 반드시 찾아내리라 믿고 있소."

"최선을 다하겠습니다."

발레리안도 고개를 끄덕이고, 윙크를 해 보였다. 그러고 나서 발레리안의 모습이 사라졌다. 제이크는 의자 등받이에 등을 기대고 안도의 깊은 한숨을 쉬었다.

R.M.은 존경이 가득한 눈빛으로 제이크를 보았다.

"포커를 하지 않는다고 해서 좋아했는데, 이제 보니 엄청난 허풍쟁이군요."

제이크는 희미한 미소를 지었다.

저녁식사 후, 그들은 둘러앉아 다른 동영상을 보았다. 전에 이곳을 다녀간 다른 연구팀장들이 남긴 말들이 담겨 있었다. 처음에 온 연구팀은 고고학자들로만 구성되어 있었고, 그 다음에 온 두 팀은 해병대를 대동하고 있었다. 제이크와 다른 사람들은 먼저 온 세 팀이 사원의 중심부로 들어가는 길을 찾기 위해 시도한 다양한 방법에 대한 이야기를 들었다.

제이크는 이런저런 것들에 간담이 서늘해졌다. 하지만 호기심을 돋우는 이야기들도 있었다. 그중에는 사원의 내부구조에 대해 레지널드 칼리슬 교수가 내놓은 이론도 있었다. 칼리슬 교수는 제이크보다 나이가 몇 살위로, 근엄한 표정을 짓고 있었다. 그리고 다크 초콜릿색의 피부와 흰머리, 매서운 눈빛을 내뿜는 눈의 소유자였다. 칼리슬의 이론에 따르면 사원은 성간 운항이 가능한 우주선이었다. 그리고 베카 로에 나타났다가 여기네마카에도 온 에너지 생명체는 그 우주선의 조종사라고 했다. 그리고 당연히 우주선은 에너지 생명체가 속한 정체불명의 외계인 종족이 설계하고건조한 것이라는 주장이었다.

꽤 설득력 있는 주장이었다. 제이크는 바닥이 무너졌다가 알아서 봉합되었던 사실을 떠올렸다. 고도로 발달된 기술로 만들어진 우주선이라면 자체 수리 기능이 프로그래밍 되어 있는 것도 당연했다. 제이크는 혼잣말을 했다. '그렇다면 왜 우주선의 조종사는 우주선에서 탈출해야 했을까? 그리고 탈출 이전에 왜 우주선은 수백 년간 이 자리에 머물러 있었던 것일까?'

그리고 동영상을 보면서 너무나도 이상하게 여겼던 점이 한 가지 있었다. 누구도 대놓고 언급하거나 거론하지는 않은 점이었다. 하지만 차라리 말하지 않는 편이 나았다. 동영상에 출연한 사람은 모두 하나같이 네마카를 떠날 시간이 되자, 좋은 말로 표현하자면 안절부절 못하고 있는 것 같았다. 물론 그런 증세를 덜 나타내는 사람도 있었다. 근엄한 칼리슬은 분명 그런 태도를 덜 보이는 듯했다. 그러나 이곳을 떠날 때가 다가오자, 모두가 쫓기는 듯한 분위기를 풍겼다. 눈가에는 잔주름이 생겼고, 목소리에는 긴장감이 느껴졌다. 제이크는 그들이 논하는 사실들을 모두 정리해 두었다. 그러나 그들이 보이는 이상한 태도는…… 참고 지켜보기가 어려웠다.

그날의 해는 길었다. 그리고 모든 일을 다 마쳤을 즈음 밤이 찾아왔다. 제이크가 말했다.

"자, 이제 다들 자자고. 내일 아침에는 일찍 일어나야 하니까."

내일. 이 행성에서 처음으로 온종일을 보내는 날이다. 제이크는 내일이 오기를 학수고대했다.

• • •

안 돼! 이렇게 끝날 수는 없어!

아팠다……. 짙은 색의 뜨겁고 걸쭉한 피가 다물어질 줄 모르는 상처에

서 마구 뿜어져 나왔다. 그녀는 죽어가고 있었다. 그녀는 죽어가고 있었고, 모든 것은 끝나고 있었다…….

레슬리는 벌떡 일어나 몸을 거칠게 흔들었다. 가슴이 바쁘게 뛰고 있었다. 소리를 질렀던가? 다른 여자들은 곤히 자고 있었다. 심지어 아래층 침대에서 깊이 잠든 켄드라도 그녀 때문에 수면을 방해받지 않았다.

레슬리는 땀에 젖었다 말라서 뻣뻣해진 머리칼을 손으로 쓸었다. 땀이…… 아니었다. 피, 피였다. 레슬리의 손에서도 피가 뚝뚝 떨어지고 있었다. 불빛 속에서 피는 검게 보였다. 그 피가 침대 전체를 적시고 있었다…….

레슬리가 이번에는 정말로 잠에서 깨어 일어났다. 그리고 이번에는 소리를 질렀다.

● ● ●

다음날 아침, R.M.은 아침식사를 하러 식당에 온 제이크를 정중히 맞이했다. 아직 발굴 현장으로 나가기 전인데도 R.M.과 경비대원들은 무기를 휴대하고 있었으며, 언제라도 발사할 태세를 갖춘 상태였다. 제이크는 내심 한숨을 쉬었다. 당연한 얘기지만, 고고학자들은 이전의 탐험에서 무기를 소지한 적이 없었다. 심지어 제이크조차도 발굴지에서 느닷없이 튀어나와 사람들을 놀라게 한 성난 외계 생명체를 상대로 무기를 한두 번 사용한 게 전부였다. 그러나 이번에는 얘기가 달랐다. R.M.은 자신을 포함한 경비대에는 단 한 사람의 정규 군인, 심지어 공무원도 없다고 강조했다. 이 단어를 말할 때 그녀는 농담 같은 뉘앙스를 풍겼다. 하지만 그들은 브이가 고용한 용병들이라 하더라도 분명 일종의 전사들이었다. 제이크는 자신과 재산을 보호하기 위해 무기를 드는 행위와 직업상의 이유 때문에 무기를 드는 행위 사이의 차이를 매우 분명히 느꼈다. 그러나 그에게는 이 문제에 대해 선택권이 없었다. 그리고 R.M.과 그녀의 용병들이 이곳에 온 것은 흙먼지 속을 뒤지며 발굴 작업을 하는 연구팀원들의 안전을 보장하기 위해서였다. 따라서 제이크는 경비대원들의 무기 휴대에 과민반응을 보여서는 안 된다고 생각했다.

제이크의 시선이 커피를 컵에 따르고 있는 레인싱어에게 꽂혔다. 젊은 의사는 매우 피곤해 보였다. 제이크가 절룩거리며 다가가자 레인싱어는 그를 쳐다보았다.

레인싱어가 말했다.

"좋은 소식과 나쁜 소식이 있어요. 어제 밤늦게까지 실험을 했는데, 우선 나쁜 소식부터 말하자면요. 벽에 있는 그 문자는 적힌 지 십 년도 채 안 되었어요. 그러니 고대 문자일 리 없지요."

"그러면 그 문자가 사원을 만든 생명체가 남긴 메시지였다는 내 이론은 자동 폐기되는 거로군."

제이크는 달관한 듯 한숨을 쉬었다.

"좋은 소식은 뭔가?"

에디는 커피랍시고 나온 쓰고 질척한 음료를 마시며 미소를 지었다.

"그 메시지는 생물의 피로 쓰였어요. 그러나 인간의 피도, 기존에 알려진 네마카 생명체의 피도 아니에요."

레슬리가 김이 모락모락 나는 머그컵을 들고 걸어와 끼어들었다.

"그럼 저그의 피인가요?"

"아니요. 확실히 아닙니다. 대조해볼 수 있는 저그의 DNA는 데이터베이스에 많이 있거든요."

다리어스가 새로운 이론을 꺼냈다.

"어쩌면 프로토스가 아닐까요? 테란과 저그를 빼면 우리가 아는 한 우주에 지능을 가진 종족은 프로토스 말고 없잖아요. 프로토스 중에 어떤 놈이 자기 피로 글을 남겼을지도 모르죠. 그리고 그 메시지는 제가 배운 어느 테란 문자와도 닮지 않았어요."

레슬리는 초점 없는 눈으로 먼 곳을 보며 웅얼거렸다.

"자기 피로 남긴 메시지라······. 생각만 해도 으스스하네요."

제이크가 레슬리를 보며 말했다.

"그리고 완전히 근거 없는 이론이지."

그는 레슬리가 사원 안에 들어갔을 때 가슴을 졸였던 일을 기억해냈다.

"레슬리, 괜찮나?"

제이크는 방 건너편에 있는 파텔의 시선을 붙잡았다. 짙은 머리의 파텔이 제이크의 말 없는 요청을 알아차리고 고개를 살짝 끄덕였다.

레슬리는 웃었다.

"예. 아마도······ 겁이 났던 것 같아요."

다리어스가 말했다.

"사실 안 괜찮잖아요. 사실 저도 거기 갔을 때 왠지 좀 꺼림칙하더라고요. 그리고 피로 쓴 메시지라니, 꺼림칙한 느낌이 줄어들지 않네요."

제이크의 기분이 가라앉았다. '다리어스도 역시?' 예전에 고고학 연구팀원들이 살짝 제정신이 아닐 때가 있었다. 그것은 외부 세계와 격리되어 있다는 점 때문이었다. 그래서인지 연구팀원들은 시간이 갈수록 상상의 나래를 펼치곤 했다. 그러나 제이크는 대부분의 팀원들과 수년 동안 일해왔다. 그리고 팀원들은 안정적이고 정상적인 정신의 소유자들이었기에,

선발을 통해 여태까지 함께 하고 있었다.

하지만 하필이면 여기서, 지금 이 순간에 제이크의 판단이 틀렸다는 사실이 드러날지도 몰랐다.

R.M.이 제이크에게 걸어왔다. 제이크는 R.M.의 소총을 가리키며 물었다.

"그게 꼭 필요해요?"

R.M.은 제이크를 쳐다보았다.

"어제는 저의 일처리에 불평을 하지 않았잖아요."

R.M.은 컵을 새로 채우고 몸을 돌렸다. 제이크는 여전히 약간씩 절룩거리며 그녀를 따라 걸어갔다.

"어제 해주신 일에 대해서는 진심으로 감사하고 있어요. 믿어주세요. 그러나 총을 가지고 한 일은 아니었지요."

"교수님, 당신은 어제 팀원들에게 임무를 부여했던 걸로 아는데요. 사원 중심부의 방 안에 들어가는 임무였지요. 그때 사원 안으로 들어가지 못한 연구팀원들은 그저 들러리였을 뿐이에요. 물론 초반에 성과를 거두기는 했지만, 교수님과 팀원들 모두 알고 있을 거예요. 사원 중심부 방 안에 뭐가 있는지 아무도 모른다는 점을 말이죠. 들어가면 아주 위험한 게 도사리고 있을지도 몰라요. 교수님은 교수님의 일을 하면 되고, 저는 제 일을 하면 되는 거예요. 서로 부딪칠 필요는 없다고 생각하는데요."

R.M.이 매력적인 미소를 지었다. 결국 제이크는 R.M.이 소총을 가져가도록 허락했다.

제이크와 R.M. 사이의 의견 대립은 이곳에 온 지 삼 일째 되는 날 밤에 터졌다.

R.M.은 간식을 준비하고 있던 제이크에게 자신의 경비대원 중 누가 어떤 일을 하는지에 대해 자세한 설명하고 있었다. 뭐, 제이크도 거기까지는 괜찮았다. 경비는 R.M.의 일이었고, 더욱이 그녀는 적절한 자원과 방식으로 이곳의 경비 체계를 운영할 책임이 있는 위치였다. 하지만 그 직후 R.M.의 입에서 나온 말을 듣고 제이크는 짜증이 확 났다. R.M.은 이 캠프의 모든 사람들이 따라야 할 매우 자세한 행동지침, 그리고 언제 어디에 있어야 하는지에 대한 자세한 지침을 만들어 제이크에게 보여줬던 것이다.

제이크는 R.M.이 만든 지침을 바라보았다. 접시 위의 작고 단단하고 둥근 물체, 즉 쿠키에는 손도 대지 않았다. 그러다가 갑자기 R.M.의 짜증난 얼굴 표정을 보고 웃어대기 시작했다.

"이봐요, R.M.. 만약 보안상의 문제가 발생한다면, 이 행성 위의 모든 사람들은 당신의 말 한마디 한마디를 매우 진지하게 경청할 겁니다. 속삭여도 다 들릴 정도로요. 하지만 그런 일이 있기 전까지 이런 독재는 용납이 안 됩니다. 통행금지도 있어서는 안 되고, 자유 시간에 무엇을 하든 규제해서도 안 돼요. 세상에, 연구팀원들이 시간 나면 어디로 갈 것 같소? 우리 캠프는 그렇게 크지 않아요!"

R.M.은 양손을 허리에 얹고 희미한 미소를 지었다.

"제가 말씀드리고자 하는 요점이 바로 그거예요. 교수님의 연구는 신체적으로 매우 피곤한 일이에요. 연구팀원들은 취침시간이 되면 매우 힘들어해요. 만약 그들이 이 힘든 생활에 진력이 나서 다른 것을 하고 싶어 한다면 어떤 일이 일어날지 누가 알겠어요?"

제이크는 애써 인내하는 척하면서 말했다.

"우리 연구팀원들은 어린아이가 아니에요. 다들 지성인이고, 발굴 경험도 있고, 전문 연구자들이에요. 그리고……."

바로 그때, 옆 건물에서 다리어스의 고함 소리가 들려와 대화를 막았다.

"망할! 레인싱어, 그 에이스가 어디서 났어? 그거 분명히……."

다행히도 제이크가 한 말의 나머지 부분은 누군가의, 아마도 에디의 성난 말대꾸에 묻혀 들리지 않았다.

R.M.의 검은 눈썹이 구부러졌다. 제이크는 자신의 얼굴이 뜨거워지는 걸 느꼈다. R.M.이 자리를 박차고 일어났다.

"잠시 실례해야겠어요. 좀 있다가 돌아올 거예요. 읽어보고 소감을 얘기해 줘요."

제이크는 R.M.이 두고 간 문서를 살펴보았다. 때맞춰 다리어스가 듣기 거북한 고함을 마구 질러댔지만, 제이크는 그 자리를 계속 지키기로 했다.

R.M.이 머리카락 한 올도 흐트러짐 없이 십오 분 후에 돌아오자, 제이크는 차분하게 그녀를 바라보았다.

제이크는 R.M.이 뭐라고 말하기 전에 먼저 선공을 날렸다.

"지금 들은 것처럼 다리어스의 성질은 매우 불같지요. 그 친구는 또……."

"지적인데다 자유 시간까지 짜증을 참을 줄도 아는 꼼꼼한 고고학자고요."

제이크의 말을 끊은 R.M.이 의자에 고양이처럼 앉았다.

"저는 연구팀에 대해 입수할 수 있는 모든 자료를 다 구해서 읽어봤어요. 그리고 처음 만났을 때부터 현재까지 모든 팀원들의 동향을 주시해왔고요. 저는 지금도 선과 한계를 정해두는 게 모두에게 좋다고 생각해요.

만약 누군가가 자유 시간에 아무것도 할 게 없는 생활에 진력이 나서 말썽을 피운다면, 우리 경비대가 처리하게 해주세요."

제이크는 고개를 저었다.

"안 돼요. 어쩌다가 그런 사고방식을 갖게 되었는지 모르겠지만. 아무튼 이곳의 최고 명령권자는 나예요. 그리고 나는 사람들이 자유 시간에 무엇을 하건 간섭하고 싶지 않아요. 그들은 성인이에요. 물론 가끔씩 성인답지 못한 행동을 하는 사람도 있기는 하지만, 그렇다고 성인이 아닌 건 아니에요. 나는 이 사람들 대부분과 수년 동안을 알고 지내왔고, 그 사이 우리 연구팀에서 주먹질 같은 일은 전혀 없었어요. 물론 분위기가 험악해질 때는 있었지만, 단 한 건의 사고도 일어난 적 없었어요. 정말로 구할 수 있는 자료를 모두 다 읽어 봤다면 그 정도는 알고 있을 텐데요."

R.M.은 파란 눈으로 제이크를 구석구석 오랫동안 훑어보더니, 결국 고개를 끄덕였다.

"알았어요, 제이크. 그러나 만약 정말로 문제가 생기면 어떻게 하죠?"

"모두에게 당신 말을 들으라고 하겠어요. 당신이 지시하면 내가 가장 앞장서서 따르도록 할게요."

"제가 말할 시간도 없으면요? 그리고 만약 교수님이 사원 안에 있는 고대의 부비트랩 같은 것에 걸리거나 자기들 군락에 쓰려고 사원을 노리고 있는 저그의 공격을 당해서 죽기라도 한다면요?"

제이크는 그런 사태를 대비해둬야 했지만, 그렇지 못했다. 그래서 눈을 깜박이면서 머뭇거렸다.

"그런 경우에 우리 연구팀은 알아서 당신 말을 들을 거라고 생각하오."

"만약 연구팀이 제 말을 안 들으면 어쩌려고요."

그때 제이크의 머릿속에 마치 여름 바람에 실려 온 들꽃 향기 같은 해결책이 떠올랐다. 매력적이고 완벽한 해결책이었다.

"당신 말이 맞아요."

제이크는 갑자기 말을 꺼냈다.

"그럼 지금이라도 연구팀이 당신 명령에 익숙해지게 하면 되지 않겠어요? 내일 이른 아침에 발굴지로 와요. 기다리고 있겠어요."

R.M.의 얼굴에 떠오른 표정을 본 제이크는 터져 나오려는 폭소를 간신히 눌러 참았다. R.M.의 입에서 다리어스가 즐겨 사용하던 앵글로 색슨족의 옛 단어가 튀어나왔다.

"난 훈련받은 전문가예요. 그리고 해야 할 일도 있고요!"

제이크는 맞받아쳤다. 이런, 능글맞은 미소를 짓고 싶었다.

"당신이 지금 해야 할 일이 그리 많지 않은 것은 스스로도 잘 알고 있지 않나요? 그리고 그런 일이 생겨서는 안 되겠지만, 내가 잘못될 경우에 우리 팀원들이 당신 말을 안 들을 거라고 걱정하고 있고요. 그렇다면 우리 팀원들과 함께 발굴 작업에 참여해 보는 건 어떻겠어요? 그러면 두 문제가 모두 잘 해결될 것 같은데."

제이크는 R.M.의 차가운 푸른 눈에서 어쩜 그렇게 뜨거운 눈빛이 나올 수 있는지 잠시 동안 신기해했다. 그러다가 미소 지은 R.M.의 입술에서 힌트를 얻었다.

"내가 졌어요, 졌다고요."

R.M.의 발굴 현장 투입 첫날은 사실상 그녀에 대한 집단 괴롭힘의 날이었다. 연구팀의 모든 사람들은 감히 제이크에 맞서 잘난 척한 R.M.에게 가장 하찮은 일을 시키고 싶어 안달이 난 듯했다. 하지만 R.M.은 단 한

마디의 불평도 없이 주어진 일을 해내 제이크를 놀라게 했다. 그리고 발굴 삼 일째 날이 저물어갈 무렵, 엄지손가락만으로도 제이크를 죽일 수 있는 이 덩치 작은 여성은 마치 아주 오래전부터 연구팀의 일원이었던 것처럼 취급받고 있었다.

이 시점에서 대부분의 일들은 정말로 매우 귀찮고 힘든 것뿐이었다. 사원으로부터 멀리 떨어져 있는 흙과 수정은 기계를 사용하면 쉽게 제거할 수 있었다. 그러나 사원에서 일 미터 이내 구역으로 들어가자, 제이크는 모든 작업을 수공구로만 해야 한다고 고집했다. 그래서 이들은 솔, 작은 망치와 끌, 장갑 낀 손만 가지고 흙을 제거했다.

팀은 작업 초반에 꽤 큰 성과를 거두었지만, 그 이후로 오랫동안 별다른 성과를 거두지 못하는 듯했다. 제이크는 뭔가 큰 것을 발견했지만, 그건 사원 발굴 자체와는 크게 상관이 없었다. 그리고 그들이 이곳에 온 첫 번째 연구팀이 아니라는 사실도 팀원들을 낙담하게 만드는 요소였다. 제이크의 경험은 팀원들의 사기를 높여 주었지만, 이 정도의 사기 저하는 보통 발굴 작업 개시 이후 적어도 수개월 동안은 일어나지 않던 일이었다. 발굴 작업 첫 주부터 이미 팀원들의 사기가 떨어진 이런 상황에 맞서기란 꽤나 힘들었다. 그러나 제이크도 나름대로 계획이 있었다. 그는 팀원 중 서너 명을 선발해 매일 다른 동굴을 탐험하게 했다. 그들은 동굴 속의 모든 것을 녹화했다. 그러고 나면 제이크가 그들이 찍어온 살아 있는 유적의 색다른 특징이나 바닥의 미묘한 색 변화, 마치 생물의 혈관처럼 벽과 바닥을 달리고 있는 여러 색의 줄무늬에 나타난 새로운 색상 등에 대해 해설을 해 주었다.

또한 팀원들이 유적 주변의 토양에 관심을 쏟도록 유도했다. 그 지역에는 화석들이 아주 많았다. 레슬리를 포함해 팀원 중 여러 사람들은 고고학뿐만 아니라 고생물학, 고식물학 학위를 갖고 있었다. 그들이 유익한 여가 활동을 즐길 수 있는 환경 덕택에 제이크는 기뻤다.

그 문제는 그렇게 처리했고, 팀원들에게 각자의 일을 주고 난 제이크는 처음과는 달리 더욱 교과서적인 방식으로 R.M.이 걸어갔던 복도를 따라 통로로 내려갔다. 그리고 그 자리에 홀로 앉아 벽과 문으로 추정되는 물체를 보며 복잡한 생각에 잠겼다.

제이크는 자신이 처음 사원에 들어갔을 때, 한 층 아래가 아니라 두 층 아래로 떨어졌던 사실에 주의했다. 사원의 겉은 매우 어두운 색이었다. 짙은 녹갈색과 검은색이었고, 외부는 잘 부서지는 수정이 둘러싸고 있었다. 제이크는 누군가가 자신과 마찬가지로 돌진해 들어간 자리도 발견했다. 그 자리의 색은 뚜렷하고 짙은 비취색이었다. 그랬다. 대충 봐도 이 사원은 죽어서 칙칙한 색으로 변해 있었다.

하지만…….

제이크가 사원 내부의 빈 공간, 이른바 사원의 중심으로 진입했을 때, 그는 주변의 색이 한층 선명한 녹색으로 바뀐 것을 알게 되었다. 거의 에메랄드 빛깔 같았으며, 목격자들이 말하던 베카 로에 있는 사원의 색깔과도 매우 비슷했다.

베카 로의 사원에는 여전히 에너지 생명체가 들어 있던 상태였다.

이 사원 곳곳에서도 그런 밝은 색조의 작은 녹색 부분들이 발견되었다. 제법 부위가 큰 곳도 있었다. 제이크가 손을 댔을 때 빛을 발한 문 역시 그런 부분 중 하나였다. 마치 사원의 중심, 내부의 방으로 들어갈수록 사원의 색조는 더욱더 생기 있게 변해가는 것 같았다.

제이크는 여러 차례 장갑을 벗고 맨손으로 사원의 벽을 만지곤 했다. 부주의한 행동이었다. 이는 어떻게 보면 고고학자의 기본자세와 일치하지 않는 행동처럼 보일지도 몰랐다. 그러나 제이크는 그런 행동이 오히려 고고학의 이념과 일치한다고 생각했다. 뭔가에 대해서 지식을 얻으려면 만져야만 했다. 뭔가를 할 때는 오감을 모두 동원해야만 했다. 비밀은 숨겨져 있는 법이니까. 대충 보고도 모든 것을 다 알 수 있다면, 도전할 필요 따윈 없었다. 제이크는 유적이 비밀을, 유적을 만든 이들의 비밀을 털어놓기를 바랐다. 또한 제이크 램지와 외계인 사원의 중심부를 가로막고 있는 문을 여는 방법을 알려주기를 바랐다. 제이크는 발굴 작업에 나설 때마다 언제나 유적이 자신에게 비밀을 알려주기를 바랐다. 과거의 유물들, 깨진 그릇 조각이나 건물, 또는 도구의 잔해들이 그걸 만든 이들에 대해 알려주기를 바랐다.

결국, 언제나 유물들은 제이크에게 비밀을 털어 놓았다. 그리고 이것 또한 그럴 것이다.

제이크는 유물이 스스로 비밀을 말하게끔 하는 방법만 찾으면 되었다.

• • •

다리어스는 레슬리와는 달리, 정신과 의사와 상담을 하고 싶은 생각이 없었다. 절대 그러고 싶지 않았다. 우선 한 가지 이유로, 레슬리는 정신과 의사와 상담을 했는데도 상황이 별로 나아지지 않고 있었다. 반면 다행스럽게도 다리어스는 머릿속에서 속삭이는 목소리와 싸워 이길 수 있었다. 그리고 가시거리 내에 들어올 때마다 자신을 쏘아보고 있는 듯한 느낌을 주는 저 칙칙한 색의 음침한 사원과 마주할 용기를 얻기 위해 술이 필요하다고 해도, 적당한 술을 골라 마시면 될 뿐이었다. 그렇지 않은가?

적어도 다리어스는 혼자가 아니었다. 첫날부터 눈에 띄게 불편해한 레슬리와는 달리, 다리어스는 자신의 기분은 물론 머릿속에서 울리는 소리나 뒤숭숭한 꿈자리를 다른 사람에게 말한 적이 없었다. 그러나 다리어스 역시 주변 사람들의 표정에서 뭔가에 억눌린 듯한 불안한 심리를 느낄 수 있었다. 사람들의 딱딱해진 말투로도 그 사실을 감지할 수 있었다. 그런 증세를 절대 보이지 않는 사람은 제이크와 R.M. 그리고 R.M.의 경비대원들뿐이었다. 망할, 제이크는 사원 안의 그 방에 하루 온종일 홀로 앉아 시간을 보냈다. 게다가 사원에서 나오는 제이크의 표정은 예전과 변함없이 활기와 인내, 일에 대한 흥분으로 넘쳐흘렀다.

이틀 전, 다리어스는 사원 안에서 들려오는 낮게 신음하는 듯한 이상한 소리에 온몸이 땀으로 흠뻑 젖었다. 사원 안에 있던 다른 모든 사람들도 그 소리를 듣고 죽은 듯 움직임을 멈추었고, 눈을 크게 뜨고 서로를 보았다. 레슬리는 비명을 질렀다. 잠시 동안이지만 다리어스도 입 안이 바짝 말랐다.

누군가 소리쳤다.

"세상에. 사원이 울고 있어!"

아닌 게 아니라, 그 소리는 울음소리처럼 들렸다. 형용할 수 없이 지독한 고통에 시달려 낮게 흐느끼는 소리처럼 들렸다……

R.M.이 일어서서 장갑에 묻은 흙을 털어냈다.

"세상에…… 애들도 아니고 다들 뭐람."

그 소리가 또 들려왔다. 다리어스는 간담이 서늘해졌다. 사원 안에 있는 뭔가가 울고 있었다.

R.M.이 짧지만 헝클어져 얼굴을 가리고 있는 자신의 머리칼을 가리키

며 말했다.

"바람 소리일 뿐이에요······."

그러다가 그녀가 웃기 시작했다.

"이봐요! 이 사원에는 많은 구멍이 있어요. 그 속으로 공기가 드나들면서 이상한 소리가 날 수도 있는 거예요."

R.M.은 키 큰 금발의 세바스티엔과 눈을 마주쳤다. 세바스티엔은 그녀를 향해 미소 짓고 있었다.

다리어스는 미친 듯이 솔질을 해대며 자기 일에 다시금 빠져들었다. 그러나 그날 밤······ 다리어스는 누군가가······ 아니 뭔가······ 뭔가······ 사원 속에 홀로 갇혀 엄청난 고통에 몸부림치는 꿈을 꿨다.

다리어스는 주변을 돌아보았다. 자신이 맡은 발굴지 주변에 사람은 없었다. 따라서 주머니 속에서 술병을 꺼내 들이킨 후에 도로 넣는 모습을 볼 사람은 없었다. 들이킨 술은 그의 목구멍을 후끈하게 달구며 뱃속으로 내려갔다. 과거 다리어스가 참가한 모든 발굴 현장에서처럼, 이번에도 제이크는 원한다면 누구나 정해진 양의 술을 휴대할 수 있도록 허락해 주었다. 물론 제이크는 근무 중의 음주를 좋아하지 않았다. 그러나 이번만큼은 근무 중에 술을 마시지 않으면······ 도무지 일을 제대로 해낼 수 없다는 점을 다리어스는 무섭도록 분명하게 알고 있었다.

다리어스는 또 술을 한 모금 들이켠 다음, 술병을 주머니 속에 넣었다. 예전의 프로젝트들은 항상 다리어스의 술이 떨어지기 전에 종료되었다.

예전에는 언제나 그랬다.

제6장

이번 발굴은 호사에 가까울 만큼 쉬웠어야 했다. 연구팀원들에게 숨 쉴 공기를 제공해주는 돔 덕택에 기후 따위는 전혀 문제가 되지 않았다. 돔 내부는 언제나 섭씨 이십일 도가 유지되었다. 그리고 작업을 방해하는 바람이나 폭풍, 눈 같은 것은 일절 없었다. 이런 작업환경을 불평한 사람들은 제이크의 연구팀에 새로 합류한 레인싱어, 파텔, 브라이스, 티그, 페트로프 말고는 없다. 제이크 연구팀의 핵심멤버들은 연구 환경이 진저리가 날 정도로 매일매일 똑같다는 데 기뻐했다. 수년 동안 자연의 자비심에 모든 것을 맡겨야 했던 경험 많은 고고학자들에게 이곳은 언제나 변함없는 천국과도 같았다.

그러나 이전에 왔던 연구팀을 괴롭혔던 긴장과 스트레스가 제이크의 팀에도 나타나고 있었다. 누구도 잠을 편히 못 이루는 것 같았다. 제이크는 염좌나 찰과상 같은 외상이 아닌 다른 이유로 의사를 찾아간 연구팀원이 한두 명은 아닐 거라고 생각했다. 하지만 어떤 팀원이 스스로나 다른 사람들, 혹은 임무 성공을 위협할 수 있다고 간주하고 그 사실을 의사들이 제이크에게 말해주지 않는 한 알 방법이 없었다. 제이크는 의사와 환자 간의 비밀을 존중했다. 그러나 한편으로는 매우 신경 쓰이는 일이기도 했다. 식당에 먼저 와서 식사를 하던 사람들이 소리 죽여 이야기하다가 제이크가 들어가면 모두 입을 다무는 모습을 한두 번 본 게 아니었다. 매우 실망스러운 일이었다.

더욱 실망스러운 건 비밀을 굳게 숨긴 채 보여주지 않고 있는 저 사원이었다. 제이크는 수수께끼 풀이의 명수였다. 바로 그런 이유로 제이크는 유명했고, 그 때문에 돈을 받고 고용되었다. 누군가가 아무도 본 적 없는 문자로 글을 썼고, 그 문자를 쓰는 데 사용한 잉크는 누구도 알지 못하는 생명체의 피였다. '그 내용은 대체 무엇일까? 암호? 평문? 정신 나간 이의 끄적임? 제문? 아니면 지구의 선사시대 동굴벽화 같은 건가?' 그 순간, 제이크는 오래전에 살았던 장 프랑수아 샹폴리옹이 너무나도 부러웠다. 19세기 유럽인들에게 이집트 상형문자는 마치 제이크의 눈에 비친 이 소용돌이와 점, 곡선으로 이루어진 문자만큼 낯설고 난해하게 보였다. 샹폴리옹은 상형문자를 멋지게 해독했다. 게다가 그 운 좋은 녀석에게는 로제타 석이라는 참고서도 있었다. 제이크는 일찍이 이 자리를 뜬 글의 주인에 대한 추론과 직감만으로 수수께끼를 풀어야 할 판이었다.

아, 그리고…… 제이크에게는 작지만 엄청난 함정이 있었다. 최소한 고대 이집트인들은 지구인이었다. 제이크가 풀어야 할 문자는 외계인이 쓴 문자 아닌가. 굳이 추측하자면 프로토스의 문자 같기는 했다. 설령 그렇다고 해도 프로토스의 사고방식을 아는 사람이 대체 어디에 있단 말인가?

그리고 대체 어떤 내용이기에 피로 글자를 썼단 말인가?

그래서 제이크는 문에 앉아서 어떤 때는 건전지를 사용해 수수께끼를 풀어 보기도 했고, 어떤 때는 어둠 속에서 프로토스의 사고방식을 흉내 내 보려고 애썼다. 그는 프로토스에 대해 아는 것을 전부 끄집어냈다. 동영상에 찍힌 그들은 분명 전투에 임해서도 우아하고 품위가 있었다. 또한 군기가 잡혀 있었다. 프로토스의 갑옷은 번쩍번쩍 빛이 났고, 정신의 힘으로 단검을 만들어낼 수 있는 장비가 달려 있었다. 그들은 마치 로봇 춤을 추는 무용수들처럼 싸웠다. 분명 그것은 프로토스가 가진 문화적 태도를 보여주었다. 그들은 식사를 하지 않았다. 설령 식사를 한다고 해도, 테란의 방식과는 전혀 다르게 하리라. 그들은 입도, 귀도, 코도 없기 때문이었다. 얼굴에는 큰 눈만 붙어 있었다. 따라서 시각이야말로 그들에게 가장 중요한 감각일 터였다. 그들의 지능은 고도로 발달되었으며, 믿을 수 없을 만치 뛰어난 텔레파시 능력도 보유하고 있으리라 짐작되었다.

깊은 한숨을 쉬며 한 손으로 얼굴을 문지르던 제이크는 문득 면도를 해야 한다는 사실을 깨달았다. 그는 이른바 초능력의 존재에 대해 매우 회의적이었다. 초능력은 국민들이 항상 약간의 긴장을 취하길 원하는 정부가 일부러 과장한 이야기에 기반을 둔 소문일 뿐이라고 생각했다. 제이크도 연방이, 그리고 현재는 자치령도 유령이라고 부르는 텔레파시 암살 부대를 운용한다는 소문을 들은 적이 있었다. 유령 부대원들은 적에게 보이지 않고 이동할 수 있는 은폐 장비를 갖추고 있다고 했다. '얘들아, 저길 봐. 저기 유령이 있다. 아마도…… 너희들은 저들의 정체에 대해 결코 알 수 없을 거야!' 제이크는 자신의 오감을 사용해 느낄 수 있는 것만을 믿을 뿐, 그 이외의 것은 일절 믿지 않았다. 물론 프로토스에게 귀가 있다는 가정

하에, 정신적 능력을 귀를 통해 배출하는 종족처럼 생각하기 위해서는 그 동안 제이크가 해오던 것 이상의 노력이 필요했다. 그러나 수수께끼는 수수께끼고, 제이크는 제이크였다. 제이크는 수수께끼의 밑바닥까지 내려가 보았다.

설령 코도, 입도, 귀도 없이 상대의 생각을 읽을 수 있는 회색 피부의 외계인처럼 생각하는 것이라 해도 말이다.

제이크는 그토록 간절히 상형문자를 해독하고 싶었다.

그의 무전기에서 통신음이 들렸다.

"여보세요, 제이크?"

테레사였다.

"응, 테레사. 무슨 일이지?"

"브이가 지금 대화하길 원하세요."

비록 토론 끝에 정한 것은 아니었지만, 팀원들 전원은 이 연구의 후원자에게 태자 저하, 발레리안, 황위 계승자라는 표현을 쓰기보다는 브이라고 부르는 게 훨씬 편하겠다고 합의를 본 상태였다. 후원자의 호칭이 뭐든 간에, 그 젊은이와 대화를 해야 할 때면 제이크는 항상 창자가 꼬이는 듯했다.

"바로 가지."

• • •

"제이크! 진척이 좀 있소?"

제이크는 상대의 말뜻을 알고 있었다. 비록 사원에 대해 흥분되는 지식들을 알아가기 시작한 단계였지만, 발레리안은 사원 얘기를 듣고 싶은 게 아니었다. 발레리안은 제이크가 암호를 해석했는지, 사원 내부에 있는 방의 실체를 얼마만큼 알아냈는지 알고 싶어 했다.

"예, 저는 그 문자가 프로토스의 언어라고 확신합니다."

제이크가 대답했다.

발레리안은 별로 감동받지 않은 것 같았다.

"두 번째 보고 때에도 말한 내용이군요."

제이크도 그걸 눈치챘지만, 말을 계속 이어나갔다.

"현재 풀어야 할 의문은 다음과 같습니다. 우선 왜 그들이 거기에 그 문자들을 썼을까? 과연 그들은 내부에 무엇이 있는지 알았을까? 그리고…… 음…… 초능력 자물쇠는 과연 프로토스가 설치했을까, 아니면 사원을 건설한 생명체가 설치했을까?"

발레리안은 얼굴을 심하게 찡그렸다.

"그 말 역시 전에 했잖소."

'이런, 이 말도 전에 했단다. 그랬던가?' 제이크는 머뭇거렸다.

"에…… 그것 말고도 말씀드릴 게 있습니다. 방이 아니라 사원 자체에 관한 것이기는 하지만요."

발레리안은 회색 눈을 가늘게 떴다.

"계속 말하시오."

"그러니까…… 우선 저는 칼리슬의 의견에는 동의하지 않는다는 점을 말씀드리고 싶습니다. 저는 이게 우주선이라고 생각하지 않습니다. 근사한 이론이기는 하지만, 뒷받침할 만한 근거가 빈약하니까요. 한 가지만 보더라도 그렇습니다."

제이크는 화제에 대한 흥미를 돋웠다.

"만약 이게 정말로 우주선이라면, 왜 조종사는 이것을 타고 와서 착륙한 다음 수천 년 동안이나 같은 자리에 머무른 걸까요? 그리고 하선할 때,

왜 우주선을 터뜨리며 튀어 나온 걸까요?"

발레리안은 미소를 지었다.

"그럼 당신의 이론은 무엇이오?"

"저는 이 유적이 뭔가를 보관하기 위한 용도로 만들어졌다고 생각합니다. 그러나 우주선이 아니라…… 알이라고 생각합니다. 에너지 생명체는 이 안에서 부화를 기다리며 성장하다가 완전히 성장한 후 껍데기를 뚫고 나온 것입니다."

황위 계승자는 매우 흥미 있어 하는 눈치였다.

"계속 말하시오."

"그리고…… 하나의 알 속에 얼마나 많은 애벌레가 들어 있었는지 알 길이 없습니다. 베카 로의 사원은 매우 강한 녹색을 띠고 있었고, 살아 있는 유기체 같은 느낌을 강하게 주었습니다. 그러다가 에너지 생명체가 튀쳐 나오자 사원의 외부 색깔이 칙칙해졌습니다. 그러나 내부…… 제가 들어가려고 하는 방의 색깔은…… 아직도 밝은 녹색입니다."

발레리안이 말을 꺼냈다.

"그렇다면 그 속에 다른 에너지 생명체가 아직 있다고 생각하는 것이오?"

"어디까지나 그럴 가능성도 있다는 것뿐입니다. 제가 말씀드린 것도 아직은 이론에 불과하니까요. 그러나 저의 이론은 이제까지 우리들이 알아낸 내용과 매우 잘 들어맞습니다."

발레리안이 질책하는 투로 말했다.

"별로 알아낸 게 없지 않소."

"유감스럽게도 옳은 말씀입니다. 그러나 저는 잠자는 시간 외의 모든 시간을 투자하며 유적의 정체를 밝히려고 노력 중입니다. 그리고 연구팀 역시 부단히 노력하고 있습니다."

미래의 황제는 미소를 지었다.

"나 역시 그 점은 잘 알고 있소. 부디 나의 부족한 인내심을 용서해 주시오. 당신 역시 나와 마찬가지로 그 안에 뭐가 있는지 너무나도 궁금해 한다는 점을 잘 알고 있소. 그리고 얼마 안 있어 안으로 들어가는 길을 찾아 나에게도 알려주리라 확신하오. 물론 시간은 문제가 되지 않소. 언젠가 그 안에 무엇이 있는지 알게 되었을 때 나에게도 꼭 알려주시오."

"물론이지요."

"계속 수고해 주기 바라오. 그리고 너무 오래 기다리게 하지는 말아 주시오. 그 이상한 문자에 신경을 써 주시오. 그 문자는 사원 안에 있는 것에 대한 단서가 될지도 모르오. 간단하오. 프로토스처럼 생각하시오."

발레리안은 윙크를 하더니 그 모습을 감췄다. 자치령의 휘장이 스크린에 나타났다.

제이크는 어두워진 스크린을 아주, 아주 오랫동안 쳐다보았다.

• • •

네마카의 하루는 스물여섯 시간이었다. 그중 열여덟 시간 동안에는 발굴자들을 덮은 보호막이 밝은 파란색으로 빛났다. 그리고 나머지 여덟 시간 동안은 수면의 편의를 위해 어두운 남색이 되었다. 하지만 오늘 밤만큼은 보호막이 잠드는 데 그리 도움이 되지 않는 것 같았다.

제이크는 몸을 뒤척였다. 마음이 복잡했다. 여기 온 지도 약 이 개월이 지났다. 그리고 처음 도착한 날부터 현재까지, 유적의 신비를 조금도 풀어내지 못하고 있었다.

"프로토스처럼 생각하시오."

발레리안은 태평스럽게 말했다. 물론 말은 참 쉬웠다. 하지만 우아한 파충류처럼 생긴 생명체의 사고방식을 조금이라도 알고 있는 사람은 이 세상에 없었다. 물론 제이크는 다른 방식도 시도했다. 어떤 때는 직감에 의존하기도 했다. 그러나 제이크는 프로토스가 아니었다. 그리고 프로토스처럼 생각할 수도 없었다. 제이크보다 먼저 시도했던 사람들도 모두 실패했다.

제이크는 연구팀장으로서 개인 침실이라는 호사를 누릴 수 있는 데 감사하며, 일어나 옷을 입었다. 발굴지 근처를 산보하면 도움이 될지도 모른다. 제이크는 락크롤러의 시동을 걸다가 소리가 너무 커서 깜짝 놀랐다. 다행스럽게도 숙소에서 잠이 든 팀원들을 깨우기에는 거리가 멀었다.

아직 어두웠지만 제이크는 자동조종 모드로 발굴장까지 락크롤러를 몰고 갔다. 여전히 어리둥절함을 안겨주는 이 장소는 이미 익숙했다. 제이크는 이곳에 여러 차례 와봤다. 그리고 언제나 답은 '계곡' 저 너머에 있었다. 가끔씩 그 계곡의 깊이는 길에 패인 웅덩이 정도밖에 안 되기도 했다. 그러나 이번에는 끝없는 구덩이처럼 느껴졌다. 어떤 때는 잠시 동안 앉아 있다가 갔지만, 어떤 때는 며칠을 머물렀다. 그리고 이번에는 무려 수 주 동안이나 헤어나지 못하고 있었다. 제이크는 머리를 더 굴려야 했다.

제이크는 락크롤러에서 내려 사원을 향해 걸었다. 환경 돔의 으스스한 남색의 인공조명을 받아 흐릿하게 보이는 사원의 모습이 눈앞에 나타났다. 지금 와서 보니, 사원의 모습이 무서워 보일 수도 있다는 생각이 들었다. 하지만 연구팀은 이것보다 더 무서운 것도 탐험한 적이 있었다. '그렇지 않은가? 그렇다면 도대체 무엇 때문에 연구팀원들이 불안해하는 것일까?' 제이크는 외계인 사원 따위는 무섭지 않았다. 다만 너무나도 잘난 척하며 비밀을 지키는 모습이 짜증날 뿐이었다.

짜증난 제이크가 땅을 걷어차자 묻혀 있던 돌멩이 하나가 드러났다. 그 돌은 거의 완벽한 모습을 한 고대 나뭇잎 화석이었다. 눈이 아플 정도로 밝은 락크롤러의 전조등 불빛에 다른 나뭇잎과 조개껍데기 화석들이 보였다. 제이크는 화석에 손상을 입히는 일 따위에 신경 쓰지 않았다. 화석은 이 행성에 얼마든지 있었기 때문이다. 그는 양손을 주머니에 넣었고, 생각에 빠져 어깨를 움츠린 채 발이 닿는 곳을 멍하니 쳐다보며 주변을 걸었다.

도대체 무엇을 놓치고 있던 것일까? 제이크도 뭔가 이상한 느낌이 들기 시작했다. 모든 게 잘못된 건 아닐까. 그리고 이대로 계속하다간 결코 이 계곡을 빠져나가지 못할 거라는 예감도 들었다.

제이크는 또 다른 나뭇잎 화석을 바라보았다. 솔직히 그게 다 그거 같은 물건들이지만, 제이크는 대개 그런 것들에 흥미를 보였다. 어느 행성에 있는 나뭇잎이라도, 처음 본 모양이 아무리 특색 있게 생겼더라도 아주 가까이서 보면 그 속에 깊게 깃든 유사성을 발견할 수 있었다. 제이크는 발로 또 다른 조개껍데기 화석을 으드득 소리를 내며 밟아 부쉈다. 수학적으로 완벽한 황금비율을 이루며 중심과 연결되어 있던 조개껍데기 속의 칸들이 나타났다. 연체동물들 역시 신묘하도록 정확하게 칸을 만들었다. 어디를 가더라도 분명 기초적인 부분에서 유사성은 발견되었고, 제이크는 그 친숙함에 위안을 삼았다. 황금비율도 그중 하나였다. 아무리 낯선 곳이라도 황금비율은 공통이었다. 그는…….

마치 파도처럼 깨달음이 밀려왔다.

너무나 순식간에 많은 것을 떠올려 어지러울 지경이었다. 제이크는 무릎을 땅 위에 대고 쓰러지듯 앉아 여러 개의 칸으로 나뉜 조개껍데기 화석을 움켜쥐었다. 지구에서도, 젤가리스에서도, 페가수스에서도, 그 외에 제이크가 가 본 다른 모든 행성에서도 볼 수 있었던 이 비율이 이곳 외계의 행성에서도 보였다. 조개껍데기 안의 모든 칸은 바로 앞 칸보다 살짝 더 길었다. 1:1.6의 황금비율이었다. 그리고 나뭇잎도…… 조개껍데기와 마찬가지였다. 모든 잎맥은 다른 잎맥과 연결될 때 황금비율을 보여주고 있었다.

제이크는 속이 메스꺼웠다. 두려움 때문인지, 희망 때문인지 분간할 수 없었다. 어쩌면 둘 다 맞을지도 몰랐다. 제이크는 거친 손을 락크롤러의 하얀 전조등 불빛 속으로 뻗었고, 손이 심하게 떨리는 것을 깨달았다. 그래도 손을 계속 응시했다. 손가락 맨 끝마디의 뼈는 두 번째 마디보다 약간 짧았고…… 그 마디는 또 손과 바로 붙어 있는 세 번째 마디보다 약간 짧았다. 끝마디와 두 번째 마디 사이의 길이 비율, 두 번째 마디와 세 번째 마디 사이의 길이 비율은 모두 완벽한 1:1.6의 황금비율이었다.

제이크는 미친 듯이 프로토스의 손 모양을 떠올리려고 애썼다. 물론 그 모양이 인간의 손과 매우 다르다는 사실은 알고 있었다. 그러나 과연 정확히 어디가 어떻게 다르단 말인가? 제이크는 눈을 감고 동영상에 몇 번인가 얼핏 나왔던 프로토스의 장갑 낀 손을 떠올렸다. 그들의 손은 길고 섬세하게 생겼다. 사람처럼 한 개의 엄지와 네 개의 긴 손가락으로 이루어지지는 않았다. 놀랍게도 그들의 손은 두 개의 엄지손가락이 가장자리에 있고, 가운데에 긴 두 개의 손가락이 있었다. 제이크가 본 유대목 동물이나 영장류 중에도 엄지손가락이 두 개인 동물은 있었다.

제이크는 바위 위에 오랫동안 무릎을 꿇고 앉아 진정하려고 애썼다. 그는 어서 기지로 돌아가서 모두를 부르고, 카메라를 챙긴 뒤 발레리안과 통신해야 한다는 것을 알고 있었다.

제이크는 자신이 해야 할 일을 알고 있었다. 그러나 그렇게 하지 않을 작정이었다.

제이크는 다른 사람들이 자신을 이단아로 여기지 않는다는 점을 알고 있었다. 자신이 그 정도로 용감한 사람이 아니라는 사실을 너무도 잘 알고 있었다. 평상시라면 규칙대로 모든 것을 처리하는 데 만족하며 지냈으리라. 하지만 지금은……. 만약 제이크가 옳다면, 순식간에 모든 사람의 주목을 받게 될 것이다. 그리고 제이크가 틀린다면, 바보 취급을 받게 될 것이다. 모든 연구팀원과 브이 앞에서.

만약 제이크의 생각이 타당하다면, 언제라도 다른 사람들을 불러 모을 시간은 충분했다. 하지만 지금 당장은 혼자서 자신의 이론을 검증할 생각이었다.

제이크는 연체동물 화석을 다시 찾아서 아직도 떨리는 손으로 움켜잡았다. 한 손에는 화석을, 다른 한 손에는 손전등을 든 채 약간 비틀거리며 일어섰다. 그러고는 손전등을 켰다. 어둠 속에서 사원의 복도에 있는 모퉁이와 굽잇길을 지나가야 했지만, 워낙 자주 지나다녔던 터라 잘 안다고 생각했다. 제이크는 빠르게 움직였다. 심장이 거칠게 뛰고 있었다. 제이크는 너무 흥분했다가 완전히 실망하는 일이 없게끔 자신의 마음을 다스렸다. 설령 방 안으로 들어갈 수 있다고 해도, 그 안에 뭔가 흥미로운 것이 있다는 보장은 없었기 때문이다.

제이크는 뛰듯이 사다리를 내려가 바닥 위에 가볍게 착지했다. 그리고 손전등으로 벽을 비췄다. 그는 마치 예전에 수십 번, 아니 수백 번은 한 것처럼 손으로 문을 눌렀다. 빛나는 직사각형의 외곽선이 나타났다.

그러나 그 직사각형은 출입구 하면 떠오르는 그런 직사각형이 아니었다. 가로선의 길이가 세로선의 길이보다 훨씬 길었고…… 가로선과 세로선의 비율은…….

'왜 이걸 진작 보지 못했던 것일까?'

제이크의 온몸에 소름이 돋았다.

"얼굴에 코가 달려 있는 것만큼이나 분명한 거야."

제이크는 낮은 목소리로 속삭였다. 아니, 자기 손바닥을 보듯이 분명하다고 하는 게 더 나으려나. 단서는 언제나 거기에 있었다.

테란처럼 생각해봤자 아무런 도움이 되지 않았다. 제이크도 그 점을 알고 있었고, 이전에 이곳을 다녀간 다른 모든 팀들도 알고 있었다. 그러나 제이크는 다른 팀들이 걸려든 지적인 함정, 즉 프로토스처럼 생각해야 한다는 함정에 걸려들 뻔했다.

누가 이 문을 봉인했건 간에, 누가 여기에 피로 메시지를 남겼건 간에, 그는 프로토스처럼 생각하는 데는 별 흥미가 없었으리라.

그가 누구건 간에 더 우주적인 차원으로 생각하는 일에 흥미를 가졌으리라.

제이크는 한 손을 계속 출입구에 대고 있었다. 출입구의 외곽선은 계속 빛나고 있었다. 제이크는 다른 손으로 주머니에서 분필을 꺼내 외곽선을 그대로 따라 그었다. 손을 출입구에서 떼자 불빛이 사그라졌다. 제이크는 신속하게 계산을 해 출입구의 가로와 세로의 비율을 알아냈다. 이 출입구는 가로와 세로의 비율이 완벽한 황금비율을 이루고 있었다. 가로 1.6, 세로 1이었다. 같은 가로세로비를 가진 보다 작은 직사각형들을 그 속에 그려 넣는 일은 쉬웠다. 큰 직사각형 안에 작은 직사각형을 그리고, 다시 그 안에 더 작은 직사각형을 그리는 식으로 말이다. 제이크는 이 공간의 핵심을 찾을 때까지 그 작업을 계속했다. '중심'이 아니라…… '핵심'이었다. 아름다운 나선을 그리며 아래쪽으로 향하는 연체동물 껍데기가 시작되는 곳은 살짝 왼쪽으로 치우쳐 있었다.

제이크는 앞으로 발을 디뎌 자신이 찾은 '핵심'의 정확한 위치에 X표를 했다. 손에서 땀이 났다.

"좋아, 제이크, 간다."

제이크는 출입구의 X표 위에 손을 올려놓았다.

언제나 그랬듯이 외곽선에서 빛이 났다. 그러나 그 외의 다른 일은…… 벌어지지 않았다.

엄청난 실망감이 몰려 왔다. 도대체 왜 열리지 않는 것일까? 추론은 완벽했는데! 설마 잘못 계산했나? 어쩌면 돌아가서 더욱 정밀한 측정을 하는 게 나을지도 몰랐다. 어쩌면…….

그러고 나서 제이크는 웃었다. 이 수수께끼를 만든 존재는 생각 이상으로 뛰어난 수호자였다. 제이크가 처음 벽에 손을 댄 것은 순전히 우연이었다. 바꿔 말하자면, 우연한 사고로 인해 누군가가 정확한 자리에 손을 가져다 댈 수 있음을 알았던 것이다.

"그건 별로 세심한 설계가 아니지."

제이크는 정체도 알 수 없고 도무지 이해할 수 없는, 그러나 밤잠 설쳐가며 이 수수께끼를 만들었을 외계인에게 말했다.

"그러나 자네는 무척이나 세심하군, 안 그래?"

제이크는 자신이 비밀을 완벽히 이해하고, 풀었다는 점을 입증해야 했다. 그는 무릎을 꿇고 직사각형들을 관통하는 나선을 그리기 시작했다. 맨 위의 왼쪽 모서리까지 나선을 계속 그리기 위해서는 까치발로 일어서야 했다. 테란은 그렇게 해서 그려진 완벽한 선을 피보나치 나선이라고 불렀다. 피보나치 나선은 수많은 행성에 있는 수많은 조개껍데기에서 재현되고 있었다. 그리고 언제나, 언제나 아름다웠다.

제이크는 다시 손을 X표 위에 가져다 댔다. 그러나 이번에는 쫙 편 손을 피보나치 나선을 따라 빠르게 움직였다. 여전히 아무 일도 일어나지 않았다. 그는 무섭도록 열심히 반복했다. 세 번, 네 번, 다섯 번, 여섯 번, 일곱 번…….

그러자 제이크가 분필로 그린 선이 녹색으로 빛나며 생기를 띠기 시작했다.

제7장

제이크의 손바닥 아래에서 시작된 빛줄기는 분필로 그은 나선을 따라 위쪽으로 춤을 추며 올라가더니 직사각형의 왼쪽 모서리에 닿았다. 이제 전처럼 직사각형의 외곽선이 다시 나오기 시작했고…… 초록색 불빛이 직사각형 속을 채우기 시작했다. 마치 밀물이 밀려오듯이, 혹은 눈에 보이지 않는 아이가 선의 안쪽을 색칠해가듯이 제이크의 손을 향해 빛이 몰려왔다. 제이크는 숨을 멈췄고, 당장 손을 떼고픈 본능과 싸웠다.

황록색의 불빛은 너무나도 강하게 번쩍거려 제이크는 눈을 감아야 했다. 벽의 매끄러운 표면은 순식간에 사라졌다. 확 눈을 뜬 제이크는 몸이 앞으로 살짝 휘청거렸고, 숨이 턱 막혔다.

제이크보다 훨씬 뛰어난 사람들조차 풀 생각을 못했던 복잡한 수수께끼인 문, 그를 수많은 밤 동안 잠 못 들게 했던 그 문이 이제 그것을 만든 존재의 마음을 이해하고 나자 너무나도 쉽게 열리더니 다른 복도로 가는 길을 열어 주었다. 그러나 복도에서는 너무나도 눈부신 빛이 뿜어져 나와 제이크의 얼굴과 몸을 삼키고 있었다. 복도의 끝에는 과연 무엇이 기다리고 있으려나……

"잘했어요. 제이크."

여자의 목소리가 들렸다.

제이크는 놀라 몸을 돌렸다. R.M. 달이 그를 보며 미소 짓고 있었다. 터널에서 나오는 부드러운 청색과 녹색, 보라색의 불빛에 휩싸인 달의 모습은 더할 나위 없이 아름다웠다. 달의 검은 머리카락은 자줏빛으로 빛나고 있었고, 부드럽게 색을 바꿔가는 불빛이 도자기 같은 살결을 비추고 있었다.

하늘이 제이크를 도운 덕택에 뿜어져 나온 별세계의 불빛에 휩싸인 R.M.의 모습은 마치 천사 같았다. 그러나 평범한 천사가 아닌 싸우는 천사였다. R.M.은 가우스 소총을 손에 들고 있었다. 복도 저편에서 적으로 간주되는 물체가 튀어나올 경우 즉각 사격할 준비를 갖추고 있는 게 분명했다. 약간은 R.M.에게 고마웠다. 그러나 제이크는 R.M.이 자기를 몰래 따라왔음을 깨닫자 몹시 화가 났다.

제이크는 거칠게 말을 내뱉었다.

"당신 때문에 심장마비에 걸리는 줄 알았잖아요. 여기서 대체 뭘 하는 거예요?"

"내 일을 하고 있을 뿐이에요. 나도 락크롤러의 시동 소리를 듣고 교수님을 따라온 거예요. 발레리안에게 뭐라고 말했건, 교수님은 몰래 나와서 혼자 일하기 좋아하는 타입이라고 생각했거든요. 문 여는 방법은 어떻게 알아냈어요?"

제이크는 투덜거렸다.

"당신이 알 바 아니에요."

그는 R.M.에게 짜증이 났다. 어딜 봐도 자기와는 궁합이 맞지 않았기 때문이었다. 다만 R.M.도 말했듯이 몰래 나온 건 자신의 잘못이었다. 하지만 제이크는 눈부신 빛 속에 나타난 R.M.을 보며 눈물 따위나 흘리고 싶진 않았다.

"나는 알고 싶은데요. 나중에 말해줘도 되요. 일단 지금은 저 안으로 들어가 보죠."

R.M.은 근육이 멋지게 자리 잡은 팔로 무거운 가우스 소총을 받친 다음 다른 손으로 배낭을 뒤졌고, 비드카메라를 꺼내 제이크에게 던져 주었다.

"자, 이제 가요! 발레리안이 이 안에 뭐가 들어 있는지 보게 되면 문을 어떻게 열었는지 따위는 신경 쓰지 않을지도 모르죠."

제이크는 자동적으로 카메라를 받아들고 고개를 끄덕이며 한숨을 쉬었다.

"R.M., 당신 말이 맞아요. 아까 심한 말을 해서 미안해요."

사과를 받은 R.M.은 시커먼 눈썹을 찌푸리며 고개를 숙였다. 제이크는 카메라를 켰고, 다시 몸을 돌려 터널을 들여다보았다.

"경이로운 것의 발견을 위하여."

제이크는 발레리안과 나눴던 대화 내용을 떠올리며 나직이 혼잣말을 했다. 그가 앞장섰고, R.M.이 뒤따랐다.

그들은 빛을 향해 나아갔다. 제이크는 뛰어가고 싶은 본능을 억지로 참아야 했다. 가까이 다가갈수록 제이크는 눈살을 찌푸렸다.

제이크가 R.M.에게 물었다.

"방금 무슨 소리 못 들었어요?"

"들었어요. 뭔가 윙윙거리는 소리 같았는데."

그 소리는 R.M.의 표현보다 훨씬 부드러웠다. 음악에 가까운 소리였다. 복도가 열렸고, R.M.은 소총의 발사 준비를 갖춘 채 제이크를 따라 움직였다. 소리는 갈수록 크게 들렸고, 빛도 점점 밝아졌다. 너무 밝아서 견디기 힘들 정도였다. 제이크는 앞으로 발을 내디디면서 한 손을 들어 얼굴을 가리고 실눈을 떴다. 그리고 낮은 천장에 머리가 부딪치는 것을 막기 위해 고개를 숙였다.

그는 꿈의 세계 속으로 발을 내디디면서 숨을 죽였다.

동굴은 실로 거대했다. 반짝이는 수백, 아니 어쩌면 수천 개에 달하는 수정들이 청색과 녹자색으로 빛나고 있었다. 수정들 중에 작은 것은 제이크의 새끼손가락만 했다. 하지만 큰 것은 제이크의 키보다 훨씬 컸다. 너무 커서 그 높이를 가늠하기 어려울 정도였다. 잠시 동안 제이크는 이 풍경에 넋이 나가 있었다. 그러다가 자신이 비드카메라를 들고 있다는 사실을 깨닫고 다시 앞으로 나아갔다.

"여기 좀 보세요."

그렇게 말하는 R.M.의 목소리는 이제껏 제이크가 들었던 목소리 중 가장 감미로웠다. R.M.은 고개를 흔들었다.

"정말 아름다워요. 그러나 피로 메시지를 남길 만큼 중요해 보이진 않군요."

"나도……."

제이크는 잠시 말을 멈추고 목청을 가다듬었다. 제이크는 자신의 목소리가 잠기고 떨린다는 사실을 그제야 깨달았다.

"나도 그렇게 생각해요. 이 수정들은 사원의 일부처럼 보여요. 이곳에 인공적으로 심어진 건 절대 아닌 것 같아요."

합리적 사고가 제이크를 침착하게 만들었다. 이곳의 아름다움에 이만 큼 감동할 줄은 생각도 못했다. 이렇게 아름다운 곳일 줄은 꿈에도 몰랐다. 달래는 듯한 달콤한 윙윙 소리는 계속 이어졌다. 제이크는 정신을 차리려고 고개를 흔들었다. '과연 뭐가 있을 거라고 생각했던가?' 다리어스, 레슬리, 그 밖의 여러 사람들은 뭔가 무서운 것이 여기에 구멍을 파고 숨어 있을 거라고 생각했으리라. 그들을 여기로 제일 먼저 들여보내 조사하도록 해야 했다. 그들은 이곳이 아주 무서울 거라고 제멋대로 상상했지만, 전혀 그렇지 않았다. 이 아름다운 모습을 보면 그들도 놀라움과 안도감을 동시에 표하지 않을까?

이제 충격에 빠져 아직도 눈앞의 현실을 믿지 못하는 단계는 지났다. 훈련된 전문가의 눈으로 이곳을 조사할 때였다. 이곳의 수정들은 분명 유기체였다. 제이크는 무릎을 꿇고 앉아 바닥을 만져보았다. 바닥은 단단했지만, 약간 따뜻했다.

"이곳에 에너지 생명체가 산다는 징후는 아직 안 보이는군요. 솔직히 말해 좀 실망입니다. 제가 세운 이론의 엄청난 허점이 드러나는 순간이군요. 발레리안이라면 이걸 보고 뭐라고 생각할까요?"

"노래하는 예쁜 돌들 말인가요? 별로 좋아하지 않을까 봐 걱정돼요. 그분은 들어가기 어려운 방 안에는 뭔가 그만큼 대단한 게 있기를 바라셨거든요."

제이크는 수정을 조심스레 밟으며 느리게 움직였다. 그는 눈살을 찌푸렸다. 바닥에 짙은 자주색의 반점이 있었다. 제이크는 무릎을 꿇고 비드카메라로 반점을 겨누었다. 그리고 조심스럽게 반점을 만져 보았다. 건조했다. 제이크는 그 반점이 무엇을 의미하는지 알아차렸다.

"밖에 메시지를 남겼던 놈이 이곳에 들어왔어요."

살짝 긴장한 R.M.은 몸을 돌리고 소총을 치켜들었다.

"그럼 찾아봅시다."

그러자 갑자기 제이크의 눈에 이 장소가 덜 아름답게 보였다. 제이크는 자신이 추측한 대로 이 안에 프로토스가 아직 살아 있을지 궁금했다. 프로토스의 수명이 얼마인지 아는 사람은 아무도 없었다. 그리고 그 피는 치명적인 상처에서 나왔다기보다는 의식을 치르는 과정에서 나왔을 가능성이 더욱 높았다. 그러나 방 안의 모퉁이를 돌아선 순간, 제이크는 자신의 가설을 수정해야 했다.

그들 앞에 작고 아름다운 우주선의 잔해가 나타났다. 잔해는 수정에 꿰어져 있었고, 한쪽으로 심하게 쏠려 있었다. 우주를 비행하던 중 공격을 당한 흔적도 역력했다. 매끈한 금색 표면은 군데군데 난타당해 검게 변해 있었다.

R.M.이 말했다.

"프로토스로군요. 다리어스가 옳았네요. 여기 있어요. 앞으로 나가서 보고 올게요."

"그럴 필요 없어요."

제이크는 그렇게 말하며 어딘가를 가리켰다. 시야에 잘 들어오지 않는 곳에 있는 뾰족한 수정들 사이에 기다란 망토를 입은 날씬한 프로토스가 죽은 듯 쓰러져 있었다. 제이크는 그곳으로 발길을 옮겼다. 마음속은 결코 답이 나오지 않을 수많은 질문들로 인해 혼란스러웠다. '이 우주선은 분명 여기에 떨어진 지 얼마 안 되었다. 왜 저 프로토스는 우주선을 떠나 수정 위를 비틀거리며 걸어간 후, 메시지를 남기고, 다시 우주선으로 돌아왔을까? 만약 도움을 원했다면 왜 이곳의 문을 안에서 걸어 잠갔을까? 여기서 도대체 무엇을 하고 있었을까?'

"제이크……."

제이크는 프로토스의 코앞까지 다가갔다. 프로토스가 입은 망토는 원래 연한 자주색과 흰색이었지만, 지금은 피로 물들어 있었다.

제이크의 심장이 마구 쿵쾅거렸다.

프로토스의 망토는 피로 물들어 있었지만, 그 피는 아직 굳지 않고 축축한 상태였다! 죽은 지 얼마 지나지 않은 것 같았다! 아직 살아 있을 수도 있지 않을까? 제이크는 급하게 달려가 시신 옆에 무릎을 꿇고 앉아 자세히 살펴보았다. 그는 여태껏 프로토스를 본 적이 없었고, 이런 식으로 프로토스와 만나고 싶지도 않았다. 그러나 운명은 나름대로의 길을 따라 찾아오기 마련이었다. 제이크는 입 없는 얼굴과 감긴 큰 눈, 날씬한 몸통, 수정들 위를 기어가다가 베여서 흘린 피가 반짝거리는 손을 응시했다. 시신의 머리 뒤에는 덩굴, 혹은 머리카락처럼 생긴 길고 가느다란 신경 다발이 달려 있었다. 신경 다발은 머리 뒤로 단정하게 빗어 넘겨져 보석이 달린 밴드로 묶여 있었다.

프로토스는 이 방의 수호자였다. 이 방으로 들어오는 입구를 지키고, 자신의 피로 메시지를 남기고, 수수께끼를 풀어야 들어갈 수 있도록 입구를 잠갔다. 하지만 프로토스와는 완전히 다른 종족인 제이크가 그 수수께끼를 푸는 데 성공했다. 제이크는 손을 뻗었다. 갑자기 외계인의 다친 손을 직접 만져보고 싶다는 생각이 들었다. 외계인의 손은 제이크의 손과 마찬가지로 1:1.6의 황금비율을 갖고 있었다. 그때, 손을 뻗치던 제이크가 갑자기 동작을 멈췄다.

프로토스의 기다란 손가락 끝에 맺혀 있는 한 방울의 피가 녹색으로 빛나는 바닥으로 떨어지기 직전이었다. 그러나 그 핏방울은 움직이지 않았다. 제이크는 눈을 깜박였다. '대체 뭘까…….' 제이크는 마치 이끌리듯이 손을 뻗어 프로토스의 핏방울을 받았다. 가슴이 마구 고동쳤지만, 아무 일도 벌어지지 않았다. 검은색에 가까운 짙은 자주색의 핏방울은 마치 눈물방울 모양의 보석처럼 완벽한 균형을 이룬 채 제이크의 손바닥 위에 있었다.

그러다가 한 순간에 모든 일들이 일어났다.

프로토스의 핏방울이 응집력을 잃고 손가락 위로 퍼졌다. 제이크의 발앞에 쓰러져 있던 프로토스의 몸이 갑자기 움직이더니 마구 흔들렸다. 하늘색으로 빛나는 눈이 열리더니 제이크의 눈을 쏘아보았다. 제이크는 입을 열어 소리를 지르려 했지만, 소리가 나오지 않았다. 그뿐만이 아니었다. 몸도 움직이지 않았다. 아니 움직일 수 없었다. 제이크의 눈꺼풀은 크게 벌어진 채 깜박이지 못했다. 심장은 마치 폭발할 듯이 쿵쾅거렸다. 제이크는 일말의 저항도 할 수 없었다. 죽어가는 프로토스가…….

…… 자마라, 베트라스, 템라…….

……팔을 뻗어 빛나는 가느다란 금색 끈으로 자신과 제이크를 연결했다. 제이크는 어째서인지 끈이 있음을 알고 있었지만, 그 끈은 제이크의 눈에 보이지 않았다. 제이크는 프로토스의 빛나는 푸른 눈을 응시했고. 어떻게 알게 되었는지 모르지만 그 프로토스가 여성이라는 사실을 깨달았다. 그리고 제이크는 자기 눈에 보이면서도 보이지 않는 그 아름답고 섬세

한 끈이 생명의 본질임을 알게 되었다. 그 끈이 점점 희미해지는 것도 알게 되었다. 그리고 여성 프로토스가 죽어서는, 지금 죽어서는 안 된다는 것도 알게 되었다. 그녀는 충분히 오래 살아야…….

"제이크!"

프로토스는 고개를 돌려 죽어가는 눈으로 R.M.을 보았다. R.M.의 몸이 갑자기 떠오르더니 보이지 않는 실에 묶인 듯 허공에 고정되었다. R.M.의 소총은 마치 누군가가 빼앗아 집어던지기라도 한 듯 동굴 저편으로 날아갔다. 제이크는 그저 희미하게 이 모든 일들을 감지하고 있었다. 제이크는 마치 돌로 만든 인형처럼 뻣뻣하게 서 있었다. 보이지 않는 사슬에 묶여, 프로토스의 의지에 따라 반응하는 제이크의 뇌는 계속 열려 있었다.

혼란…… 피…… 광기…… 아름다움…….

말로 표현할 수 없는 교감 끝에 제이크의 부릅뜬 눈에서 눈물이 나와 볼을 타고 흘러 내렸다. 제이크의 숨은 이미 멎어 있었다.

비밀…… 희망…… 공포…… 황홀…….

도저히 이해할 수 없는 것들이 마음속으로 흘러들었고, 수많은 생각들이 두뇌를 밀치고 자극하여 제이크의 두뇌를 개조하는 동안, 제이크는 금색 끈이 마지막으로 한 번 더 떨리는 것을 느꼈다…….

프로토스의 두 눈에서 빛이 사라졌다.

모든 것이 어두워졌다.

• • •

"보고서 질질 짜지나 말라고요. 스트레이트 플러시예요, 신사 숙녀 여러분, 엄마한테 돈 낼 시간이에요."

R.M.은 가진 카드를 탁자에 펴 보였다. 그러고는 몸을 앞으로 숙여서 능숙한 동작으로 딴 돈을 긁어모았다. 여느 때와 마찬가지로, R.M.은 이 번에도 포커를 잘 못 치는 다리어스의 돈을 대부분 따갔다. 하지만 다리어 스는 이번만큼은 돈을 잃고도 불평하지 않았다. 대신 아무 말 없이 우울한 표정을 지었다. 켄드라, 오웬, 유리도 마찬가지였다.

테레사 발도비노가 고개를 빼꼼 들이밀고는 R.M.에게 말했다.

"파텔 선생님께서 하실 말씀이 있다고 하세요. 다들 모이랍니다."

R.M.은 제이크의 상태가 호전된 모양이라고 생각하고 테레사에게 고 개를 끄덕여 보였다. 제이크는 만약 자신이 죽거나 실종될 경우, 나머지 팀원들은 R.M.의 통제에 따를 거라고 확신했다. 그리고 실제로도 그랬 다. 팀원들은 R.M.의 지원 요청에 즉시 응답했고, 기록적인 속도로 현장 에 도착했다. 두 의사는 사원 중심부의 화려한 광경을 보고 단 일 초도 머 뭇거리지 않았다. 심폐소생술을 아는 R.M.은 제이크의 심장을 다시 뛰게 만들었고, 의사들이 도착할 때까지 심박을 유지시켰다. 하지만 제이크는 혼수상태에서 깨어나지 못했다. 후송은 신속하게 이루어져야 했지만, 환 자를 거칠게 떠밀어서는 안 되기 때문에 무척 어려웠다.

캠프로 돌아온 후, 팀원들은 절대 분별력을 잃지 않고 침착하게 R.M.의 브리핑을 경청했다. 그리고 이런 일이 생겼을 때는 다른 일을 생각하는 게 도움이 될 거라는 R.M.의 조언에 따라 모두가 말 잘 듣는 아이처럼 포커 테이블에 앉았다. 유감스럽게도 제이크가 쓰던 비드카메라는 모조리 타 버렸다. R.M.이 건물 사이로 돌아다니며 제이크의 상태 변화에 대한 설 명이 있을 거라고 전하자, 팀원들은 건물에서 나와 양떼처럼 R.M.을 따라 모두가 편하게 앉을 수 있는 본부 건물로 집합했다.

본부 건물은 그들이 발굴을 끝내고 저녁이면 모두 모이는 장소였다. 평소 같으면 제이크는 그들이 발견한 새로운 것에 대해 빛나는 눈동자와 생생한 동작으로 이야기하며 그들 앞에 서 있었을 터였다. R.M.은 사원에 저주의 말을 퍼부었다. 칙칙한 녹색의 거대한 사원은 마치 와서는 안 될 곳에 왔다는 듯한 태도로 연구팀원 대부분을 내려다보고 있었다. R.M.은 사원이 너무나도 싫었다. 누구에게도, 심지어 자신의 부하들에게도 알리지 않았지만 그녀도 이곳에 온 후로 무서운 악몽에 시달렸다. R.M.은 제이크가 프로토스로부터 당한 일이 다른 사람들에게도 일어나지 않을까 걱정했다.

R.M.은 방 뒤쪽에 앉아 줄지어 들어오는 사람들을 지켜보았다. 그녀는 아직도 무기를 휴대하고 있었지만, 이제 그것 때문에 지나치게 불편해하는 사람은 없는 듯했다. 설령 싸울 일이 전혀 없다고 해도 R.M.이 그들의 보호자라는 사실은 변함이 없었다. 그리고 R.M.이 무기를 휴대하고 있다면 누구도 R.M.의 말에 반항하지 않을 것이다. R.M.은 그 진실을 드러내지 않으려고 조심했다. 그러나 그녀 또한 다른 팀원들처럼 제이크의 상태에 촉각을 곤두세우고 있었다. 아니, 오히려 누구보다도 더욱더 신경을 쓰고 있었다. R.M.은 파텔이 방 앞쪽으로 나와 큼큼거리며 목소리를 가다듬는 모습에 온 신경을 집중했다. 파텔은 덩치가 그리 크지 않았다. 그리고 아무 말 없는 사람들 앞에 홀로 서자 더욱 작아 보였다.

파텔이 입을 열었다.

"다들 제일 먼저 램지 박사님의 현재 상태에 대해 알고 싶으실 겁니다."

R.M.은 파텔이 제이크라는 호칭 대신 램지 박사님이라는 호칭을 쓴 데 주목했다.

"현재 환자의 상태는 안정적입니다만, 아직 혼수상태를 벗어나지 못하고 있습니다. 여기서 가능한 조치는 모두 취했습니다. 그러나 더 나은 의료시설로 후송해야 합니다."

다리어스가 참지 못하고 목소리를 높였다.

"교수님께 대체 어떤 일이 일어난 건가요?"

핵심을 찌르는 질문이었고, 이에 대해 답을 들으려고 모두 몇 시간을 기다렸다. R.M. 역시 그 질문에 대한 답을 간절히 듣고 싶었다. 소총을 쥐고 있던 R.M.의 손이 벌어졌고, 이내 아래로 처졌다.

"현재 가지고 있는 의료장비로 판단해 보건대, 램지 박사님은 정신 공격을 당한 것으로 보입니다."

파텔은 거기까지 말하고, 목청을 가다듬었다. R.M.은 파텔이 공황상태에 빠진 것을 경험을 통해 알 수 있었다. 예전에도 그런 증세를 보이는 사람을 본 적이 있었기 때문이다. R.M.은 또한 파텔을 엄습해오는 공포를 읽을 수 있었다.

"환자가 당한 정신 공격은 전두엽과 측두엽에 집중된 것으로 보입니다."

병원에서나 쓸 만한 말투였다. 그런 말투를 사용함으로써 스스로를 진정시키려는 것 같았다.

"전두엽에 입은 손상은 환자의 인격에 영향을 미칩니다. 측두엽에 입은 손상은 장기 기억력을 약화시킵니다. 현재 환자의 전두엽과 측두엽에서 손상은 발견되지 않았습니다만, 일종의 신경망 재배선이 일어난 것 같……."

"신경망 재배선? 그게 무슨 뜻이지요?"

켄드라가 질문했다. R.M.도 궁금하던 바였다.

"누구나 사춘기에 겪는 현상입니다. 다만 사춘기에 겪는 신경망 재배선은 몇 년에 걸쳐 일어나는 데 비해, 이번의 사례는 불과 수 초 만에, 그것도 누구도 예측할 수 없는 방식으로 일어났습니다. 램지 교수의 두뇌는 현재 변화하고 있으며, 발전하고 있습니다. 한 가지만 예를 들면, 지금 환자의 측두엽 영역에서 엄청난 두뇌 활동이 있는 것 같습니다. 대뇌변연계도 자극을 받고 있고, 이로 인해 공포와 분노의 감정이 고조되고 있습니다. 그러나 아까도 말씀드렸듯이, 제가 가지고 있는 장비로는 환자에 대한 철저한 검진이 불가능합니다. 따라서 저는 예후를 내릴 수 없습니다……. 이런 증세를 보이는 환자를 본 적이 없기 때문이죠. 그리고 아마 다른 의사들도 이런 환자는 다룬 적이 없을 거라고 생각합니다."

티그가 말했다.

"프로토스는 사이오닉 능력을 이용해 테란을 분쇄한 적이 있어요. 혹시 거기에 대한 기록은 없나요?"

파텔의 콧구멍이 커졌고, 티그를 평가하는 것처럼 살짝 눈을 가늘게 떴다.

"물론 보긴 했습니다만, 램지 박사님의 두뇌에서 벌어지는 일들은 그때와 완전히 다릅니다. 인간의 두뇌는 참으로 복잡합니다. 인간 두뇌의 일부 영역에서 이루어지는 일에 대해서는 아직도 아무런 정보가 없습니다. 프로토스의 이번 정신 공격은…… 바로 그런 영역에 주로 집중되어 있습니다."

"그게 무슨 뜻이지요?"

켄드라가 어쩐지 처량한 목소리로 되물었다.

파텔은 한숨을 쉬며 대답했다.

"현재로써는 학술적인 추론이 불가능하다는 뜻이에요, 켄드라. 더 나은 의료장비가 있어야 합니다. 따라서 우리는 환자를 더 나은 의료시설로 당장 옮기고, 신경외과 전문의들에게 맡겨야 합니다."

파텔은 슬픈 미소를 지었다.

"저는 여러분들이 넘어졌을 때 고쳐드리는 정도의 치료를 해주려고 이곳에 왔습니다. 그 정도 부상이라면 문제없이 고쳐드릴 수 있어요. 그러나 이번 환자의 증세는 이미 제 기술로 손 쓸 수 있는 수준이 아닙니다. 신경과 전문의라면 저보다 훨씬 더 많은 것을 설명할 수 있을 거예요."

R.M.이 한숨을 쉬었다.

"알았어요. 발레리안에게 연락을 취해야겠군요."

제8장

공포, 고통, 상실감…… 통증, 쓰라린 손실…… 안 돼, 안 돼. 가면 안 돼. 그들은 나의 전부야. 전부인 걸…….

사지가 허우적거렸다. 공포와 분노로 피부에 반점이 생겼고, 열도 났다. 도대체 무슨 짓을 한 거지? 어떻게 할 거지? 나는 혼자야. 혼자라고. 누구도 곁에 없어…….

"다 네 잘못이야! 너희들 때문에 우리가 버림받았어! 이제 그들은 우리를 버리고 가버렸어! 가버렸다고……."

돌을 움켜잡았다. 그리고 분노의 대상을 향해 거칠게 집어던졌다. 두개골이 깨지고 피가 뿜어져 나왔다. 좋아, 보기 좋았다. 그러고는 뛰어올라 날카로운 손톱이 달린 손으로 상대방을 갈기갈기 찢어 놓았다. 뜨거운 피가 그의 얼굴을 가득히 적실 때까지…….

· · ·

의무실의 침대에 있는 제이크의 손이 경련을 일으켰다. 감긴 눈꺼풀 밑에서는 눈동자가 좌우로 재빠르게 움직였다.

제이크는 살의를 느꼈다.

• • •

"파텔…… 그 분을 면회해도 될까요?"

R.M.은 복도에서 의사에게 어색하게 미소를 지어 보였다. 파텔은 그 말을 듣고 난처한 표정을 지었다.

"당신이 우리 경비대인 건 알고 있지만, 현재 환자는 당신의 조언을 들을 상태가 아닙니다."

냉정하게 딱 부러지는 전문가다운 말투였다. R.M.은 이 의사는 물론, 제이크의 연구팀원들 중 그 누구도 자신에게 호감을 갖고 있지 않다는 사실쯤은 알고 있었다. 물론 앞으로 또 위기가 닥치면 그들은 지금처럼 모두 R.M.의 말을 들을 테지만, 그렇다고 그들이 R.M.을 좋아한다는 뜻은 아니었다.

R.M.은 고개를 떨궜다.

"예, 그렇겠죠……. 하지만…… 잠시만이라도 들어가 뵈면 안 될까요?"

R.M.은 망설이다가 말을 이었다.

"저는 그분과 친해지던 중이었고, 현재 연구팀의 통솔을 맡고 있어요. 아주 중요한 일이라고요."

파텔은 뭔가 트집을 잡아내려는 듯한 눈빛으로 R.M.을 바라보았다. 파텔의 얼굴에서는 의심의 기운이 느껴졌지만, 결국 승낙했다.

"좋아요. 하지만 딱 오 분입니다. 그 이상은 절대 안 됩니다."

R.M.은 감사의 뜻으로 목례를 했다. 그녀는 누워 있는 제이크 램지를

보기 위해 의무실 안으로 발을 들여 놓았다. 그리고 램지의 손 위에 손을 올려놓았을 때 파텔이 의무실을 나섰다.

R.M.은 문이 닫히자마자 행동을 개시했다. R.M.은 제이크의 바이탈 사인이 나오는 화면을 훑어본 후, 파텔의 컴퓨터에 가서 작은 장치를 부착했다. 작은 장치는 딸깍딸깍 소리를 내며 빙글빙글 돌았고, 놀라운 속도로 컴퓨터에서 자료를 다운로드하기 시작했다. 파텔의 보고서가 컴퓨터 화면에 나와 있었다. 그 내용을 읽던 R.M.의 파란 눈이 크게 부풀어 올랐다.

"세상에."

R.M.은 침대에 누워 있는 제이크를 보며 나직이 속삭였다.

"이러고도 아직 살아 있다는 게 놀라워요. 당신과 당신의 두뇌는 생각 이상으로 강하군요."

제이크의 바이탈 사인은 규칙적이고 꾸준했다. 비록 혼수상태였지만, 예상대로 생명에 지장은 없었다. 큐피드의 활처럼 생긴 R.M. 달의 입술이 만족스러운 미소를 지었다. 제이크가 살아 있어야 R.M.에게도 아주, 아주 좋을 테니까.

작은 장치가 자신의 임무를 완수했다. R.M.은 장치를 컴퓨터에서 떼어낸 다음 주머니에 넣었다. 그리고 제이크의 곁으로 다가갔다. 이 분 후에 들어온 파텔은 제이크의 곁에서 도자기 같은 귀여운 얼굴에 걱정스러운 표정을 짓고 있는 R.M.을 보았다. 물론 R.M.의 표정은 연기에 불과했지만, 너무나도 자연스럽고 실감나는 연기였다.

• • •

손바닥으로 통신실의 문을 밀어서 여는 테레사 발도비노의 어깨는 고통으로 굽어 있었다. 다리어스가 들어오는 그녀의 모습을 흘긋 보았다. 다리어스는 테레사가 불쌍했다. 테레사는 구 년 동안이나 제이크 램지의 탐사를 따라다녔다. 다리어스와 거의 비슷한 기간이었다. 그리고 테레사가 제이크를 친오빠처럼 여긴다는 사실도 다리어스는 알고 있었다.

"너무 불공평해."

다리어스에게 투덜거리며 의자에 털썩 주저앉은 테레사는 콘솔을 두들겨 비상시 암호인 '우선순위 알파'를 입력했다.

"다른 고고학자들이 제일 근사하고 수월한 연구 프로젝트를 가져갈 때, 제이크 교수님은 몇 년 동안이나 백워터 행성에 못 박혀 계셨다고. 그분은 언제나 힘든 일을 하고 싶어 했어. 그리고 그동안 그분이 해온 일들을 가만히 살펴보면, 누구라도 결국 이런 일이 일어날 수밖에 없다는 걸 알았을 거야."

테레사의 목소리는 결국 갈라졌다. 그녀는 눈물을 감추기 위해 눈을 심하게 깜박였다.

다리어스는 불편하게 잠긴 목을 틔웠다. 다리어스는 놀랍도록 귀여우면서도 강철같이 튼튼한 R.M. 달이 그리 마음에 들지 않았다. 그러나 그녀가 이 임무를 무사히 마쳐 주기를 바랐다. 다리어스는 R.M.이 왜 자신에게 이런 부탁을 했는지 궁금했다. 다리어스는 발도비노의 어깨 위에 손을 얹으려고 했지만, 왠지 어색하게 느껴졌다. 그래서 주머니에 손을 넣고 자신의 발을 내려다보았다.

다리어스가 입을 열었다.

"어쨌든 아직 살아 있잖아."

테레사는 울먹이며 말했다.

"혼수상태잖아."

다리어스는 얼굴을 찡그렸다.

"이런, 테레사. 네가 나보다 더한 비관론자구나."

발도비노는 어깨를 들썩이며 웃었다. 그러다가 스크린에 발레리안 멩스크의 얼굴이 나타나자 거기에 주목했다. 다리어스의 눈에 비친 발레리안의 모습은 그 어느 때보다도 부스스해 보였다. 그제야 다리어스는 이곳과 그곳의 시차를 알아차리고 속으로 끄응 하는 신음 소리를 냈다. 그들은 자고 있던 황제의 아들을 깨웠던 것이다.

보통 발레리안은 유쾌했지만, 이번만큼은 짜증이 난 듯 보였다.

"발도비노 양, 우선순위 알파로 송신했더군. 좋은 소식이 아니라 아주 좋은 소식이겠지요?"

발레리안의 깜박이는 회색 눈이 테레사의 등 뒤에 서 있는 다리어스에게 향하더니, 다시 다른 곳으로 옮겨갔다.

"제이크는 어디에 있소?"

다리어스가 헛기침을 했다.

"음, 사실은 그 때문에 연락을 취했습니다."

그가 우물거렸다.

"응급 의료 후송이 필요합니다. 제이크 교수님이 동굴에 들어가셨다가…… 거기 있던 뭔가에게 습격을 당하셨습니다. 범인은 프로토스, 혹은 프로토스가 남겨놓은 물체라고 생각합니다."

발레리안의 얼굴에 순식간에 놀란 빛이 감돌았다.

"도대체 어떻게 된 거요?"

다리어스는 이 사건의 유일한 목격자인 R.M.이 왜 하필이면 발레리안과 통화할 사람으로 자신을 지목했는지 새삼 궁금해졌다. 다리어스는 최

선을 다해 황위 계승자에게 제이크의 출입문 개방, 입구 뒤에 펼쳐진 환
상의 세계 발견, 그 속에 있던 추락한 프로토스 우주선의 발견, 제이크와
R.M.이 당한 습격에 대해 설명했다. 발레리안은 그의 말을 주의 깊게 들
었다. 다리어스는 그런 발레리안의 표정을 보면서 이렇게 생각했다. '저
녀석, 꼭 덮칠 때를 노리는 큰 고양이 같군.'

"그럼 프로토스는? 아직 살아 있소?"

다리어스는 망설이며 귀를 긁었다.

"예, 사실은 그게 제일 골치 아픈 문제입니다. R.M.의 말로는 프로토스
는 발견 당시만 해도 살아 있었다고 합니다. 하지만 그놈은…… 제이크 교
수님을 습격한 직후 바로 죽었고, 부패하기 시작했답니다. 순식간에요.
그런 동굴은 보통 습하기 마련입니다. 프로토스의 시신을 보고 R.M.의 증
언이 옳다는 사실을 알게 되었습니다. 죽은 지 몇 년은 지난 것처럼 썩어
있었습니다. 아무튼 저희는 프로토스의 시신을 수습한 다음 연구실에 가
져다 놓았습니다. 그리고 프로토스가 타고 온 우주선에서도 빼낼 수 있는
것들은 모조리 가져왔습니다. 그러나 현재 가장 크게 신경이 쓰이는 건 다
름 아닌 제이크 교수님입니다."

황위 계승자의 표정은 제이크의 불행에 고통스러워하는 듯 일그러졌다.

"정말 안 좋은 소식이로군. 좀 차도가 있소? 도대체 프로토스가 그분께
무슨 짓을 한 거요?"

"파텔 선생님께서는 그분의 두뇌가 뒤죽박죽이 되었다고 하십니다."

"정확히 말하면 신경망 재배선이지요."

발도비노가 거들었다.

"어찌되었건, 파텔 선생님은 프로토스가 악의를 가지고 공격한 거라고

는 보지 않습니다. 만약 그랬다면 제이크 교수님은 지금쯤 돌아가셨을 거라고 하시더군요."

"알겠소."

정신이 딴 데 가 있는 듯 보이더니, 발레리안이 이내 말을 이었다.

"실례지만 잠시 자리를 비우겠소."

발레리안은 일어나서 스크린 밖으로 모습을 감추었다. 그리고 다리어스와 테레사는 스크린에 비친 발레리안의 빈 의자를 오랫동안 말없이 바라보고 있었다. 그 의자는 발레리안이 일어선 후에도 조금씩 옆으로 돌아가고 있었다. 그러다가 갑자기 발레리안이 돌아왔다.

"자리를 비워서 미안하오. 현재 거기서 제일 가까이 있는 배가 회색호랑이호라는 사실을 확인했소. 앞으로 이틀 내에 도착할 수 있을 거요. 제이크 교수가 그때까지 버틸 수 있겠소?"

테레사와 다리어스는 서로를 쳐다보았다.

"물론입니다."

다리어스의 어조가 격앙되었다.

"그때까지는 충분히 견디실 겁니다. 그렇지 않겠습니까?"

"나도 반드시 그러기를 바라오. 심기를 불편하게 할 만한 말은 가급적 하고 싶지 않지만, 내가 왜 그걸 물어봤는지는 이해하리라 생각하오. 배가 도착할 때까지 최선을 다해 제이크 교수가 위험을 무릅써가며 들어갔던 그 방에 대한 모든 정보를 문서화 해주기 바라오."

다리어스가 대답했다.

"태자 저하. 현재 사원 전체가 어둡습니다. 그 방 안에는 수정과 프로토스 우주선 잔해 말고는 별 게 없습니다."

발레리안은 부드러운 어조로 말했다.

"나도 알고 있소. 하지만 어쩌면 이게 제이크 교수의 마지막 발견이 될지도 모르오. 따라서 그 발견 내용은 반드시 문서화 되어야 하오. 그리고 의사는 제이크 교수를 치료하느라 바쁘다고 들었소. 하지만 잠시라도 의사와 통화할 수 있겠소? 부디 제이크 교수의 상태에 대해 상세히 듣고 싶소."

몸을 앞으로 굽힌 발레리안이 다리어스에게는 보이지 않는 버튼을 눌렀다. 그러자 스크린이 어두워졌다. 발도비노는 의자 등받이에 등을 기대고 팔짱을 꼈다.

"뭔가 이상해"

"뭐가 이상한데?"

테레사는 어깨를 으쓱거렸다. 그녀의 시선은 여전히 어두워진 스크린에 고정되어 있었다.

"저 사람, 제이크 교수님의 상태에 필요 이상으로 신경을 쓰고 있어. 저 사람이 이곳의 발굴 임무를 계속할 다른 사람을 못 구할 리 없을 텐데 말이야."

"아마도 저 사람이 제이크 교수님을 좋아한 모양이지. 그것도 아주 많이."

다리어스는 그 이상의 다른 이유가 생각나지 않았다.

테레사는 고개를 끄덕였다.

"어쩌면 그럴지도 모르지."

• • •

발레리안은 몸을 돌려 부관을 향해 물었다.

"수신했나?"

휘티어가 힘차게 고개를 끄덕였다.

"물론입니다, 태자 저하. 이중 암호 처리가 되어 있었습니다. 그녀가 기가 막히게 때를 맞췄습니다. 몇 초만 더 빨랐거나 늦었더라면, 연구팀의 기술자들이 눈치챘을 겁니다. 바보가 아닌 다음에는요."

발레리안이 말했다.

"나는 제이크 램지 주변에 있는 사람들이 모두 바보라고 생각하지 않소. 적어도 발도비노는 다른 사람과는 달리 나를 믿지 않는 것 같았어. 재생시켜 보게."

화상은 지저분했고, 음향 역시 잘 알아들을 수 없었다. 휘티어는 아무도 들을 수 없는 작은 목소리로 구시렁대며 제어장치를 조작해 화상과 음향 상태를 조정했다. 그러자 R.M. 달의 멋진 목소리가 들리기 시작했다.

"……공격이 있었어요. 저는 의사가 남긴 진료 기록을 확인해 봤습니다. 아마 의사는 태자 저하께 그 기록을 발송하겠지만, 그 내용을 미리 아시는 게 좋을 것 같습니다. 거기 적힌 의학 용어가 무슨 소리인지 다는 몰라요. 아마 태자 저하께서도 마찬가지이실 겁니다. 하지만 프로토스가 제이크의 뇌 속으로 자신의 생각을 강제 주입한 걸로 보인다는 점은 아셔야 합니다. 파텔의 진료기록에 따르면 기억이 저장되고 감정이 처리되는 중추, 즉 대뇌변연계가 마치 크리스마스트리처럼 빛나고 있었다고 합니다. 그리고 평소에는 휴면 상태이던 뇌의 영역들도 현재는 매우 활발하게 움직이고 있습니다. 재미있는 사실은 현재 제이크의 몸 상태가 완벽하다는 말로는 부족할 정도로 좋다는 점입니다. 파텔은 바로 그 몸 상태를 근거로 프로토스에게 공격당한 게 아니라고 생각하고 있어요."

R.M.은 몸을 앞으로 숙여 짐 속에 숨긴 소형 카메라 렌즈 앞에 귀엽게 생긴 얼굴을 바싹 들이댔다.

"제가 보기에 프로토스는 제이크에게 지식을 전달해준 것 같습니다. 왜 전달해줬고, 어떤 지식인지는 알 길이 없습니다. 그러나 프로토스는 제이크를 죽이려 들지 않았습니다. 다만 제이크를 통해 자신의 지식이 안전하게 보존되기를 바랐을 뿐입니다. 저는 도박을 좋아합니다. 저는 태자 저하께서 차마 그 이름을 입에 올리기 조심스러울 만큼 엄청난 것을, 제이크가 뭔가 엄청난 것을 알게 되었다는 데 걸겠습니다."

재빨리 어깨 너머를 살펴본 달이 욕을 했다.

"이만 끝내야겠어요. 이 메시지가 무사히 전달되기를 바랍니다. 그래야 이곳으로 적합한 사람들을 보내 제이크를 처리할 수 있으니까요. 나중에 제이크 연구팀이 다시 연락을 하면 지금 사용한 방식, 즉 제이크 연구팀의 신호에 편승하는 방식으로 새로운 소식을 전해드리겠습니다. 하지만 이 방법은 자주 쓰면 들통이 날 가능성이 높아져요."

그리고 메시지는 끝났다.

스크린을 응시하는 발레리안의 입은 살짝 벌어져 있었다. 하지만 오랫동안 발레리안은 아무 말도 하지 않았다. 너무나도 놓치기 아까운 기회를 앞에 둔 발레리안의 머릿속은 부산했다. 불과 몇 주 전, 발레리안은 제이크와 '경이로운 것의 발견을 위하여!'라고 외치며 건배했다. 적임자를 찾아 보내기만 하면 뭔가 놀라운 걸 발견하리라는 점을 알고 있었다. 이전에 보낸 세 명은 실패했지만, 제이크는 성공할 거라는 예감도 들었다. 그리고 다른 때도 그랬듯이, 발레리안의 예감은 맞아 들어갔다. 제이크의 두뇌 속에는 과연 어떤 정보가 들어 있을까? 어떤 수수께끼의 답이 밝혀

지게 될까?

어떤 경이로운 것들이 발견될까?

R.M.은 자신의 일에 탁월했다. R.M.보다 더 뛰어난 사람은 없었다. 그러나 상황을 제대로 파악하는 데 필요한 상상력은 부족했다. 지금 입수한 게 부서진 우주선과 부패한 시체밖에 없는 이상, 그것들은 매우 큰 가치를 지니고 있었다. 그러나 발레리안은 군사 정보를 원하지 않았다. 군사 정보는 발레리안의 아버지나 좋아하는 것이었다. 발레리안은 지식을 원했다. 프로토스의 우주선 건조 방법에 대한 지식도, 프로토스의 신체 성분에 대한 지식도 아닌 프로토스의 정체에 대한 지식이었다.

"태자 저하?"

휘티어의 목소리가 발레리안을 현실로 되돌려 놓았다.

"태자 저하, 회색호랑이호의 승무원들이 이 상황에 대처하기에 적합한 인물들이라고 생각하십니까? 그렇지 않다면, 다른 배와 통신을 해보시겠습니까?"

발레리안은 멋진 가죽 의자에 앉아 두 손을 모으며 생각했다. 회색호랑이호의 승무원들은 결코 최정예가 아니었다. 그러나 그들의 실력이라면 이 정도 임무는 수행할 수 있으리라.

"회색호랑이호의 승무원 정도로도 충분할 거요. 일단 그들이 도착한 다음에 훈련도가 더 높은 인원들을 보내서 상봉시킨 후 디브리핑을 시키지. 지켜보자고, 어때, 찰스?"

자리에서 일어난 발레리안은 대답을 기다리지 않고 그 자리를 떠났다. 만나야 할 사람들이 있기 때문이었다.

찰스 휘티어는 방을 나서는 발레리안을 지켜본 후, 자신의 임무를 계속

했다. 발레리안이 모르는 게 나은 것들은 얼마든지 있었다. 그리고 황위 계승자가 계속 천진한 상태로 지내게 하는 게 휘티어의 임무였다. 발레리 안의 배경은 여러 면에서 위험과 속임수로 물들어 있었지만, 발레리안 본 인은 조금은 순진하고 이상적인 인물이었다. 아크튜러스 멩스크도 그 점 을 알고 있었다. 그래서 아들이 세상의 때가 타지 않기를 바랐다. 적어도 지금까지는.

실제로 회색호랑이호의 승무원들은 재사회화 덕분에 임무를 정확히 수 행해낼 것이다. 회색호랑이호는 그 임무를 멋지게, 정말로 아주 멋지게 해 낼 것이다.

제9장

위대한 스승들, 조물주들, 보호자들인 이한리를 실은 고향은 이제 하늘 높이 솟아올라, 멀어져 다시는 만날 수 없었다. 회색과 푸른색이 도는 자주색의 유연한 형체들 수십 개가 하늘로 뛰어올라 모서리가 쉬크마처럼 날카롭고 냉혹하리만치 아름다운 수정을 붙잡았지만 헛일이었다. 하늘로 떠올라 계속 상승하는 고향의 주민들은 자신들을 존경하는 이들의 애원에도, 그들을 죽이려는 이들의 분노에도 끄떡하지 않았다. 피로 물든 손들은 잡고 있던 수정을 놓쳤고, 두려움에 떨며 땅으로 떨어졌다. 살아남기에는 너무나 높았다. 떨어진 이들은 듣기 싫은 쿵 소리를 내며 땅에 충돌했지만, 그 소리는 제이크의 머리를 부숴버릴 만큼 큰 우주선의 발사음과 극심한 정신적 소음에 파묻혀 곧 들리지 않게 되었다. 제이크는 소리로 인한 엄청난 두통뿐만 아니라 가슴을 갈기갈기 찢어내는 듯한 마음의 통증 역시 견뎌야 했다.

안 돼, 안 돼. 가면 안 돼. 그들은 나의 전부야. 전부인 걸…….

절망에 사로잡힌 제이크도 허우적거리며 땅으로 떨어졌다. 눈이 멀고 숨이 막힐 듯한 강렬한 공포와 분노로 제이크의 짙은 파란색 피부에 반점이 생겼고, 열도 났다. 도대체 무슨 짓을 한 거지? 어떻게 할 거지? 나는 혼자야. 혼자라고. 누구도 곁에 없어…….

•　•　•

제이크 램지의 눈이 확 열렸다. 떠진 눈에 눈물이 차올랐다. 제이크는 잃어버린 것과 이제까지 한 번도 얻지 못했던 높은 수준의 깨달음 때문에 흐느끼기 시작했다. 제이크는 테이프와 플라스틱 튜브가 잔뜩 붙어 있는 손으로 우는 얼굴을 가렸다.

너무나 공허했다. 너무나 외로웠다. '어떻게 이런 마음을 품고 견뎌 왔던가?'

나의 마음인가?

그녀의 마음인가?

우리의 마음이다…….

제이크는 자신이 어디에 있는지 알 수 없었다. 혼란스러웠고, 집중할 수가 없었다. 제이크는 침대 위에서 몸을 미친 듯이 움직였다. 몸을 덮고 있던 담요를 차버렸다. 숨이 막힐 것 같았다. 여전히 제이크는 마음이 너무 아픈 사람처럼 흐느끼고 있었다. 제이크가 한때 누렸던…… 절대 누리지 못했던…… 누릴 수 있었던 것을 갈구하면서…….

제이크는 몸에 연결되어 있는 튜브를 뜯어내고 일어섰다. 벌거벗고 있었지만 전혀 개의치 않았다. 제이크는 문을 확 열었고, 파텔과 부딪쳤다. 그러자 파텔의 어깨를 잡고 마구 흔들었다. 파텔이 이 갑작스러운 일로 인해 하얗게 질리자 제이크는 그녀를 놓아주었다. 그러고는 땅에 무릎을 꿇었다. 이제는 자신을 괴롭히던 소리가 들려오지 않았지만, 쓸데없이 손으로 귀를 꽉 틀어막았다.

힘센 손들이 그를 붙잡아 일으키는 게 느껴졌다. 팔에 바늘이 빠르게 꽂히는 통증도 느껴졌다. 눈앞이 흐려졌고, 몸에서 갑자기 힘이 빠졌다.

"어떻게 된 일이죠?"

차분한 명령조의 여자 목소리가 들렸다.

또 다른 여자의 목소리가 답했다. 마치 노래를 하는 듯한 부드러운 목소리였다.

"낸들 알겠습니까. 부디 배가 여기 도착할 때까지만……."

제이크는 그들의 말을 알아들었다. 그러나 그와 동시에 그들은 제이크에게 이방인들이었다. 제이크는 그 사람들을 알고 있었지만, 그들이 누구인지는 알아보지 못했다. 제이크가 아는 것은 마치 배를 찌른 쉬크마처럼 강력한 그들의 생각의 힘뿐이었다. 그리고 의식이 약해지면서 자비로운 침묵의 어둠이 찾아오자 한 가지가 생각났다. 이는 확실하고 분명하게 그 자신의 생각이었다.

'도대체 쉬크마는 뭐지?'

* * *

"쉘락 부족! 너희들의 잘못이야!"

분노와 고통을 담아 땅을 긁어대며 깊은 홈을 파고 있던 제이크는 비난을 받자 고개를 홱 돌렸다. 땅 위에 쪼그려 앉아 몸을 흔들며 손발로 깊은 구덩이를 파고 있던 제이크는 감히 그런 비난을 한 퓨리낙스 부족민을 노려보았다.

"우리는 너희 때문에 버림받은 거야! 이제 그들은 갔어, 가버렸다고……."

추잡한 정신적 비난이었다. 그때 누군가가 맞섰다.

"우리? 우리는 언제나 그들을 섬겨왔어!"

제이크의 친척인 라마였다. 라마는 몸을 일으켜 세우고 등을 곧게 폈다. 그가 몸을 움직일 때마다 목에 매달린 뼈로 된 장식품이 흔들렸다. 라마는 마치 손으로 퓨리낙스 부족민의 목을 움켜잡고 있는 양 움켜쥔 손을 오므렸다 폈다 했다.

"섬겼다고?"

퓨리낙스 부족민의 고개가 까닥거리자 그의 모든 신경이 나풀거렸다. 철저한 경멸감을 나타내는 몸짓이었다.

"그들을 내쫓아버린 건 다름 아닌 너희들이야. 그들을 쫓다니고, 한심하게 손가락질하고, 그리고……."

제이크는 손가락으로 돌을 집었다. 그리고 일어서서 화를 돋우는 상대를 조준한 후 돌을 냅다 집어던졌다. 돌이 상대방의 두개골을 깨부수자 제이크는 순수한 환희로 몸서리쳤다. 퓨리낙스 부족민은 피와 뇌의 파편을 내뿜었고, 욕설을 퍼부으면서 쓰러졌다.

통쾌했다. 너무나도 통쾌했다. 제이크는 뛰어올라 뜨거운 피가 자신의 얼굴을 온통 적실 때까지 날카로운 손톱으로 상대를 난도질했다…….

• • •

그 후로도 제이크는 여러 차례 깨어났고, 여러 차례 강제로 잠재워졌다. 그리고 알고 있던 것, 아직 몰랐던 것들에 대한 꿈을 꿨다. 제이크의 꿈속에 나타난 색채와 소리, 감각은 예전엔 느껴본 적이 없을 뿐더러 누군가에게 설명할 수도, 스스로 이해할 수도, 심지어는 세포 단위로도 파악할 수 없는 낯선 것이었다.

제이크가 눈을 뜨고 깜박였다. 마음이 평온해지고 또렷해졌다. 제이크는 잠시 천장을 바라보다가 마치 포도덩굴처럼 자신의 몸을 감싸고 있는 수많은 튜브를 보았다. 그는 천천히, 그리고 조심스럽게 고개를 돌려 컴퓨터 앞에서 뭔가를 타이핑하고 있는 에디 레인싱어를 보았다. 레인싱어의 옆에 놓인 커피 잔에서는 김이 모락모락 나고 있었다.

'이 사람한테 대체 무슨 일이 있었던 거지? 공중보건학 대신에 신경의학을 배웠다면 더 잘 알 수 있을 텐데. 얼른 이 행성을 떠나서 켄드라와 어디 멋진 곳으로 가고 싶어. 켄드라는 덩치는 작지만 몸매가 멋지잖아. 그리고……'

제이크가 졸린 목소리로 말했다.

"이봐, 의사 양반. 내 친구에 대해 말하는 중이군."

레인싱어는 너무 놀라 자리에서 일어나며 커피를 쏟았다. 레인싱어가 방금 혼수상태에서 깨어난 환자에게 가보지도 못하고, 그대로 내버려두면 의료 장비를 망가뜨릴 커피를 닦아내지도 못한 채 우왕좌왕하는 모습은 마치 코미디 쇼를 보는 것 같았다. 결국 레인싱어는 하얀 의사 가운의 소매로 커피를 훔치고 허겁지겁 일어나 제이크에게 향했다. 제이크는 소리를 죽여 큭큭거렸다. 그의 목구멍은 바싹 말라 있었다.

레인싱어가 말했다.

"제이크 교수님, 깨어나셔서 다행입니다."

그러면서 제이크의 바이탈 사인을 살폈다. '이런, 이 수치 좀 봐. 이 사람은 말보다도 더 튼튼한 걸.'

제이크는 웅얼거렸다.

"알게 되어 기쁘군."

레인싱어는 누워 있는 제이크에게 진심으로 기쁜 미소를 지어 보였다.

"도대체 뭘 알아서 기쁘시다는 겁니까?"

"방금 내가 말보다도 더 튼튼하다고 생각했잖소."

제이크는 입술을 충분히 적셔 말을 계속하려고 말라 갈라진 입술을 핥았다.

"그러나 켄드라에 대해서 이야기할 때는 입조심을 좀 하지. 그 애는 우리 집 막내 동생과도 같거든."

레인싱어의 입가에서 미소가 사라졌다. '세상에, 난 아무 말도 소리 내어 하지 않았는데.'

제이크는 레인싱어를 노려보며 말을 이었다.

"물론 그랬겠지. 그런데 내가 어떻게 그걸 알고 있을까?"

레인싱어는 제이크를 응시했다. '오, 세상에, 세상에! 저 사람이 내 생각을 읽고 있어!'

제이크가 에디의 눈을 똑바로 쳐다보았고, 그의 눈이 커졌다. 도저히 불가능한 일이었다. 에디가 이야기를 할 때 똑바로 쳐다보기만 했을 뿐인데……. 이야기를 하지 않았고, 그저 생각만 했을 뿐인데…….

제이크는 마치 에디가 머릿속 생각을 자신에게 큰 소리로 일러 주기라도 한 것처럼 그의 생각을 분명하게 알고 있었다.

도저히 있을 수 없는 일이었다. 타인의 생각을 알 수 있는 사람은 어디에도 없으니 잘 하면 이 능력으로 정부 예산을 계속 타먹을 수도…….

제이크는 자신을 떠받쳐 주는 튼튼한 다리에 의존해 달리고 또 달렸다. 어떤 때는 두 손도 써가며 기다시피 했다. 촉촉한 잔디가 거의 벌거벗은 그의 몸을 쓸고 지나갔다. 제이크의 등 뒤에는 그들이 있었다. 그들은 제이크를 공포에 질리게 할 심산으로 정신의 외침으로 공격하고 있었으나, 그 외침을 들은 제이크는 화만 날 뿐…….

마치 공포에 빠진 짐승이 내는 듯한 비명소리를 짜내며 제이크가 몸을 세웠다. 뭔가가 제이크의 몸을 붙들었지만, 사지를 계속 허우적거렸다. '미칠 것 같아! 오, 신이시여, 도와주세요. 이대로 가다간 정말 미쳐 버릴 것 같아요……'

에디는 다급히 버튼을 눌렀다.

"파텔 선생님, 지금 바로 의무실로 와 주십시오."

"이미 가고 있어요. 환자분께서는 깨어났나요?"

에디의 갈색 눈은 커다란 푸른 눈으로 자신을 쏘아보는 제이크에게 박혀 있었다.

"예, 깨어나셨습니다. 그런데…… 아무튼 깨어나셨습니다. 몸 상태는 양호합니다."

공포. 깊은 공포. 차마 레인싱어가 말로 표현할 수 없을 만치 깊고 지독한 공포였다. 하지만 제이크는 겉으로 드러내진 않았지만 마음을 휘젓고 있는 공포를 감지했다. 그 공포는 제이크의 마음속 두려움에 불을 붙였고, 그 불을 막기 위해 그는 다시 싸워야 했다.

에디는 주사기를 집어 뭔가를 채워 넣은 뒤 앞으로 걸어왔다. 제이크가 눈을 감았다. 공포가 사라지고 약에 취한 호기심이 그 자리를 차지했다. 에디는 스스로를 안심시켰지만, 부질없었다. 에디는 환자들을 잘 돌보는 좋은 의사였다. 그리고 마치 동네방네 떠들고 다닌 말들처럼 그의 생각을 제이크가 명확하게 알고 있지 않은 한, 에디는 안심할 수 있었다. 그러나 레인싱어의 마음에서 나오는 소리는 입에서 나오는 소리보다 더욱 컸고, 그 소리는 공포와 적의, 불안으로 가득 차 있었다.

파텔의 목소리가 들려왔다.

"이봐요, 제이크 교수님."

'신이여, 감사합니다. 그가 의식을 되찾았군. 이러다가 죽는 게 아닌가 싶었는데.'

제이크는 눈을 감고, 양손으로 귀를 꽉 막는 쓸데없는 동작을 취했다. 파텔은 작고 차가운 손으로 제이크의 이마를 짚었다. 기술이 엄청나게 발전한 이 시대에도 사람이 직접 만져보는 행위는 여전히 필요하다고 생각했다. 제이크는 자신의 피부 위에 와 닿은 파텔의 손이 주는 느낌을 즐겼다. 그리고 두 곳에서 쏟아지는 뒤죽박죽이 된 생각들을 떨쳐버리려 애썼다.

레인싱어가 긴장한 목소리로 말했다.

"파텔 선생님, 드릴 말씀이 있어요."

그가 파텔에게 다가갔고, 둘은 함께 구석으로 걸음을 옮겼다. 레인싱어는 아주 작은 목소리로 파텔에게 말을 하기 시작했다. 제이크는 그 모습이 너무나도 우스워 킥킥댔다. '자기 생각을 읽을 수 있는 사람이 바로 앞에 있는데 방구석으로 가는 게 무슨 소용이람? 하긴 제 버릇 개 못 주는 게 사람이지.'

제이크는 눈을 감았다. 그는 엄청나게 밀려오는 타인의 생각들 속으로 빠지지 않기 위해 구구단에 정신을 집중했다. '칠 곱하기 일은 칠. 칠 곱하기 이는 십사. 칠 곱하기 삼은…….'

'그 외계인이 무슨 짓을 한 거지? 제이크가 생각을 읽을 줄 안다고?'

'칠 곱하기 팔은 오십……육…….'

'제이크를 격리시켜야 하나요? 이런, 배에는 그럴 장소가…….'

'칠 곱하기 십오는 백오…….'

문이 열렸다.

"제이크, 의식을 회복하게 되어 기뻐요."

R.M.이 말했다.

제이크는 눈을 확 떴다. 그리고 R.M.을 바라보았다.

'제이크가 살아 있어. 좋았어. 이제 이 일을 끝으로 은퇴할 수 있을지도 몰라.'

냉정함, 계산, 배신……. 레인싱어가 주사한 게 무엇인지 알 수 없었지만, 아무튼 그 약이 제이크의 공포를 지워 버렸다. 그러나 그 약으로도 제이크의 분노는 삭힐 수 없었다. 제이크는 자신에게 연결된 수많은 튜브와 전선들을 떼어버리고 R.M.에게 달려들며 소리를 질렀다.

"더러운 배신자! 우리를 팔아먹다니! 에디, 찬드라, 저 여자를 잡아, 잡으라고……."

그러나 에디와 찬드라가 덮친 사람은 R.M.이 아닌 제이크였다. 제이크의 시선은 R.M.에게 못 박혀 있었고, 그의 피는 분노로 타올랐다.

"당신이 무슨 짓을 했는지 다 안다고!"

에디와 찬드라는 제이크를 믿지 않았다. 그들은 제이크를 진정시키려고 계속 말을 걸었다. 모든 것은 정상, 그것도 지극히 정상이며, 아무것도 걱정할 필요가 없다고 말했다. 하지만 그들의 생각은 전혀 달랐다. R.M.이 그런 것처럼 말이다. 제이크를 보던 R.M.의 눈이 갑자기 가늘어지더니, 별안간 등에 메고 있던 가우스 소총을 집어 들어 제이크와 에디, 찬드라를 겨누었다. 제이크는 그 모습을 보고 갑자기 묘한 안도감을 느꼈다.

"이런, 제이크, 이렇게 거친 방법을 쓸 필요는 없었는데 말이죠."

R.M.이 중얼거렸다.

에디와 찬드라는 입을 딱 벌린 채 R.M.을 바라보았다. 제이크는

R.M.에 지지 않을 차가운 미소를 지으며 말했다.

"당신은 날 죽일 수 없어요."

R.M.은 제이크를 바라보았다. 그녀의 한쪽 눈썹이 아치형을 그렸다.

"교수님 말씀이 옳아요. 그러나 에디나 찬드라는 두 번 생각할 필요도 없이 죽일 수 있죠. 그리고 제가 그럴 거라는 사실을 교수님은 알고 있다고 생각해요."

두 의사가 제이크를 바라보았다. 그제야 그들은 제이크가 타인의 생각을 읽을 수 있으며, 자신들의 목숨이 경각에 달렸다는 사실 역시 알게 되었다. 한꺼번에 폭우처럼 밀려오는 그들의 수많은 생각을 읽어내느라 제이크는 머리가 아팠다. 그러나 R.M.의 생각에 초점을 맞추고자 했다.

R.M.의 생각을 읽기는 매우 쉬웠다. 옅은 미소를 띤 붉은 입술 뒤로 아무것도 숨기지 않았다. R.M.은 자신의 정체와 이력, 목적을 속이거나 은폐하려는 어떤 시도도 도움이 되지 않는다는 점을 알고 있었다. R.M.은 제이크가 자신의 생각을 완전히 읽도록 내버려 두었다. 제이크 램지는 R.M.의 머릿속을 들여다보며 전율을 금할 수 없었다.

R.M.은 로즈메리라는 이름의 이니셜이었다. 로즈메리 달은 예전에 많은 사람들을 그저 돈 때문에 죽였다. 그 많은 사람들을 죽이면서도 로즈메리의 사랑스러운 굵고 진한 눈썹은 단 한 번도 들썩이지 않았다.

"그녀의 말뜻을 알겠어?"

제이크는 공허한 목소리로 말했다.

"그녀는 우리를 가능하면 살려두라는 지시를 받았어. 그러나 저항할 경우 우리를…… 나를 제외한 우리 모두를 죽여도 되는 권한을 가지고 있어."

로즈메리가 고개를 끄덕였다. 그러자 비단결처럼 윤기가 도는 그녀의

머리채가 흔들렸다. 제이크는 짜증이 났다. '로즈메리? 살인 청부업자의 이름으로는 영 어울리지 않는군.'

로즈메리는 조용하고 차분한 목소리로 말했다.

"에디, 몇 가지 것들을 해줬으면 해요."

'테이블 위에 레이저 메스가 놓여 있어. 로즈메리가 총을 쏘기 전에 먼저 그걸 집으……….' 에디의 생각은 용감하지만 동시에 놀라우리만치 멍청했다.

'에디, 그걸 건드리기만 하면 내가 감시해야 할 사람의 수가 하나 줄어들게 될 거야.'

레인싱어가 망설이자 로즈메리는 입술을 실룩이며 미소를 지었다. 제이크가 입을 열었다.

"그녀가 하라는 대로 해, 에디. 제발!"

패배감에 축 처진 레인싱어가 물었다.

"뭘 해드릴까요?"

"저기 있는 거즈로 찬드라의 손을 등 뒤로 묶어요."

로즈메리는 그렇게 지시한 뒤, 옷깃에 붙어 있는 작은 통신기에 대고 말을 했다.

"경비대는 들어라. 우리 정체가 발각됐다. 다른 연구팀원들을 모두 모아 소집단으로 나눠라. 저항할 수 없게 만든 뒤 본부 건물로 데려온다. 연구팀원들의 주의를 끌 만한 행동은 삼가라. 그 멍청이들이 반격해올지도 모른다. 그러다가 죽이게 되면 우리가 받을 돈이 줄어든다."

에디는 로즈메리가 시킨 대로 했다. 로즈메리는 세 명을 모두 감시할 수 있는 위치로 이동했다. 로즈메리는 에디를 지켜보며 말했다.

"더 단단히 묶어요."

"이 이상 단단히 묶었다간 피가 안 통할 겁니다."

로즈메리는 무미건조하게 말했다.

"더 세게 안 묶으면 저 여자 다리를 쏴서 못 움직이게 할 거예요. 당신이 선택해요."

에디는 아무도 들을 수 없게 욕을 퍼붓고, 거즈를 더욱 세게 묶었다. 파텔은 얼굴을 찡그렸으나, 아무 말도 하지 않았다.

제이크는 마치 자신이 고통을 당하는 양 움찔했다. 그가 로즈메리에게 한마디 했다.

"너무 꽉 묶었잖아요."

"세 시간 후면 배가 도착해요. 그때까지만 견디면 되요. 그리고 에디, 미안하지만 교수님께 옷을 입혀 드려요. 나랑 같이 갈 데가 있으니까."

파텔이 입을 열었다.

"로즈메리, 교수님을 옮기면 안 돼요. 교수님이 어떤 일을 당하셨는지도 모르는걸요."

로즈메리가 제이크를 보며 말했다.

"파텔의 말이 사실인가요?"

"파텔은 분명 그렇게 생각하고 있어요."

로즈메리는 고개를 끄덕였다.

"알겠습니다."

로즈메리가 자기 말을 듣고 기뻐한다는 사실을 안 제이크는 기분이 역겨웠다. 어쩔 수 없이 알게 된 로즈메리라는 그녀의 이름도 짜증났다. 얼마나 어울리지 않는 이름이란 말인가. 로즈메리가 느끼는 기쁨은 상대방을 고통스럽게 만드는 데서 오는 신랄한 기쁨은 아니었다. 그러나 분명 로즈메리는 꽤나 기뻐하고 있었다. 제이크는 로즈메리가 지난 몇 주 동안 무지하게 지루해했다는 사실도 알게 되었다.

제이크는 얼굴을 찌푸렸다. 그리고 두려웠다. 그런데 로즈메리도 다리어스나 레슬리만큼 두려움을 느끼고 있었다. 다만 로즈메리는 누구에게도 자신이 두려움을 느낀다는 표시를 내지 않으려고 했다.

"제이콥 제퍼슨 램지 교수님, 교수님이 하실 일은 내가 당신을 해병대에 인도할 때까지 살아 계시는 거예요. 해병대에 인도된 후에는 그 친구들의 정성스럽고 자상한 보살핌을 받게 될 예정이고요. 알아 들으셨나요?"

'죽여라! 죽여라! 흐르는 적의 피는 좋은 것이다. 그 피는 뜨겁고도……'

"그렇게는 할 수 없어!"

제이크가 소리를 질렀다. 마치 얼음송곳으로 머리를 찔린 것처럼 강하고 고통스러운 외침이었다.

로즈메리가 대답했다.

"싫으세요? 레인싱어 선생님을 죽여야 말을 들으실 건가요?"

제이크는 숨을 헐떡였다. 그리고 눈을 꽉 감았다. 제이크는 결국 이렇게 내뱉었다.

"알았어요."

"진즉에 그러셨어야죠. 그리고 레인싱어 선생님, 나는 의약품에 대해서는 별로 아는 게 없어요. 하지만 선생님은 미다조핀이 어디 있는지 알고 계실 거라고 생각해요."

레인싱어가 둔탁한 목소리로 말했다.

"반대편 상단의 왼쪽 캐비닛에 있어요."

"위대한 독심술사 제이크 교수님, 레인싱어 선생님의 말씀이 사실인가요?"

고통이 사라지자 제이크는 눈을 떴다. 제이크는 에디의 생각을 알려달라는 로즈메리의 지시를 따르고 싶지 않았다. 그러나 방 안의 사람들이 내는 생각의 소리는 못 들은 척하기엔 너무나도 크게 들렸다.

결국 제이크가 대답했다.

"사실이오."

로즈메리는 거짓말을 하고 있었다. 그녀는 의약품에 대해서 매우 잘 알고 있었다. 이 방에서 움직임을 구속받지 않은 사람은 세 명으로, 그중 한 명은 레인싱어였다. 레인싱어는 로즈메리가 약을 찾기 위해 몸을 돌리는 순간 그녀를 덮칠 생각이었다. 제이크는 로즈메리(망할! 그 이름이 마음에 들지 않았다)에게 경고를 해줘야 할지, 아니면 에디가 로즈메리를 덮치게 놔둬야 할지 망설였다. 그러나 욱신거리는 두뇌가 결정을 내리기도 전에 달은 캐비닛 속의 약을 찾는 일에 한눈을 팔았고, 에디는 그녀를 향해 몸을 날렸다.

제이크는 달이 이런 상황을 예측하고 있다는 사실을 알고 있었다. 캐비닛 속의 약을 찾는 데 신경을 쓰기는 했지만, 거기에 온 신경을 집중하지는 않았다. 에디가 덮쳐오는 것을 눈치챈 달은 몸을 돌려 소총의 개머리판으로 에디의 관자놀이를 가격했다. 에디는 바로 쓰러졌고, 달은 무릎을 꿇고 에디의 머리 상태를 점검했다.

"가벼운 뇌진탕을 일으켰군요. 깨어나면 머리가 꽤나 아프겠지만, 괜찮을 겁니다. 바보 같으니라고. 하긴, 당신들에게 잠시나마 등을 보인 나도 바보 같긴 마찬가지죠."

제이크는 로즈메리가 세 사람 모두를 바보 취급하고 있다는 사실을 깨달았다. 로즈메리는 대단히, 아니 무섭도록 똑똑한 인물이었다. 로즈메리가 그동안 지루해한 이유는 고고학자들의 행동을 파악하지 못해서가 아니라, 그들의 행동에 아무 흥미로운 점이 없어서였다.

"우리를 배신한 대가로 뭘 받게 되죠?"

파텔이 따졌다.

"당신들로부터 무엇을 얻어내느냐에 따라 다르지요."

로즈메리가 대답했다. 하지만 제이크는 못해도 이런 탐사를 두 번은 할 만한 돈이 나올 거라는 사실을 알고 있었다. 제이크는 로즈메리가 주사기를 꺼내 투명한 물약을 가득 채우더니 조금 분사하는 모습을 지켜보았다.

"파텔 선생님, 이 약은 아무런 해가 없다고 보증해요."

의사들이 잘 하는 거짓말을 언급하는 로즈메리의 입술이 곡선을 그렸다. 로즈메리는 파텔의 팔에 주사기를 꽂았다. 파텔이 로즈메리에게 욕을 퍼부었다.

"이런 짓을 하고도 살아서 나갈 줄 알아?"

찬드라 파텔의 목소리에서 점점 힘이 빠졌다. 눈이 감기고 고개가 푹 떨어졌지만, 파텔은 끝까지 반항적인 자세를 잃지 않으려고 애썼다.

'멜로드라마 같은 사건이 내게 일어났으면 해.' 오래된 교회 종이 시간을 알리는 것처럼 생생하게 로즈메리의 생각이 읽혔다. 그런 그녀의 생각은 낡고 상투적인 문구보다 나았다.

제이크는 로즈메리가 자신에게 윙크를 하고 방문을 향해 걸어 나가는 것을 눈치챘다. 로즈메리 달은 이미 방을 나가고 있었다.

제10장

비록 로즈메리가 좋아하는 방식은 아니었지만, 그 일은 꽤나 효과적이었다.

로즈메리는 의자에 앉아 소총을 무릎 위에 올려놓은 채 담배를 피며 눈을 가늘게 뜨고서 인질들을 바라보고 있었다. 로즈메리가 직접 선발해 여러 차례 자신의 목숨을 맡겨 왔던 부하들은 소총을 겨누고 고고학자들을 본부 건물에 몰아넣었다. 부하들은 모두 훌륭한 인재들이었다. 하지만 이선 스튜어트가 없는 게 너무도 아쉬웠다. 스튜어트와는 이 년 전부터 서로 제 갈 길을 가기 시작했다. 물론 여전히 접촉하고 있었다. 로즈메리는 말장난에 미소가 터졌다. 로즈메리와 스튜어트 사이의 관계는 현재 이끌고 있는 부대원들보다 훨씬…… 개인적이었다. 이 일이 끝나고 나면 스튜어트를 불러내 진짜 공기가 있는 곳에서 열정적인 한 주를 즐길 작정이었다.

로즈메리는 담배를 한 모금 빨아들였다. 담배 연기가 폐 깊숙이 들어와 퍼졌다. 로즈메리는 자신의 약점을 경멸했다. 암을 일으킬지도 모르는 담배에 대한 집착이야말로 최악의 약점이었다. 오래전에는 한동안 자극제에 중독되어 있었다. 그녀의 진가를 알아본 이선은 그런 것들을 끊는다는 조건으로 로즈메리를 고용했다. 팔을 쭉 뻗고 담배를 피우고 있자니 이선이 해줬던 해독 시술이 떠올랐다. 하지만 이선도 결국 금연하게 만들 수 없었다. 로즈메리는 자유롭게 담배를 피웠다.

그래, 그런 거야.

인질들을 빈틈없는 시선으로 주시하던 로즈메리가 숨을 내쉬자 콧구멍에서 담배 연기가 뿜어져 나왔다. 뭔가 수상한 기미는 보이지 않았다. '제이크는 어떻게 되었을까? 사원의 방 안에 쓰러져 있던 시신은 과연 누구의 시신이었을까? 프로토스인 것은 확실한데…… 일반적인 프로토스가 아니었다. 뭔가…… 특별한 프로토스였다.'

로즈메리는 정신을 맑게 해주는 니코틴을 또 한 모금 빨아들이며 예전에 꿨던 악몽을 떠올렸다. 생각만 해도 몸서리가 쳐졌지만, 그러지 않으려고 노력했다.

로즈메리는 가장 조용하고 효과적으로 일을 처리한다는 평을 받아왔다. 난사를 너무 좋아한다는 이유로 로즈메리에게 해고당한 대원이 한둘이 아니었다. 로즈메리는 불 뿜는 총구, 치솟는 테스토스테론, 사람들이 질러대는 비명 등을 좋아하지 않았다. 왜 그런 것들에 쓸데없이 기력을 낭비하지? 그리고 그런 태도야말로 발레리안이 로즈메리를 매우 총애하는 이유 중 하나였다.

이번 탐사는 네 번째였다. 이전의 탐사들은 모두 형편없는 실패로 끝이 났다. 이에 매우 실망하고 절망한 발레리안은 축 늘어진 탐사대원들을 모두 돌려보냈다. 제이크는 다른 이들이 발견하지 못한 것을 찾아냈다. 그리고 그런 이유로 로즈메리를 정말 놀라게 했다.

로즈메리는 절대 제이크를 멍청한 인물로 여기지 않았다. 로즈메리는 뛰어나다는 수식어를 쉽게 사용하지 않지만, 제이크를 매우 뛰어난 학자라고 여기고 있었다. 그러나 제이크에게는 순진한 구석도 있었다. 그게 가식적인 순진함이었다면, 꽤나 우스꽝스러웠으리라.

로즈메리는 하얀 담배를 입술로 물었고, 또 연기를 들이켰다.

로즈메리가 제이크에게 무슨 일이 있었는지 말해달라고 했다면, 대답을 들었으리라. 그러나 그 지식은 제이크의 혼란스러운 두뇌 속에 갇혀 있었다. 로즈메리는 이제껏 그만한 지식을 가져본 사람이 있는지 궁금했다.

한편, 로즈메리는 대실패로 끝난 예전 세 번의 탐사로 인해 발레리안이 무척 화가 났었다는 사실을 알고 있었다. 이번 탐사가 로즈메리의 관할 하에 초반부터 성과를 거두자 발레리안은 매우 기뻐했다. 그리고 그런 발레리안의 행복이 곧 자신의 행복임을 로즈메리는 알고 있었다. 고고학자들이…… 디브리핑을 잘 해주면 로즈메리는 돈을 받게 되리라. 엄청난 액수의 돈, 일을 쉬고 진정한 휴식을 취하기에 부족함이 없는 금액을.

로즈메리는 이선을 생각했다. 이선의 칠흑 같은 머리칼과 커피색 눈을 떠올렸다. 이선과의 만남을 상상만 해도 즐거움에 몸이 떨릴 지경이었다.

통화 버튼에서 치직거리는 소리가 났다. 로즈메리는 통화를 하려 고개를 기울이고 턱을 당겼다. 에디는 잠시 동안 의식을 잃었다가 지독한 두통과 함께 깨어났고, 로즈메리에 의해 끌려와 다른 사람들과 함께 앉아 그녀를 지켜보고 있었다. 에디는 로즈메리의 일거수일투족을 자세히 살피고 있다가도, 그녀와 눈이 마주치면 시선을 외면했다. 로즈메리는 굳이 제이크의 새로운 능력을 사용해 젊은 의사의 생각을 알아볼 필요가 없었다. 로즈메리의 동작은 매우 태연했고, 아무 잘못도 없다는 듯한 태도를 취하고 있었다. 로즈메리는 자신이 뭘 하고 있는지 정확히 알고 있었다. 로즈메리 달은 프로였고, 프로는 임무를 성사시키기 위해서라면 가지고 있는 도구를 아낌없이 썼다.

"달입니다."

"달? 메이슨입니다. 앞으로 두 시간 이내에 착륙합니다. 수송선에 탑승할 수 있도록 모두에게 보호복을 입히십시오."

"알겠습니다. 잠시 후에 뵙죠, 메이슨."

아무 이야기도 듣지 못한 채 갑자기 발굴지로 돌아가라는 지시를 받았음에도 불구하고 로버트 메이슨 대령의 목소리에는 놀란 기색이 전혀 없었다. 메이슨도 로즈메리처럼 일을 해주고 돈을 받는 신세였고, 그런 사람들에게 의문을 품는 일은 별로 현명한 짓이 아니었다. 재사회화 과정을 거친 대부분의 해병들에게도 명령은 명령일 뿐이었다. 물론 재사회화를 거치지 않은 해병이라면 약간의 의혹을 품을 수도 있었다. 그러나 회색호랑이호 안에는 명령을 받고 일 나노초라도 망설일 수 있는 사람이 단 한 명도 없었다.

로즈메리는 마지막 담배 한 모금을 피운 후, 탁자에 대고 비벼 껐다. 로즈메리는 유연한 동작으로 탁자를 밀어낸 후, 작은 몸에 걸려 있던 AGR-14 가우스 소총을 어깨로 옮겨 멨다. 로즈메리의 덩치는 작았지만, 훈련과 실전으로 다져진 근육질이었다.

"좋아요, 여러분. 수송선에 탑승하기 위해 보호복을 착용할 시간입니다."

다리어스는 욕지거리를 내뱉었다. 다리어스가 한때 애정, 아니 최소한 욕구를 품었던 로즈메리에 대한 욕설이었다. 그러나 로즈메리는 다리어스의 욕설을 다른 방향으로 해석하고 미소를 지었다. 설령 그 때문에 자신의 일이 더 힘들어지더라도, 로즈메리는 다리어스처럼 용기를 가진 상대를 좋아했다.

"오, 다리어스."

로즈메리의 목소리는 마치 연인에게 말할 때처럼 감미로웠다.

"안 그럴까봐 걱정했지 뭐예요. 그런 사랑스런 말을 해줬으니, 당신부터 먼저 시작하겠어요."

다리어스가 엉거주춤 일어섰다. 세바스티엔은 재킷 안쪽에서 칼을 하나 꺼냈다. 그러자 걱정에 찬 한숨 소리가 방 곳곳으로 퍼졌다. 하지만 세바스티엔이 다리어스를 묶고 있던 끈을 자르자, 걱정은 안도로 바뀌었다. 로즈메리는 눈알을 굴렸다. '우리는 다섯 정의 가우스 소총으로 너희를 겨누고 있거든. 그런데도 고작 칼로 너희를 죽일 거라고 생각했나?'

다리어스가 성난 동작으로 보호복을 입는 동안, 에이던과 톰이 그를 날카로운 눈초리로 감시했다. 레인싱어는 너무 젊은데다 멍청하기까지 해서 감히 의무실에서 달을 덮치려고 했다. 그러나 충분한 인생 경험과 상식을 갖춘 다리어스는 아무런 반항도 하지 않았다. 로즈메리는 나머지 연구팀원들도 그만큼 똑똑하기를 바랐다. 로즈메리는 연구팀원들을 죽이거나 제압하는 데 힘을 낭비하고 싶지 않았다.

연구팀원들은 한 사람씩 보호복을 입었다. 모두가 보호복을 갖춰 입자 세바스티엔은 그들의 손을 묶은 후 자리에 앉게 했다. 갑자기 로즈메리는 남모르게 신음을 냈다.

이런, 망할. 의식을 잃은 파텔이 의무실에 아직 제이크랑 같이 있었다.

"이봐, 파텔을 깨워서 새로 들어온 죄수의 상태를 확인해 봐야겠어."

"알겠습니다, 로즈메리."

케이트가 말하는 동안 그녀가 쥔 소총은 미동조차 하지 않았다.

로즈메리가 케이트의 어깨 너머로 미소 지으며 말했다.

"규칙은 잘 알 거야. 꼭 필요한 경우가 아니면 죽이지 마."

"예, 알고 있습니다."

마약 중독자 경험도 좋은 점은 있었다. 로즈메리는 자신이 뭘 원하는지 정확히 알고 있었다. 설령 그게 어디 있는지 모른다고 해도 말이다. 로즈메리는 문을 조심스럽게 열었다. 만약의 경우, 예를 들면 제이크가 기적적으로 도망쳤거나 찬드라가 깨어났을 경우를 대비해 자신을 방어할 준비를 했다.

다행이었다. 제이크는 로즈메리를 쳐다보고 있었다. 금속 밴드는 제이크의 몸에 잘 감겨 있었다. 파텔은 여전히 머리를 한쪽으로 푹 숙인 채였다. 입에서는 침이 주르륵 흘러내렸다. 확실히 의식불명 상태라는 뜻이었다. 로즈메리는 즐거운 듯이 고개를 끄덕였다.

"이봐요, 제이크."

로즈메리는 태연한 어조로 제이크의 이름을 불렀다. 그러고는 소총을 등 뒤로 옮겨 메고 캐비닛을 뒤지기 시작했다.

제이크의 목소리에서 고통이 느껴졌다.

"이런 짓을 하다니, 아직도 믿을 수 없어요."

로즈메리는 제이크가 받은 충격에는 개의치 않는다는 듯 어깨를 으쓱였다.

'오, 여기 있군.' 로즈메리는 새 주사기를 집어 들어 작은 약병에 든 내용물로 채웠다. 이건 매우 현명한 처사라고 보기 어려웠다. 그래도 발레리안의…… 부하들은…… 파텔의 신체에서 약물 성분이 사라질 때까지 기다린 뒤에야 자신들이 그녀에게 원하는 일을 할 테니까……. 그렇지만 여행 중에 약물이 사라질 시간은 충분했다.

제이크가 숨을 쉬며 말했다.

"세상에, 우리에게 도대체 무슨 짓을 할 작정이죠?"

제이크의 순수함이 순식간에 상처를 입었다.

"어떻게 할 것 같아요, 교수님? 질문에 대답하시는 동안 입으실 멋지고 편한 옷, 그리고 드실 맛있는 와인과 좋은 식사도 준비해 놓지 않았겠어요? 교수님은 아무 잘못도 없으니까요, 그렇지 않나요?"

로즈메리는 병을 잡고 주사기 내에 정확한 양의 약을 채웠다. 너무 많이 투여하게 되면 파텔은 각성하는 게 아니라 미치게 된다. 안전을 기하기 위해서 로즈메리는 파텔의 눈꺼풀을 열고 동공을 검사했다. 파텔은 완전히 의식불명 상태인 게 확실했다.

제이크는 이상스레 조용했다. 로즈메리는 제이크를 무시했다. 그리고 정맥이 잘 보이도록 파텔의 팔을 두들겼다. 그리고 로즈메리는 정맥이 보이자 주사바늘을 꽂았다.

제이크가 낮은 목소리로 중얼거렸다.

"당신은 무슨 일이 일어날지 다 알고 있는데도 …… 우리를 팔아먹으려는 거요."

찬드라가 몸을 흔들었다. 정신을 차리기까지 약간의 시간이 걸렸다. 그리고 찬드라의 몸은 여전히 빈틈없이 묶여 있었다. 로즈메리는 일어나 제이크에게 고개를 돌렸다.

"미안하다고 말씀은 드렸지만, 진심이 아닌 것 역시 알고 계실 거예요.

이건 내 일이라고요. 당신한테는 안 된 일이지만, 이 점을 명심하세요. 결국 당신은 인류에 공헌하게 될 거예요."

로즈메리가 무뚝뚝하게 말했다.

제이크는 로즈메리의 눈을 훑어보았다.

"그렇군요…… 왜 내가 이런 취급을 당하는지 알 것 같아요. 난 뭔가 특별한 일을 당했고, 당신들은 그 일에 대해 알고 싶은 거겠죠. 하지만 다른 연구팀원들은, 그 친구들은 프로토스가 손끝 하나 댄 적 없어요! 왜 그 친구들까지 욕을 봐야 하죠?"

로즈메리가 어깨를 으쓱였다.

"낸들 알겠어요, 제이크."

갑자기 로즈메리는 무척이나 피곤해 보였다.

"봐요. 간단한 일이에요. 이제 교수님은 회색호랑이호에 승선하게 될 거예요. 가시면 친절한 해병들이 목적지에 도착할 때까지 정성을 다해 돌봐드릴 거고요. 저처럼 그저 주어진 일을 하는 사람들이 교수님의 정신을 검증하고, 자극하고, 모든 것을 낱낱이 파헤칠 거예요. 그 사람들은 교수님이 초등학교 일 학년 때 담임선생님에 대해서 품었던 호감에서부터 외계인이 집어넣은 지식까지, 교수님 머릿속에 있는 모든 것을 꺼낼 거예요. 그 작업이 다 끝나고 나면 교수님은 머릿속에 뭐가 남아 있건 간에 죽게 될 테고요."

파텔은 완전히 정신을 차렸다. 로즈메리를 바라보는 파텔의 얼굴은 귀여웠지만, 지독한 공포의 표정이 드리웠다.

"거짓말이야."

파텔은 자못 용감하고, 로즈메리를 경멸하는 듯한 어조로 말하려 했으나, 목소리는 공포로 떨고 있었다.

"우리에게 겁을 줄 셈이야?"

로즈메리가 눈을 굴렸다.

"의사 선생님께서 그렇게 생각하시고 싶다면, 말리진 않겠어요. 자, 꼭 돌아올게요, 제이크. 그러니 걱정하지 말아요."

• • •

제이크 램지는 로즈메리를 응시했다. 작고, 아름답고, 치면 부러질 것 같은 여자지만, 다른 사람들을 아무렇지도 않게 넘겨주어 정신 고문으로 죽게 할 수 있는 인물이기도 했다. 로즈메리가 나가자 문이 닫혔다.

갑자기 제이크의 머릿속에 이런 생각이 떠올랐다.

'로즈메리를 막을 수 있어!'

하지만 그 생각은 제이크의 생각이 아니었다.

'세상에.' 제이크는 눈을 감았다. 환상을 볼 뿐만 아니라 이제는 환청까지 듣고 있었다. 그 사실을 깨닫고 나자 손끝 하나 움직일 수 없을 만치 지독한 공포가 몰려왔다. 제이크는 또 다시 환상을 보고 있는 게 아닌가 싶었다.

'그래, 자네는 또 뭔가를 보게 될 거야. 그러나 그것들을 본다고 괴로워 해서는 안돼. 제이콥 제퍼슨 램지, 날 믿어야 해. 자네는 보이는 것에 끌려 다니지 말고, 그것들을 다스릴 수 있는 사람이 되어야 해. 그리고 자네에 게 쏟아지는 다른 이들의 생각을 다스릴 수 있는 방법을 알려주겠어.'

너무나도 끌리는 약속이었다. 제이크는 그 약속을 간절히 믿고 싶었다.

'그렇게 하지. 나를 믿어, 그러면 이루어질 거야.'

'다…… 당신은 누구죠?'

'내 이름은 자마라야.'

'내가 보고 있는 것들은…… 이 환상…… 그건 대체 뭐죠?'

'제이콥, 그건 환상이 아냐. 기억이야.'

'그러면 내가 여태까지 본 것들은 당신의 기억인가요?'

'아니, 내 기억이 아냐.'

'그렇다면 어떻게 당신은 자신의 기억이 아닌 기억을 가질 수 있죠?'

'자세히 말하자면 복잡해. 하지만 자네도 곧 알게 될 거야. 우리는 함께 힘을 모아 자네에게 우리의 기억을 보여주고, 그걸 봐야 하는 이유도 알려줄 거야. 또한 자네의 생각들 중 무엇이 중요하고 덜 중요한지 구별할 수 있게 해줄 거야. 자네는 내 도움이 필요해. 자네의 두뇌에는 텔레파시 기능이 없거든.'

목소리는 차갑고 자신감에 넘쳤으며, 살짝 거만하기까지 했다. 제이크는 상당한 불쾌감을 느꼈지만, 대화를 계속 했다.

'당신들은 매우 뛰어난 정신적 능력을 갖고 있다고 들었어요.'

'어떻게 한 거지? 텔레파시 능력이 완전히 결여되어 있군. 하지만 능력을 갖추게 해주겠어. 꼭 그렇게 해주지. 그때까지 자네는 적의 포로가 되어선 안 돼.'

'자마라, 당신은 알지 못하겠지만, 나는 현재 붙잡혀 있어요.'

그 생각을 말로 표현할 길이 없었다. 그러나 제이크는 자마라가 경멸감을 표하며 손을 내젓는 것을 확실히 느낄 수 있었다.

'이제 곧 자네는 풀려나 어디론가 옮겨지게 될 거야. 누구라도 내 갈 길을 방해하는 자는 용서할 수 없어. 그게 설령 제이콥 자네라고 해도 예외는 아니야.'

제이크의 마음속에 두려움 대신 호기심이 자리 잡기 시작했다. 프로토스가 말하는 내용에 대한 깊은 호기심이었다. 강렬한 호기심은 그의 강점이자 약점이었다. 제이크는 그 때문에 여러 번 곤경에 처한 적도 있었다. 그러나 한편으로 그 호기심 덕에 많은 문을 열 수 있었다. 한편 제이크는 자마라가 자신의 운동기능을 제어하려는 사실을 문득 깨달았다. 제이크는 자신의 손이 들리더니 흔들리기 시작하고, 손가락들이 느리게 움직이는 모습을 쳐다보았다.

엄지손가락을 포함한 다섯 개의 손가락이 제멋대로 움직이는 광경은 너무나도 낯설었다.

'안 돼!'

제이크가 느끼는 극심한 두려움에 자마라는 말을 멈췄고, 제이크의 손을 내려놓았다. 십 분 후 로즈메리가 부하 두 명을 데리고 돌아왔을 때, 제이크는 땀을 뻘뻘 흘리고 있었다. 로즈메리는 톰과 세바스티엔을 시켜 제이크에게 평상복을 입힌 후, 보호복을 입혔다. 그리고 제이크가 옷을 입을 동안 예의상 그에게서 등을 돌리고 있었다. 로즈메리는 부하들에게 제이크를 관대히 다룰 것을 지시했고, 제이크의 기분은 나쁘지 않았다. 솔직히 말하자면 아주 좋았다. 긴장한 세 사람의 생각이 뇌 속으로 밀려드는 바람에 토할 것 같았고, 머릿속에서 외계인의 존재가 느껴지는 것을 제외한다면, 제이크의 기분은 끝내주게 좋았다.

이들을 막으려면 어떻게 해야 할까? 유령들의 디브리핑이 제이크를 파멸시키는 것만큼 자마라 또한 로즈메리와 그의 부하들을 철저하고 완벽하게 파멸시키고자 했다. 제이크는 본능적으로 그 사실을 알 수 있었다. 그러나 한편으로는 로즈메리에 대한 복잡하면서도 따스한 감정을 숨길 수 없었다. 한 가지는 확실했다. 제이크는 로즈메리를 공격하고 싶지 않았다.

제이크는 로즈메리에 대해 매우 냉정한 태도를 보이는 자마라에게 놀랐다. 자마라에게 인간에 대한 자비는 일절 없었다. 또한 반드시 완수해야 할 목표가 있었다. 제이크는 일단 자마라가 충분히 힘을 얻게 되면, 결코 멈추지 않고 그 목표의 성취를 위해 달려갈 거라고 생각했다.

옷을 다 입은 제이크는 자리에서 일어나 순종적인 태도로 세 사람을 따라갔다. 그러나 마음속의 외계인은 손톱으로 열심히 제이크의 내면을 후벼 파며, 자신의 존재를 계속 각인시키고 있었다. 자마라가 충분한 힘을 얻게 되면, 제이크에게는 어떤 일이 생길까?

'걱정 마. 자네는 죽지 않아. 내가 자네를 필요로 하니까. 자네는…… 죽지 않고 변하게 될 거야. 정말이야.'

제이크는 자신과 다르면서도 또한 한 몸을 이룬 외계인에게 반박했다.

'그만큼 오래 살아야 그럴 수 있지요. 로즈메리가 우리한테 무슨 짓을 할지 알고 계시잖아요.'

'알고 있지. 하지만 그런 일이 벌어지게 놔두지 않을 거야. 언젠가 그들도 그 점을 분명히 알게 되겠지…….'

그들은 본부 건물로 걸어갔다. 로즈메리는 본부 건물에 해병대가 이미 와서 기다리고 있는 모습을 보고 놀랐다. 네 명의 해병들이 본부 건물 문 옆에 완벽한 직립 부동자세로 버티고 서 있었다. 제이크는 건물 안에는 더 많은 해병들이 있을 거라고 짐작했다.

해병들의 두뇌는 연구팀원들의 두뇌와는 사뭇 달랐다. 그들의 생각은 혼란스러워서 제대로 알아보려면 약간의 시간이 필요했다. 재사회화 과정을 받았기 때문임을 감지했다. 망할, 도대체 재사회화 과정이 어떻기에 사람들의 머릿속이 저리도 희미한 거지…….

갑작스러운 깨달음이 제이크의 머리를 스쳤다. 비록 로즈메리를 싫어했지만, 제이크는 그녀에게 경고하려고 입을 열었다. 그러나 이미 늦었다.

로즈메리는 해병들을 향해 발을 옮기며 미소 띤 얼굴로 말을 건넸다.

"안녕하세요, 여러분. 오시느라 고생 많으……."

그러자 해병들이 일제히 거총했다. 총구는 제이크 램지를 겨누고 있지 않았다. 로즈메리와 그녀의 부하들을 겨누고 있었다.

제이크는 눈을 감았다. 마치 그렇게 하면 자신의 머릿속으로 쏟아져 들어오는 로즈메리 달의 충격과 공포로부터 자신을 지킬 수 있을 것 같았다.

"지금 뭐하는 짓이죠?"

로즈메리가 따졌다. 그러자 한 해병이 지루하다는 목소리로 대답했다.

"명령입니다. 여러분 모두를 심문하라는 명령을 받았습니다."

제11장

로즈메리는 마치 우리에 갇힌 호랑이처럼 갇혀 있는 방 안을 돌아다니며 주먹을 쥐었다 폈다 했다. 어쩌다 이런 바보짓을 저질러 버렸지? 로즈메리가 몸담고 있는 업계에서 가장 으뜸가는 계명이 '누구도 신뢰하지 마라'였다. 하지만 로즈메리는 그 규칙을 어기고 발레리안을 신뢰했다. 훌륭한 작은 용병이 되어 약속대로 상품을 인도하면, 발레리안이 자신의 머리를 쓰다듬어 주고 말 잘 듣는 작은 강아지처럼 대접해 줄 거라 생각했다.

벽을 걷어찬 로즈메리는 고통으로 몸을 움츠렸다. 또 다른 멍청한 짓일 뿐이었다.

회색호랑이호는 오랜 시간을 들여 새로운 손님들을 수용할 준비를 했다. 화물칸을 개장해 새로 탈 사람들 수만큼의 독방을 갖춘 영창을 함 내부에 만든 것이다. 조립식 벽체는 쉽게 세울 수 있는데다 놀랄 만큼 견고했다. 로즈메리는 독방 안에 수감된 후 벽을 철저히 조사했다. 연방의 옛 기술은 정말로 대단했다.

로즈메리는 깊은 한숨을 내쉰 뒤 머리를 손으로 감싸고 그대로 벽을 따라 미끄러져 내려갔다. 소총이 없으니 벌거벗은 느낌이었다.

손가락으로 윤기 나는 검은 머리를 빗어 넘겼다. 로즈메리는 담배 생각이 간절했다.

• • •

'우린 곧 나가게 될 거야.'

머릿속에서 울리는 소리는 이상할 정도로 차분했다. 제이크는 그 점이 놀라웠다. 솔직히 말하자면 제이크는 이 상황에서 탈출할 방법을 찾지 못했고, 머릿속의 외계인이 무슨 수로 나가겠다고 떠드는지도 감을 잡지 못했다.

"마음만 먹으면 언제라도 나갈 수 있다는 식으로 말씀하시는군요!"

제이크는 소리를 쳤다. 그러고는 입술을 깨물고 문 쪽을 쳐다보았다.

어쩌면 확실하고 간단한 기회가 있을지도 몰랐다. 그의 독방을 지키는 근무자로 마커스 라이트가 배정되었기 때문이다. 라이트는 무시무시하고 갈라지는 목소리로 제이크와 이야기했다. 그는 제이크에게 약간의 미안함을 느끼는 듯했다. 그러나 역시 약간의 미안함이었다. 뉴스 홀로그램에 나오는 자연재해 희생자들을 보았을 때 느끼는 정도에 불과한 안타까움이었다. '이런, 모든 것을 다 잃으셨군요, 상심이 크겠어요, 진심으로 안타깝습니다, 이제 점심시간이네요.'

잠시 동안, 제이크를 내려다보는 덩치가 큰 식인종의 못생긴 얼굴에 약간의 슬픔이 엿보였다. 그 모습에 제이크는 자신을 도와달라고 마커스를 설득할 수 있을 거라고 생각했다. 그러나 마커스는 소총의 총구를 다른 곳으로 돌리지 않았다. 워낙 충실하게 재사회화가 이루어진 탓이었다. 그래서 제이크는 영창 근무자가 누구든, 자신에게 안타까움을 느끼든 느끼지 않든 간에 명령만 주어지면 잠시의 주저함도 없이 자신의 머리에 슬러그 탄을 먹일 수 있겠다고 생각했다.

제이크는 마치 스스로에게 혼잣말을 하듯이 큰 소리로 떠들고 있었다. 하긴 제이크의 머릿속에는 그 혼자 있는 게 아니었다.

"우리에 대해 무슨 얘기를 들었지, 마커스?"

제이크는 더욱 큰 소리로 물었다. 그러면서 한편으로 주변에 있는 다른 사람들의 생각을 모아 유용한 정보를 얻으려고 했다.

"제이크 교수님, 우리에게는 별 얘기를 안 해줘요. 언제나 그런 식이죠. 우리는 교수님 일행을 가둔 다음, 심문을 위해 데려오라는 명령을 받았을 뿐이에요."

마커스가 대답했다.

"정말이야? 그들이 자네에게 말해주지 않는다는 게……."

제이크가 본심과는 다르게 놀라는 척했다.

"악! 악!"

제이크는 라이트를 볼 수 없었지만, 그가 접시만한 손으로 이야기를 듣지 않으려고 귀를 막고 있는 모습을 상상할 수 있었다.

"제이크 교수님, 얘기를 안 해주는 데는 뭔가 이유가 있겠죠. 그렇다고 기분이 상하지도 않았고요. 하지만 교수님 가시는 곳에 따라가고 싶지도 않아요."

'이 친구가 있는 건 분명히 기회야. 냉정해져야 해.'

머릿속의 부드러운 목소리가 말했다.

'뭐라고?'

제이크가 이번에는 목소리를 높이지 않으려고 애썼다.

'라이트는 가장 높은 강도의 재사회화를 받았어요. 지금 그의 마음을 바꿀 수는 없다고요. 그리고 명령이 주어진다면 가장 절친한 친구라도 저버릴 사람이에요.'

'하지만 바로 그 때문에 이 친구가 유용한 거야.'

목소리가 말했다.

제이크는 포기했다. 이런 사고방식은 너무도 낯설어서 도저히 그 논리를 이해할 수 없었다. 그리고 설령 그 사고방식을 이해한다고 해도, 그게 철저히 옳다고는 생각할 수 없었다. 프로토스의 공격을 당한 후, 자신의 신경망은 재배선되었다는 얘기를 들었다. 외계인 자마라는 휴면 상태였던 제이크의 뇌 영역을 깨웠고, 다른 영역도 개조했다. 기회는 있었다. 제이크의 두뇌는 더 이상 평범한 인간의 두뇌가 아니었다.

제이크는 양손에 얼굴을 묻었다. 겔가리스에서 느꼈던 박탈감과 좌절감, 무시당하는 자의 서러움이 떠올랐다. 그 낙후된 행성에서 끔찍한 기온 변화와 벌레들, 고된 발굴 작업에 시달리며 겪었던 모든 감정이 다시 떠올랐다. 이제 다시 제이크는 아무것도 아닌 무시당하는 사람이 되었다.

'해야만 해. 자넨 아직 우리가 알고 있는 지식을 완전히 이해하지 못했어. 우리의 지식은…… 모든 것을 바꿀 거야.'

머릿속의 목소리가 계속 떠들었다.

'아마도 당신과 당신 동족인 프로토스를 위해 모든 것을 바꾸겠지요.'

제이크는 분개와 원한을 가득 담아 쏘아붙였다. 제이크도 점점 이 새로운 대화 방식에, 성대 대신 감정을 사용해서 말을 만들고 말에 무게와 어조를 싣는 방식에 익숙해지고 있었다. 매우 창의적인 과정이었다. 그러나 노래를 하기보다는…… 그림을 그리는 것에 더욱 가까웠다.

'프로토스에게는 내가 깨닫지 못한 내 머릿속에 들어 있는 지식이 정말로 중요하겠지요. 그러나 나는 그냥 인간이에요. 그리고 내가 원하는 것은 예전 삶의 방식대로 되돌아가는 거예요.'

'그런 일은 절대 없어.'

그 말은 무뚝뚝한 내용을 담았지만 왠지 측은함이 느껴지는 어조 덕택에 제이크에게는 부드럽게 들렸다.

'자네는 자신의 인생보다 더욱 위대한 것과 얽히게 된 거야. 자네 없이는 사라지게 될…… 지식을 계승하게 될 거야. 분명 그 일에 대해 어느 정도는 흥미를 느끼게 될 거야. 자네는 고대 문명과 고대인들에 대해 매우 왕성한 지적 호기심과 열정을 가진 사람인 걸로 알고 있어. 두뇌가 준비를 끝내고 나면 이제껏 어떤 테란도 알지 못했던 지식, 심지어는 대부분의 프로토스들도 몰랐던 지식을 얻게 될 거야. 그러니 이 일을 받아들이고, 마음을 편히 먹으라고.'

제이크는 다른 때 같았으면 외계인의 감언이설이 매우 매력적으로 들렸을 거라고 생각했다. 그러나 그는 몇 시간 후면 정신 고문과 사형을 당할 판국이었다. 그런 상황에서 내일 아침까지 살아남는 방법보다 희귀한 지식에 대해 더 골똘히 생각하는 행동은 이미 인간의 경지를 넘어선 일이었다.

그런 생각에 기분이 나아졌다. 아직 제이크가 인간이라는 의미니까.

라이트는 조그맣게 끙 소리를 내더니 근무 위치를 바꿨다. 제이크는 자신이 혼자가 아니라는 점을 새삼 깨달았다.

'변경은 불완전해. 그러나 빨리 행동할수록 좋아.'

자마라는 약간 걱정하며 탄식했다.

제이크는 외계인에게 메시지를 보냈다.

'그렇게 말하니 꼭 인간 같네요.'

그 말을 하자 자마라의 기분이 상한 게 느껴졌다.

자마라는 말을 계속 이어나갔다.

'마커스 라이트는 살인자에다가 식인종이야. 라이트의 뇌신경은 사회에서 생산적인 역할을 맡을 수 있도록 재사회화 과정을 거쳤지. 재사회화 과정은 매우 간단히 실행할 수 있어. 그리고 재사회화를 해제하는 과정은 더욱 쉽지.'

제이크의 피부에 소름이 돋았다.

'그게 대체 무슨 뜻인가요?'

그리고 그 순간, 자마라의 말뜻을 알게 되었다.

"아앗, 안 돼요."

제이크는 나직이 혼잣말을 내뱉었다. 제이크의 피부에서 식은땀이 배어나왔다.

'자네의 생각으로 라이트의 정신을 조종하라고.'

'싫어요. 안 할래요.'

'그렇게 하느니 차라리 죽겠다고? 하긴 그것도 자네 선택이지.'

'이런 짓에 가담하지 않겠어요.'

'자네가 돕든 돕지 않든 난 내 마음대로 할 수 있어.'

'오, 신이시여. 세상에, 정말로 할 건가요?'

프로토스의 냉정한 목소리가 이어졌다.

'자네는 어쩌면 뇌손상을 입을 수도 있어. 이렇게 할 수밖에 없어서 안타깝군.'

제이크는 망할 외계인의 말이 사실이라는 점을 깨달았다. 자마라는 제이크에게 미안해했지만, 동시에 제이크의 도움을 필요로 하고 있었다. 매우 낯선 감정이었지만, 자마라의 마음속에도 인간에 대한 애착이 생겨나고 있었던 것이다. 이는 선택이 아닌, 필요에 따른 연대였다. 그리고 제이크는 자마라가 하려는 일을 알고 마음속 깊이 겁에 질렸지만, 동시에 자마라가 이를 매우 안타까워한다는 사실도 알게 되었다.

'다른 선택의 여지란 없어.'

자마라의 매정한 말은 계속되었다.

'나는 자네와 함께 살아야 해. 아쉽지만 자네는 미완의 도구야. 지금 자네의 두뇌를 이용해서 다른 방법으로 이 배를 장악하는 건 불가능해. 마커스는 우리에게 이 배를 가져다 바치게 될 거야.'

제이크는 무릎을 팔로 감싸 가슴에 꼭 붙였다. 자마라가 자신이 알고 있는 지식이 프로토스 및 다른 종족의 생존에 반드시 필요하다고 진심으로 믿고 있다는 사실을 그도 알고 있었다. 자마라는 그 지식을 보존하려다가 죽은 게 확실했다. 그리고 지식을 보존하기 위해서라면 기꺼이 살인도 감수할 게 확실했다.

그리고 자마라는 제이크가 그때까지 옳다고 믿던 모든 것에 거스르는 행동을 하기를 바랐다. 제이크는 손으로 얼굴을 가렸다. 제이크가 느끼지도 못하는 사이에 눈물이 흘러 그의 손을 적셨다. 놀랍기는 했지만 충격을 받을 만큼은 아니었다.

'이럴 순 없어요. 이러고 싶지 않아요. 뭐가 중요하건 그다지 신경 쓰고 싶지 않아요. 이 배에는 무고한 사람들이 잔뜩 타고 있어요. 마커스가 내 친구들을 공격하도록 할 수는 없어요. 배가 목적지에 도착할 때까지만 기다리면 안 될까요. 어쩌면…… 어쩌면 뭔가 일어날 수도 있잖아요. 또 다른 탈출 기회가 생길지도 모른다고요.'

'제이콥, 나는 가능성을 얻기 위해 확실성을 버리지 않아. 자네가 그렇게 고통스러워하니 안타깝군. 하지만 자네가 아직 알지 못하는 더욱 큰 대의를 위한 일이야.'

그리고 무척이나 쉽게 자마라가 표면으로 나섰다는 사실을 제이크는 알아차렸다.

• • •

마커스 라이트는 배가 고팠다.

어제오늘 일은 아니었다. 마커스는 언제나 배고팠다. 마커스는 덩치가 컸고, 엄청난 식욕을 보유하고 있었다. 그리고 식사를 마친 후 찾아오는 순간, 포만감과 평온함이 가득한 순간이야말로 일생에서 제일 행복한 시간이었다.

아침을 먹은 지 벌써 세 시간이나 지났다. 점심시간까지는 한 시간이나 더 기다려야 했다. 특별 경계 근무조에 편성되지 않았다면 주방으로 느긋하게 걸어가서 샌드위치 한두 개로 시장기를 면할 수 있었을 텐데. 그러나 마커스는 누군가가 점심 식판을 들고 올 때까지 이 자리에서 꼼짝 말고 근무를 서야 했다.

마커스는 조금 있다가 어떤 음식이 나올지 상상의 나래를 펼쳤다. 어제는 미트 로프를 먹었다. 미트 로프가 나왔다는 건 다진 소고기가 충분히 있다는 뜻이었다. 그럼 오늘은 미트볼이 나오지 않을까? 아니면…….

……마치 송아지를 도축하듯 사람의 목을 정확하고 깨끗이 따버렸다. 피가 그의 얼굴에 잔뜩 튀었고…….

마커스는 비틀거렸다. '내가 이런 걸 어디서 봤지? 제정신인 사람이 이런 짓을 할 수 있을까?' 하지만 그 모습은 너무나도 생생했다. 마치 마커스가 직접 겪은 일처럼 생생했다. 맙소사, 마커스는 너무나도 배가 고팠다. 너무나도 배가 고파서 헛것이 보였다.

'…… 마커스의 굶주림은 결코 달랠 수 없어. 반드시…….'

두려운 깨달음이 몰려오자 마커스는 무릎을 꿇고 주저앉았다.

마커스가 본 것은 절대 환상이나 망상이 아니었다. 세상에……. 그것은 마커스의 기억이었다.

마커스는 구토를 일으켰고, 눈을 꽉 감았다. 그리고 커다란 손으로 자신의 관자놀이를 때렸다. 그렇게 하면 머릿속에서 그 생각을 털어내 지워버릴 수 있을 것 같았다. 그러나 무서운 생각은 우후죽순처럼 순식간에 머릿속을 가득 채웠다.

"안 돼. 제발 그만……."

마커스는 마치 자신에게 당했던 희생자들처럼 소리를 질렀다. 그리고 그 생각을 떨쳐버릴 방법이 더 이상 없다는 사실도 깨달았다.

• • •

영창 안에 있던 제이크는 메스꺼움에 온몸을 떨면서 자마라에게 부탁했다.

'제발, 제발 그만둬.'

하지만 제이크는 자신 속의 자마라가 마커스의 정신을 꾸준하고 차분히 조사한 다음, 그 기억을 꺼내는 모습을 그저 바라만 볼 수밖에 없었다.

자마라가 옳았다. 자마라는 마커스가 적당히 숨기고 있던 기억과 변태적…… 아니, 악한 욕망을 발견해내는 데 성공했다. 제이크는 언제나 악하다는 말을 사용하는 데 주저해왔다. 그러나 이제는 악이 분명히 존재하며, 자신의 영창 바로 앞에 있다는 사실을 확실히 알게 되었다. 악이 어디에 있는지 아는 데는 그리 오랜 시간이 필요치 않았다. 마치 전선의 색상만을 보고 원하는 전선을 찾아내서 끄집어내기만 하면 되었다.

마커스가 비명을 질렀다.

제이크 램지는 눈을 감고 흐느꼈다. 그리고 자신의 뇌를 가로챘듯이 마커스의 뇌를 가로챈 자마라를 원망했다. 이런 상황을 막지 못한 자신을 더욱더 원망했다. 그리고 마커스의 재사회화를 담당한 사람이 영원히 봉인해 버렸을 거라 자신했던 공포를 자마라가 계속 끄집어내는 모습을 지켜보았다.

그리고 그 공포가 제이크의 두뇌를 덮치자마자, 자마라는 재빨리 제이크에게 통제권을 넘겨주었다.

마커스는 오랫동안 아무 소리도 내지 않았다. 제이크의 심경은 매우 복잡했다. 한편으로는 마커스가 심장마비를 일으켜 쓰러진 게 아닐까 두렵기도 했지만, 또 한편으로는 차라리 그렇게 되기를 바랐다. 그때 밖에서 실랑이를 벌이는 소리가 들려왔다. 제이크는 비척거리며 일어나 문을 향해 몸을 돌렸다. 그는 땀을 흘리고 있었다. 그리고 마치 천둥처럼 쿵쾅대는 자신의 심장 소리가 귀를 울렸다.

문이 열렸다. 복도에 서 있는 마커스 라이트의 실루엣이 보였다. 제이크는 한 시간 전에도 마커스를 봤지만, 또 다시 그의 거대한 덩치에 새삼 놀라고 말았다. 마커스는 거칠게 숨을 몰아쉬고 있었고, 그의 몸에서 나는 토사물 냄새는 제이크의 속을 뒤집어 놓았다. 제이크는 역겨움을 억지로 참았다.

"도대체 무슨 짓을 한 건지 모르겠군."

마커스는 거친 목소리로 입을 열었다. 예전에는 그와 어울리지 않을 만큼 상냥한 목소리로 말했지만, 이제는 죽은 듯이 차가웠다.

"하지만 고마워, 친구. 덕분에 내가 어떤 사람이었는지…… 무슨 일을 했는지 다시 알게 되었어. 재사회화를 한 놈들은 내 일부를 죽여 버리려고 했지. 그놈들에게 어떤 일이 벌어질지 보여줘야겠어. 마음이 바뀌기 전에 지금 당장 이 영창에서 사라져. 그리고……."

마커스는 힘주어 말을 이었다.

"내 앞길을 막지 마."

• • •

로즈메리는 거칠게 울리는 성난 경보음을 듣고 몽상에서 깨어났다. 로즈메리는 고양이처럼 유연하게 벌떡 일어났고, 온몸의 근육을 긴장한 채 만일에 대비했다. 대체 무슨 일이지?

보아하니 로즈메리의 영창을 지키던 근무자도 같은 의문을 품고 있었다. 로즈메리는 근무자가 클랙슨 경보음에 묻히지 않을 만큼 크게 통신기에 대고 외치는 소리를 들었다.

"도대체 무슨 일이야? 적이 공격한 거야?"

"내가 어찌 알겠어."

"망할, 훈련 상황은 아니군."

"그럴 수도 있겠지만 누가 알겠어."

근무자가 나직이 내뱉은 욕설은 소음에 뒤섞여 무슨 소리인지 알아들을 수 없었다. 그 소리를 들은 로즈메리는 온몸의 근육이 긴장되었다. 어쩌면 좋은 기회일지도 몰랐다. 로즈메리는 문으로 살금살금 다가가 귀를 갖다 댔다. 힘차게 뛰어다니는 전투화 발자국 소리가 들렸다.

근무자의 목소리가 들려왔다.

"이봐, 대체 어떻게……."

다음 순간, 마치 짐승의 무서운 울음 같은 소리가 들렸다. 그 소리에 로즈메리의 목덜미에 난 머리카락이 바짝 일어섰다. 그 다음, 틀림없는 소총의 연사음이 들려왔다.

로즈메리는 가장 멀리 떨어진 구석으로 몸을 날렸다. 난사되는 총탄에 얻어맞을 확률을 최대한 낮추기 위해서였다. 영원히 계속될 것 같던 소총의 연사음이 멈췄고, 정적이 맴돌더니…… 전투화 발자국 소리가 사라져 갔다.

로즈메리는 웅크렸던 몸을 펴고 일어섰다. 그리고 근무자가 들어오면 덮칠 준비를 한 채 다시 신속하게 문 뒤로 향했다. 아니나 다를까, 문이 열렸다. 로즈메리는 상대방을 향해 몸을 날렸다.

반쯤 뛰어오른 로즈메리는 상대가 해병이 아니라는 사실을 깨달았다. 제이크 램지였다.

'대체 어떻게 된 거지?'

중간에 동작을 멈출 수 없었던 로즈메리는 몸을 돌려 제이크보다 먼저 착지했다. 그들은 쿵하고 떨어져 움직이지 않았고, 제이크는 사지를 쭉 편 채 로즈메리의 위로 쓰러졌다. 제이크의 셔츠와 피부는 축축했고, 온몸은 떨고 있었다. 로즈메리는 제이크를 밀치고 빠져나온 다음, 복도를 잽싸게 살펴보았다.

로즈메리의 영창을 지키고 있던 근무자는 소총에 난사당해 벌집이 되었다. 그의 몸에서 흘러나온 피가 바닥에 붉은 색 웅덩이를 만들었다.

로즈메리는 그 모습을 보고 제이크에 대한 평가를 순식간에 몇 등급 높였다.

"잘 했어요. 교수님."

로즈메리는 마지못해 이렇게 말했다.

"이제 무슨 일이 벌어졌는지 설명해 주실래요?"

자리에서 일어난 로즈메리는 손을 내밀어 제이크를 일으켜 주려고 했다. 그제야 로즈메리는 제이크가 무기를 갖고 있지 않다는 사실을 깨달았다. 제이크는 양손으로 로즈메리의 손을 잡고 간신히 일어났다. 일어난 후에도 로즈메리는 제이크의 팔꿈치를 잡고 부축해줘야 했다.

"오, 세상에."

제이크는 별 도움이 안 되는 탄식을 했다.

"제이크, 대체 무슨 일이죠? 당신이 저 사람을 죽인 게 아닌가요? 설마……?"

제이크가 고개를 저었다. 그의 안색은 매우 창백했다.

"내가 죽이지 않았소. 그러나 내가 죽인 거나 마찬가지요. 맙소사."

짜증이 난 로즈메리는 제이크의 몸을 잽싸게 흔들었다. 그러고 나서 쓰러진 해병의 시체를 넘어가 피범벅이 된 그의 무기와 탄약을 챙겼다. 로즈메리는 숙달된 몸짓으로 시체를 뒤져 뭔가 중요한 물건이 있는지 찾아 봤지만 아무것도 없었다. 자리에서 일어난 로즈메리는 벗겨낸 해병의 탄띠를 허리에 매고, 사이즈를 작게 줄였다. 탄띠는 가장 작게 줄였는데도 금방이라도 흘러내릴 듯 로즈메리의 엉덩이에 아슬아슬하게 걸려 있었다.

처음 있는 일도 아니었지만, 자신이 조금만 더 컸으면 좋겠다고 생각했다.

"말해 봐요. 대체 어떻게 된 거예요?"

로즈메리는 재차 따져 물었다. 그러면서 귀를 쫑긋 세우고 추적해오는 사람들이 있는지 살피며 무기에 탄창을 끼워 넣었고, 상태를 점검했다.

"어서 이곳을 빠져나가야 해요."

제이크는 더듬더듬 말했다.

"물론 저도 그건 알아요. 하지만 모호한 게 있어요. 그러니 자세하게 말씀해 주실래요?"

제이크는 핏발이 선 눈으로 로즈메리를 보았다.

"로즈메리, 그녀가 그놈을…… 내 두뇌를 이용해서 그놈을 풀어놓았어요."

이를 악물고 있던 로즈메리는 제이크의 알다가도 모를 말에 버럭 소리쳤다.

"그놈이 대체 누군데요, 제이크?"

"마커스. 그녀가 그놈을 풀어놓았어요."

제이크는 같은 말을 되풀이했다.

로즈메리는 도무지 이해가 되지 않는다는 표정으로 제이크를 바라보았다.

제이크는 말라 갈라진 입술을 적셨다.

"내 머릿속의 외계인…… 자마라가…… 마커스의 재사회화를 해제했어요. 마커스의 머릿속에 심어진 가짜 기억을 제거했다고요. 마커스가 누구인지, 무슨 일을 했는지를 일깨워줬어요. 자마라는 내가 그 일을 하기를 원했지만, 난 할 수 없었죠. 그러자 나를 빼고 자마라가 직접 나서서 그 일을 했어요.”

로즈메리는 수많은 일을 해왔고, 그보다 더 많은 일들을 봐 왔다. 하지만 제이크의 말을 들으니 눈이 살짝 커졌다. 로즈메리는 심호흡을 했다.

“세상에…… 이제 그런 일도 할 수 있어요?”

제이크가 고개를 끄덕였다.

“마커스는 다른 이들을 추적하고 있어요. 그가 모두를 죽일 거예요. 그것만이 우리가 도망칠 유일한 기회라고 들었어요.”

“마커스가 그런 말을 하던가요?”

제이크는 고개를 저었다.

“아니, 자마라가 말했어요. 자마라는 나더러 어서 가서 당신을 찾으라고 했어요. 당신이 나를 데리고 여기서 도망칠 거라고 말했죠.”

“음…… 교수님이 데리고 계신 프로토스…… 외계인은 참 똑똑하네요. 그리고 정확히 잘 알고 있어요. 난 교수님을 데리고 빠져나갈 수 있어요. 날 따라와요.”

제이크는 손을 뻗어 로즈메리의 어깨를 움켜잡았다.

“난 당신을 찾으러 오고 싶지 않았어요. 당신도 알 거예요. 당신이 우리에게 무슨 짓을 했는지…… 당신이…….”

제이크는 다른 손을 자신의 관자놀이로 가져갔다. 놀랍게도 제이크는 조금 전보다도 더욱 창백해졌다. 말을 하는 그의 몸이 흔들렸다.

“어서 다른 사람들을 찾아야 해요.”

제이크가 헐떡거렸다. 그러자 그의 말은 점점 미친 사람의 주절거림처럼 변해서 알아듣기 힘들었다.

“다리어스…… 켄드라…… 테레사…….”

제이크는 눈을 까뒤집고 로즈메리의 발 앞에 쓰러졌다. 로즈메리는 잠시 동안 제이크를 응시했다. 그리고 한숨을 쉬며 뭐라고 푸념을 늘어놓더니, 그동안 짊어졌던 가장 무거운 짐의 두 배는 됨직한 무게의 축 처진 제이크를 어깨 위로 둘러멨다. 로즈메리는 휘청거렸지만, 이내 자세를 고쳐 제이크를 똑바로 둘러멨다.

"미안해요. 제이크."

제이크가 다시 깨어나 로즈메리의 생각을 읽게 되면, 그 말뜻을 알게 되리라.

제12장

제이크는 달리고 있었다. 제이크의 마음은 증오로 가득 차 있었다. 그리고 약간의, 아주 약간의 공포도 함께 깃들어 있었다. 쉘락 부족민 두 명이 옆에서 달리고 있었다. 그들은 튼튼한 두 다리를 움직였고, 매 걸음마다 튼튼한 발가락으로 흙바닥을 할퀴며 앞으로 뛰어나갔다. 어떤 때는 팔다리를 모두 사용하기도 했다. 제이크와 그의 친척 사바산은 깊은 풀밭 속을 내달렸다. 풀들은 둥글고 커다란 핏자국이 여기저기 난 그들의 반쯤 벗은 몸을 어루만졌다. 그들은 칼타르의 영혼에 도움을 청했다. 야위고 빠르며, 날렵하고 작은 칼타르는 덤불 속으로 빠르게 달리는 능력에 목숨을 걸었다. 칼타르는 포식자는 아니었지만, 그보다 더 빠른 생명체는 없었다. 제이크는 마음의 눈으로 그 작은 동물을 보았다. 그리고 칼타르의 피로 자신의 몸을 장식하면서 칼타르의 혼이 내면으로 흘러드는 것을 느꼈다.

제이크 일행은 칼타르와 마찬가지로 쫓기고 있었다. 쫓는 이들 역시 제이크가 칼타르에게 했던 것처럼 제이크 일행을 잡아 죽인 다음 그들의 피를 몸에 바를 것이다. 제이크 일행 역시 빠른 발걸음에 목숨을 걸 수밖에 없었다.

제이크는 움츠린 어깨 너머로 고개를 돌렸다. 적을 볼 필요는 없었다. 적의 생각, 즉 제이크에게 가하는 위협과 굶주린 살인 본능이 느껴졌기 때문이다. 그러나 제이크는 상대를 보고 싶었다. 그래서 보았다. 밝은 녹색의 풀 사이로 짙은 회색의 형체가 얼핏 보였다. 그들은 눈을 번뜩인 채 제이크의 피를 얼어붙게 하려고 마음속으로 고함을 질러댔다. 그러나 그런 행동은 제이크의 분노를 더할 뿐이었다.

분노로 자제력을 잃어버린 제이크는 최대한 정신을 집중해서 두 발로 착지한 뒤 몸을 돌려 적의 목을 긋고 싶었다. 그러나 그것은 제이크가 해야 하는 행동이 아니었다. 이번 일은 그에게 주어진 첫 번째 임무이었다. 제이크는 적들에게 마음속을 들켜서는 안 되었다. 그는 강한 살인 충동에 자신을 내맡길 수 없었다.

다시 고개를 돌려 앞을 향한 제이크는 쓰러져 있는 큰 나무를 뛰어넘었다. 그리고 엎드린 자세로 착지한 후, 속도를 거의 줄이지 않고 앞으로 달려 나갔다. 적들은 순식간에 아까 제이크가 뛰어넘었던 큰 나무를 넘어왔다. 적들이 점점 가까이 오고 있었고, 제이크는 극심한 공포를 느꼈다. 적들은 계속 다가왔다. 그리고 또 다른 적들이 곧 공격할 채비를……

"템라! 생각을 잘 다스려!"

사바산의 호되고 아픈 질책이 떨어졌다. 그 말을 듣고 제이크는 자신이 저지른 실수에 겁을 먹었다. 그는 정신을 놓고 있었다!

제이크의 뒤를 쫓아오던 퓨리낙스 부족민들이 갑자기 추격을 멈췄다. 그리고는 다들 모였고, 도망치기 시작했다. 그러나 이미 늦었다. 스무 명의 쉘락 부족민들이 정글의 어두운 나무그늘 위에서 뛰어내려 퓨리낙스 부족민들을 덮쳤다.

제이크도 몸을 돌려 동료들과 합세, 퓨리낙스 부족민들을 공격했다. 날카로운 발톱으로 상대방의 배를 갈랐다. 제이크의 피부는 신선한 피와 습지의 냄새, 꽃의 향기와 썩는 냄새를 기억했다. 살인하는 것, 혈관을 타고 흐르는 살인의 충동을 느끼는 것이 너무나 좋았다.

쉴락 부족장인 텔카가 빛나는 눈으로 제이크를 쳐다보았다.

"템라, 하마터면 자네 때문에 모든 게 다 끝장날 뻔했잖아!"

제이크는 어깨를 움츠렸다.

"알고 있습니다. 다음번에는 더욱 조심하고, 통제에 따르겠습니다."

사바산이 끼어들었다.

"템라가 실수를 저지른 것은 우리가 상대방을 충분히 죽일 수 있는 거리까지 들어온 이후였소. 처음 치고는 잘해낸 거요."

제이크는 프로토스의 연장자를 감사의 눈빛으로 쳐다보았다.

텔카는 눈을 가늘게 떴다.

"두 번째 기회에는 좀 더 잘 해야 해. 그렇지 않으면 세 번째 기회는 없어."

제이크는 행복에 겨워 자리에서 폴짝 뛰어 일어나 춤추고 싶었다. 다음 번 사냥에 나가도 좋다는 허락을 받았다! 텔카의 말이 이어졌다.

"풋내기들은 자신을 이해해주는 사람이 보살펴주지 않으면 정신을 딴 데 팔기 마련이지. 자네는 나가는 생각을 다스리고…… 들어오는 생각을 걸러내는 법을 배워야 해."

텔카는 그런 말을 하면서도 앞으로 나와 제이크의 머리 위에 손을 얹었다. 그의 손은 방금 죽인 퓨리낙스 부족민의 피로 따스하고 끈적였다. 제이크는 자부심에 가슴이 벅차올랐다.

"이는 우리를 죽이고, 이한리들이 남긴 것을 파괴하려 했던 자들의 피로다.

그들의 죽음은 좋은 것이다. 다음 번 사냥 때까지 이번 전투의 상징을 자랑스레 달고 다니거라.”

비옥한 땅 위에는 적들의 시신이 즐비했고, 그 시신에서 뿜어 나온 피가 땅을 흠뻑 적시고 있었다. 그 모습을 본 제이크는 그저 기쁠 뿐이었다. 퓨리낙스 부족의 죽음으로 제이크에게 몰려온 살인 충동과 기쁨은 지극히 자연스러운 것이었으며, 프로토스의 본능일 뿐이었다.

제이크는 옆에 있는 사바산이 안절부절 못하며 고개를 흔드는 모습을 보았다. 사바산의 생각은 후회로 붉으락푸르락하고 있었다.

부족장은 엄격한 시선으로 사바산을 보았다.

“타인들은 우리를 이해하지 못합니다. 그들은 이해하지 못하는 것은 부숴 버립니다. 우리는 그들의 운명이 아니라 우리의 운명을 이루기 위해 앞으로 나아갈 뿐입니다.”

사바산은 체념의 의미로 고개를 떨구었다.

“족장님의 말씀이 옳다고 생각하오. 그리고 어떠한 희생을 치르더라도 이한리가 우리에게 찾으라며 남겨준 것들을 지켜야 하오.”

죽은 적에게서 시선을 돌린 제이크는 이곳을 쉘락 부족이 목숨을 걸고 지키는 신성불가침의 장소로 만들어주는 영광스러운 유물을 바라보았다.

이 유물이 과거에는 지금보다 더 컸다고 들었다. 제이크가 차마 이해할 수 없는 강한 힘에 의해 땅에 박힌 유물은 지면 위로 나온 부분을 자랑스럽게 하늘로 치켜들고 있었다. 그러나 수백 년 동안 비바람에 시달리고 퓨리낙스와 같은 무지한 프로토스 부족의 증오 섞인 공격을 당하면서 유물은 조금씩 부서졌다. 이제는 알 수 없는 무늬가 새겨진 칠흑같이 새까맣고 얄팍한 그루터기만 남았을 뿐이었다. 정중한 마음을 담아 이 유물을 만지면, 유물에 새겨진 문양이 빛을 발하며 반짝거렸고, 유물의 표면에서 즐거운 소리가 진동했다.

그러나 유물은 위대한 스승들, 조물주들, 보호자들이 지극히 정밀하게 만든 것이었다. 그 때문에 유물은 쉘락 부족에게 신성한 존재였고, 땅 위에 피를 흘려 가며 쓰러져 죽더라도 지킬 가치가 있었다. 다만, 오늘 쓰러져 땅 위에 피를 흘린 이들은 쉘락 부족이 아니라 그들의 적이었다.

그리고 그런 점에서 참 다행이었다.

• • •

제이크가 제일 먼저 감지한 것은 냄새였다. 활짝 핀 꽃향기와 썩는 냄새, 부식토와 피의 냄새가 뒤섞인 강렬한 냄새가 아니라 생기 없고 차가우며 건조한 금속의 냄새였다. 제이크는 눈을 뜨고 깜박였다. 혼란스러웠다. 제이크가 누워 있는 곳은 고향의 부드럽고 촉촉한 흙이 아니라 인공적으로 만들어진 딱딱한 바닥이었다. 그리고 달랑 모포 한 장을 덮고 있을 뿐이었다.

제이크는 이곳이 어디인지 몰랐다. 그는 조심스럽게 일어나 앉아 주위를 둘러보았다. 탈출 포드라는 말이 머릿속으로 밀려들어왔다. 기억이 밀려들자 제이크는 몸을 웅크리고 머리를 감쌌다.

"세상에…… 그 대체 어떻게……."

제이크가 중얼거렸다.

"잠자는 숲속의 공주님, 안녕히 주무셨나요?"

인간 여자의 목소리가 들려왔다.

기억이 사라져가자 제이크는 눈을 깜박이며 숨을 몰아쉬었다. 그는 몸을 돌려 탈출기의 조종석에 앉아 있는 몸집이 작은 여자를 쳐다보았다. 그녀는 약간 걱정스러운 표정으로 몸을 돌려 제이크를 보았다. 그녀가 움직일 때마다 머릿결이 찰랑거리는 모습은 매력적이었다.

"언제쯤 깨어나실까 걱정했어요. 무려 스물한 시간 동안이나 깨어나지 못하고 있었거든요."

제이크는 멍한 채로 눈을 깜박였다. 깨어나지 못했다니⋯⋯. 제이크는 생각할 새도 없이 인간의 정신 속으로 들어가 필요한 정보를 골라냈다.

마치 벽장 안에 숨어 있던 괴물들의 무리를 풀어놓기라도 한 듯 자신과 로즈메리의 기억들이 덮치자, 제이크는 숨을 헐떡이고 머리를 그러쥐었다.

죽어가던 프로토스⋯⋯ 로즈메리의 배신⋯⋯ 마커스 라이트의 재사회화 해제⋯⋯ 낭자하던 피⋯⋯.

로즈메리의 생각들이 제이크에게 마구 쏟아지고 있었다. 하지만 이번에는 공격하듯 격하지 않았고, 매우 감미로웠다. 로즈메리의 생각을 읽던 제이크는 갑자기 사람들의 이름을 떠올렸다.

"다리어스는? 켄드라는⋯⋯."

"제이크⋯⋯ 잘 들어요. 우리끼리 탈출한 것도 얼마나 다행인지 몰라요. 당신의 연구팀원들을 찾을 방법은 없었고, 그 사람들을 꺼내올 방법은 더더욱 없었어요. 그래서 어쩔 수 없이 그들을 두고 나온 거예요. 그들을 찾으러 돌아갔다간 우리 모두 죽었을 거라고요."

제이크는 로즈메리의 말이 사실이라는 것을 알았다. 연민의 기미를 보이며 부드러워진 로즈메리의 차가운 푸른 눈을 바라보는 동안, 제이크의 마음속에 슬픔과 공포가 솟아올랐다. 로즈메리가 알고 있는 것들을 이제 제이크도 알게 되었다.

로즈메리는 제이크 램지의 몸무게를 좁은 어깨로 버티면서 복도를 달렸다. 그러다가 달리기를 멈추고 제이크를 숨긴 다음, 한때 같은 편이 되어 즐겁게 어울렸던 사람들을 향해 냉정하게 사격을 가했다. 마커스 라이트의 곁을 지나칠 때는 아주 조용히, 몰래 움직여야 했다. 라이트가 동료 해병을 공격하고 몸을 갈가리 찢어놓고 있었기 때문이다. 로즈메리는 제이크의 몸을 탈출 포드 안에 던져 넣은 후, 조종석에 올랐다. 그동안 전투순양함 회색호랑이호의 내부는 아비규환이 되어가고 있었다······.

"상대방의 마음을 읽으니 좋지 않아요?"

로즈메리가 시선을 계기판으로 돌리며 물었다.

제이크는 고개를 흔들었다.

"무섭소."

"그럼 안 하면 되잖아요."

"솔직히 말해 나도 안 하고 싶어요."

그리고 정말로 제이크는 예전과는 달리 아무 생각이나 무조건 읽는 것 같지 않았다. 그는 다른 사람의 생각을 읽고 기분이 나빠지고 무서워지며 괴로워하기 싫었다.

"당신은······."

제이크의 목소리가 사그라졌다.

로즈메리는 전혀 우습지 않다는 투로 킥킥댔다.

"이봐요, 교수님····· 굳이 독심술을 하지 않아도 교수님의 생각은 훤히 보여요. 교수님의 동료들도 마찬가지일 걸요."

"왜 날 도와준 거죠? 날 버리고 그냥 가지 않고?"

로즈메리가 한숨을 쉬었다. 로즈메리의 손가락이 계기판 위를 바쁘게 움직였다.

"제이크, 당신은 유례를 찾기 힘들만큼 독특한 사람이에요. 그 때문에 당신은 매우 큰 이용가치를 갖고 있죠. 우리는 둘 다 쫓기는 몸이에요. 때문에 서로를 의지해야 해요. 솔직히 이런 상황이 나에게는 자연스럽지 않지만, 해병대가 총구를 내게 겨눈 이상 당신과 나는 좋건 싫건 동지예요. 언젠가 당신이 알고 있는 것을 기가 막힌 협상 카드로 쓸 수 있을 거예요."

제이크는 로즈메리가 또 배신할 계획을 짜고 있는지 알기 위해 그녀의 생각을 읽어야 한다고 생각했다. 그런 말도 있지 않은가. '한 번 속으면 속인 놈 탓이지만, 두 번 속으면 속은 놈 탓'이라고. 그러나 그는 에너지를 불러오지 않았다. 제이크의 마음은 이제껏 살아오면서 축적한 기억 속을 분주히 오가고 있었다. 어떻게 된 일인지는 모르지만, 제이크의 기억은 놀랍도록 잘 복원된 옛 그림처럼 새로운 색상과 활기를 얻었다. 기억의 대부분은 사물이 남긴 순간적인 인상이나 한두 단어, 이미지였다. 하지만 이제 제이크는 그 모든 것을 다시 한 번 체험하는 듯했다.

발굴지에서 너무 바빠 연구팀에 합류하자는 제이크의 제안에도 응답할 새가 없었던 다리어스가 멜코라의 붉은 하늘 아래에서 그를 노려보고 있었다.

"누구시죠? 무슨 일이시죠?"

다리어스의 눈썹에 매달려 반짝이는 땀방울이 보였다. 파리의 윙윙 소리도 들렸다……

"안녕하세요. 저는 켄드라 마사입니다."

반짝이는 눈의 젊은 여자가 미소를 지으며 손을 뻗어 힘찬 악수를 청했다……

"오, 세상에."

제이크가 내뱉었다.

로즈메리는 제이크를 휙 쳐다보았다.

"제이크, 무슨 일이에요? 말해줘요."

제이크는 불타는 시선으로 로즈메리를 노려보았다. 그는 로즈메리에게 비밀을 말하고 싶지 않았다. 같은 탈출 포드에 타고 있는 것조차 싫었다. 로즈메리 달은 돈 때문에 제이크를 다른 사람들에게 넘겨주려 했다. 제이크는 로즈메리의 생각을 통해 그녀가 냉정하고 이기적이며 계산적인 인물이라는 점을 충분히 알게 되었다.

그리고…… 로즈메리는 인간이었다. 반면 제이크 안에 있는 존재는 인간이 아니었다. 제이크는 아직도 자기 안에 있는 자마라를 느낄 수 있었다.

그래서 제이크는 이렇게 말했다.

"나…… 내가 겪었던 모든 기억들을 되살리고 있는 것 같아요. 그냥 떠올리는 게 아니라 되살리고 있는 중이에요. 그 모든 것들을 다시금 경험하고 있어요."

"뭐라도 드세요. 교수님은 영양분을 섭취하셔야 해요. 그리고 분명 지금 탈수 상태일 거예요."

신속하고 딱 부러진 조언이었다. 제이크는 분명 자신에게 물과 영양분이 필요하다고 생각했다. 하지만 폭포처럼 쏟아지는 감정은 더 이상 필요 없었다. 제이크는 비틀거리며 일어나 전투 식량으로 손을 뻗었다. 그는 미지근한 물을 마셨고, 전투 식량을 목구멍이 막힐 정도로 입 안에 쑤셔 넣었다. 그 식량이 무엇인지도 신경 쓰지 않았다.

'자네는 원한다면 타인의 생각을 막을 수도 있어.'

자마라의 목소리가 들려왔다.

'템라도 그 방법을 배웠고, 내가 도와주면 자네도 할 수 있어. 자네의 두

뇌는 아직도 조정 중이거든. 얼마 안 있으면 그 방법을 이해하게 될 거야.'

자마라는 잠시 망설였다가 말을 이었다.

'우리 프로토스는 칼라의 가르침을 따르고 있어. 우리의 모든 생각과 감정을 하나로 모아, 우리가 분열되지 않고 하나로 뭉칠 수 있게 해주는 가르침이지. 그러나 프로토스 중에도 뭉치기보다는 따로 떨어져 있기를 더 좋아하는 이들이 있어. 우리는 과거 오랫동안 그들을 암흑 기사단이라고 불러왔지. 하지만 얼마 전, 그들이 철저하게 어둡기만 하지는 않다는 사실을 알게 됐어. 자네 같은 경우에는 다른 사람의 심원한 자아와 춤춰본 적은 없겠지만, 그게 가장 안전한 방법일 수 있어. 나는 기억하고 있어……. 그리고 자네 역시 기억하게 될 거야.'

제이크는 몸을 떨었다. 그는 이런 일에 아직도 익숙하지 않았다. 그리고 과연 언제쯤 익숙해질지도 알 수 없었다. 어쩌면 현실이 아닐지도 몰랐다. 그러나 제이크는 그의 뇌 일부를 열어 자신의 기억을 제이크의 기억과 합치려는 외계인의 존재를 느낄 수 있었다. 그는 직접 몸을 움직인 것처럼 생생하던 그 꿈이 사실 프로토스의 기억임을 깨달았다. 제이크는 템라라는 이름의 프로토스가 되었다. 그러나 그는 또한 제이크이기도 했다.

제이크는 자신의 손을 내려다보았다. 분명 자신의 손이었다. 매끄럽고, 분홍색이고, 다섯 손가락을 갖추고 있었다. 그러나 꿈속에서 본 자신의 손은 자주색으로, 네 개의 손가락을 가지고 있었다. 그 또한 완벽히 제이크 자신의 손처럼 느껴졌다…….

"교수님은 마커스의 재사회화를 해제했다고 했잖아요."

로즈메리의 목소리가 제이크를 몽상에서 깨웠다.

"그게 어떻게 가능하죠? 제가 알기로는 재사회화를 하는 의사들의 솜

씨는 매우 뛰어나다고 하던데요."

제이크는 자신이 아직도 탈출 포드의 바닥에 앉아 있다는 사실을 깨달았다. 그는 마음속으로 다리어스의 못마땅한 얼굴이 가득 밀려들어오자 숨을 멈추었다. 제이크는 그 모습을 떨쳐 버리려고 애쓰면서 좁은 선실의 앞쪽으로 나아가 로즈메리 옆의 부조종사 자리에 앉았다. 끝없는 하늘에 가득 펼쳐진 별들을 보니 이상하게 안도감이 들었다. 그는 별이라면 신물 나게 봐 왔지만, 오히려 그들의 무관심에서 평정을 찾았다.

"어떻게 했죠?"

로즈메리가 버튼을 누르자 화면에 정보가 떴다. 로즈메리의 푸른 눈은 그 정보를 빠르게 읽었다.

좋은 질문이었다. '어떻게 했더라?' 답은 간단히 나왔다. 정보는 제이크가 아닌 다른 누군가의 뇌에 들어 있었다.

"범죄자의 범죄 기억은 매우 강렬해요. 재사회화는 사실 대상자의 감정을 바꾸는 거예요. 재사회화 과정에서는 범죄 기억을 발견해 묻어두고, 그 위에 새로운 가짜 기억을 덧씌우죠."

로즈메리는 쉰 목소리로 키득거렸다.

"그래요. 당신이 교수인 건 알아요. '자네도 알겠지만, 존슨' 같은 얘기는 다 생략하고 요점만 말해줘요. 어떻게 했어요?"

제이크는 엄청난 성가심을 느꼈고, 마치 물에 빠진 사람이 지푸라기에라도 매달리듯이 그 느낌에 매달렸다. 그의 기억과 과거, 인격에서 나온 제이크 본인만의 느낌이었다. 그리고 그 느낌은 빌어먹게도 좋았다.

제이크는 성난 목소리로 반복했다.

"내가 재사회화를 해제한 방법을 알려면 우선 재사회화가 어떻게 일어나는지를 알아야 해요.”

로즈메리는 얼굴에서 미소를 거뒀다.

“그건 이미 잘 알고 있어요, 교수님. 뭘 또 가르치려고요.”

제이크는 손을 흔들었다. 갑자기 다시 피곤해졌다.

“알면 넘어가자고요. 자마라가 그 기억을 찾아서 라이트의 눈앞에 가져다 놓았어요. 구체적인 방법은 모르겠지만. 자마라 덕에 마커스는 자신이 재사회화를 당했다는 사실을 깨달았죠. 자신이 믿고 있던 모든 게 거짓말이었다는 사실을 깨달은 거요. 그리고 기억, 즉 자신이 했던 일에 대한 지식이 돌아오자 예전에 느꼈던 폭력성과 욕구도 다시 돌아온 거예요…….”

제이크는 쓰디쓴 입맛을 다셨다.

“사람을 죽이고, 시체를 해체해서 먹었을 때 느꼈던 폭력성과 욕구 말이군요.”

로즈메리가 때를 놓치지 않고 끼어들었다. 그녀는 고개를 끄덕였다.

“말이 되네요.”

제이크는 눈앞에 끝없이 펼쳐진 광활한 우주를 바라보았다. 더 이상 말하고 싶지 않았다. 그러나 말해야 할 의무감을 느꼈다. 마음을 굳게 먹은 제이크는 손을 뻗어 로즈메리의 마음을 만졌다. 깊이 들어가지는 않았다. 그렇게 하고 싶지도 않았다. 그저 로즈메리가 믿을 수 있는 상대인지만 알고 싶었다. 로즈메리에게서 속임수는 느껴지지 않았다. 속마음을 감추려는 시도도, 상대방을 안심시키기 위해 거짓말을 하려는 태도도, 만족한 표정으로 손을 문지르는 악당의 모습도 느껴지지 않았다. 로즈메리에게서 느낄 수 있는 것은 오직 호기심, 그리고 제이크의 말하는 태도와 단어 선택에 대한 약간의 경멸감뿐이었다. 그리고 그 밑바닥에는 부글부글 끓는 공포와 분노, 결의가 있었다.

제이크는 로즈메리의 증오심을 보고 흠칫했다.

로즈메리는 고개를 돌려 그를 쳐다보았다.

"괜찮아요?"

로즈메리는 분명 제이크가 자신의 마음속을 탐색하고 있다는 사실을 모르고 있었다. 좋은 일이었다. 제이크는 고개를 끄덕였다.

"네, 내 생각에는 최선의 상태라고 보여요. 어쨌든 그 일은 꼬인 매듭을 푸는 것과 비슷해요. 자마라는 마커스의 마음속에 들어가 그의 기억을 찾아냈고…… 그 어두운 기억들을 풀어놓았죠. 그리고…… 자마라는 또 다른 뭔가를 했고요."

제이크는 말을 멈췄다. 자신의 두뇌가 억지로 할 수밖에 없었던 일에 대한 죄책감이 완전히 사라졌는지 궁금했다. 이제는 제이크의 지식이 되었다고 자마라가 선언한 프로토스의 지식이 과연 회색호랑이호 승무원들에게 광인의 공격을 당하게 하면서까지 지켜낼 가치가 있었는지 궁금했다.

"사람이 어떤 방식으로 사건을 기억하는지 알고 있나요? 대부분의 기억은 어렴풋하고 불완전해요. 사람은 과거의 일을 기억하지만…… 매우 흐릿하고, 그 일이 벌어졌을 때만큼 생생하지는 않죠."

로즈메리가 말했다.

"예, 알겠어요. 어떤 사건을 떠올리고 행복해하거나 슬퍼할 수 있지만, 그건 꽤 거리감이 있는 일로 느껴지죠."

"그런데 자마라는 기억을 지금 벌어지고 있는 일처럼 생생하게 재생해주는 방법을 알고 있어요."

로즈메리가 제이크를 보며 눈을 크게 떴다.

"우와."

제이크는 고개를 끄덕였다.

"그럼 자마라가 마커스의 기억을 캐냈을 때, 그건 단순한 기억이 아니었겠군요?"

로즈메리가 느리게 말했다.

"물론이죠."

제이크는 어깨를 웅크리며 비참하게 말했다.

침묵이 흘렀다. 누구도 더 이상 말할 필요를 느끼지 못했다. 둘 다 지금 일어난 일이 얼마나 중대한지를 깨달았다. 침묵은 아주 오랫동안 이어졌다.

결국 입을 먼저 열어 침묵을 깬 사람은 로즈메리였다.

"교수님, 그것 때문에 너무 기분 나빠하지 마세요. 그 사람들은 우리의 마음속을 멋대로 헤집어 놓은 다음, 우리를 죽이려고 했어요. 제이크, 당신은 우리를 살린 거예요."

"다리어스와 켄드라에게도 그런 말을 해 봐요."

제이크가 답했다.

"원한다면 죄책감에 빠져도 되요. 하지만 살아 있기 때문에 죄책감도 느낄 수 있는 거예요."

로즈메리는 가녀린 어깨를 움츠렸다.

제이크는 계기판을 보았다. 그리고 신경을 다른 곳으로 돌리려고 애쓰면서 말했다.

"누구 쫓아오는 놈은 없나요?"

"없어요. 탈출 이후 몇 시간 동안 계속 계기판에서 눈을 떼지 않았으니 믿어도 좋아요. 그리고 모든 통신을 감청했어요. 마지막으로 본 회색호랑이호는 우주 속에서 힘없이 꼼짝도 못하고 있었어요. 탈출하기 직전에 내가 배의 시스템을 망가뜨려서 우리가 탄 탈출 포드가 어디로 향하는지 알 수 없게 만들었죠. 시간이 조금만 더 있었다면 가짜 비행경로까지 입력했을 거예요. 하지만 난 가급적 빨리 탈출하려고 했죠. 그렇게 해서 우리는 약간의 시간을 벌었어요."

로즈메리는 차분한 어투로 제이크에게 상황을 설명했다. 제이크는 그녀의 마음속 역시 어투만큼이나 차분하다는 것을 알았다. 하지만 '우주 속에서 힘없이 꼼짝도 못하고'라는 로즈메리의 말을 듣자 제이크는 영혼 속 깊은 곳까지 소름이 끼쳤다.

"다른 사람들 생각은 안 하는군요……. 고작 한 사람 때문에……."

로즈메리는 고개를 돌려 날카로운 눈빛으로 제이크를 보았다.

"당신은…… 아니 당신이 아니라 자마라는 최악의 범죄를 저지른 정신 나간 사람을 자신에게 몹쓸 짓을 한 사람들 속에 풀어 놓았어요. 그러면 어떻게 될 거라고 생각했어요?"

제이크는 양손으로 얼굴을 가렸다.

로즈메리는 한숨을 쉬었다.

"이제 모두 끝난 일이에요. 내버려둬요. 우리는 살아남을 방법을 찾는 데 열중해야 해요."

제이크는 비통한 말투로 말했다.

"그리고 당신은 살아남는 데 필요한 계획을 갖고 있겠지요."

갑자기 로즈메리에게 매우 화가 났다. 자신과 같은 감정을 느끼지 않는 로즈메리에게 화가 났다. 제이크는 자신이 저지른 일에 대해 두려움을 느끼고 있는데, 로즈메리는 전혀 두려워하지 않고 있잖은가.

로즈메리는 제이크의 분노에도 아랑곳없다는 투로 대답했다.

"물론 있지요. 우리에게 약간이라도 도움이 될 오랜 친구가 있어요. 그 친구라면 우리가 며칠이라도 숨어서 계획을 짜낼 자리를 마련해줄 거예요."

제이크는 의자에서 떨어질 뻔했다.

"무슨 소리요? 우리 목에는 현상금이 걸려 있는데⋯⋯ ."

로즈메리는 손을 들어 제이크를 달랬다.

"안심해요, 제이크. 그 사람과는 절친한 사이에요. 오랫동안 함께 했지요. 나는 그 사람을 믿어요. 아마 은하계 전체에서 내가 유일하게 신뢰하는 사람일 거예요."

제이크는 손가락으로 머리카락을 쓸어내렸다. 머리카락이 땀에 절어 뻣뻣했다. 자기 몸이 지저분하다고 느꼈다. 탈출 포드에도 샤워장이 있으면 좋겠다고 생각하며 한숨을 쉬었다.

"로즈메리, 음모가 판치는 뒷골목 세계라면 당신이 나보다 훨씬 경험이 많을 거요. 나는 그저 외계인의 지능을 갖춘 고고학자일 뿐이니까."

로즈메리가 웃었다. 제이크는 이제껏 로즈메리가 자기 앞에서 진심으로 웃은 적은 없다고 생각했기에, 이렇게 유쾌한 웃음소리가 터져 나올 거라고는 상상도 못했다.

"그런 유머감각이 있는 줄 몰랐어요, 제이크, 그런 부분도 알게 되니 기쁘네요."

제이크 램지는 그녀에게 억지 미소를 지어 보였다. 웃으라고 한 말이 아니라는 사실을 자기 외에는 누구도 모를 때에는 그렇게 하는 게 최선이라고 생각했다.

제13장

"통신이 안 된다니 그게 대체 무슨 소리지?"

발레리안은 낮은 목소리로 차분하게 물었다. 그건 아버지가 가르쳐준 방식이었다. 아크튜러스는 이렇게 말했다. '사람들에게 뭔가를 소리치고 싶을 때가 있다. 그리고 나서 상대의 목을 조르고 싶을 때도 있다. 하지만 아들아, 그런 충동을 이겨내라. 소리를 지르게 되면 상대방이 듣게 되는 것은 목청뿐이다. 또한 상대의 목을 조르면 말을 꺼내기조차 어렵게 된단다.' 아버지는 그렇게 말하고는 웃으며 포트와인을 들이켰다.

솔직히 지금 발레리안은 휘티어에게 고함을 있는 대로 지르고 나서 그의 목을 조르고 싶은 심정이었다. 아니, 그 두 가지를 동시에 하고 싶은 심정이었다. 하지만 발레리안은 충동을 죽이고 가급적 목소리와 태도를 차분하게 유지하려고 했다. 그건 진정한 용사다운 방식도, 미래의 황제다운 방식도 아니었다. 발레리안은 창백해진 휘티어의 얼굴을 보고 깨달았다.

하지만 발레리안은 두 눈에서 이글거리는 분노는 굳이 숨기지 않았다. 그 분노에 기대어 일을 해나가야 했다.

"말씀드린 그대로입니다, 태자 저하. 기록에 따르면 그들은 몇 시간 동안이나 위치를 옮기지 않았습니다. 그리고 연락을 해도 응답하지 않았습니다."

발레리안은 심호흡을 했다. 관자놀이의 혈관이 꿈틀거렸다. 발레리안은 잘 다듬어진 손으로 흥분한 혈관을 눌러 안정시켰다. 그리고 숨을 들이켜 가죽과 광을 낸 목재, 파이프 담배의 톡 쏘는 냄새를 맡았다. 모두 발레리안이 좋아하는 냄새였다. 그 냄새를 맡으니 안정이 되었다. 그러나 약간의 안정일 뿐이었다.

"알겠네."

발레리안의 목소리가 이제는 차분해졌다. 그는 관자놀이에 올렸던 손을 내렸다.

"뭔가 일이 터진 것 같군. 배가 공격을 받았다는 징후가 있나?"

휘티어는 자신의 상관이 평정을 되찾자 안도하며 스크린 쪽으로 몸을 돌렸다. 휘티어의 길고 가느다란 손가락이 바삐 움직이며 여러 이미지를 연달아 꺼내 보였다.

"그런 징후는 없습니다, 태자 저하. 그 구역에서 잔해는 물론 적함의 징후도 발견되지 않았습니다. 만약 프로토스의 공격이었다면 잔류 에너지가 있어야 할 것입니다. 저그의 공격이었다면……. 태자 저하, 아시다시피 떠다니는 잔해 말고는 아무것도 남지 않아야 할 것입니다."

발레리안도 부관의 말이 옳다고 생각했다. 회색호랑이호는 공격을 당한 게 아니었다.

적어도 외부의 공격을 당한 것은 아니었다.

발레리안은 부관에게 말했다.

"램지 연구팀의 생체 징후를 다시 찾아보게."

휘티어는 발레리안이 전에도 똑같은 지시를 네 번이나 더 내렸다는 사실을 현명하게도 입에 담지 않은 채 지시를 따랐다. 발레리안은 이를 악물었다. 정보를 보는 발레리안의 회색 눈이 깜박였다. 발레리안은 램지의 팀원 중 누군가가 탈출을 선동했을 가능성을 주장하는 짧은 보고서를 읽고 있었다.

램지의 연구팀원들은 뛰어난 두뇌의 소유자들이었지만, 결코 범죄자집단은 아니었다. 그들 중 탈출을 시도하거나 전투순양함을 우주 속에 표류하게 만들 만한 능력을 가진 자는 없었다. 그렇다면 대체 무슨 일이 일어난 것일까?

스물일곱 시간 후, 발레리안은 그 의문에 대한 답을 얻게 되었다.

해군 원수인 헥터 산티아고는 군대에서 잔뼈가 굵은 고급 장교였지만, 이번만큼은 그도 겁을 먹은 듯했다.

산티아고가 입을 열었다.

"태자 저하, 회색호랑이호에 승함해 배를 확보하는 데 성공했습니다만…… 아뢰옵기 황공하오나 탑승자 전원이 죽었습니다."

"뭐라고?"

발레리안은 도저히 스스로를 제어할 수 없었다. 이번만큼은 소리쳐 물었다.

"탑승자 전원이 죽었습니다."

산티아고의 말이 계속되었다.

"현재 그 원인을 조사 중입니다. 마커스 라이트라는 해병이 동료들에게 사격을 가한 걸로 보입니다."

"어떻게 그럴 수가 있지? 해병들에 대한 재사회화는 매우 철저하잖소. 그 친구는 명령이 없는 한 그런 짓을 할 수 없소."

"저도 알고 있습니다, 태자 저하. 그러나 저희가 획득한 정보에 따르면 그 외에는 다른 가능성이 없습니다."

뭐, 그럴 수 있었다. 재사회화가 어떻게든, 무슨 수로든 해제될 가능성도 없지는 않았다. 하지만 아무리 그래도…….

"어떻게 고작 해병 한 명이 함 내부의 모든 인원을 죽일 수 있단 말이오?"

"물론 소화기 사격만으로는 절대 불가능합니다. 그랬다가는 다른 사람들에게 제압당할 테니까요. 현재까지 라이트의 사격으로 사망한 인원은 아홉 명으로 확인되었습니다. 나머지 인원들은 라이트가 배의 생명 유지 시스템을 망가뜨린 탓에 죽었습니다. 라이트는 다른 사람들이 조난신호를 보낼 수 없게끔 배의 통신 시스템도 파괴했습니다."

산티아고 원수의 이야기가 진행되는 동안, 찰스 휘티어의 표정은 겁에 질린 토끼처럼 변해갔다. 심지어 발레리안도 살짝 몸을 떨고 있었다. 발레리안은 그 배에 타고 있던 해병대, 승무원들, 고고학자들 중 누구에게도 쓸데없는 감정을 품고 있지 않았다. 하지만 단 한 사람, 램지는 예외였다. 로즈메리가 전해온 바에 의하면 제이크 램지는 그 누구도 겪지 못한 특별한 체험, 즉 프로토스와의 정신적 교감을 경험했다. 그런 램지를 잃다니! 램지가 살아 있다면, 그 체험이 어떤 것인지 알려줄 수 있을 텐데…….

경이로운 것의 발견.

발레리안은 한숨을 쉬었다. 예상했던 것보다 상황이 훨씬 나빴다. 램지의 독특한 체험을 알 수 없게 된 일은 그렇다 치더라도, 이제 또 새로운 팀을 조직해 프로토스 우주선을 탐사하러 보내지 않으면 안 되었다. 그리고 이제 램지가 사원 안에서 겪은 일에 대해 절대로 정확히 알 수 없게 되었다. 도대체 어쩌다가 이런 일이 일어나고 만 것일까?

"태자 저하."

산티아고의 목소리가 발레리안의 분노에 찬 생각을 방해했다.

"그게…… 보시고 싶을지 모르겠습니다만, 라이트가 미리 녹음해둔 메시지를 확보했습니다."

"그런 게 있으면 당연히 보여줘야 하지 않소! 어서 그 메시지를 재생하시오!"

발레리안은 산티아고의 말을 막았다.

산티아고가 망설이다 말했다.

"태자 저하, 이 사람이 어떤 범죄 때문에 재사회화를 받았는지 알고 계십니까?"

"모르오. 꼭 알아야 하오?"

"예…… 그게 저…….."

"원수, 당장 그 메시지를 재생하시오."

발레리안은 차가운 목소리로 명령했다.

산티아고는 고개를 숙였다.

"알겠습니다, 태자 저하."

산티아고가 손을 앞으로 뻗었다. 그러자 햇볕에 검게 그을린 산티아고의 얼굴이 사라졌고, 피범벅이 된 채 미소를 짓고 있는 사람의 얼굴이 나타났다. 휘티어는 멈칫하고 헉 소리를 내며 뒷걸음질을 쳤고, 심지어 발레리안의 눈도 살짝 커졌다.

"안녕, 만나서 반가워. 이 메시지를 누가 볼지는 모르지만 말이야."

마커스 라이트가 자갈들이 굴러가는 듯한 거친 목소리로 입을 열었다. 그의 입가에 잔인한 미소가 번졌다. 마커스의 군복은 피로 물들어 있었고, 이상하게 입가에도 피가 묻어 있었다. 하지만 마커스가 부상을 당한 것 같지는 않아 보였다.

"얘기하고 넘어갈 게 있어. 장담하건대, 이 메시지를 볼 때쯤이면 의무병을 부를 필요가 없을 거야. 그때쯤이면 이 배에 탄 우리는 모조리 죽어 있을 테니까. 난 이제까지 전우였던 사람들 아홉 명의 골통을 박살내 줬어. 그러고 나니깐 나머지 사람들이 미친개처럼 나를 쫓아오면서 총질을 해대더라고. 내가 이 배의 생명 유지 시스템과 통신 장치를 부숴 버렸어. 앞으로 세 시간쯤 지나면 모든 게 끝날 거야. 이 모든 일은 당신이 손에 넣은 소중한 제이크 램지 덕택이야. 그분에게 감사를 표하는 바야."

라이트가 미소를 지었다. 발레리안은 자신이 라이트의 입가에 묻은 피를 최면에 걸린 듯 바라보고 있음을 깨달았다. 그리고 그제야 라이트의 말뜻을 알아차렸다. 램지? 그 점잖은 학자가 이 미친놈이 부린 행패와 대체 무슨 상관이 있다는 거지?

라이트는 카메라 가까이로 얼굴을 들이밀었다.

"그가 해제해 줬지."

그러고는 마치 발레리안의 의문을 알고 있기라도 한 듯이 매우 즐거운 투로 속삭였다.

"재사회화를 말이야. 그는 내가 누구인지, 어떤 일을 했는지 기억나게 해줬어. 옛날에 느꼈던 즐거움도 기억나게 해줬지. 그리고 나를 고분고분

말 잘 듣게 만들려고 너희들이 내 두뇌에 얼마나 지독한 짓을 저질렀는지도 기억나게 해줬지."

휘티어가 또 헉 소리를 냈다. 발레리안은 충격을 받았고, 무서웠지만 흥분도 되었다. 이게 램지가 한 짓이라고? 그렇다면 발레리안이 생각한 것보다 훨씬 더 복잡한 일이 램지의 두뇌에 일어났다는 뜻이었다. 하지만 이제 램지는 죽었다. 회색호랑이호에 갇힌 채 나머지 연구팀원들은 물론 승무원 전체와 함께 우주의 냉기에 사로잡혀 얼어 죽었다.

'라이트, 이 망할 놈!' 발레리안은 분노가 치밀어 올랐다. 하지만 이내 차갑게 미소 지었다. 사람들의 믿음처럼 세상에 신이 계신다면 이런 흉악한 짓을 저지른 라이트를 절대 용서하지 않으시리라.

하지만 그런 생각을 해도 마음이 편하지 않았다.

"다시 너희들 얘기로 돌아가자고."

라이트의 이야기가 이어졌다.

"해병대의 다른 남녀 장병들은 모두 내가 얻은 깨달음을 얻지 못했어. 그놈들은 가짜 기억 속에 파묻혀 숨 막힌 채로 사느니 차라리 죽는 게 더 낫다는 것을 아직 몰라. 그건 사는 게 아니지. 그렇게 사느니 죽는 편이 훨씬 나아. 나머지 사람들? 나랑은 아무 상관없어. 혹시 고고학자들이 필요해? 그렇다면 내 마지막으로 말해두건대, 너희들은 고고학자들을 절대 구할 수 없어. 여기 올 때쯤이면 그놈들은 동태처럼 꽁꽁 얼어 있을 테니까."

라이트는 카메라를 향해 몸을 기울였다.

"지옥에서 다시 만나자고."

그는 등을 기대고 앉아 가우스 소총의 총구를 자신의 턱에 겨눈 뒤 방아쇠를 당겼다.

휘티어는 훌쩍거리면서 고개를 돌렸다. 발레리안의 눈가 근육이 경련을 일으켰다. 잠시 후, 피범벅이 된 화면이 사라지고 매우 심각한 표정을 짓고 있는 산티아고의 얼굴이 다시 나타났다.

발레리안은 차분하게 말했다.

"잘 보았소. 최소한 무슨 일이 있었는지 알게 되었구려. 부하들에게 전하시오. 다른 사람은 몰라도 제이콥 램지 교수의 시신은 어떤 일이 있어도 가급적 빨리 회수해서 보존 처리하라고. 그 사람의 시신을 부검해야 하니까 말이오."

'그리고 그가 죽어서 어떤 단서를 남겼는지 살펴봐야겠지.' 발레리안에게 깊은 후회가 몰려왔다. '그의 두뇌에 뭔가 우리도 알아챌 수 있는 변화가 생겼을 수도 있어. 물론 그가 살아 있어야 더 많은 것을 알아낼 수 있지만 말이지. 아, 제이크, 당신과 나는 같은 마음이었는데. 당신과 포트와인 잔을 기울이며 사원에서 발견한 내용을 들을 수 있다면 얼마나 좋을까. 그렇게 되길 얼마나 바랐는데.'

산티아고가 고개를 끄덕였다. 누군가가 산티아고에게 보고서를 전해 주었다. 그의 눈이 보고서를 잽싸게 훑었다. 산티아고의 얼굴에 만감이 교차하며 검은 눈썹이 살짝 실룩거렸다.

"태자 저하…… 방금 고고학 연구팀원 두 명이 사라졌다는 보고를 받았습니다."

"뭐라고? 대체 무슨 말이오?"

"총격으로 인한 사망자는 모두 해병입니다. 고고학 연구팀원들은 모두 영창에서 죽은 채로 발견되었습니다. 그러나……."

"잠깐만, 뭐…… 영창? 왜 그들이 영창에 있는 거지? 그들 중에는 중상자도 있었소. 그러니 그들은 의무실에 있어야 할 텐데?"

휘터어가 끼어들었다.

"태자 저하, 해병대는 점잖음이나 예의 바름과는 거리가 먼 조직입니다. 그들이 고고학자들이 공황에 빠지는 일을 막고자 영창에 가두었을지도 모릅니다. 바보 같은 생각이지만, 개연성은 충분합니다."

발레리안이 노려보며 말했다.

"뭐, 그렇다고 치지. 앞으로도 그 이유는 전혀 알 수 없겠지만 말이오. 산티아고 원수, 계속하시오."

"열려 있는 두 개의 영창이 발견되었습니다. 그리고 마커스가 시설을 파괴하기 전에 탈출 포드 한 개가 사출된 기록을 찾았습니다."

발레리안의 마음속에 한 줄기 희망의 빛이 켜졌다. 어쩌면 그건……. 발레리안은 마치 산티아고가 자기 앞에 실제로 있는 양 양손을 책상에 얹고 몸을 앞으로 내밀었다.

"산티아고 원수."

발레리안은 이제껏 뭇 청중들을 매료시켰던 특유의 미소를 지었다. 발레리안의 아버지도 그런 미소를 자유자재로 활용했다. 발레리안은 조용히 말했다.

"없어진 두 고고학자 중 한 사람이 혹시 제이크 램지 아니오? 그게 사실이라면 무척이나 기쁠 것 같소만."

분명 산티아고는 발레리안이 이렇게 나올 줄 예상하지 못한 것 같았지만, 어쨌든 그의 표정이 기쁨으로 밝아졌다.

"그렇습니다, 태자 저하. 매우 좋은 소식입니다. 열린 영창 중 하나는 제이크 램지 교수가 있던 곳입니다."

램지가 살아 있다니! 이제 탈출 포드의 행방을 찾기만 하면 되었다. 발레리안은 의기양양한 기분에 휩싸였다. 너무나 고양된 나머지, 힘껏 억눌러야 할 정도였다. 그런데 발레리안의 마음속에 한 가지 의문이 떠올랐다. 그래서 산티아고에게 물었다.

"두 개의 영창이 열렸다고 했는데, 그럼 나머지 한 개는 누구의 영창이었소?"

산티아고는 보고서를 내려다보며 대답했다.

"로즈메리 달입니다."

아, 왠지 그럴 것 같았다. 로즈메리는 투사였다. 그녀의 도자기 같은 얼굴과 비단결 같은 검은 머리, 작은 몸집 이면에는 파리스틸(네오스틸과 함께 테란의 대표적인 내구력이 높은 강력한 물질) 같은 투혼이 숨겨져 있었다. 어찌되었든, 로즈메리가 살아남아 기뻤다. 발레리안은 작고 기운찬 로즈메리가 좋았다. 반면에 매우 빈틈없는 여자이기도 했다. 그리고 이제는 발레리안을 매우 의심하고 있을 터였다. 마커스가 배 안을 난장판으로 만들면서 무슨 말을 했을지 어떻게 알겠는가? 아무 설명도 듣지 못한 채 영창에 수감된 로즈메리는 발레리안이 자신을 배신했다고 생각할지도 모른다. 만약 로즈메리가 제이크를 발레리안의 눈에 보이지 않는 곳에 두기로 작정했다면, 두뇌 깊은 곳까지 개조당한 제멋대로인 교수는 발레리안이 매우 잡기 어려운 사냥감이 될 확률이 높았다.

"알겠소."

발레리안은 짧게 내뱉었다. 그는 몸을 쭉 펴고 한숨을 쉰 뒤 말을 이었다.

"원수, 소소한 내기를 하는 건 어떻겠소? 원수가 그들을 추적하지 못한다는 쪽에 돈을 걸고 싶소만."

산티아고가 자신만만한 미소를 지었다. 발레리안은 생각했다. '저 사람은 자기가 갖고 있는 기술을 철저히 신뢰하는 모양이군. 하지만 나의 작은 로즈메리가 어떤 여자인지 모르고 있어.'

설령 원수의 기술이 매우 뛰어나다 하더라도, 최소한 지금 우리는 사냥감을 놓치고 말았다. 산티아고의 얼굴이 펴지는 모습을 보자 발레리안의 기분이 살짝 나아졌다. 산티아고 원수가 보고서를 다시 보더니 몸을 흔들며 웃어댔다.

"태자 저하, 그런 내기는 사양하겠습니다."

산티아고의 예의 바른 태도에서 약간의 긴장감이 배어나왔다.

"시스템의 주파수가 완벽히 바뀌었습니다. 분명 누군가에 의한 의도적인 행위입니다."

"그녀는……."

발레리안이 표현을 고쳤다.

"로즈메리 달은 매우 영리하고 위험한 인물이오. 램지 교수가 혼자서 탈출 포드를 탔다면 지금보다 더욱 기분이 좋았을 거요. 하지만 달하고 같이 탄 거라면 그만큼 찾기가 더 어려울 거요. 혹시 그들의 에너지 궤적을 찾기엔 시간이 너무 많이 흐른 것 아니오?"

고개를 끄덕이는 산티아고의 안색이 이제까지와는 달리 약간 어두워졌다.

"타당하신 지적입니다, 태자 저하. 하지만 저는 최고의 부하들을 데리고 있습니다. 그리고 고고학자들이 가진 식량과 공기는 탈출 포드에 실린 것밖에 없습니다. 따라서 그들은 빨리 어딘가에 착륙하지 않으면 안 될 것입니다. 그들이 착륙했을 가능성이 있는 모든 행성들을 조사…….”

“안 되오, 원수.”

발레리안은 부드러운 어조로 원수의 말을 막았다.

“당신이 가진 최고의 부하들로는 이 일을 해낼 수 없소. 내 최고의 부하들이 가야 해낼 수 있소. 그동안 귀관은 회색호랑이호를 파괴하고 이 사건에 대한 모든 기록을 파기하시오. 알아들으셨소?”

산티아고는 이를 악물었으나 멋진 경례를 붙였다.

“알겠습니다, 태자 저하.”

“좋소이다. 그렇게 말씀해 주시니 좋군요. 고맙소, 원수.”

발레리안은 미소를 지으며 휘티어를 향해 고갯짓을 했다. 휘티어가 버튼을 누르자 산티아고의 얼굴은 사라지고 자치령의 휘장이 나타났다.

발레리안은 한숨을 쉬었다. 산티아고가 전해준 소식은 사실 나쁜 소식이었다. 램지가 도망쳤다. 그것도 달의 지시를 받아 도망을 다니고 있었다. 그래도 램지가 아직 살아 있다는 건 좋은 소식이었다. 램지와 달은 매우 날쌘 물고기였다. 그러나 결코 발레리안이 쳐놓은 그물 밖으로는 도망가지 못하리라.

제14장

　로즈메리는 어깨 너머로 제이크를 쳐다보았다. 제이크는 자고 있었다. 호흡은 깊고 고른 편이었지만, 가끔씩 가볍게 코를 골았다. 제이크는 깨어 있을 때와 마찬가지로 자고 있을 때도 극도로 피곤한 모습이었다. 하지만 자고 있는 동안 지능을 가진 외계인이 두뇌에 수백 년 간의 기억을 주입한다면, 자기 같아도 매우 피곤할 거라고 로즈메리는 생각했다.

　로즈메리는 제이크에게 그들이 얼마나 큰 위험에 처해 있는지 알려주지 않았다. 그녀와 마찬가지로 제이크도 이런 생활에 익숙하지 않았다. 모든 것을 스스로 책임져야 하는 생활이라니, 돌아버릴 것만 같았다. 로즈메리는 제이크에게 충분하고도 솔직하게 말했다. 제이크의 독심술은 로즈메리가 그에게서 알아내고 싶은 것 이상의 것을 로즈메리에게서 뽑아냈다. 다행히도 제이크는 로즈메리가 마음을 읽도록 놔두면 그걸 우연히 보고 당황해하면서 점점 독심술을 제어할 수 있게 되는 것 같았다. 또한 다행스럽게도 제이크가 그녀의 마음을 읽을 때 로즈메리는 아무것도 숨기지 않았다.

정말 다행이었다.

제이크가 이제까지 그녀가 무슨 일을 해왔고, 무엇 때문에 인질극 상황에서 쉽게 편을 바꿀 수 있었는지 알게 된 것은 매우 괴로운 일이었다. 그러나 반대로, 배에서 도망칠 수 있게 해준 것은 두 사람조차도 아직 완전히 모르고 있는 제이크의 신비로운 힘이었다.

제이크가 가장 위험한 살인범의 재사회화를 해제한 일은 로즈메리가 맞닥뜨린 불행이었다. 로즈메리는 외계인이 자신의 허락도 받지 않고 한 짓이라는 제이크의 말이 과연 사실인지 의심스러웠다.

로즈메리는 생각들을 떨쳐내려고 고개를 흔들었다. 범인이 제이크인지, 아니면 그의 머릿속에 둥지를 튼 외계의 지성체인지는 중요하지 않았다. 중요한 점은 제이크의 머릿속에 외계의 지성체가 있고, 그게 꽤 돈이 되는 상품이라는 것이었다.

로즈메리는 이선에게 암호로 된 메시지를 보냈다. 그녀는 이선이야말로 결코 터무니없는 대가를 제시하지 않은 채 이 우주에서 그들을 숨겨주고 도와줄 유일한 사람이라고 생각했다. 개인적으로 로즈메리는 제이크 램지에게 눈곱만큼도 관심이 없었다. 그 대신 자신의 삶에 대해서는 열렬하게 관심이 많았다. 하지만 늘 이기심에 충실했더라도, 지금은 제이크를 살려야 로즈메리도 살 수 있었다.

계기판에서 삑삑거리는 알림음이 울리자 로즈메리는 깜짝 놀라 욕을 퍼부었다. 알림음은 부드러운 소리였지만, 로즈메리의 모든 생각을 멈추고 놀라게 하기 충분했다. 알림음을 확인한 그녀는 곧 긴장을 풀고 미소를 지었다.

로즈메리가 몇 개의 키를 누르자 모니터에 이선의 검고 멋진 얼굴이 나타났다.

"잘 있었어? 우리 사고뭉치."

이선이 부드러운 목소리로 말했다.

로즈메리의 미소가 더욱 커졌다. 사고뭉치는 이선이 그녀를 부르는 애칭이었기 때문이다. 이선과 로즈메리는 언제나 함께 사고를 찾아 나서는 것 같았다.

"자기가 나한테 말해준 그 편한 일이 끝나기 전에는 메시지가 오리라고 생각지도 않았는데, 그렇다면 혹시?"

로즈메리의 기억 속에 있는 그들의 관계는 매우 특별했다. 그들은 같은 편이 되어 칠 년 동안 함께 싸웠다. 처음에는 고용주와 고용인의 관계였지만, 곧 동등한 파트너가 되었다. 로즈메리가 목숨을 맡길 수 있는 사람은 이선밖에 없었다. 그리고 그녀도 이선의 목숨을 여러 차례 구해주었다. 그런 신뢰 관계는 둘의 사생활로도 연장되었다. 그들은 여러 차례 살인과 거친 전투로 하루를 시작했고, 그만큼 침대 위 거친 섹스로 하루를 마무리했다. 정말이지 즐겁고 행복한 나날들이었다.

그러다가 이선이 자기 몫을 챙겨서 투자하고, 이 세계를 떠나겠다고 선언했다. 이선은 함께 할 것을 권했으나 로즈메리가 거부했다. 그녀는 그 상태로 행복했다. 그래서 그들은 길고 열정적인 키스와 윙크 끝에 깔끔하고 쉽게 헤어졌다. 물론 그 후에도 로즈메리는 때때로 이선을 찾아갔다. 그때마다 예전으로 돌아간 것 같았다. 그들의 몸은 서로의 손길을 잊지 않았다. 그리고 그들의 마음 역시 상대방이 한 일과 모험을 알고 싶어 했다.

둘 사이의 관계는 완벽했다. 이선은 로즈메리가 없을 때면 다른 여자들과 사랑을 했을까? 그럴지도 모르지만, 로즈메리는 거기에는 일절 신경 쓰지 않았다. 물론 로즈메리는 이선 외에 다른 남자를 만나고 싶지 않았다. 하지만 이는 어디까지나 자신의 필요와 요구에 의해 스스로 내린 결정이었다.

"자기가 메시지를 보내주기 전에 내 소식통들을 통해 이미 이 이야기를 약간이지만 들었어. 그리고 우리 사고뭉치가 그 일에 연관되어 있나 궁금해 하지 않았다면 거짓말이겠지."

이선은 미소 지었다. 사전 녹화된 메시지이긴 했지만, 로즈메리도 미소로 답했다.

"나한테 자세한 상황을 말해줄 수 없다는 건 알고 있지만, 이번 건은 자기 최고의 일이 될지도 몰라. 자기와 와인 한 잔 나누면서 자세한 얘기를 듣고 싶어. 자기가 가진 짐을 잘 간수하라고 당부하고 싶어. 물론 언제나처럼 잘 하겠지만 말이야. 계산에 따르면, 우리가 처음 데이트했던 장소가 자기가 있는 곳에서 그리 멀리 떨어지지 않은 것 같아. 그곳에 있는 큰 주점으로 가면 자기도 아는 사람이 도우러 와 있을 거야. 만날 날을 기다리고 있겠어."

로즈메리 역시 그랬다. 로즈메리도 이선을 보면서 그가 준비했다는 와인을 마시고 싶었다. 이선과 함께 오랫동안 마셔온 와인은 다른 곳에서 마셨던 어떤 와인보다도 맛있었다. 로즈메리는 이선이 벌이는 사업이란 게 어쩌면 암시장 거래와 연관되어 있을지도 모른다는 의심을 품었다. 아마 이선은 로즈메리를 위해 하늘을 우러러 한 점 부끄럼이 없을 정도로 좋은 시가도 준비해 놓았으리라. 물론 이선은 로즈메리가 오래된 습관인 흡연을 버리지 못한다고 잔소리를 하겠지만 말이다.

잠시 동안 로즈메리는 이선이 더 화끈한 것을 준비해 놓았기를 바랐지만, 이내 그 생각을 떨쳐냈다. 그녀는 약물에 중독된 적이 있었으나 끊었다. 이선의 도움 덕이었다. 약물을 버리는 데는 빠져드는 데보다 훨씬 더 긴 시간이 필요했다. 그리고 로즈메리는 어떤 사람에게도, 그 무엇에도 얽매이려 하지 않았다.

이선이 언급한 장소는 위험한 행성에 있는 위험한 마을이었다. 그 행성에는 D-3974라는 끔찍하리만치 무미건조한 공식 명칭, 그리고 '망자의 바위'라는 더욱 화끈한 비공식적인 명칭이 붙어 있었다. 큰 주점은 천국이라고 불리는 마을에서도 제일 지저분한 곳이었다. 천국이라는 이름은 즐거운 곳이라서 붙은 게 아니라 이곳에서 허튼 짓을 하다가는 바로 천국으로 가기에 붙은 이름이었다. 자치령도 그 점을 알고 마을을 방치해 두었다. 마을은 너무 멀리 떨어져 있어서 치안을 유지하기 어려웠다.

자리에서 일어난 로즈메리는 코 고는 제이크를 넘어가 남은 전투 식량을 점검했다. 그리 많이 남지 않았지만, 요 며칠 동안 전투 식량에 의지해 별 탈 없이 지낼 수 있었다.

로즈메리는 누구도 따라잡지 못할 만큼 매우 변덕스러운 항로를 그릴까 생각했다. 그 방법은 이제까지 잘 먹힌 전술이었다. 하지만 지금 남아 있는 시간과 연료로는 목적지까지 직행하는 것 외에 다른 선택의 여지가 없었다.

• • •

'자신의, 타인의, 이한리의 피, 분노, 증오…… 안 돼, 우리는 그들을 사랑해. 그들을 미워해서 떠나게 해서는 안 돼. 우리는 아직 모자라, 모자란다고……'

'제이콥?'

'그만해! 제발 그만하라고…….'

제이크는 힘없이 꿈속에서 손을 뻗어 자기 머리를 긁으려고 버둥거렸다. 꽉 닫힌 눈꺼풀 아래서 눈동자가 앞뒤로 마구 움직였다.

'이 모든 걸 멈추면 내 목표는 하나도 이룰 수 없어. 그러나 자네가 할 수 있게 도와줄 수 있어. 이해하게. 두려움 없이 보고 느끼고 듣게.'

'멈춰야 해요! 난 이렇게 해달라고 한 적 없어요! 내 눈앞에서 없어져 버렸으면 좋겠어요! 당신은 이미 이걸로 수십 명을 죽였잖아요! 왜 내가 당신을 믿어야 하지요?'

'자네에겐 다른 선택의 여지가 없기 때문이야. 자네 말이 옳아. 자네는 이 기억을 스스로 제어할 수 없어. 난 자네를 도울 수 있어. 하지만 자네가 그걸 허락하지 않으면…… 자네는 미쳐버릴 테고, 내가 이제까지 들였던 노력과…… 이 모든 기억들도 사라져 버릴 거라고. 그리고 자네 친구들의 죽음도 모두 허사가 되어버릴 거야.'

제이크가 들은 마지막 말이었다.

'……좋아요.'

제이크는 꿈속에서 자신을 도우려는 자마라를 보았다. 제이크의 눈에 자마라는 아름답다고 할 수는 없었지만, 매우 우아하고 강인해 보였다. 자마라는 두 개의 엄지손가락과 두 개의 긴 손가락이 붙은 손을 뻗었고, 제이크는 그 손을 잡았다. 다시 그는 황금비율에 맞게 그려진 빛의 나선을 기억했다. 제이크는 자마라의 따스함과 애정을 느꼈다.

'이제 곧 자네도 이해하게 될 거야. 내가 왜 이런 선택을 했는지…… 무엇 때문에 자네가 독특한 존재인지를 말이야. 사원에 온 인간들은 많았지만 그중에 암호를 풀어낸 건 제이콥 제퍼슨 램지, 자네 한 사람 뿐이야. 내 손을 잡아. 공포와 무지에 내몰린 질주가 아니라 평화로운 산책이 자네를 기다리고 있어.'

제이크는 이 시련이 시작된 이래로 가장 안온한 꿈속에서 자마라의 손을 잡았다.

• • •

제이크는 사바산과 함께 옴하라의 은신처로 가면서 쓰러진 적의 시신을 뚫어 져라 봤다. 해가 저물고 있었고, 정글에는 진정한 생기가 돌아오고 있었다. 죽은 프로토스의 시신을 마치 아기를 안듯이 안고 조심스레 발걸음을 내딛는 제이크의 피부에 정글의 소리가 울려 퍼졌고, 정글의 냄새가 쓸고 지나갔다. 다른 때면 몰라도 지금 이 순간만큼은 쓰러진 아킬래 부족민의 시신을 정중하게 다루어야 했다. 왜냐하면 지금 이 순간만큼은 아킬래 부족민이 쉘락 부족민에게 쓸모가 있었기 때문이다.

이제 그들은 아킬래 부족민의 시신을 공물로 사용할 것이다.

• • •

제이크는 자마라에게 말했다.

"저도 여기 왔어요……. 하지만 몸을 통제할 수가 없네요."

그는 자신이 있는 곳이 어디인지를 알아차렸다. 템라의 몸 안에 들어간 제이크의 영혼은 마치 자동으로 조종되는 자동차에 탄 것 같았다. 제이크는 템라의 눈으로 자신이 안고 가는 프로토스의 시신을 내려다보았고, 기분이 나빠졌다.

"이거…… 정말로 프로토스인가요? 제가 홀로비드로 봤던 프로토스와는 전혀 안 닮았어요."

제이크는 빛나는 갑옷을 입고, 정확하고 절도 있는 동작을 하던 프로토스 전사들의 모습을 떠올렸다. 심지어 자마라가 타고 왔던 부서진 우주선 속에서도 프로토스의 우아함과 차분함의 흔적을 느낄 수 있었다. 그러나 주변의 프로토스들은 매우 야성적이고 거칠어 보이는 뼈와 깃털 장식을 하고 있었다…….

마치 제이크가 템라의 몸속에 있듯 그의 몸과 두뇌를 차지하고 있는 자마라는 그런 생각을 바로잡아 주었다.

"이게 우리의 원래 모습이야. 우리가 살아오던 방식이지. 우리 프로토스들이 어떤 과정을 거쳐 오늘날처럼 되었는지를 알려면 반드시 알고 넘어가야 하는 부분이야."

"그냥 말로 해주시면 안 돼요?"

"말로는 제대로 알 수 없어. 보는 것만으로도 제대로 알 수 없지. 직접…… 우리가 되어야 알 수 있어."

●　●　●

옴하라의 은신처로 걸어가는 제이크의 발걸음이 느려졌다. 제이크는 눈을 크게 뜨고 사바산을 바라보았다. 그러자 사바산은 안심하라는 메시지를 보냈다. 제이크가 다른 생명체들이 생명을 유지하는 방법에 대해 생각하는 게 처음은 아니었다. 밤에 뜨는 백색 원과 낮에 뜨는 금색 구는 프로토스들을 보살펴 주었고, 영양분을 공급해 주었다. 그들의 빛, 밤하늘에 떠올라 보석처럼 반짝이는 그들의 자식들이 주는 빛만 있으면 프로토스는 살아가는 데 아무 부족함이 없었다.

하지만 다른 생명체들은 누군가를 죽여야 영양을 섭취할 수 있었다. 제이크는 가끔 그런 그들이 부럽기도 했다. 쓰러진 적의 살을 잘라 씹어 먹으면 얼마나 좋을까? 쓰러진 적을 먹어치우는 것 이상으로 확실한 지배력을 보여주는 행위가 또 어디에 있단 말인가?

은신처에 숨어 있던 옴하라가 으르렁대자 제이크는 생각의 초점을 순식간에 옴하라에게 맞췄다.

"괜찮아. 마음을 편히 가지라고."

사바산이 메시지를 보냈다.

"두려워하면 그 마음이 냄새가 되어 퍼질 거야. 감사하는 마음으로 공물을 바치고 돌아오기만 하면 된다네."

신경이 곤두선 채로 제이크는 자신의 생각을 뻗었고, 옴하라의 생각에 접근했다. 옴하라는 원시적이고 야비하지만 강했다. 그리고 제이크에 대해서도 잘 알고 있었다. 옴하라의 숨소리가 들려왔다. 동굴의 어둠 속에서도 옴하라의 빛나는 세 개의 눈이 또똑히 보였다.

"날렵하며 날카로운 이빨을 가진 위대한 존재인 옴하라여, 우리가 잡은 공물을 가져왔나이다. 이것의 살을 드시옵고……."

그러자 가벼운 발자국 소리가 났다. 그놈이 다가오고 있었다.

●　●　●

"오, 세상에."

제이크는 자면서 갑자기 혼자 중얼거렸다.

자마라가 말했다.

"사바산의 지시를 따르면 아무 탈 없을 거야, 제이콥. 여기서 보는 그 어느 것도 자네를 해치지 못해. 그리고 자네 역시 이곳의 상황을 바꿀 수 없지. 숨을 깊이 들이쉬어. 자네가 누구인지를 명심하라고."

●　●　●

"……우리에게 축복을 허락해 주시옵소서."

제이크는 빠르게 말을 마친 후 물러났다. 그는 옴하라의 생각을 느낄 수 있었다. 호기심에 가득차고, 한 곳에 집중된 강렬한 생각이었다. 이제 옴하라가 음식 냄새를 맡았다. 그놈의 생각은 허기와 그 허기를 채워줄 음식으로 쏠렸다.

사바산과 함께 옴하라의 위험 거리 밖으로 서둘러 나오면서 제이크는 여명 속에서 옴하라의 희미한 모습을 얼핏 보았다.

"잘했어. 저 친구를 공격할 필요가 없어 다행이야. 새끼를 뱄거든."

사바산이 말했다.

"정말인가요?"

사바산은 웃으며 눈을 반쯤 감더니 고개를 갸우뚱했다. 온화하고 다정한 마음을 전달하는 프로토스 특유의 몸짓이었다.

"자네와 다른 상대의 생각을 잘 읽으려면 아직 멀었어."

"저도 그렇다고 생각합니다. 그러나 언젠가는 그렇게 될 날이 오겠지요."

제이크는 살짝 거만하게 답했다.

"저는 쉘락 부족민입니다. 우리는 이한리에게 선택받은 자들이에요. 아이어의 모든 이들 중에서 우리만이 유일하게 선택받아 발전하고, 보호받았지요."

"우리는 그들에게 선택받았지만, 또한 버림받기도 했어."

사바산이 지적했다.

"그 사실을 생각할 때마다 나는 항상 거만해서는 안 된다는 깨달음을 얻지. 이한리가 왜 처음에 우리를 선택했는지, 그리고 왜 우리를 못마땅하게 여겼는지를 알아야 정확한 판단을 내릴 수 있어."

제이크는 사바산이 방금 드러낸 감정 때문에 자신이 여러 차례 혼란을 일으켰다고 생각했다. 하지만 곧 그 생각을 되돌리고 싶었다. 사바산이 제이크의 생각을 읽고 바로 답을 해왔기 때문이었다.

"물론이지, 그렇고말고. 그럼에도 불구하고, 그 덕분에 나는 아직까지 이리저리 캐묻고 따지면서 살아가고 있다네."

"쉘락 부족 내에서 당신보다 더 큰 존경을 받는 분은 거의 없습니다."

제이크가 대답했다. 그 말은 분명한 사실이었다. 사바산도 제이크의 말을 당연한 사실로 받아들였다.

"가끔씩은 캐묻고 따지기 때문에 내가 존경을 받는 게 아닌가 싶기도 하다네. 그 때문에 대부분의 사람들은 어리둥절해하지만 말일세."

제이크는 당혹스러웠다. 그래서 자신의 생각을 감췄다. 사바산이 화제를 바꿨다.

"나는 하루 중에 이 시간을 가장 좋아한다네."

사바산은 젊은 프로토스에게 말했다. 안개가 섞인 공기는 탁하고 무거웠다. 집으로 돌아가는 그들이 맨발로 밟는 대지는 촉촉했다.

"지금 이 시간은 두 시간대 사이의…… 매우 강한 힘을 지닌 시간이지. 지금은 엄밀히 말해 낮도 아니며, 그렇다고 밤도 아니야. 유물도 똑같아. 서로 다른 성질을 가진 두 물질 사이에 있어. 유물은 물리적으로 실재하는 단단한 물체이지만…… 또한 그게 다가 아니지."

흥분한 제이크는 전율했다. 그는 사바산의 입에서 유물 얘기가 나올 때마다 너무 좋았다. 사바산만큼 신비의 유물에 대해 잘 아는 사람은 없었다. 사바산이 젊은 프로토스의 학구열이 얼마나 강한지 이해한다는 사실을 제이크도 알고 있었다. 제이크는 사바산과 함께 연구하고 싶었고, 불완전하고 조각난 역사의 고위 수호자가 되고 싶었다.

"부디…… 다른 얘기도 해주시면……."

사바산은 제이크에게 눈길을 주었다. 사바산이 제이크의 생각을 꿰뚫는 동안 그의 큰 눈은 조금도 흔들리지 않았다.

"오…… 그래, 그래. 자네라면 더 많은 이야기를 들을 준비가 되어 있을 거라 생각했네. 나는 우리에 대해, 유물에 대해 설명해줄 이론을 만들었어. 나는…… 나는 말이지, 우리 프로토스가 이 시간처럼 둘 사이에 낀 존재라고 생각하네. 예전의 우리 모습은 지금의 우리와 달라. 그리고 앞으로의 모습도 지금의 우리와는 다르지. 그리고 지금의 우리에게는 과거의 모습과 미래의 모습이 혼재되어 있어. 유적, 유물들…… 나는 그 안에 우리가 들어야 할 이야기가 있다고 생각하네."

"하지만…… 그들은 생명체가 아닙니다. 그들은 아무 생각도 하지 않아요. 하등 동물들조차도 입이 달려 있어서 그걸로 의사소통을 해요. 하지만 유물에는 입도 없잖아요. 그 물건들이 어떻게 우리에게 이야기를 할 수 있을까요?"

사바산이 다시 웃었다.

"오, 템라. 대부분의 프로토스들과 마찬가지로 자네도 상상력이 부족하구먼."

제이크는 부끄러워 고개를 숙였다. 사바산은 친근한 태도로 제이크의 어깨에 손을 얹었다.

"물론 자네 말이 잘못되었다는 소리는 아니라네. 그러나 자네라면 이제까지 우리 프로토스들이 알았던 것보다 더 뛰어난 깨달음을 얻을 수 있을 거라고 생각해. 나는 유물들 이면에는 그 무엇이 되었든 놀라운 지식이 깃들어 있을 거라고 생각하네."

옴하라에 주의를 기울이는 사이, 그들은 무기를 숨겨둔 곳에 도착했다. 사바산은 창을 꺼내 들었고, 제이크도 따라했다. 제이크의 마음속에서 호기심이 커가고 있었다. 사바산은 한 가지 생각을 빼고는 마음을 텅 비웠다.

"젊은 템라여. 내 도움 없이 보기를 바라네."

제이크는 거의 숨도 쉬지 못한 채 사바산을 따라 습한 지면을 달려갔다. 빛은 거의 사라지고 있었다. 그러나 프로토스의 눈은 매우 예민했다. 그 덕분에 제이크는 무엇에든지 정확히 초점을 맞춰 놀랄 만큼 뚜렷하게 볼 수 있었다.

사바산은 몸을 구부려 자갈과 잔디를 제거하며 지면을 골랐다. 그러고는 제이크를 흘깃 쳐다보더니 다시 지면으로 시선을 돌렸다. 사바산은 창을 잡고 지면에 금을 긋기 시작했다.

사바산은 창으로 어떤 그림을 그리고 있었다. 제이크는 허리를 구부려 그림을 쳐다보았다. 속에 두 개의 원이 들어 있는 하나의 큰 원이었다. 그 원의 아래에서 수직으로 뻗어 나온 두 개의 줄이 아래의 세 번째 줄과 만났다. 처음의 원 아래에서 또 다른 두 개의 줄이 수평으로 뻗어 나왔다. 그 중 하나의 줄은 수직으로 그어진 또 다른 줄과 만났다.

사바산이 제이크에게 몸을 돌리자 제이크의 가슴은 마구 뛰기 시작했지만, 아직까지는 자신의 생각을 철저히 감추고 있었다. 이건 대체 무슨 뜻일까? 분명 사바산은 이 그림, 땅 위에 그은 선으로 이루어진 이 그림을 보고 제이크가 뭔가 추론해내기를 바라고 있었다. 하지만 대체 뭘까? 그는 어쩔 줄 모르고 허둥대기 시작했다. 제이크도 이게 시험이라는 점을 알고 있었다. 여기서 불합격한다면, 사바산은 아마 제이크를 더 이상 깨우칠 가치가 없는 인재로 여길 터였다. 하지만 제이크는 너무나도 간절히 깨우침을 원하고 있었다.

사바산이 제이크의 마음에게 말했다.

"나를 보게, 템라."

제이크는 땅 위에 그려진 그림으로부터 눈을 들어 나이 든 프로토스를 보았다. 사바산은 두 발로 굳건히 대지를 딛고, 허리를 쭉 펴고 섰다. 제이크의 시선을 받으며 사바산은 한 손에 창을 들고 양팔을 들었다.

"이제 내가 땅에 그린 그림을 봐주게."

때때로 대지를 적시는 폭우처럼 좌절감이 제이크를 엄습해왔다. 도대체 뭘 찾아내야 한단 말인가?

제이크는 굳게 서 있는 사바산으로부터 시선을 돌려 그가 그린 그림을 보았다.

제이크의 눈이 휘둥그레졌다.

사바산이 굳게 서 있었다…… 안에 두 개의 작은 원을 지닌 큰 원은 사바산의 머리였다. 그 원에서 뻗어 나온 두 개의 수직선은 그의 다리였고, 두 개의 수평선은 그의 팔이었다. 그리고 두 수평선 중 하나에 연결된 또 하나의 수직선은 사바산이 들고 있는 창이었다. 제이크는 몸을 떨다가 무릎을 꿇고 주저앉았다. 그리고는 마음속에 새기기라도 하듯 우둘투둘한 손으로 그림을 조심스럽게 만졌다.

"이건 당신이군요."

제이크는 생각했다.

"사바산…… 당신 모습을 땅에 그린 거군요!"

"자네라면 맞출 줄 알고 있었네!"

그렇게 외치는 사바산의 마음의 소리는 마치 한밤중에 울부짖는 음하라의 포효만큼이나 컸다. 사바산은 제이크의 어깨에 손을 툭 올려놓더니 강하게 움켜잡았다. 앞으로 더 나아가도 좋다는 승인이었다.

"흙 위에…… 뭔가의 이미지를, 상징을 그릴 수 있지. 보라고."

사바산은 제이크의 안목이 마치 제이크 자체인 듯이 흥분하며 흙 위에 더 많은 선들을 그렸다.

"이건 나무야."

사바산은 분주히 선을 그어나갔다. 이제 제이크는 개념을 확실히 이해했다. 마치 눈을 가리고 있던 가리개가 떨어져 나간 것 같았다. 몇 달 전에 보았던 의미 없는 흔적들이 이제 그의 눈에는 나무로 보였다.

"그리고 이건 태양이고…… 이건 연못이지."

"예…… 사바산, 보여요! 모든 게 다 보여요!"

"아까 말한 걸 기억하고 있나? 그때 나는 이한리의 유물들에는 우리에게 전할 이야기가 담겨 있다고 했었지."

"예, 그때 저는 유물들은 생각을 할 줄 모르고, 그 생각을 전할 입도 없다고 했지요. 제가…… 제가 참 바보 같은 말을 했네요."

"그렇지 않아. 다만 이건 이제껏 우리 중 누구도 이해하지 못한 의사소통 방식일 뿐이지. 이 방식은 생각을 통해 다른 이의 이해를 구하지도 않고, 소리를 내지도 않아. 이게 바로 그림이란 거야. 누군가가 그림을 그려놓으면, 그린 이가 그 자리에 없더라도 나중에 온 자가 그림을 보고 그 속의 메시지를 이해할 수 있어. 그림으로는 생각도, 소리도, 의미도 저장할 수 있지. 나는 이한리가 이런 방식으로 우리에게 이야기를 전달할 거라고 생각하네."

깨달음에 온몸이 흔들린 제이크는 등을 털썩 기대고 앉았다. 그가 보아온 모든 유물의 이미지가 이제 눈앞에서 생생히 되살아났다. 유물들에는 이상한 그림들이 새겨져 있었다. 사바산이 아까 흙 위에 그린 것 같은 그림들이었다. 그것들을 특정한 방식으로 만져 주면 빛을 발하며 생기를 얻곤 했다. 유물에 남은 그림들은 비에도 씻겨 내리지 않았고, 발자국에도 지워지지 않았다. 깊게 각인된 그 그림들은 어쩌면 영원히 남아 있을지도 몰랐다. 프로토스도 무리를 지어 다른 부족을 습격하러 떠날 때면 깃털, 뼈 목걸이, 밝은 색의 딸기류나 피로 자신을 치장했다. 그러나 이런 치장에는 아무런 의미가 없었다. 다른 프로토스들은 유물에 그려진 그림도 그런 수준이라고 생각하는 데서 벗어나지 못했다.

그들의 이런 부조리에도 불구하고 제이크의 생각을 읽어낸 사바산은 고개를 끄덕였다.

"그들은 아직 이해하지 못했어. 그러나 내 이론이 옳다는 게 증명되면 그들도 이해할 수 있을 거야."

제이크는 다시 한 번 땅 위에 그림의 형태로 표현된 생각을 내려다보았다.

"하지만 너무 어려워 할 거예요."

사바산은 처음에 그린 그림을 가리키며 말했다.

"어렵게 생각할 필요 없어. 이게 내 모습인 걸 알았다면, 지금부터 그릴 이 그림 역시 내 모습인 걸 알 수 있지."

그러고는 세 개의 줄을 그렸다. 그중 수직으로 그린 한 줄은 사바산의 몸통을 지극히 간단하게 표현한 것임을 제이크는 알아차렸다. 수평으로 뻗어 나온 한 줄은 사바산의 팔이었고, 거기에 연결된 또 하나의 수직선은 사바산이 든 창이었다.

사바산은 계속 바쁘게 그림을 그려나갔다.

"그리고 이건 나무고…… 이건 태양이지."

사바산의 그림은 아까 것보다 한결 더 단순해졌고, 그만큼 더 빨리 그릴 수 있었다. 제이크는 그림들 하나하나를 이해할 수 있었다.

제이크와 사바산, 두 쉘락 부족민이 같이 고개를 숙이고 땅 위에 그려진 무의미해 보이는 선으로 강력한 생각을 표현하는 마법에 가까운 작업에 열중하는 동안, 해는 뉘엿뉘엿 넘어갔다. 결국 날이 너무 어두워져 앞이 잘 보이지 않게 되었다.

"돌아가야 할 시간이로군."

사바산이 입을 열었다.

"우리의 이론을 완성할 때까지는, 이한리의 유산이 이런 방식으로 유물에 새겨져 있는 것이 확증될 때까지는 누구에게도 얘기를 해서는 안 돼."

사바산은 망설이다가 다시 말을 이었다.

"템라. 자네의 자질은 기대 이상으로 뛰어나네. 자네는 내 연구현장에서 한 사람 몫을 능히 해낼 수 있어. 자네를 내 연구의 실습생으로 받아들이고 싶네. 자네 생각은 어떤가?"

제이크는 자신의 생각을 감추고 땅을 보았다. 그의 손가락이 땅에 그려진 줄을 따라갔다. 제이크는 땅 위에 자신의 모습을, 햇살 아래 양팔을 번쩍 들고 힘차게 뛰어오르는 자신의 모습을 그렸다.

땅 위에 그려진 제이크의 모습은 행복해 보였다.

• • •

제이크는 여전히 잠들어 있었고, 꿈속을 헤매고 있었지만 기분은 확실히…… 좋았다.

"이번엔 그리 나쁘지 않군요."

그는 여전히 현대의 우아하게 빛나는 프로토스 전사들과 먼 과거의 거칠고 야만적이기까지 한 프로토스 전사들을 연결시키기가 어려웠다. 그러나 템라는 이해할 수 있었다.

"당신이 어떻게 당신 것이 아닌 기억을 얻었는지는 알려주시지 않았어요. 이건 모든 프로토스가 가지고 있는 기억인가요?"

자마라가 대답했다.

"그렇지 않아. 소수의, 아주 극소수의 프로토스만이 이런 기억을 갖고 있지. 하지만 그런 건 이제 중요하지 않아. 더 많은 기억을 보여줄까?"

제이크는 생각해 보았다. 공포는 사라졌다. 하지만 예전 생활로 돌아가고 싶었다. 그리고 어쩔 수 없이 함께 여행하고 있는 여자가 아직도 경멸스러웠다…….

"왜 당신은 로즈메리를 어떻게든 데려가려고 하는 거죠?"

"나도 나만의 이유가 있지. 그리고 그 역시 지금 시점에서는 중요하지 않아. 그리고 아직 자네는 내 질문에 답하지 않았잖아."

자마라는 신비와 수수께끼에 싸인 완벽히 월등한 존재로 자신을 찾아왔는데, 자신은 자마라의 질문에 답을 해줘야 하는 현실이 제이크는 불공평하다고 생각했다. 자마라가 제이크의 마음을 읽는 동안, 그가 예전에 느껴봤던 것 이상의 즐거움과 따스함, 고요함과 순수함이 그의 마음속을 씻어 내리고 가득 채웠다. 제이크는 고요함과 편안함을 느꼈다. 그리고 조금씩, 아주 조금씩이기는 하지만 속을 알 수 없는 존재를 점차 이해하게 되었다.

제이크는 대답했다.

"예…… 이제는 호기심이 드네요."

"그거야말로 자네의 또 다른 성향이지."

"또 다른? 그럼 다른 성향은 뭔가요?"

"그것 역시…….'

"중요하지 않겠지요."

제이크가 한숨을 쉬었다.

●　●　●

아라 부족은 아무런 경고도 없이 급습해 왔다.

무방비 상태이던 쉘락 부족을 기습 공격한 이들은 나무와 잎, 가죽으로 만든 쉘락 부족민들의 집에 불을 질렀고, 엄청난 참극이 벌어졌다.

프로토스가 질러대는 마음속 비명이 엄습해 오자 제이크가 고개를 번쩍 들었다.

쉘락 부족장인 텔카는 말이 아닌 생각으로 지시를 내렸다. 그러자 부족민들은 그의 지시를 이행하기 위해 뛰어다녔다. 연기 때문에 눈이 매웠지만, 제이크는 쉬크마를 잡고 나머지 사람들과 행동을 함께했다. 경련을 하며 피를 뿜는 남자와 여자, 아이들의 시신을 뛰어넘은 제이크는 분노에 몸을 맡기고 아라 부족민들을 덮쳤다. 그는 닥치는 대로 상대를 베고, 찌르고, 가르고, 찢어발겼다. 뜨거운 피가 제이크의 온몸에 튀었다.

그러던 제이크는 사바산의 외침 소리를 듣고 깜짝 놀랐다.

"유물! 놈들은 우리를 공격하려 온 게 아니라 유물을 공격하러 온 거라고!"

제이크의 부주의함은 그 대가를 치렀다. 아라 부족 여자가 제이크를 향해 갈고리처럼 휘어진 살바크 검을 휘둘렀다. 살바크는 제이크의 배를 간발의 차이로 스쳐 지나갔다. 제이크는 뒤쪽으로 잽싸게 몸을 날렸고, 옆으로 살바크를 피한 다음 쉬크마로 아라 부족 여자를 찔렀다. 제이크의 쉬크마는 상대를 깔끔하게 토막을 냈다. 제이크는 친구를 도우러 달려가기 위해 여전히 공격 자세를 취하고 있는 상대의 시신 위로 뛰어올랐다.

제이크의 눈앞에 끔찍한 광경이 펼쳐졌다. 광기에 찬 아라 부족이 연장을 들고 온 이유는 단순히 쉘락 부족을 공격하기 위해서가 아니라 그들이 지키고 있는 소중한 것까지 없애기 위해서였다. 아라 부족은 막대기에 돌을 묶어 만든 연장으로 유물의 매끄러운 검은 표면을 부숴 놓았다. 다른 유물도 부분적인 손상을 입었다. 여러 아라 부족민들이 힘을 합쳐 유물을 부수려는 것 같았다. 제이크가 친구를 도우러 달려가는 동안에도 더 많은 아라 부족민들이 어디에선가 나타나 몰려왔다. 사바산의 말이 옳았다. 마을에 대한 공격은 양동작전에 불과했고, 진짜 표적은 유물이었다.

제이크는 마음속으로 고함을 질러 대며 적들을 향해 몸을 날렸다. 제이크는 적들의 거칠고 불경스런 행위에 너무나도 화가 난 나머지, 상처를 입어도 고통을 느끼지 못했다. 무기를 내려놓고 피가 흐르는 팔을 멍하니 바라보고서야 제이크는 상황을 알아차렸다.

아라 부족민이 제이크를 죽이러 다가왔다. 순식간에 움직임이 흐려지더니 사바산이 끼어들어와 제이크를 안전한 곳으로 밀쳐냈다. 사바산은 분노에 몸을 맡기고 아라 부족민을 덮쳐 쓰러뜨렸다. 제이크는 사바산이 그토록 분노하는 모습을 본 적이 없었다. 사바산의 싸우는 모습에 감명을 받은 그는 비틀거리며 일어선 다음 전투를 계속했다.

결국 마음의 함성은 사그라졌다. 불은 오랫동안 타올랐지만, 결국은 진화되었다. 부상자들은 치료를 받았다. 그리고 아라 부족민들의 시신은 쓰레기 더미처럼 쌓아 놓은 다음, 옴하라에게 바쳤다. 그리고 쉘락 부족민들의 시신은 예의를 갖추어 염습한 다음, 정중히 흙으로 되돌려 보냈다.

다음 날, 제이크는 다리를 절뚝이며 유물 있는 곳으로 갔다. 그는 한 손으로 유물의 부드러운 표면을 쓰다듬었다. 거대한 기둥 표면에는 아라 부족이 남긴 흔적이 있었고 거기에 손가락이 닿는 순간, 제이크는 몸을 움찔했다. 그는 고개를 숙이고 슬퍼했다. 온몸이 떨렸고, 고통으로 인해 피부에 반점이 생겼다.

사바산과 텔카는 자신들의 생각을 바깥에 알리지 않았다. 그래서 제이크는 유물로 걸어오는 사바산과 텔카를 보고 나서야 그들의 존재를 자각할 수 있었다. 텔카는 그리 즐거워 보이지 않았지만, 사바산은 지극히 평온해 보였다. 제이크는 스스로를 추스르고 마지못해 그들을 향해 갔다.

두 쉴락 부족민은 고개를 들고 제이크를 보았다. 제이크도 그들의 얼굴을 차례로 보았다. 그의 생각은 의심할 여지없이 크게 들렸다.

"템라."

사바산의 메시지가 들렸다.

"유물을 옮겨야겠다. 아라 부족이 유적의 위치를 알아버렸어. 그리고…… 나도 쉴락 부족을 떠나려 한다."

제이크는 공포에 질린 눈으로 사바산을 쳐다보았다.

"안 돼요! 당신이 없으면 안 됩니다!"

텔카의 목소리가 들려왔다.

"나도 사바산에게 그대가 한 말을 똑같이 했지. 내 말은 안 들어도 템라, 자네의 말은 들을 것 같아서 모셔왔다네."

텔카는 고개를 흔들며 성큼성큼 걸어갔다. 제이크는 질문을 생각하며 사바산을 향해 몸을 돌렸다.

"템라…… 자네는 우리가 해온 연구의 가치를 알고 있지. 그걸 자네보다 잘 이해하고 있는 사람은 우리 부족에 없어."

제이크가 마음속으로 대답했다.

"예, 그렇습니다. 힘들겠지만, 유물은 다른 곳으로 옮기는 게 현명하겠지요. 하지만 왜 떠나시려는 겁니까?"

"생각 때문이지……. 생각을 정리해야 한다네. 나는 유물과 함께 머무르며 유혈과 증오, 폭력에 관한 수많은 생각들을 일부러 떠올리는 일을 견딜 수 없어."

"하지만…… 우리는 스스로를 지켜야 해요! 유물을 부수려는 적들을 반드시 막아야 해요! 우리 쉘락 부족은 언제나 그렇게 살아 왔잖아요!"

눈을 감은 사바산의 얼굴에 고통이 떠올랐다.

"그래, 그렇게 살아왔지. 나도 그건 인정하네. 쉘락 부족은 반드시 싸워야 해. 싸워서 이한리가 남기고 간 유물들을 지켜야 해. 하지만…… 그건 이제 더이상 내 임무가 아냐. 이제 내게는 새로 발견해야 할 것들이 남아 있지 않다네. 더욱 위대한 것을 말하지도 않을 거야. 우리 부족은 내가 이뤄야 한다고 생각했던 것을 이루었거든. 내 임무는 유물을 지키는 게 아니라 이해하는 거야."

제이크는 계속 응시했다.

"유물을 어디로 옮기건 간에…… 그곳이 당신의 새로운 집이 될 것입니다. 하지만…… 저는 어쩌죠?"

사바산은 다정한 눈빛으로 제이크를 쳐다보았다. 그는 손을 뻗어 젊은 프로토스의 어깨에 올려놓았다.

"그대, 사랑하는 템라여. 그대는 매우 중요한 결정을 해야 한다. 나와 함께 가든지, 아니면 여기 남아야 한다. 그대가 직접 자신의 길을 정해야 한다. 이한리 유물의 가르침을 배우는 제자가 되겠는가? 아니면 유물을 지키는 전사가 되겠는가?"

무기력한 눈빛으로 스승을 바라보던 제이크는 시선을 돌려 마을을 쳐다보았다. 자신에게 주어진 일을 해내기 위해 힘차게 움직이는 다른 부족민들이 보였다. 자주색의 부드러운 가죽에 감싸인 그들의 몸은 길고 날씬하며 강했다. 그들은 무기를 정비했고, 죽은 자를 위해 애도했으며, 전술을 토론했다. 그들은 자신들의 삶에 무척이나 잘 어울려 보였다.

제이크는 시선을 다시 사바산으로 돌렸다가 유물로 향했다. 그들은 이제까지 여덟 개의 유물을 발견했고, 모두 이곳으로 가져왔다. 일부는 색이 검고 표면이 매끄러웠다. 일부는 미광을 띠고 있었고, 하루의 특정 시간에 제대로 빛을 받으면 발광하는 것 같았다. 어떤 것은 표면에 잔주름이 인 채로 비비 꼬여 있었고, 어떤 것은 굵고 들쑥날쑥했다. 또 어떤 것은 마치 파편처럼 크기가 작았고, 어떤 것은 평평한 판 모양, 어떤 것은 공 모양이었다. 제이크는 분노한 아라 부족에게 심하게 상처를 입은 아름다운 검은 뾰족탑, 그 표면에 새겨져 있던 이상한 그림들, 사바산이 젖은 부드러운 땅 위에 그림을 그렸을 때 자신을 뒤흔들었던 엄청난 깨달음을 생각했다. 그는 자신이 일찌감치 결정을 내렸음을 알았다.

"스승님을 따르겠습니다. 유물들이 저를 부르고 있습니다. 그들이 던지는 수수께끼와 의문들이 제 마음속에서 불타고 있습니다. 저는 그 대답을 찾아야 합니다."

사바산은 부드럽게 빛나는 큰 눈을 반쯤 감고 미소를 지으며 고개를 숙였다.

"그렇다면 짐을 챙겨라, 젊은 제자여. 나와 함께 이한리가 남긴 수수께끼를 풀자꾸나. 유적의 수수께끼가 아무리 어렵다 한들 알고자 하는 이토록 강렬한 열정 앞에서는 오래 가지 않아 답을 내놓을 것이다."

사바산이 메시지를 전하자 제이크의 몸은 전율했다. 그리고 그는 자신의 인생이 이전에는 결코 상상도 할 수 없었던 방향으로 변할 거라는 예감이 들었다.

•   •   •

제이크가 눈을 떴다.

자마라는 활발하게 모습을 드러내지 않을 때면 제이크의 두뇌 안쪽 깊은 곳으로…… 물러가 있었다. 템라와 사바산, 도대체 어떤 존재들이지? 제이크는 깨어 있을 때, 그러니까 템라를 통해 외부세계를 보고 감정을 느끼지 않을 때조차도 템라에게 친밀감을 느꼈다. 템라와 사바산은 원시시대에 살았던 고고학자들이며, 유물의 수호자였다. 사바산은 생명 없는 유물에 이야기가 담겨 있다는 점을 알고 있었다. 그는 엄청난 깨달음을 얻었으며, 템라도 정도는 덜하지만 깨달음을 얻었다. 두 프로토스가 상징과 문자 속의 복잡한 의미를 연구하는 모습을 보며, 제이크는 날아오를 것 같은 기분을 느꼈다. 이래서 자마라가 제이크에게 템라의 몸속에 있어야 한다고 말했던 것인가?

더 이상 잠을 이룰 수 없다는 게 유감이었다. 프로토스들의 다음 발견이 무엇인지 보고 싶었다. 죽음과 폭력으로 움직이는 이 세계에서도 이성과 희망을 이야기하는 두 프로토스의 목소리가 있었다.

"좀 어때요, 제이크?"

제이크는 로즈메리의 목소리에 정신을 차렸다. 로즈메리가 그를 보며 미소 짓고 있었다. 제이크는 자신과 로즈메리의 처지가 미지의 영역으로 여행을 떠나야 했던 템라와 사바산의 처지와 똑같음을 깨달았다. 이제 두 사람이 의지할 것은 상대방 말고 없었다. 물론 제이크에게는 로즈메리보다 사바산이 더 괜찮은 여행 동반자로 여겨졌다. 비록 자마라가 로즈메리는 필요악이라고 설득했지만, 제이크는 자마라가 자신과 로즈메리를 함께 여행하게 한 것 자체에 화가 났다. 물론 제이크가 템라의 몸을 빌려 경험했던 즐거움과 오싹한 흥분, 발견과 강렬한 활력은 제이크의 장난기를 조금이나마 살려 놓았다.

로즈메리는 그에게 어떠냐고 묻고 있었다.

그렇다면 짐을 챙겨라, 젊은 제자여.

제이크는 반쯤 먹다만 전투 식량이 담긴 식판을 바라보았다. 식판 위에 놓인 얼어붙은 덩어리는 분명 으깬 감자처럼 보이려고 만든 것이었다. 제이크는 하얀 표면에 두 개의 구멍을 냈고, 그 아래에 반원을 그렸다.

로즈메리는 푸른 눈으로 그 그림을 보았다. 그리고 프로토스가 그린 고대의 상징만큼 역사가 길지는 않은 상징을 보고 미소를 지었다. 하지만 제이크가 그린 상징도 꽤 역사가 길었고, 누구나 확실히 알아볼 수 있었다. 제이크가 그린 상징은 미소 띤 얼굴이었다.

제15장

　제이크는 로즈메리 곁에 앉아 있었다. 로즈메리가 말하는 동안 제이크는 창밖의 별을 보고 있었다.

　"우주는 광활해요, 제이크. 황제의 아들에게도 그 사실은 똑같아요. 우리는 처음부터 극도로 큰 위험을 안고 있었던 거죠."

　로즈메리는 몸을 굽혀 콘솔을 조작했다. 제이크는 멍하니 새로운 우주 지도가 나오는 모습을 지켜보았다. 그의 눈에 그 지도는 로즈메리가 여태까지 꼼꼼하게 살펴보았던 여러 우주 지도들과 아무런 차이가 없어 보였다.

　"그들을 확실히 따돌렸다고 생각해요. 하지만 너무 안심해서도 안 돼요. 앞으로 며칠은 더 있어야 이선을 만날 수 있거든요. 그러고 나면……."

　로즈메리는 큐피드의 활처럼 생긴 입술에 미소를 띠었다.

　"그때야말로 정말로 긴장을 풀 수 있을 거예요."

"우리가 가는 곳에 대해 자세히 설명해 줘요."

"망자의 바위 말인가요? 설명할 건 별로 없어요. 하지만 숨거나 밀거래를 할 장소를 찾는 이들에게는 안성맞춤인 곳이죠. 자치령에서도 알고는 있지만, 절대 사람을 보내지 않아요."

제이크가 말했다.

"아마 이번에는 보낼 거요. 난 잡범이 아니거든요."

"이선이 보낸 사람들이 우리보다 먼저 와 있을 거예요. 만약 자치령 정부에서 움직이는 낌새가 조금이라도 있으면 연락을 해오겠지요."

"이선을 철저하게 믿고 있군요?"

제이크의 말은 사실상 질문이 아니라 단정이었다. 그는 이선에 대한 로즈메리의 생각을 이미 다 읽었다. 그 생각들은 대부분 원초적이고 육체적인 것들이었지만, 그 안에는 절대적이고 순수에 가까운 믿음이 빛나고 있었다. 로즈메리 달이 그 정도로 타인을 믿을 수 있으리라고는 생각해본 적이 없을 정도였다.

"그럼요. 그는 뭐든지 잘해요. 그리고 우리가 결코 쓰러지게 놔두지 않을 거예요."

"당신 생각이 옳기를 바랄게요."

로즈메리는 제이크를 향해 미소 지었다.

"생각해봐요, 제이크. 네마카에서 나는 당신 일에 간섭을 안 했잖아요? 그러니 이번에는 내 일을 하게 좀 놔둬요."

갑자기 제이크는 로즈메리에 대해 다시 화가 치밀어 올랐다. 그녀는 네마카에서 자기 일을 다 하지 않았던가. 제이크가 눈살을 찌푸리며 눈썹 사이의 간격을 좁히는 모습을 본 로즈메리의 미소가 살짝 옅어졌다.

"왜 내가 당신을 믿어야 하죠? 그…… 천국인가 하는 곳에 갔을 때 당신이 나를 이선에게 팔아넘기지 않는다는 보장이 있어요? 당신은 예전에도 나를 보기 좋게 속였잖아요."

"그때는 마음을 못 읽었으니까 그랬죠. 이제 우리는 같은 편이에요, 제이크. 지금은 십억 크레디트를 준대도 교수님을 팔지 않을 거예요."

제이크는 로즈메리의 마음속을 재빨리 읽었다. 그녀의 그 말은 진실이었다. 로즈메리 달은 모든 것을 감정을 떠나 사무적으로 처리하는 경향이 있었다. 그러나 누군가가 배신을 하면 순식간에 지극히 감정적이 되었다. 로즈메리는 한때 발레리안을 믿었지만, 발레리안은 이미 그녀에게 등을 돌린 상태였다. 설령 배신한 자들이 발레리안의 부하들이었다고 해도, 로즈메리에게는 똑같은 일이었다. 제이크는 로즈메리를 믿고 자신의 안전을 맡길 수 있었다. 황위 계승자와 그의 부하들을 향한 로즈메리의 증오가 유일한 이유였다.

제이크가 거칠게 말했다.

"난 당신이 맘에 안 들어요."

"누가 좋아해 달래요?"

로즈메리는 어깨를 으쓱했다.

그건 사실이었다. 심지어 자마라도 로즈메리를 굳이 좋아해야 한다고 말한 적은 없었다. 제이크는 단지 로즈메리와 함께 일만 하면 되었다.

• • •

쉴락 부족은 사바산의 제안을 받아들여 유물을 더 이상 야외에 두지 않기로 했다. 너무 위험했기 때문이다. 그곳은 적의 공격에 매우 취약했다.

하지만 텔카는 이에 반대했다.

"우리는 항상 유물을 야외에 뒀어요. 아파에서 온 방랑자들이 물러난 뒤 남은 유물을 우리가 지키게 되었던 암흑시대 이후로 유물은 항상 야외에 있었습니다."

사바산의 시선은 변함없었다.

"이제까지 해오던 방식은 더 이상 유물을 지키는 데 도움이 되지 않소. 텔카, 그대는 좋은 부족장이오. 하지만 전통보다 성스러운 물건들을 지키는 일을 더 중요하게 생각해야 할 것이오. 동굴은 적의 공격에서 유물을 지키기에 훨씬 유리한 장소요."

그 논리를 반박할 길은 없었고, 결국 텔카도 수긍했다. 크고 무거운 유물들을 옮기는 데는 많은 시간이 걸렸다. 그러나 누구도 그 일이 실패할 거라고 생각하지 않았다. 유물을 옮기는 동안, 사바산은 제이크를 데리고 다른 유물들을 찾으러 길을 떠나기로 결정했다.

"귀중한 것들을 두고 길을 떠나는 건 별로 좋은 생각이 아닌 것 같아요."

제이크가 말했다.

"템라, 가끔은 뭔가의 가치를 제대로 평가하기 위해서 잠시 놔두고 떠나야만 한다."

그들은 고향에서 매우 먼 곳까지 갔다. 제이크는 살면서 사흘 만에 그렇게 먼 거리를 가본 적이 없었다. 그들이 원하는 정보, 또는 그 이상의 것을 얻는 게 사바산이 정한 여행 목적이었다. 그들의 짐은 가벼웠지만, 침구로 사용할 무두질한 옴하라 가죽을 한 장씩 휴대했다. 또한 다른 부족의 공격에 대비해 무기도 휴대했다. 사바산은 또 삼분의 일 정도 크기로 자른 옴하라 가죽을 한 장 더 가지고 있었다. 제이크는 이유가 궁금했지만, 사바산은 이렇게 대답할 뿐이었다.

"곧 알게 돼."

첫날 밤, 사바산은 불을 지폈다. 제이크의 궁금증은 더욱 커졌다. 그날 밤은 불을 때야 할 정도로 춥지 않았기 때문이다.

"왜 불을 피우세요? 오늘 밤은 춥지 않은데요."

사바산은 그에게 얼굴을 돌렸다. 눈은 반쯤 감은 채였고, 고개는 살짝 기울어져 있었다. 제이크의 질문이 우습다는 표정이었다. 이번에도 대답은 똑같았다.

"곧 알게 돼."

여전히 수수께끼 같은 대답이었다. 사바산의 생각은 완벽히 감춰져 있어서 제이크는 실낱같은 단서도 포착할 수 없었다.

사바산은 손을 뻗어 불 속에 두었던 작대기를 집었다. 작대기의 끝은 타서 검은 숯으로 변해 있었다. 그는 작대기를 살펴보더니 혼자 고개를 끄덕였다.

"침구로 가져온 옴하라 가죽 좀 줘보게."

사바산은 제이크에게 말했다. 젊은 프로토스는 도대체 이 나이 든 프로토스가 뭘 할 건지 이해할 수 없었다. 그럼에도 제이크는 종종걸음을 치며 스승의 지시를 따랐다. 제이크는 가죽을 가지고 와서 풀밭 위에 깔았다. 그런데 사바산이 딴죽을 걸었다.

"그게 아니야, 템라. 털이 있는 쪽이 아래로 가게 깔아야지."

사바산의 지시를 들은 제이크는 왜 그러는지 모르겠다는 눈빛으로 스승을 보았다. 그러나 그는 스승이 시키는 대로 가죽을 깐 다음, 그 옆에 앉아서 지켜보았다.

보름달이 떠 있었고, 가죽은 달빛과 모닥불의 주황색 불빛을 받아 매우 잘 보였다. 사바산은 자리에서 일어나 무두질한 가죽의 색이 연하고 뻣뻣한 면으로 갔다. 사바산이 제이크를 응시했다.

"템라, 자네는 예전에도 여러 번 나를 감동시켰지. 그 감동을 다시 한 번 선사하지 않겠나?"

제이크는 숯과 가죽을 번갈아 쳐다보았다. 스승이 말하는 바가 무엇인지 깨닫자 그의 마음이 요동쳤다.

사바산은 창으로 땅 위에 그림을 그린 적이 있었다. 하지만 그 그림은 망가지기 쉬웠다. 손이나 발, 빗방울이 한 번만 쓸고 지나가도 그림은 사라졌다. 하지만 방금 만든 숯으로 침구의 밝은색 면에 그림을 그리고 난 후, 침구를 말면 그림을 외부 환경으로부터 지킬 수 있고, 다른 곳으로 옮겨갈 수도 있었다. 제이크의 생각이 여기에까지 미치자, 사바산은 잔뜩 흥분해서 옳다며 고개를 끄덕였다.

"이제 알겠습니다. 사바산, 당신은 이한리가 남긴 보배입니다. 당신은 혹시 프로토스로 변장한 이한리가 아니신가요?"

제이크는 당황해하면서도 한편으로는 저도 모르게 아부를 했다. 뭐라고 말을 해야 할지 몰랐다.

"하지만 자네는 갈 길이 아직 멀었어. 나는 우리가 기존에 알고 있던 상징은 그리지 않을 거야. 대신 우리가 본 것들을, 우리가 간 곳들을 상징으로 묘사할 작정이라네. 우리의 여행을 여기에 기록할 거야."

"어떻게요?"

"우리는 정글의 높은 나무 위를 탐험했지."

사바산은 숯으로 옴하라 가죽에 그림을 그리기 시작했다.

"높은 곳에 있으면 멀리까지 볼 수 있어. 높이 날며 멀리 볼 수 있는 새가 되었다고 생각해보게. 그렇다면 땅은 어떻게 보일까?"

제이크의 시선은 숯에 못 박혔다. 스승은 숯으로 서로 교차된 두 개의 선을 그렸다.

"여기가 우리 마을이야. 그리고 여기가……."

사바산의 말은 계속되었다.

"동굴이야. 유물을 숨겨둔 곳이지. 그리고 여기는 오늘밤 잘 곳이라네."

사바산은 고개를 들어 바보같이 멍하게 쳐다보고 있는 제이크를 쳐다보았다.

"알겠나?"

제이크는 고개를 끄덕였다. 이제 그들은 여정을 되짚어볼 수 있게 되었다.

뭔가 중요한 것을 발견하게 되면, 이 가죽에 기록할 수 있었다. 만약 도움이 필요하게 되면, 쉘락 마을로 돌아와서 가죽에 적어놓은 위치를 보여주고 도움을 요청하면 되었다. 그리고 더 중요한 사실이 있었다. 만에 하나, 둘 중 누군가에게 무슨 일이 생길 경우, 그 내용도 가죽에 적어 영구히 보관할 수 있었다. 다른 사람들은 이들이 남긴 발자취를 따라올 수 있었다.

여행기간 동안 매일, 사바산과 제이크는 야영지를 정성들여 기록했다. 정확한 이동거리를 산출하려 했고, 각각의 야영지를 정확히 나타내는 표식도 찾았다. 어떤 때는 동굴이, 어떤 때는 폭포가, 어떤 때는 서로 꼬여 자라난 두 개의 나무가 해당 지역을 특징짓는 표식이 되었다.

딱 한 번, 그들은 한 무리의 아라 부족민들과 마주친 적이 있었다. 그들의 냄새를 맡은 제이크는 긴장했다. 순간 부정하기 어려운 원시적인 강한 충동이 몰려왔다. 그는 창을 뽑아들고 공격 태세를 갖추었다. 그러나 사바산이 힘센 팔로 제이크의 창을 막았고, 그를 뒤로 몰아세웠다.

제이크가 스승에게 따졌다.

"저들은 아라 부족이에요! 유물을 싫어하는 자들이라고요! 저놈들이 뭘 부쉈는지……."

"나도 알고 있네! 하지만 저들의 수가 우리보다 두 배는 더 많아. 게다가 우리는 옴하라 가죽을 지니고 있어. 저놈들 몇 명 죽이려다가 목숨이 위험에 처하는 것보다는 이 정보를 보존하는 게 더 중요하네. 그리고…… 저들도 우리와 같은 프로토스야."

제이크는 사바산을 빤히 쳐다보았다. 대체 무슨 소리를 하는 거지? 우리 쉘락 부족이…… 아라, 아킬래, 퓨리낙스, 사르가스 부족을 형제처럼 대해줘야 한단 말인가? 우리가 피 흘려 지켜낸 지식을 저들에게 나눠줘야 한단 말인가?

제이크는 자신의 생각을 잘 정리하지 못했다. 그렇지만 사바산은 그런 제이크를 이해했다.

"결국 우리가 알아낸 것들을 모든 프로토스가 나눠 가져야 한다네. 절대로 쉘락 부족만의 것이 아니야. 이한리는 그저 우리가 프로토스이기 때문에 선택한 거야. 그들에게 우리와 다른 부족들은 모두 똑같은 존재일 뿐이야. 언젠가는 우리도 이한리가 한 것처럼 해야 하네."

사바산의 충격적인 말이 제이크의 충동을 누그러뜨렸다. 몸에 피를 바른 한 무리의 아라 부족 전사들은 그들을 미워하는 쉘락 부족민이 매우 가까운 데 있을 줄은 꿈에도 생각지 못한 채 지나쳐 갔다. 바람이 사바산과 제이크의 편을 들어주었다. 아라 부족을 보던 제이크가 시선을 다시 사바산에게 돌렸다.

"그런 말씀을 언제 저에게 하실 작정이셨어요?"

"자네가 준비되었다고 여겨지면 하려고 했네, 템라."

제이크는 몸을 돌려 멀리 사라져가는 아라 부족 전사들을 바라보았다.

"저 친구들 때문에 생각했던 것보다 더 빨리 말씀하신 것 같은데요."

"그럴 수도 있지. 안 그럴 수도 있고. 그건 내 말에 대한 자네의 반응에 달렸어."

제이크는 다시금 사바산을 존경하기로 마음먹었다. 사바산을 보는 그의 관점은 이제 달라졌다. 이제 그는 아무것도 모른 채 무조건적인 경의에 찬 초심자다운 시선으로 사바산을 보지 않았다. 제이크는 사바산과 함께 여러 주 동안 여행했다. 그러면서 사바산에 대해서 알게 되었고, 이해하게 되었다. 제이크는 연로한 프로토스로부터 많은 것을 배웠고, 아직도 배워야 할 게 많다는 점도 알게 되었다. 이제 제이크는 사바산을 스승이라기보다는 동등한 동료에 가까운 존재로 여기고 있었다.

만약 사바산이 다른 쉘락 부족민들 앞에서 똑같은 말을 했다면, 그들은 사바산을 반역자로 취급했으리라. 그들은 어쩌면 사바산을 쓰러뜨린 다음, 맨손으로 갈기갈기 찢어놓았을지도 모른다. 또는 어딘가에 움직일 수 없게 묶어 두고, 피 흘리며 햇빛에 말라가게 한 다음, 옴하라의 손에 넘겼을지도 모른다.

또는 아라 부족의 손에 넘겼을지도 모른다.

그러나 처음의 충격이 가시고 나자, 제이크는 사바산의 말뜻을 이해할 수 있게 되었다. 분명, 제이크가 제일 미워하는 것은 다른 프로토스 부족들이었다. 쉘락 부족은 이한리 유물의 수호자였다. 그러나 이한리가 우주선을 타고 아이어를 영원히 떠났던 암흑시대에 프로토스들에게 남겨준 유산이 돌들, 도구들, 그리고 프로토스들이 이해할 수 없던 그 밖의 여러 신기한 물건들 외에 또 있다면?

이한리의 유산이 프로토스 그 자체라면? 그렇다면 프로토스들끼리 서로 싸우는 게 과연 옳은 일일까?

"나는 내가 현명한 선택을 했다고 생각하네."

제이크의 마음속에 사바산의 생각이 느껴졌다.

"그러나 자네의 가능성을 알아본 나조차도 자네가 이런 생각을 얼마나 잘 이해할지 예상할 수 없었네. 우리는 지식을 공유함으로써 우리 부족은 물론이고 멀리 있는 다른 프로토스들과도 소통할 수 있게 될 거야. 그런 깨달음은 이한리가 유물에 남겨 놓은 암호를 풀었기 때문에 가능한 일이지. 이러한 깨달음을 얻었으면, 그걸 다른 부족과 나누지 않으면 안 돼. 나는 쉘락 부족민으로 태어난 것을 자랑스럽게 여긴다네. 하지만 우리만이 이런 걸 생각해낼 수 있다고 착각할 만큼 거만하지는 않아. 다른 이들에게 지식을 나눠주는 일을 장려하는 부족에서 태어난 게 행운일 뿐이지. 자네가 아킬래 부족이나 아라 부족에서 태어났다면 어떻게 되었을지 상상해봤는가? 그런 곳에서는 비록 이한리가 떠나긴 했지만 나름대로 우리를 소중히 여기는 게 아닐까 하는 의문을 품는 것만으로도 사형을 당할 수 있어. 혹은 부족 장로들로부터 위대한 스승들이 실은 악마였다는 엉터리 가르침을 들을 수도 있지."

제이크가 감당하기에는 너무나도 큰 문제였다. 사바산은 제이크의 곁에 앉았고, 그들은 함께 황혼을 응시했다. 제이크는 궁금했다. 사바산의 말이 과연 참말일까? 아킬래 부족에도 자주색 황혼을 올려다보며 아파에서 온 방랑자들에 대해 궁금해 하는 자가 있을까?

"어떻게요?"

제이크의 질문은 이것뿐이었다.

사바산은 그의 질문을 이해했다.

"나는 우리가 바른 길을 가고 있다고 생각하네. 이한리가 우리에게 알리려고 했던 것을 아주 조금씩, 서서히 알아가는 길 위에 있는 거야. 템라, 그들은 우리를 떠났어. 우리에게 결함이 있었기 때문이지. 그들은 우리를 두고 떠났어. 하지만 다른 것들도 남겨두었지. 우리가 소중하게 아끼는 유물을 남겨둔 거야. 우리는 그 유물을 통해 앞으로 더욱더 나아갈 수 있을 거야. 이한리가 우리에게 원했던 발전의 길을 말이지. 우리가 그들의 의도를 알게 되면, 다른 프로토스들도 거기에 귀를 기울일 거라고 나는 믿어 의심치 않네. 다른 부족들 역시 우리가 발견할 것들을 무척이나 보고 싶어 할 거야, 템라. 다른 부족들은 단지 자신들이 진심으로 원하는 게 무엇인지를 아직 알아내지 못했을 뿐이야. 그러나 우리가 일단 알아내고 나면, 다른 부족들도 모두 힘을 합칠 거라고 나는 생각하네."

무섭도록 놀라우면서도, 한편으로 안심이 되는 생각이었다. 쉘락 부족만이 고대의 잃어버린 비밀을 발견하고, 그것을 독차지해야 한다는 발상은 너무나 매력적이었다. 그러나 사바산의 말을 듣고 나니 제이크는 다른 프로토스에게도 지식을 나눠주고 싶었다. 제이크는 각기 다른 부족에서 온 가지각색의 십여 명…… 아니 백여 명의 프로토스들이 조화와 합의를 이루며 한 자리에 둘러앉은 모습을 상상하려 했다.

하지만 제이크는 그런 모습을 도저히 떠올릴 수 없었다.

"사바산……."

"시간을 두고 지켜보게, 템라."

사바산의 메시지는 온화했다.

"치유는 하루아침에 이루어지지 않아. 어쩌면 우리가 죽을 때까지도 완성을 못할지 몰라."

"하지만…… 정말로 이루어질 거라고 생각하시나요?"

"그렇다네."

사바산은 확신에 찬 어조로 답했다.

"내 온몸을 다해 그렇게 되리라 믿네."

· · ·

　제이콥 제퍼슨 램지는 두 눈에 눈물이 고인 채 깨어났다. 제이크는 과거로 가서 템라와 사바산을 만나고 싶었다. 그들이 어떤 자들인지는 상관없었다. 그저 그들에게 자신이 아는 것을 알려주고 싶었다.

　사바산이 결국…… 옳았다고 알려주고 싶었다.

제16장

천둥이 쳤고, 거센 바람이 나뭇가지를 흔들었다. 그리고 속삭임과 삐걱대는 소리, 신음소리가 들려왔다. 번개가 번쩍이며 긴밀하게 뒤엉킨 나뭇가지 아래의 어둠을 밝혔고, 그 아래에 있는 것들을 냉혹할 정도로 뚜렷하게 드러냈다. 제이크는 너무 강한 빛에 눈이 부셔 눈을 제대로 뜨지 못했고, 상황에 적응하려고 애썼다. 그의 마음은 주변의 생명체들에 대한 생각으로 가득 차 있었다. 설령 적대 부족의 프로토스가 피난처를 찾아 이곳으로 향하고 있다는 것을 안다고 하더라도, 느끼기는 힘들었다. 제이크는 귀중한 옴하라 가죽을 꽉 움켜잡아 몸에 가까이 붙였다. 나뭇가지 밑으로 피했지만 그의 자줏빛 피부는 흠뻑 젖은 탓에 떨고 있었다. 제이크와 사바산은 그 어느 때보다도 지도에 대한 고마움을 크게 느꼈다. 지도로 인해…….

• • •

제이크는 거친 꿈속에서, 기억 속에서 잠시 동안 눈을 깜박였다. 제이크는 동시에 자신이 템라라는 쉘락 부족민 프로토스와는 다른 존재라는 점도 분명히 인식하고 있었다. 템라는 그 말을 알지 못했다. 그러나 제이크는 알고 있었다.

"그래."

자마라가 말했다. 제이크는 자마라가 바로 옆에 앉아 있는 듯 느껴졌다.

"자네는 기억의 통합을 시작하고 있어. 제이크의 기억을 템라에게 옮기고 있는 거야. 자네의 이론과 개념, 깨달음을 템라에게 주고 있는 거지."

"그러면…… 제가 그들을 도울 수 있나요?"

"아니, 자네가 보았던 것들은 우리 종족의 역사가 시작된 지 얼마 되지 않던 아주 오래전에 일어난 일들이야. 그 일들은 조금도 바꿀 수 없어. 제이콥, 자네는 그 체험에 완전히 몰입할 수는 있지만, 템라를 밀어내고 자네 마음대로 움직일 수는 없어. 제이콥 제퍼슨 램지의 지식을 가진 채로 템라가 느꼈던 것을 느껴야만 비로소 자네는 계승자가 된다는 게 얼마나 미묘한지 이해할 수 있을 거야."

"계승자?"

그러나 자마라는 그 질문에 대답하지 않았다. 제이크는 계속 눈앞에서 펼쳐지는 일들을 경험해 나갔다. 두 프로토스는 기록이 무엇인지 알게 되었고, 지도가 무엇인지 알게 되었다. 그들은 또한…….

· · ·

……자신들의 여로에 대해서도 알게 되었다. 그들은 탐사를 진행하면서 동굴들이며 옴하라 가죽을 펼쳐놓을 수 있을 만한 곳의 위치를 기록했다. 그들은 새로운 거처의 위치를 알아보러 길을 떠났지만, 예기치 못한 비가 내렸다. 그래서 처음 찾은 거처로 비를 피해 들어갔다. 하지만 이제 사바산은 제이크의 생각을

읽고 메시지를 보냈다.

"우리는 저 동굴로 가야 해."

사바산은 작은 언덕에 뚫려 있는 구멍을 가리켰다. 제이크는 고개를 끄덕여 동의를 표하고는 옴하라 가죽을 착착 접어서 몸에 붙였다. 그리고 둘은 동굴 입구를 향해 뛰었다.

동굴이라는 표현은 그 장소를 가리키기에 적절한 표현이 아니었다. 그저 언덕 사면에 얇게 파인 구멍이었다. 제이크는 그 동굴로 다가가면서 과연 저곳이 나뭇가지보다 비를 더 잘 막아줄 수 있을지 의심스러웠다. 동굴에 도착한 그들은 안으로 몸을 집어넣고는 덜덜 떨었다. 제이크는 걱정스러운 눈빛으로 옴하라 가죽을 내려다보았다.

"아직 괜찮아 보여요."

제이크는 메시지를 보냈지만, 사바산의 생각이 쉬크마 칼날처럼 그를 덮치자 혼란스러워 했다.

주위는 어두웠다. 그러나 비로 인해 약해진 한줄기 빛이 입구에서 뻗어 나와 암흑을 가르며 그의 일부분을 반짝반짝 비췄다.

그들은 돌과 흙으로 만들어진 벽 사이의 좁은 구멍을 통해 천천히 앞으로 움직였다. 여전히 제이크는 옴하라 가죽과 거기에 적힌 메시지를 보존하는 데 신경을 쓰고 있었다. 그러던 중 통로가 갑자기 넓어져 그야말로 명실상부한 동굴이 되었다. 두 프로토스는 주변을 응시했다.

주변에는 수십 개의 돌이 있었다. 돌은 마치 물처럼 투명했지만 녹색, 자주색, 청색조의 약한 빛을 내면서 동굴 속을 비추고 있었다. 돌들은 제이크가 이제껏 본 이한리 유물들만큼이나 컸다. 딱딱한 빛줄기를 이루는 각 기둥의 맨 아래쪽에는 마치 연장자의 발치에 앉은 젊은이들처럼 수십, 아니 수백 개의 작은 기둥들이 있었다. 모든 기둥은 아름다웠고, 흠잡을 데 없었다. 어떤 기둥은 제이크의 손 정도 크기밖에 되지 않았다. 어떤 것은 창만큼 컸다. 심지어 제이크가 디디고 서 있는 지면도 약간 따뜻하게 느껴졌다.

$$\bullet \quad \bullet \quad \bullet$$

"이 동굴…… 마치 사원의 내부 같습니다!"

자마라가 제이크의 마음에 대고 말했다.

"정말로…… 정말로 비슷하지."

"이래서 템라의 기억 속을 보라고 하신 건가요?"

"이것 말고 다른 이유도 많아."

"하지만 이곳에서는 윙윙대는 소리가 들리지 않네요."

"윙윙대는 소리가 들리지 않지. 적어도…… 지금까지는 그렇지."

그러자 제이크는 로즈메리의 저 오만한 말이 떠올랐다.

'노래하는 예쁜 돌들……. 그분은 들어가기 어려운 방 안에는 뭔가 그만큼 대단한 게 있기를 바라셨거든요.'

발레리안이 그 방 안에 정확히 어떤 대가가 감추어져 있는지 안다면 좋을 텐데.

$$\bullet \quad \bullet \quad \bullet$$

"이렇게 아름다운 것은 본 적이 없습니다. 마치…… 빛줄기, 아니, 창처럼 보이는군요."

사바산이 고개를 끄덕였다.

"오래 살았지만 나도 이런 것을 본 적이 없어."

수정을 응시하던 사바산은 마치 뭔가에 끌려가듯이 앞으로 나아가 제일 큰 수정의 매끄러운 표면에 손을 댔다. 이한리 유물을 볼 때마다 으레 그렇게 했다.

사바산의 등이 갑자기 크게 굽었다. 사바산의 모든 근육이 굳었다. 제이크는 마음속으로 경고의 의미가 담긴 비명을 질렀고, 스승의 몸을 잡고 아름답지만 위험한 게 분명한 이 물체에서 떼어내 동굴 한복판으로 끌어냈다. 제이크는 고르지 못한 동굴 바닥에서 비틀거렸고, 스승과 함께 세게 쓰러졌다.

"사바산! 사바산, 괜찮으십니까?"

사바산은 바로 대답하지 못했다. 제이크는 스승의 마음속을 잠시 살폈으나 아무것도 느껴지지 않았다. 그는 공포에 휩싸였다.

"사바산!"

사바산은 눈을 깜박이더니 제이크의 부름에 곧바로 응답을 해주었고, 두려움에 떠는 젊은이를 안심시켰다.

"난 괜찮아. 아주 괜찮아. 템라…… 저 수정을 만졌더니 갑작스레 온갖 생각들이, 아니 느낌들이 내 안으로 몰려 들어왔다네. 그리고 이건…… 뭔가…….."

사바산은 어떤 말로 표현해야 좋을지 몰라 고개를 흔들었다.

"이것이 모든 걸 바꾸게 될 거야, 템라. 모든 것을 말이지. 이것이야말로 바로 우리가 찾아 헤매던 거야."

사바산은 멀쩡하게 발로 바닥을 딛고 일어났다.

"템라, 앞으로 가서 저 수정을 만져 보게. 처음에는 매우 강하게 압도당하는 느낌이 들 거야. 하지만 아무 해도 없다네. 내가 받았던 느낌…… 그리고 내가 알게 된 지식을 자네도 체험해봐. 이 순간 그 체험을 하는 것은 자네가 힘들여 얻은 특권이네. 부디 망설이지 말게."

다리를 떨며 서 있던 것도 잠시, 제이크는 동굴을 가득 메운 단일 수정체를 받치고 있는 빛나는 돌무더기를 향해 발걸음을 내딛었다. 그들은 하마터면 이 동굴을 놓치고 지나갈 뻔했다. 언덕의 경사면에 입구를 벌리고 있는 이 동굴은 엄청난 보물이 있는 곳치고 너무나도 평범했다. 제이크는 떨리는 손을 들어 차갑고 매끈한 수정 표면에 조심스레 대었다.

그러자 수정은 제이크의 마음속으로 파고들었다. 처음에는 조금씩 차갑게 들어와 생각의 안팎을 누비며 자신의 모습을 짜나갔다. 그 힘은 갈수록 커졌고, 제이크는 온몸이 굳어오는 것을 느꼈다⋯⋯.

• • •

모포를 덮고 바닥에서 누워 자고 있던 제이크의 몸이 굳어졌다.

"마음을 편히 가져."

자마라가 전에도 그랬던 것처럼 그를 달랬다.

"마음을 열어. 나를 믿어. 자네는 이 세계 속으로 또 한 걸음을 내딛은 것뿐이야."

제이크는 자마라를 믿는 법을 배우고 있었다. 그러나 예전과 마찬가지로⋯⋯ 그에게는 다른 선택의 여지가 없었다.

• • •

⋯⋯생각을 훨씬 넘어선 생각들이 제이크의 골수까지 파고 들어왔다. 그것은 더 이상 생각이 아니라 느낌이었다. 감각이고 감정이었다. 제이크는 자신이 무엇을 하고 있는지도 모른 상태로, 한 손으로는 여전히 수정을 잡은 채 사바산에게 몸을 돌려 그의 마음에 말을 걸었다.

"스⋯⋯ 스승님⋯⋯ 당신의 생각이 느껴집니다."

기쁨과 경외가 제이크의 마음속으로 강하게 밀려왔다. 그리고 그 감정이 마치 바닷가에 밀려드는 파도처럼 사바산의 의식 속으로 밀려드는 게 느껴졌다. 그 다음에는 마치 썰물이 빠져나가듯이 그 생각과 느낌이 자신에게 돌아왔다. 이 귀한 선물을 얻은 사실에 놀라워하고 기뻐하며, 또한 한없이 감사하는 사바산의 감정이 마음속으로 흘러들어오는 게 느껴졌다.

그러다 갑자기 그 느낌이 강렬해지자 제이크는 수정에서 손을 뗐다. 자신의 것이 아닌 느낌들은 순식간에 가라앉았고, 오직 생각만이 그의 마음을 스쳤다.

제이크가 어지러움을 느끼며 비틀거리자 사바산이 그의 몸을 잡아 부축했다.

사바산의 말이 들려왔다.

"자네의 감정을 나도 느꼈다네."

제이크는 코로 빠르게 숨을 들이켜서 몸의 상태를 회복하려고 안간힘을 썼다.

"템라, 자네의 생각뿐 아니라 느낌도 내게 전달되고 있어. 자네 역시 내 생각과 감정을 느낄 거야. 이미 알고 있네."

"예."

제이크는 간신히 입을 열었다. 사바산과 마음을 통해서만 말하려니…… 무척이나 힘이 들었다. 그는 예전에 자신과 친구들, 동료들은 서로를 이해하고 있다고 생각했다. 그러나 이제 제이크는 사바산과 정보뿐 아니라 마음속의 느낌마저 나눌 수 있게 되었다. 제이크는 그동안 프로토스들이 얼마나 서로를 모른 채 살아왔는지 실감했다. 제이크는 어색하게 생각을 가다듬었다. 그러자 사바산이 고개를 끄덕였다.

"우리는 너무나도 고립된 채로 살아왔어요! 그리고…… 지금은 이상하게도 친근한 느낌이 들어요. 저뿐만 아니라 다른 사람의 느낌도 알 수 있어요. 그건……."

"자신의 기억보다 훨씬 심원한 기억 같지. 마치 우리의 피 속에 녹아 있는 것같고."

그 말이 너무나도 기이하게 들렸다. 이런 것들을 느껴보지 못한 이들을 바보 같은 논쟁을 통해 납득시키는 게 가능하기나 한가?

사바산이 대답했다.

"그럴 필요는 없네. 이게 우리가 찾아왔던 거야, 템라. 나는 이것이 이한리의 것, 혹은 그들과 어떻게든 연관되어 있는 물건이라고 생각하네. 수정들이 있으면 유물에 쓰인 암호들을 해석할 수 있다고 믿네. 그러면 우리는 고작 상상만 할 수 있는 것도…… 상상조차 할 수 없는 것까지도 배우게 될 거야. 템라, 우리는 스스로가 얼마나 무지한지조차 모르고 있었네."

사바산은 다시 수정 쪽으로 발걸음을 옮겼지만, 이번에는 수정에 손을 대지 않았다.

"나를 도와 사람을 몇 명 모아 주게. 다음번에 올 때는 쉘락 부족민 전체를 데려올 거야. 그들과 함께 일을 시작해야지. 우리는 아파에서 온 방랑자들의 비밀을 풀게 될 걸세. 그들의 지식을 얻게 될 거고…… 우리가 누구인지, 무엇을 위해 사는지를 확실히 알게 될 거야."

• • •

"제이크?"

여자의 목소리였다. 그러나 자마라의 목소리는 아니었다. 제이크의 마음이 아니라 귀로 들리는 소리였다. 제이크는 천천히 눈을 떴다.

로즈메리가 걱정스런 표정으로 그를 내려다보고 있었다. 로즈메리의 손에는 김을 뿜어내는 뭔가가 들려 있었다.

"오랫동안 주무시고 계셨어요. 슬슬 걱정이 되던 참이었어요."

여전히 살짝 졸렸다. 제이크는 태어나서 이제껏 쭉 그래온 사람처럼, 자신이 제이콥 제퍼슨 램지가 아니라 템라나 자마라인 것처럼 자신도 모르게 로즈메리의 마음을 열어 보았다. 놀랍게도 그녀의 말은 진심이었다.

로즈메리는 제이크를 걱정하고 있었다. 드러난 로즈메리의 속마음에 놀란 제이크는 더 빠르고 확실히 잠에서 깨어났다. 그리고 자신이 로즈메리의 마음을 훔쳐보고 있다는 사실에 당황해하며 그녀의 마음속에서 빠져나왔다.

"고마워요."

제이크는 자리에서 일어나 앉았다. 그는 코를 킁킁거렸고, 배에서 꼬르륵 소리가 났다.

"나에게 주려고 준비한 거요?"

제이크는 로즈메리가 들고 있던 데운 전투 식량을 가리키며 물었다.

"자치령이 자랑스럽게 내놓은…… 최고의 요리랍니다."

로즈메리는 미소를 지으며 전투 식량을 건네주었다. 그리고 자기가 먹을 것을 챙겨서는 탈출 포드 바닥에 책상다리를 하고 앉았다. 봉지를 열고 늘 똑같은, 뭐라 종잡을 수 없는 묘한 음식 냄새를 맡은 로즈메리가 한숨을 쉬었다.

"바보 같지만, 매번 봉지를 열 때마다 기대를 하게 되요. 도대체 뭘 기대한 걸까요? 꽤 꼴사나운 음식이네요."

제이크는 눈살을 찌푸리며 포크로 음식을 찔러보았다.

"왜 나는 당신과 뭐든 나눠 써야 하지요?"

로즈메리가 자신과 친구들에게 한 짓을 생각할 때마다 제이크의 마음속에서는 분노가 치밀었다. 하지만 그런 그를 정말로 짜증나게 만드는 일은 그런 사실이 가끔씩 기억나지 않는다는 점이었다. 가끔씩 제이크는 살인청부업자인 로즈메리 달이 인간적으로 느껴지곤 했다.

로즈메리는 한숨을 쉬고 어깨를 움츠렸다.

"아마 당신 머릿속에 있는 외계인을 제외하면 여기서 대화를 나눌 사람이 나밖에 없기 때문일 거예요."

"그 외계인이 친구로서는 더 괜찮은 것 같은데."

"이런, 방금 한 말은 잊어버려요."

로즈메리가 그렇게 말하며 일어났다. 제이크는 로즈메리를 쏘아보았다. 그러나 로즈메리의 말투에는 뭔가가 숨어 있었다…….

제이크는 자기도 모르게 또 로즈메리의 생각을 살폈다. 로즈메리의 생각은 꽤 많이 살폈지만, 제이크가 이만큼 놀란 것은 이번이 두 번째였다. 로즈메리는 호기심을 품고 있었다. 그녀는 제이크의 머릿속이 어떻게 변했는지에 흥미가 있었고, 알고 싶어 했다. 그런 호기심을 품은 이유 중 일부는 지루함이지만, 순수한 흥미도 일부분을 차지하고 있다는 점을 제이크는 감지했다. 그는 로즈메리의 마음속을 뒤져 또 뭔가를 찾아냈다. 뭔가에 대한 갈망…… 아니 중독이라는 표현이 더 어울릴 것 같은 감정이었다. 바로 담배를 피우고픈 욕구였다. 그 욕구는 제이크에 대한 흥미보다도 더욱 강렬했다.

제이크는 순식간에 로즈메리의 머릿속에서 빠져나왔다. '이래서는 저 여자보다 도덕적으로 우월하다고 할 수 없어. 엿듣는 거랑 똑같은 짓이잖아.'

"자마라…… 나와 처음으로 만난 프로토스…… 그녀는 내가 모든 것에 적응할 수 있도록 도와주고 있어요."

로즈메리가 한쪽 눈썹을 치켜세웠다.

"알겠어요."

하지만 로즈메리는 도통 앉으려 하지 않았다.

"자마라는…… 일종의 기억 보존자예요. 그리고 내게 프로토스의 기원을 보여줬어요. 예전의 그들은 놀랍도록 원시적이었어요. 로즈메리. 정말 폭력적이고…… 무서운 외계인들이었어요."

"프로토스? 그 침착하고 멋진 외계인들이요?"

분명 로즈메리는 흥미가 동한 듯했다. 그녀는 자리에 앉았다.

제이크는 고개를 끄덕이며 음식을 먹었다.

"정말 충격적인 경험이었어요. 그래도…… 나는 꿈속에서 두 프로토스를 따라다녔어요. 그러다 그들이 기록을 하고, 지도를 만드는 법을 깨우치는 것을 봤지요. 그리고 이제 그들은 수정을 찾아냈어요. 크고 아름답고 빛나는 수정을. 어디서 많이 본 것 같죠?"

로즈메리가 웃었다.

"정말 재미있네요. 우리가 동굴에서 본 그 수정과 같은 건가요?"

"그래요. 하지만 프로토스들에게는 그냥 지나칠 수 없는 것도 있었어요. 나이 든 프로토스인 사바산이 수정을 만지자, 그는 자신의 제자를 더욱 잘 이해할 수 있게 되었어요."

로즈메리는 미간을 찡그렸다.

"그래서 프로토스들이 상대방의 마음을 읽을 수 있게 된 건가요? 그 수정들 때문에?"

"아니오. 그들은 수정을 발견하기 전에도 마음을 읽을 수 있었어요. 하지만 수정을 발견함으로써 상대방의 감정을 읽게 되었죠. 그건 뭐랄까……."

제이크는 말을 더듬었다. 꿈속에서 그는 마치 투명한 수정만큼이나 확실하게 모든 것을 체험했다. 이제 제이크는 프로토스처럼 생각을 읽는 법을 알았다. 그리고 그에 비하면 인간의 언어는 서투르고 비효율적이라는 점도 알았다.

"마치 노래 가사를 읽는 것과도 같아요. 시를 읽듯이 노래 가사를 읽으면 그 속에 담긴 기본 정보는 얻을 수 있죠. 하지만 거기에 멜로디를 더하고 목소리에 변화를 주면, 그냥 가사만 읽는 것과는 확연히 달라지죠."

로즈메리는 회색 덩어리를 포크로 찍어 입으로 가져가다가 그 말을 듣고 동작을 멈췄다. 그리고 미소 지었다.

"이런, 제이크, 점점 시인이 되어가고 있네요."

제이크는 당황해했다.

"그게…… 분명 프로토스는 시적인 종족이에요."

로즈메리는 한쪽 눈썹을 치켜세웠다.

"하지만 그들은 아무리 봐도 시적으로 보이지 않아요."

제이크는 진심을 담아 말했다.

"그건 당신이 프로토스가 아니기 때문에 그런 거예요."

제17장

제이크의 힘은 증오와 혐오에서 나왔다.

제이크는 온몸에 몰아치고 피를 끓게 하는 그 감정을 느꼈다. 증오와 혐오는 그를 가득 채우고 흘러넘쳤다. 제이크는 순수하고 달콤한 그 감정을 즐겼다.

제이크의 부족은 쉘락 부족이 그 혐오스런 물건들을 어디에 숨겼는지 몰랐다. 그러나 아무래도 상관없었다. 퓨리낙스 부족은 온 힘을 다해 쉘락 부족을 괴멸시킬 테고…….

● ● ●

"안 돼요. 안 돼. 나는 쉘락 부족이라고! 템라라고요!"

자마라가 미치도록 조용한 목소리로 대답했다.

"자네 이름은 제이콥 제퍼슨 램지야, 템라가 아니라고. 자네는 템라의 기억을 재생하고 있을 뿐이야."

"이 친구는 누구죠? 쉘락 부족을 공격하려고 해요."

"자네가 생각하는 그대로야. 템라를 이해했듯이 그 친구도 이해해야 해. 기억을 올바로 관리하려면 이 친구를 속속들이 알아야 해. 나는 이제 껏 살았던 모든 프로토스의 기억을 가지고 있어, 제이콥. 그 기억은 자네 에게 계승될 거야. 조용히 하고, 이들의 기억으로부터 배우라고."

• • •

······대배신자들의 기분 나쁜 유물은 시간이 오래 지나면 풍화되어 무너질 거 야. 정글이 그 유물들을 없애게 놔두자고. 그리고······.

제이크는 어깨를 웅크리고 몸을 떨었다. 큰 슬픔에 빠진 그의 피부에 반점이 생겨났다. 대배신자들이 떠난 지 오랜 시간이 지난 지금도 그때의 상처는 퓨리 낙스 부족민들의 가슴 속에 아직도 선명하게 남아 있었다. 도대체 왜? 무엇 때 문에 그들은 떠났을까? 왜 쉘락 부족은 대배신자들을 꿋꿋이 기리는 걸까? 퓨 리낙스 부족은 쉘락 부족과 대화를 시도했다. 대배신자들은 기릴 가치가 없는 존재임을 알리려고 노력했다. 그리고 아파에서 온 방랑자들이 프로토스에게 선 의를 가지고 있지 않았다는 소문도 있었다. 하지만 돌도 시간이 지나면 닳아 없 어지듯, 자세한 내용은 세월의 흐름에 따라 잊혀 갔다. 제이크는 대배신자들에 게 애증의 감정을 품었다. 그들에게 분노를 느끼면서도, 한편으로는 눈물이 났 다. 진상이 무엇이건 간에 한 가지는 확실했다. 오만한 쉘락 부족은 바보라는 점이었다.

안전한 마을로부터 너무 멀리 나온 두 쉘락 부족민의 냄새를 맡은 제이크는 두 주먹을 불끈 쥐었다. 제이크는 상대에게 자신의 생각을 감추고, 그들의 뒤를 밟기 시작했다.

• • •

"이런 건 보고 싶지도, 하고 싶지도 않아요."

"아직 템라에게서 벗어나지 못했군. 퓨리낙스 부족을 죽이던 템라의 손에서."

"템라와 이 친구는 다르잖아요."

"아니야."

자마라의 목소리는 단호했다.

"둘 사이에 차이점은 없어. 베스카의 공포와 증오는 템라의 감정보다 좋지도, 나쁘지도 않아. 쉘락 부족민과 퓨리낙스 부족민 사이에 차이점은 없어. 자네는 그걸 알아야 해!"

• • •

"이봐요, 잠자는 공주님. 음식이 식잖아요."

제이크는 안도감을 느끼며 몸을 똑바로 일으켰다.

'자네는 이걸 피할 수 없어.'

'지금 당장은 할 수 있어요.'

자마라가 마지못해 잠잠해졌다. 제이크는 로즈메리가 데워온 전투 식량을 받아들고 봉지의 한쪽 끝을 열었다.

"벌써 이런 여행을 한 지도 며칠이 지났네요. 조금만 기다리면 뜨거운 욕조에 몸을 담글 수도 있고, 진짜 음식을 먹을 수도 있어요."

제이크가 농담 삼아 받아쳤다.

"마치…… 천국이 따로 없군요."

"완벽한 천국은 아니에요."

로즈메리는 제이크의 농담에 미소를 지었다.

"하나 물어보고 싶은 게 있어요. 도대체 사원 중심부의 방으로 들어가는 방법을 어떻게 알아낸 거죠? 제가 그 사실을 발레리안에게 보고했을 때, 발레리안은 엄청나게 놀랐어요."

"발레리안은 분명 기뻐했을 테죠. 그런데 놀랐다고요?"

로즈메리는 제이크를 바라보았다. 제이크가 근거 없는 희망적인 사고에 빠져 잘못 본 게 아니라면, 로즈메리의 시선에서 발견한 것은 연민이었다.

"제이크…… 당신이 그곳에 간 최초의 사람이 아니라는 건 알 거예요. 그러니까 당신은 일종의…… 발레리안에게 남은 최후의 카드였어요. 발레리안은 그곳에 제일 잘난 사람들을 먼저 보냈지요. 당신은 그 사람들을 다 보내보고도 수확이 없자 절망한 발레리안이 이번이 마지막이라는 심정으로 보낸 사람이에요. 발레리안은 될 것 같은 사람은 모두 다 보내봤어요. 그래도 안 되니까 안 될 것 같은 사람까지 보낸 거죠."

로즈메리의 목소리는 그 어느 때보다도 상냥하게 들렸다. 제이크는 놀라움과 당혹감, 실망을 감추려 애를 썼다.

"그게 사실이에요? 물론 당신도 알다시피 내가 괴짜이긴 해요."

로즈메리는 제이크를 오랫동안 바라보았다.

"그래요. 괴짜 교수님, 그런 당신이 어떻게 학계의 난다 긴다 하는 과학자들도 못 한 일을 해냈죠?"

로즈메리는 등을 바닥에 대고 드러누워 전투 식량이 든 봉지를 뜯어 내용물을 입안에 털어 넣었다. 로즈메리의 머리카락이 암청색의 역광을 받아 빛나고 있었다. 로즈메리는 제이크를 올려다보았다. 제이크의 파란 눈이 호기심에 빛났다.

제이크는 숨을 멈추고, 로즈메리의 질문에 집중했다.

"나는 프로토스처럼 생각해보려고 무지하게 애를 썼어요. 바보짓이었죠. 프로토스의 사고방식을 아는 사람은 없었거든요."

그는 곧 말을 정정했다.

"아니, 프로토스처럼 생각해본 사람이 없었죠. 나는 조금이라도 프로토스처럼 생각해보려고 했어요. 그래서 밤중에 사원 주변을 어슬렁거린 거예요. 그러다가 사원 인근에 있는 화석을 보았죠. 그리고 좀 더 넓게 생각해야 한다는 점을 깨달았어요. 우주적인 관점에서 말이죠. 그리고 화석을 보니 황금비율이 떠올랐어요."

"황금비율이 뭔가요?"

"자연은 물론 미술과 음악에서도 무수히 발견되는 수학적 비율을 말해요. 대충 1:1.6 정도 되요. 파이(φ)라고도 불러요."

"빠이?"

"아니, 파—이."

제이크는 힘주어 말하면서, 황금비율을 상징하는 그리스 문자를 식은 으깬 감자 위에 그렸다.

로즈메리는 고개를 갸우뚱하면서 그 문자를 거꾸로 보았다.

"음, 알았어요."

로즈메리는 어깨를 으쓱하면서 또 전투 식량을 입 안에 털어 넣었다.

"나는 방문의 가로세로비가 황금비율로 이루어져 있다는 사실을 알았어요. 그리고 황금비율 직사각형 속에서 얻을 수 있는 피보나치 나선이 시작되는 곳을 찾았죠. 나는 그 시작점에 손을 대고 피보나치 나선을 따라 돌렸어요. 그게 짜잔…… 열려라 참깨 같은 마법의 주문이었던 거죠."

로즈메리는 골똘히 생각하는 것 같았다. 거꾸로 보이는 로즈메리의 얼굴에 그런 표정이 나타나니 매우 어리고 매력적으로 보였다. 로즈메리가 누워 있을 때 제이크가 이대로 몸을 굽히기만 하면 그녀의 입술에 키스를 할 수 있을 것 같다는 생각이 떠올랐다. 로즈메리와 제이크는…… 키스하기 매우 좋은 위치에 있었다. 그러나 제이크는 그 생각을 즉시 지워버렸다. 우선, 아직도 제이크는 로즈메리가 마음에 들지 않았다. 아무리 매력적인 모습을 하고 있더라도 말이다. 그리고 그런 짓을 했다가는 제이크의 입술이 닿기도 전에 로즈메리가 그의 코를 때려 뭉개 버리고 말 것이다.

제이크는 전투 식량의 디저트 포장을 개봉하는 데 정신을 팔다가 놀라 숨을 들이켰다.

로즈메리가 재빨리 몸을 뒤집어 제이크의 시선을 쫓았다.

"어머나, 세상에……."

신음소리에 가까운 로즈메리의 목소리는 제이크의 심장을 더욱더 뛰게 만들었다.

"복숭아 코블러잖아요……."

복숭아 코블러는 평균 약 육백 개의 전투 식량 중 한 개에만 들어 있었다. 제이크도 이 디저트가 얼마나 진귀한지 알고 있었다. 만약 회색호랑이호에 탔을 때 이걸 열었더라면, 많은 사람들이 담배나 기타 물건들과 바꾸자고 제안했을 것이다. 복숭아 코블러는 전투 식량에 들어 있는 음식 중 사람들이 정말로 맛있다고 생각하는 유일한 메뉴였다.

제이크는 로즈메리를 보았다. 로즈메리의 파란 눈이 디저트에 못 박혀 있었다.

제이크는 한숨을 쉬었다. 그러고는 입 안 가득 고인 침을 삼키고 디저트를 로즈메리에게 내밀었다.

"당신이 먹어요."

로즈메리는 디저트를 입에 넣을 뻔하다가 망설였다. 그녀의 매끄럽고 하얀 이마에 주름이 생겼다.

"아니에요. 당신이야말로 프로토스의 이상한 꿈을 꿀 수 있는 우주 유일의 인간이잖아요. 그러니 당신이 먹어요."

제이크가 답했다.

"우리는 이제 같은 배를 탄 운명이니 나눠 먹죠."

제이크는 일부러 로즈메리의 생각을 읽지 않았다. 그래서 로즈메리의 얼굴에 떠오른 다양한 표정을 보았을 때, 그 뜻을 알 수 없었다.

둘은 동시에 포크를 복숭아 코블러에 찔러 넣은 다음, 그 황홀감을 맛보았다.

• • •

제이크는 음식을 먹은 후 잠이 들었다.

그리고 꿈을 꾸었다.

꿈속에서 제이크는 베스카가 되었고, 템라의 가족 두 명을 죽였다. 죽은 프로토스들의 피가 그의 얼굴에 튀었고, 제이크는 퓨리낙스 부족민으로서의 즐거움을 느꼈다.

제이크는 자마라에게 말했다.

"이거…… 어서 멈춰야 해요."

그는 속이 뒤집혔다. 그리고 몸과 마음이 모두 불쾌했다.

자마라가 대답했다.

"멈출게. 그러나 지금은 아니야."

• • •

사바산과 제이크는 수정을 가지고 실험을 진행했다. 처음에는 매우 조심스럽게 진행했다. 사바산이 그 아름다운 물건들이 위험할지도 모른다고 생각했기 때문이다.

제이크가 물었다.

"이게 무기라고 생각하시나요?"

"누군가에게 해를 끼치기 위해 쓰였을 수도 있어. 험한 지형에서 걸을 때 쓰이는 지팡이도 전투 중에는 적의 머리에 휘두르는 몽둥이로 쓰일 수 있거든."

"우리가 찾아냈으니 정말 다행이네요. 다른 부족이 이걸 찾았다면 오직 무기로만 사용했을 거예요. 하지만 우리는 이것으로부터 가르침을 얻을 수 있어요."

"그 가르침은…… 과연 어떤 가르침일까? 그리고 그 가르침으로 무엇을 할 것인가가 나는 궁금하다네."

사바산이 물었다. 제이크는 사바산이 답을 기대하지 않고 있다는 점을 알고 있었다.

텔카를 비롯해 많은 쉘락 부족민들은 정말로 이 강한 수정을 무기로만 여기고 있었다. 그들이 적을 더욱 효율적으로 죽이는 방법을 알기 위한 시끌벅적한 토론을 잠시나마 접어두게 된 것은 순전히 사바산이 존경받는 학자였기 때문이다.

텔카가 입을 열었다.

"우리 부족민의 수는 줄고 있어요. 그리고 다른 부족들로부터 따돌림을 당하고 있습니다. 스스로를 지킬 방법을 찾아야 해요, 사바산. 이 수정이 그 방법을 제시해 준다면, 우리는 반드시 수정을 사용해야 합니다."

"조금만 더 시간을 주시오."

사바산이 간곡히 부탁했다.

"우리는 유물의 수호자들이오. 우리는 유물을 이해해야 합니다."

"마지막 남은 어린아이까지 다른 부족에게 도륙당하고 나면 유물의 수호자는 아무도 남지 않게 됩니다."

텔카가 매섭게 맞받아쳤다.

그들은 꾸준히 발전을 거듭하고 있었다. 제이크와 사바산에게 수정을 만져 볼 기회는 충분했고, 이후의 논란에 한결 편안하게 대응할 수 있었다. 사바산은 수정에 '케이다린'이라는 이름을 붙였다. '마음을 보는 자'라는 뜻이었다. 그들은 수정 가까이에만 있다면, 수정을 전혀 만지지 않아도 감정을 공유할 수 있을 만큼 발전했다.

또한 사바산의 예상대로, 그들은 갈수록 유물에 익숙해져 갔다. 유물 속에는 정말로 이야기가 담겨 있었다. 그들은 유물에 남겨진 상징의 의미를 이해하기 시작했다. 여러 가지 이야기들을 엮어 또 다른 이야기를 배웠고, 더 많은 이야기들을 발견할 수 있었다. 사바산은 이제 자신이 수수께끼라고 부르는 것에 완전히 빠졌다. 그는 자신이 납득한 수수께끼를 발판 삼아 배움의 길로 더 멀리 나아가고 있었다.

사바산은 제이크에게 이렇게 말한 적도 있었다.

"배울 것이 아직도 많아…… 너무나도 많구나. 그리고 모든 것을 배우기에는 시간이 없어. 우리가 얼마나 무지한지, 이한리가 우리보다 얼마나 앞선 존재인지를 생각하면 나는 깜짝 놀라곤 한다네."

더 많은 진전이 있었다. 그들은 선천적인 능력을 발휘하듯 수정이 없어도 타인의 감정을 읽을 수 있다는 점을 발견했다. 처음에는 그 사실이 너무 놀랍고 무서워서 어쩔 줄 몰랐다. 그러나 이제 제이크는 그 강렬한 능력 덕택에 마음이 풍요로워짐을 느꼈다. 그리고 그런 자신의 모습이 옳다고 생각했다. 또한 사바산이 세운 이론대로, 이것이야말로 프로토스들이 나아가야 할 바라고 믿게 되었다. 사바산에게서는 부드러운 돌을 타고 물이 흐르듯이 경탄과 경이의 느낌이 흘러나왔고, 제이크는 그 느낌 속에 몸을 한껏 담갔다.

제이크는 또한 사바산의 좌절감도 느꼈다. 나뭇가지 속에 사는 작은 영장류인 콰카이는 쉘락 부족에게 호기심 많은 생물로 잘 알려져 있었다. 콰카이는 젊은 쉘락 부족민이 지나친 호기심을 가질 경우 어떤 일이 일어날지 경고하는 이야기의 주인공으로 많이 등장했다.

사바산이 메시지를 보냈다.

"나는 언제나 작은 손들(콰카이를 부르는 또 다른 명칭)을 존경한다네."

그러자 제이크는 사바산에게 재미있다는 반응을 보냈다. 그 역시 호기심 많은 작은 손들을 존경했다. 그들이 나오는 이야기는 호기심을 가지라고 장려하기는커녕, 지나친 호기심을 가지지 말라고 억누르는 쪽이었지만 말이다. 작은 손들은 언제나 호기심에 이끌려 산다고 제이크는 생각했다. 그걸 증명하듯이 붉은 줄무늬의 작은 손 한 마리가 그들 옆의 나뭇가지로 갑자기 내려와 앉았다. 그놈은 그들을 밝은 노란색 눈으로 쳐다보았고, 뭐라고 마구 떠들더니 또 다른 구경거리를 찾아 다른 나뭇가지로 뛰어갔다. 콰카이의 작은 손과…… 작은 발, 작은 꼬리는…… 더 많은 볼거리를 찾아 모험을 떠나는 콰카이의 몸을 튼튼히 지탱해주고 있었다.

두 프로토스는 따뜻한 마음을 주고받았다. 그러나 제이크는 그들이 발견하게 될 것들이 작은 손의 이야기보다 더 큰 파문을 몰고 올 거라고 확신했다.

물론 그들이 모두 발견할 때까지 살아 있다면 말이다.

● ● ●

제이크는 깊은 잠에 들었다. 그 자신도 자고 있다는 사실을 알고 있었고, 그 사실을 절대 잊지 않으려고 애썼다. 왜냐하면 이번 꿈은 제이크가 꾼 꿈 중 최악의 악몽이었기 때문이다.

제이크는 동굴에 여러 차례 들어왔다. 심지어 쉘락 부족이 이한리가 남긴 모든 유물을 둔 동굴에서 잠을 자기도 했다. 그러나 꿈속에 나온 동굴은 많이 달랐다. 그는 그토록 깊은 아이어의 땅속까지 들어가 본 적이 없었다. 프로토스의 생존에 필요한 빛으로부터 그만큼 멀리 떨어졌다. 차가운 어둠이 제이크의 몸을 감쌌고, 전혀 기분이 편하지 않았다. 이것은 제이크에게 익숙한 밤의 어둠이 아니었다. 머리 위에선 달과 별들이 빛나고 야행성 동물들의 친숙한 소리가 들리는 그런 어둠이 아니었다. 이 어둠은 제이크를 보호하는 어둠이 아니라 그의 모습을 감추는 어둠이었다. 제이크는 그 사실을 자기도 모르게 깨달았다.

어둠 속에서 조금씩 물체가 보이기 시작했다. 몇몇 유물의 모양이 눈에 들어왔다. 그중에는 오벨리스크도 있었다. 꿈속을 제외하면, 오벨리스크는 전혀 손상을 입지 않았다. 높은 키가 인상적인 오벨리스크는 전혀 깨지거나 무너지지 않은 상태를 유지하고 있었다. 제이크는 어둠에 익숙해져 가는 눈으로 오벨리스크를 보았고, 의식적으로 분석했다. 오벨리스크는 높이 솟아 있었다. 검정색의 평평한 오벨리스크 표면에 잔뜩 새겨져 있는 문자를 읽느라 골치가 아팠다…….

•　•　•

'……이런, 오벨리스크를 꼭 보고 싶어. 오벨리스크를 분석할 수 있다면 좋겠어. 여기 적힌 문자를 조금이라도 해석할 수 있다면 얼마나 오래된 물건인지 짐작할 수 있을 텐데. 다리어스는 언어학 면에서 단연 뛰어났지. 맙소사, 그 친구가 너무 보고 싶어…….'

•　•　•

다른 물체들도 슬슬 눈에 들어왔다. 그들이 찾아낸 무너진 기둥이 보였다. 멀쩡했을 때는 영광스러웠을 그 기둥은 이제 부서진 돌무더기일 뿐이었다. 그 돌무더기의 윤곽과 색조, 그리고 세세한 형체까지 눈에 들어왔다. 제이크의 시야에 다른 것들도 나타났다가 사라졌다. 그는 지식의 상실에 너무나도 낙담한 나머지 두려움을 잊어버렸다.

낙담한 제이크는 더 이상 꿈속에서 방관자로 남아 있으려 하지 않았다. 작은 석판 조각이 머리 위에서 빙글빙글 돌며 떠 있었다. 제이크는 그 조각을 움켜쥐었다. 기다란 자주색 손가락으로 돌 조각을 세게 움켜잡았다. 그러자 갑자기 조각은 무게를 갖게 되었고, 제이크는 다른 손까지 뻗어 돌 조각을 움켜잡아야 했다. 그렇지 않으면 떨어져서 깨질 테니까.

제이크는 돌 조각을 얼굴 가까이로 가져갔다. 조각의 모습은 방금 만들어진 듯 생생하고 또렷했다. 시간의 흐름에 따른 마모도 없었고, 다른 프로토스 부족의 분노로 인해 생긴 손상도 없었으며, 그 밖의 어떤 오염이나 손상도 없었다. 제이크의 눈은 돌 조각을 훑었다. 그때 깨달음이 찾아왔다. 그는……

제이크는 침구로 사용하던 털가죽에서 튀어 일어났다. 수정만이 유일하게 빛을 내고 있었다. 사바산도 극도로 흥분한 제이크의 마음을 느끼고는 곧바로 일어났다.

"필기구가 필요해요!"

사바산은 제자의 말을 따랐다. 제이크가 가장 가까이에 있는 수정에 손을 대자 수정의 내뿜는 빛이 강해졌다. 그동안 사바산은 재빨리 움직여 모닥불에서 끝이 뾰족한 숯을 꺼낸 다음, 보관해 두었던 가죽을 찾았다. 제이크는 손에 수정을 들고 자리에서 일어났고, 꿈속에서 본 유물을 찾아 동굴 속으로 깊숙이 들어갔다. 어떤 일이 일어날지 그저 지켜보면서 사바산도 그의 뒤를 말없이 따랐다.

얼마 되지 않아 제이크는 원하던 물건을 찾아냈다. 그는 자신이 본 것들을 옮겨 적기 시작했다. 단, 이번에는 옴하라 가죽이 아니라 양피지였다. 예전에도 그랬듯이 제이크는 눈을 감았다. 그러고는 새로 만들어진 멀쩡한 석판을 다시 보았다. 눈을 뜬 제이크는 자신이 보았던 석판의 내용을 차근차근 옮겨 적었다. 아직까지는 석판에 적혀 있던 상징들을 굳이 해석하려 들지 않았다. 그저 꿈이 사라져서 자신이 본 내용이 잊히기 전에 그 상징들을 남겨 두고 싶을 뿐이었다.

글쓰기에 열중하고 있는 제이크를 넋을 잃고 보며 사바산이 물었다.

"꿈속에서 본 건가?"

"예, 이 석판 말고도 많은 것을 보았습니다."

사바산이 고개를 끄덕였다.

"나도 같은 것을 보았네. 하지만 상징들이 너무 빠른 속도로 나타났다가 사라져서 도무지 읽을 수가 없더군."

제이크도 약간 당혹스러워 했다.

"저도 자꾸 좌절감이 심해지기에 결국 수정을 움켜잡았습니다. 그런데 수정을 만졌더니 상징들이 사라지지 않습니다."

제이크는 사바산이 자신에게 보내는 놀라움과 즐거움, 감탄을 알아차렸다. 사바산의 눈이 상징 위를 재빨리 오갔다.

"자네의 혈기는 우리가 얻지 못할 뻔했던 많은 지식을 선사해주었네. 이건 뭔가의 위치를 설명한 글처럼 보이는군."

제이크가 몸을 떨었다.

"아마도 꿈에서 본 동굴의 위치가 아닐까 싶어요."

"내가 봐도 그런 것 같아. 하지만 설명이 아직 모자라는군. 더 많은 정보가 필요해."

이제 제이크는 자신이 꿈속에서 유물들을 만질 수 있으며, 사바산과 자신이 꿈속으로 바로 들어갈 수 있다는 사실도 깨달았다. 그들은 꿈에서 깨어나서 자신들이 본 것들을 모두 옮겨 적었다. 한번은 상징을 읽던 사바산의 얼굴이 갑자기 창백해지더니 몸을 떨며 뒤로 물러난 적이 있었다. 제이크는 생각할 새도 없이 물었다.

"그건 대체 뭔가요?"

사바산은 그 이유를 분명히 드러냈다.

"이 상징들은 위치를 나타내고 있어."

"무엇이 있는 위치일까요?"

"모르겠네. 그러나 이런저런 생각으로 마음속이 복잡하군."

그들은 꿈속에서 제이크가 받은 지침에 따라 길을 떠났다. 그리고 이틀 만에 찾던 곳을 발견했다. 제이크는 목적지에 도착하자 실망하지 않을 수 없었다. 그들의 목적지는 평지 위에 창처럼 튀어나온 거대한 케이다린 수정들, 그 이상도 그 이하도 아닌 듯 보였기 때문이다. 주변은 돌투성이의 황량한 땅이었다. 그러니 그토록 오랫동안 누구도 그곳을 훼손하기는커녕 손도 못 대본 게 당연했다.

제이크가 머뭇거렸다.

"아름다운 곳이지만…… 다른 동굴의 입구처럼은 보이지 않네요."

사바산의 마음의 소리에서 살짝 체념의 기색이 느껴지기도 했지만, 그래도 아직은 희망이 담겨 있었다.

"저 수정을 만져보고, 그 소리를 들어보세."

두 프로토스는 앞으로 나아가 각자 자주색 손을 평평하고 차가운 수정의 표면에 얹었다. 그 즉시, 수정에서 엄청난 정보가 둘에게 흘러들었다. 조각나 있는 데다 이해하기 어려웠지만, 정보인 것만은 확실했다. 제이크는 손을 떼고 다른 수정을 만져 보았다. 또 다른 정보가 마음속으로 흘러들었다. 제이크는 머리가 아파오기 시작했다.

"수정들을 어떤 순서에 따라 만져야 해."

사바산의 말을 들으니 퍼즐의 마지막 조각이 맞춰진 것 같았다.

"하지만…… 그 순서라는 게 대체 어떤 걸까요?"

제이크는 화가 난 듯 보였다. 그곳에는 말 그대로 수백여 개의 수정이 있었다. 어떤 수정들을 먼저 만져야 할까? 그리고 순서를 무슨 수로 알 수 있을까?

제이크는 스승을 쳐다본 뒤, 자신의 손으로 시선을 떨어뜨렸다. 수정 위에 얹혀 있는 길고 섬세한 손가락이 눈에 들어왔다. 왠지 자신의 손가락을 처음으로 보는 것 같았다. 손톱, 관절, 손마디가 눈에 들어왔다. 프로토스의 한 손가락은 세 개의 뼈로 이루어져 있었다. 마디뼈와 다른 마디뼈는 뭔가 특별한 방식으로 이어져 있었다. 바람이 불자 제이크는 이곳에 자라는 유일한 나무로 문득 시선을 돌렸다. 불어오는 바람에 나뭇잎들이 서걱서걱하면서 움직였다.

• • •

"좋아! 거의 근접했어!"

제이크는 템라를 응원했다.

"템라, 그리고 사바산은 결국 답을 맞혔지. 이 순간은 우리의 역사에서 무척이나 큰 의미를 가진 소중한 시간이었어."

자마라가 말했다.

"시간을 거슬러 가서 그들에게 이제 조금 후면 엄청난 것을 발견하게 된다고 말해주고 싶어요."

그러자 자마라가 정색을 하는 게 느껴졌다.

"내가 얼마나 자주 그런 기분을 느끼는지 자네는 모를 거야. 하지만 유감스럽게도 우리는 그저 바라만 볼 수밖에 없네. 아무것도 바꿀 수 없어. 미리 다 알려 주면…….”

“얼마나 실망스럽겠어요.”

자마라도 그 말에 동의했다.

• • •

제이크의 옆에서 사바산도 자신의 손과 나뭇잎을 보고 있었다. 그러더니 목에 걸고 있던 조개껍데기들로 만들어진 목걸이를 들어서 쳐다보았다. 목걸이의 가운데에는 연체동물의 껍데기가 꿰어져 있었다. 아름답게 휘어진 그 껍데기를 보고 만지면 기분이 좋아졌다.

그러던 사바산이 아름다운 목걸이를 들어 올리더니 돌에 내리쳐 부숴버렸다. 놀란 제이크는 부서진 조각들을 겁에 질린 채 내려다보았다. 그중 한 개는 원형을 유지하고 있었다. 그리고 제이크의 눈에 껍데기의 주인이 성장해가면서 껍데기 내부에 만든 칸이 보였다.

제이크는 겁에 질려 마음속으로 소리쳤다.

“사바산! 이건 고대부터 전해 내려오는 목걸이에요. 아주 영광스러운 물건이라고요. 왜 부숴버리신 거죠?”

사바산은 부드럽게 빛나는 눈으로 제자를 보았다.

“이 수정은 그 이상의 가치가 있다네.”

사바산의 메시지에는 템라를 빠져들게 만드는 매우 강렬한 감정이 실려 있었다. 경외와 경이, 흥분, 두려움, 즐거움, 그 모든 감정들이 하나로 섞인 매우 강렬한 감정이었다. 제이크는 강한 감정 앞에 움츠러들 뻔했다.

“이건 우리가 풀어야 할 비밀…… 퍼즐이지.”

• • •

"퍼즐. 비밀. 당신은 기억하고 있어요."

제이크는 자마라에게 말했다.

"당신은 이 순간을 기억하고 있어요. 프로토스 종족이 황금비율을 알아낸 순간을 말이죠. 그래서 사원의 방문에 그런 수수께끼를 걸어놓았던 거예요."

"그래."

자마라가 답했다.

"우리는 이를 '아라도'라고 불러. 아라도는 완벽한 비율을 의미하지. 그들은 평소 생각하던 영역을 벗어날 필요가 있었어. 자신들보다 훨씬 위대한 것······ 변하지 않는 우주적인 진리를 알아야 했던 거야······. 자네처럼 말이지."

제이크는 스스로에게 미소 지으며 말했다.

"당신은 제가 그걸 알아낼 거라고는 차마 생각지도 못했지요?"

자마라가 퉁명스럽게 말했다.

"전혀 몰랐지. 자네가 맞춰 버려서 크게 실망했어. 내 유일한 기회가 사라져 버린 게 아닌가 싶어 두려웠지."

제이크는 자마라의 생각을 읽으려고 애썼다. 그리고 아직도 자마라가 자신이 옳았는지 혹은 틀렸는지를 판단하지 않았음을 알게 되었다.

● ● ●

조개껍데기, 나뭇잎의 잎맥, 그리고 자신의 손가락 속에는 모두 같은 게 숨겨져 있었다. 항상 뻗어 나온 마디는 그전의 마디보다 약간 더 길었다. 제이크는 그 아름다움과 정확성을 보며 눈을 가늘게 떴다.

제이크가 물었다.

"도…… 도대체 이건 뭘 의미하는 거죠?"

사바산은 분주히 짐에서 이한리가 남기고 간 큰 석판을 꺼냈다. 늘 휴대하고 다니던 석판이었다. 이 석판에는 가장 많은 종류의 상징들이 새겨져 있어서 다른 유물에 새겨진 상징을 해독할 때 유용했다. 석판을 내려놓는 사바산의 손이 떨렸다. 석판은 완벽한 정사각형이 아니었다. 석판의 폭은 그 길이보다 짧았다. 그리고 석판의 폭과 길이의 비율은…….

"이 비율도 똑같아."

현기증을 일으키기 직전까지 간 사바산이 제이크에게 말했다.

"이한리는 이 모든 것을 봤고, 그 뜻을 알고 있었어."

두 프로토스는 일제히 수정을 향해 몸을 돌렸다. 이제 템라의 눈에 들어온 수정들은 더 이상 아무렇게나 배열된 게 아니었다. 분명히 순서에 맞춰 배열되어 있었다. 다만 템라가 그 사실을 눈치채지 못했을 따름이었다.

제이크는 자신의 손을 내려다보았고, 그 다음 사바산을 바라보았다.

사바산은 희미한 미소를 지으며 눈을 감았다.

"제자여, 깨달았구나. 이 영광을 자네에게 돌리네."

제이크는 수정을 향한 다음, 깨진 조개껍데기를 다시 바라보았다. 이 조개껍데기의 출발점은 완벽하게 한가운데가 아닌, 거기에서 약간 한쪽으로 치우친 곳 같았다. 누구에게든지 시작하기 좋은 장소가 아닐 수 없었다.

제이크는 몸을 굽힌 후 수정에 손을 댔고, 손을 반시계 방향으로 돌리며 조개껍데기에 그려진 나선 모양을 수정 위에 그렸다. 1:……1.6. 그는 다음 수정도 건드렸다. 그러자 두 수정은 갑자기 더욱 강하게 빛나기 시작했다. 그리고 은은한 윙윙 소리도 들려왔다. 그 음은 수정마다 제각각 달랐지만, 완벽한 화음을 이루며 제이크의 귀를 어루만졌다.

"윙윙 소리가 들려오네요."

"음, 그렇군."

깜짝 놀라 뒤로 물러선 제이크는 사바산을 향해 고개를 거칠게 돌렸다. 연로한 프로토스도 놀란 듯 보였지만, 경계심보다는 호기심이 더욱 큰 듯했다. 사바산은 제이크에게 고개를 끄덕여 계속할 것을 지시했다.

1:……1.6. 세 번째 수정이 밝아졌다. 수정들이 내는 멜로디에 또 다른 음이 더해졌다. 제이크의 심장은 기대감으로 거칠게 뛰었다. 마음속에는 한 점의 두려움도 없었다. 제이크는 작업을 계속해 나갔다. 그가 건드린 수정들은 고동치기 시작했다. 그리고 놀라우리만치 아름답고, 잊을 수 없으며 마음속을 파고드는 날카로운 소리를 내고 있었다. 그 소리는 제이크의 뼈를 흔들었고, 피와 심장까지 파고들었다.

이제 단 하나의 수정만 빛나면 문양이 완성될 것이다. 제이크는 사바산을 쳐다보았다. 사바산이 고개를 끄덕였다. 제이크는 천천히 손을 뻗어 마지막 수정을 만졌다.

땅이 흔들리자 제이크와 사바산은 뒤로 뛰어올랐다. 수정들은 이제 노래를 불렀고, 그들이 내는 멜로디는 감미롭고 순수하면서도 강렬했다. 제이크는 한 무리의 수정들 속에서 선이 나타나 직사각형을 이루는 모습을 보고 엄청나게 놀랐다. 그 직사각형의 가로세로비도 역시 1:1.6이었다. 마치 눈에 보이지 않는 손이 땅을 직사각형으로 잘라 들어 올린 듯 땅 위에 그려진 직사각형 부분이 지면 위로 떠오르기 시작했다. 잘린 지면이 제이크와 사바산의 머리 위로 떠올랐다. 그 완벽한 순간을 방해하는 것은 약간의 먼지밖에 없었다. 제이크는 잘린 지면이 자신들에게 떨어질까 두려워하며 잠시 동안 지면을 노려보았다. 하지만 그의 호기심은 거대한 두려움보다 더욱 컸다. 그래서 제이크는 고개를 숙여 직사각형의 지면이 들리고 드러난 것이 무엇인지 살펴보았다.

직사각형 모양으로 잘리고 들린 지면 밑에는 흙이라곤 없었다. 그리고 엄밀한 의미의 동굴도 없었다. 자연적으로 만들어진 동굴이 이렇게 완벽하고 아름다운 모양일 리 없었다. 동굴의 벽은 흙과 돌로 이루어진 게 분명했지만…… 자연스럽지 않았다. 금속 같은 것이 짙은 갈색의 담요에 수 놓인 금색 실처럼 벽에 박혀 있었다. 그 금속에 닿은 새벽빛이 다시 반사되었다. 땅속으로 들어가는 계단도 있었는데, 계단을 이루는 선은 모두 완벽하고 정밀했다. 벽에 박혀 있는 수정들이 땅속으로 들어가는 길을 비추고 있었다.

그들은 마치 얼어붙은 듯 계단 입구에 서 있었다.

"우리가 찾으러 온 게 바로 이거야."

사바산이 말했다.

"여기가 우리의 종착지라네, 템라. 여기에 안 들어가 볼 수는 없어."

제이크는 그곳에 오랫동안 서 있었다. 뜨거운 감정이 제이크의 내부에 몰아쳤다. 그러고 나서 두 프로토스는 땅속에 숨겨진 비밀을 찾아 계단 속으로 천천히, 조심스럽게 발걸음을 내디뎠다.

● ● ●

"음, 동굴이요?"

"그랬어요. 만약 그들이 우연히 찾아낸 게 케이다린 수정이었다면, 꿈속에서 보고 찾아낸 것은 과연 무엇이었는지 궁금해요."

로즈메리는 실용주의자였다.

"자마라가 얘기해주겠죠."

조종석에 앉은 그녀는 제이크 램지와 있었던 일을 곰곰이 생각해 보았다. 처음에 로즈메리의 관심거리는 오직 그녀의 고용주가 기뻐할 만한 정보를 제이크가 갖고 있는지 여부였다. 제이크가 자신의 경험을 이야기하기 시작했을 때, 로즈메리는 미소를 짓고 고개를 끄덕여줬다. 하지만 지금은…….

로즈메리는 일과 관련된 점을 빼면 프로토스와 저그에 대해 그리 많이 알지 못했다. 어디를 쏴야 빨리 죽는다거나 어디에 가면 그들을 쉽게 만날 수 있다거나 하는 정도가 로즈메리가 외계 종족에 대해 가진 지식의 전부였다. 하지만 지금은 제이크에게서 이런저런 것들을 들으니 프로토스에 대해 흥미가 생겼고, 심지어 매혹되기까지 했다. 깊은 생각에 빠져 있던 로즈메리는 콘솔에서 알림음이 울리자 흠칫 놀랐다. 제이크도 앉은 자리에서 삼십 센티미터는 족히 튕겨 일어났다. 그들은 서로의 시선이 마주치자 웃음을 터뜨렸다.

"우리는 망자의 우주에 와 있어요."

로즈메리가 말했다.

"이선으로부터 별 말이 없는 걸 보면, 이곳에 자치령 세력은 없는 모양이에요. 안전벨트를 꽉 매요, 제이크. 이제부터 슬슬 재미있을 테니까."

제18장

로즈메리는 탈출 포드를 도시 경계에서 약 사 킬로미터 떨어진 작은 빈터에 착륙시켰다. 그녀는 탈출 포드를 멋지게 착륙시킨 다음, 숙달된 실력으로 바위 밑의 틈새로 포드를 몰고 갔다. 그러고는 즐겁게 말했다.

"못 믿겠지만, 나는 아직 누구에게도 숨은 곳을 들킨 적이 없어요. 여기라면 항공 정찰에도 절대 들통이 날 염려가 없어요. 다시 운이 따르는 것 같군요."

로즈메리는 모든 스위치를 다 끄고 무기고를 뒤지러 갔다. 그녀는 적어도 다섯 정의 권총을 꺼낸 다음, 제이크에게 두 정을 던져 주었다. 제이크는 한 자루는 받았지만, 한 자루는 놓쳐 땅에 떨어뜨렸다. 로즈메리는 그 모습을 보고 한숨을 쉬었다.

로즈메리는 수족처럼 익숙한 AGR-14 가우스 소총과 산탄총 중 어느 것을 고를지 망설였다. 결국 그녀는 산탄총을 골랐다.

"이게 더 가볍고, 근접전에서는 매우 효과적이지요. 만약 우리에게 무기가 필요하게 된다면, 솔직히 말하면 근접전에서는 권총이 최고예요. 이곳에서 전투가 벌어진다면 근접전이 될 거예요. 무기 사용법은 알고 있어요?"

제이크는 고개를 끄덕였다. 싸워야 할지도 모른다는 생각을 하니 기분이 나빠졌다. 제이크는 권총 두 자루를 로즈메리가 준 탄띠에 결속했다. 갑자기 로즈메리가 동작을 멈추고 제이크를 보았다.

"그동안 샤워를 못 하신 게 오히려 도움이 될 거예요."

로즈메리가 말했다.

"보아하니 그 사실을 수긍 못 하시는 것 같네요. 두려워하는 티는 내지 않도록 하세요, 알았죠?"

"가급적 추잡하고 무섭게 보이도록 하죠."

제이크는 건조하게 말했다.

"그냥…… 옆에 붙어 있어요, 알았죠? 아무리 운이 좋다고 해도 한 시간을 넘기지는 못할 테니까요. 이선은 내가 알아볼 수 있는 사람을 보낸다고 했어요. 그리고 그 사람이 정확히 어디에 올지 알고 있고요."

로즈메리는 다시 제이크를 위아래로 살펴보며 말했다.

"여기 머물러 있어야 할 경우가 생길지도 몰라요. 그러면 제가 교수님을 데리러 돌아올게요."

"오, 이런"

제이크가 말했다.

"그리고 아무것도 섣불리 건드려서는 안 돼요, 알겠죠? 무슨 일이 생기면 제가 처리할게요."

"그거라면 걱정할 필요가 없어요."

로즈메리는 숙련된 동작으로 산탄총을 등 뒤로 돌려 멨다.

"그럼 천국으로 여행을 떠나자고요."

●　●　●

제이크는 살면서 형편없는 행성들을 많이 다녀 봤다. 이곳도 사실 끔찍한 겔가리스에 비하면 명함도 못 내밀 수준이었지만, 그래도 충분히 안 좋은 행성이긴 했다. 이곳은 돌투성이의 황량한 행성이었고, 하늘은 볼수록 기분 나빠지는 적갈색이었다. 어디를 봐도 하늘과 똑같은 색의 고운 먼지가 내려앉아 있었다. 천국의 외곽에는 작은 판잣집들로 가득했다. 제이크와 로즈메리가 앞으로 나아가자 요리 냄새와 기름 냄새, 적갈색 먼지의 매캐한 냄새, 오랫동안 목욕을 못한 인체에서 나는 악취가 코를 찔렀다. 제이크는 자신에게 쏟아지는 사람들의 시선을 느꼈다. 동시에 소총을 장전하는 소리도 들려왔다.

제이크와 로즈메리는 나란히 걸어갔다. 시야에 보이지는 않았지만, 누군가가 자신과 같은 방향으로 걷고 있는 게 느껴졌다. 제이크는 계속 시선을 전방에 고정하고 걸어갔다. 갑자기 얼굴에 뭔가가 날아와 묻자 제이크는 놀라서 손을 얼굴에 댔다. 손에 축축한 기분이 느껴졌다. 그리고 번들거렸다. 침이었다.

로즈메리는 몸을 휙 돌리며 산탄총을 발사했다. 강력한 산탄은 제이크에게 침을 뱉은 사람의 몸에 수십여 개의 구멍을 뚫어 놓았다. 그는 그 구멍으로 피를 뿜으며 비틀거리다가 쓰러졌다. 제이크는 쓰러진 상대를 바라보았다.

'말하면 안 돼. 움직여서도 안 돼.'

마음속의 소리는 어떤 반항도 용납하지 않았다.

로즈메리는 사격 자세를 흐트러뜨리지 않은 채 주변을 돌아보며 소리쳤다.

"누구 침 뱉어볼 놈 또 있어?"

제이크는 죽은 사람에게서 억지로 시선을 뗐다. 주변에는 몇 안 되는 사람들이 있었다. 남자와 여자가 뒤섞여 있었다. 그리고 모두 거칠고 분노에 차 살의를 띠고 있는 게 느껴졌다. 하지만 이제 아무도 제이크를 노려보지 않았다. 그들의 시선은 흑청색의 단발머리를 하고 연기를 뿜는 큰 산탄총을 든 작은 여자에게 고정되어 있었다.

"물론 그럴 놈은 없겠지."

로즈메리는 몸을 돌려 제이크의 시선과 마주했다. 그러고는 부드러운 목소리로 지시했다.

"시신을 걷어차세요."

"뭐라고?"

제이크가 놀라서 속삭였다.

"걷어차라고요."

'걷어차, 제이콥.'

제이크는 한 발을 뒤로 뺐다가 시신을 세게 걷어찼다. 발길질을 당한 시신은 세게 밀려났다. 제이크는 분노가 목구멍을 타고 올라오는 것을 느꼈다.

"이제 몸을 돌려 여기를 떠나요. 화난 표정을 지으라고요."

제이크는 최선을 다해 로즈메리의 지시를 따랐다. 마치 노려보는 사람들의 시선이 실제로 찌르기라도 하는 것처럼 뒤통수가 따가웠다.

"말로 해서 조용해질 사람들이었다면 그 이상 좋을 게 없지요."

로즈메리는 제이크를 올려다보며 덧없는 미소를 지었다.

"여기가 얼마나 위험한 곳인지 알아 두라고요."

제이크는 대답하지 않았다.

마을은 외곽의 판자촌과 다를 바 없었다. 아니, 더 나빴다. 왜냐하면 사람들로 붐비는데다가 더 시끄러웠고, 건물들이 더 많아서 저격당할 위험이 높았기 때문이다. 대부분의 건물들은 표준 보급형 조립식 건물이었지만, 모두 낡았다. 건물 중에는 이 행성에서 구할 수 있는 유일한 건축자재로 보이는 돌이나 우주선 파편을 주춧돌 삼아 세워진 것도 있었다. 제이크는 식민지가 악당들에게 넘어간 경우도 있었고, 한때 교회와 상점, 주택을 갖추고 있던 작은 마을들이 황폐해진 경우도 있다고 알고 있었다. 하지만 지금 제이크의 눈앞에 펼쳐져 있는 마을은 지금보다 상태가 더 좋았던 적이 한 번도 없었다. 이곳은 처음부터 지금까지 줄곧 불결한 장소일 뿐이었다.

로즈메리는 파란 눈으로 주변을 매섭게 둘러보았다.

"아는 사람이 보이지 않네요."

그녀가 미간을 약간 찌푸렸다.

"하지만 자치령에서 냄새를 조금이라도 맡았다면, 이렇게 조용하지는 않았을 거예요. 따라와요, 거리를 벗어나자고요."

로즈메리는 제이크의 팔을 잡고 황폐한 건물로 끌고 갔다. 제이크는 시끄러운 패싸움 소리와 총성이 들릴 것을 예상하며 마음을 다잡았다. 하지만 건물로 다가갈수록 무시무시한 정적만이 흐르고 있었다. 건물의 문은 낡고 상처투성이였다. 로즈메리는 잠시 동안 멈췄다. 제이크는 로즈메리를 쳐다보았고, 깜짝 놀랐다. 그리고 자신이 미처 눈치채기도 전에 그녀의 생각을 읽고 있었다.

로즈메리는 이 장소를 잘, 너무나 잘 알고 있었다. 그녀는 이곳에서 오랜 시간을 보냈고, 이곳으로 돌아온 일을 별로 기쁘게 생각하지 않고 있었다. 로즈메리가 문을 열자 기분 나쁜 냄새가 진동했다. 제이크는 나오려는 기침을 간신히 참아야 했다.

건물 안에 있던 사람들의 생각이 제이크를 급습했다. 혼돈, 광기, 분노, 환희, 그 밖에 여러 가지 생각과 감정들이 마치 벌레처럼 제이크의 뇌 속으로 기어들어와 그를 옭아맸고, 부드럽게 또 놀랍게 덮쳐왔다. 그리고 지독히 괴로운 망상이 제이크를 괴롭혔다…….

제이크는 비틀거리며 한 발자국 물러섰다. 그러자 로즈메리가 성난 표정으로 그를 바라보았다.

'상대방의 마음이 변한 걸 알면 당혹스럽지. 상대가 그렇게 되면 다루기 어려워져.'

자마라가 메시지를 보내오자 이상하게도 기분이 편안해졌다. 제이크는 자마라가 무섭고 원치 않는 영상들을 조용히 막아주고, 방패막이처럼 그와 다른 사람들 사이에 존재하는 게 느꼈다. 그러자 제이크는 마약에 오염되지 않은 건전한 정신에서 나오는 정상적이고 일상적인 생각이야말로 다루기 힘들다는 생각이 들었다.

제이크는 떨고 있었다. 로즈메리가 다가와서 그를 조심스레 부축했다. 제이크는 로즈메리를 내려다보고 충격을 받았다. 그러고 보니 이곳이 이선과 처음으로 데이트를 했던 곳이라던 로즈메리의 말이 기억났다. 그리고 담배를 피우지 못해 애태우던 그녀의 모습도 떠올렸다. 희미하게나마 뭔가를 암시하는…….

그때 제이크는 깨달았다. 로즈메리 달은 이곳에서 마약 중독을 치유하고 있었다.

그리고 로즈메리가 이선 스튜어트를 처음 만난 곳은 바로 마약 소굴이었다.

로즈메리는 얼굴을 찌푸렸고, 제이크의 몸을 살짝 흔들었다. 그러고는 강한 어조로 속삭였다.

"꼭 붙어 있어야 해요."

그러고 나서 방을 살피기 위해 몸을 돌렸다. 제이크는 비틀거리면서도 로즈메리의 동작을 흉내 냈다.

'제이콥, 자네가 읽어야 할 생각은 없어.'

자마라의 목소리가 다시 들려왔다. 목소리에는 걱정이 묻어 있었지만, 제이크는 다시 그 안에서 안정을 찾았다.

제이크의 눈은 어두운 방 안에 점점 익숙해졌다. 이곳에는 창문이 없었다. 의자도 없었다. 흙투성이가 된 매트리스들과 베개들만이 방바닥에 널브러져 있었다. 중독자들은 지저분한 침구 위에 마치 시체처럼 쓰러져 있었다. 그들이 중독의 마지막 단계에 아직 도달하지 못했다는 증거는 고통 또는 환희를 느끼며 내는 약한 신음소리, 몸을 뒤척이는 소리뿐이었다. 물이 담긴 양동이와 걸레를 든 젊은 남녀들이 왔다 갔다 하며 마약에 너무 취해 정해진 곳에 대소변을 보지 못하는 사람들이 싸지른 배설물을 치우고 있었다. 희미한 빛을 내는 싸구려 손전등이 유일한 조명이었다. 그 빛 속에서 제이크는 사람들의 목에 채워진 반짝이는 물건을 볼 수 있었다.

'저들은…… 노예인가?'

제이크가 그저 상황을 지켜보는 것 말고 다른 동작을 취하기도 전에, 로즈메리가 그를 끌고 방을 가로질러 다른 문으로 데려갔다.

"다른 방은 여기보다 상태가 나아요. 여긴 싸구려 손님들만 받는 곳이거든요."

가운데 방으로 들어가 보니, 훨씬 조용하고 깨끗했다. 물론 신음소리, 바닥에 드러누워 있는 사람들, 냄새나는 연기는 있었지만 속이 뒤집어질 듯한 배설물 냄새와 구린내는 없었다. 바닥은 카펫이 깔린 부드러운 재질로 마감되어 있었다. 베개도 한결 좋았다. 그리고…… 직원들은 걸레와 양동이가 아닌, 여러 종류의 마약이 담긴 쟁반을 들고 다니고 있었다. 바에 앉아 음료수나 담배, 기타 기호품을 즐기는 사람들도 있었다.

제이크는 이런 곳이 있다는 사실을 믿을 수 없었다. 로즈메리는 조금도 동요하지 않는 것 같았다. 제이크는 고개를 돌려 로즈메리를 쳐다보았다. 그는 로즈메리가 한때 이런 돼지우리 같은 곳에서 뒹굴었다는 사실에 놀랐다. 그럼에도 불구하고 마약을 끊고 이만한 지력과 순발력, 기술이 필요한 일을 하고 있다는 사실에 또 한 번 놀랐다.

로즈메리는 골똘히 방 안을 훑어보았다. 갑자기 그녀의 얼굴에 미소가 떠올랐다.

"저기 탈출구가 보이네요."

로즈메리가 제이크에게 속삭였다. 그러면서 방금 방 안에 들어선 키 큰 근육질의 여자를 향해 고개를 끄덕였다. 그녀는 로즈메리와 전혀 닮지 않았지만, 왠지 비슷한 느낌을 풍겼다. 두 여자의 태도는 비슷했으며, 풍기는 분위기도 비슷했다. 다만 그 여자는 제이크만큼 키가 컸고, 건장했다. 그녀의 금발은 허리 아래까지 길게 늘어진 말총머리 부분을 제외하면 모두 빡빡 깎여 있었다. 그녀의 팔뚝에는 다양한 문신들이 빼곡히 새겨져 있었다. 희미한 불빛 아래서 제이크가 그 문신의 내용이 뭔지 알아낼 도리는 없었지만, 그럴 생각도 없었다. 그 여자는 로즈메리를 보고 고개를 살짝 끄덕였다. 그녀는 바로 다가왔고, 제이크와 로즈메리 곁에 섰다.

"아는 사람을 만나게 되니 반갑군."

로즈메리가 말했다. 그리고 한 마디 덧붙였다.

"게다가 마약 때문에 맛이 간 사람도 아니네."

말총머리 여자가 굵은 목소리로 웃었다.

"로즈메리, 나도 마찬가지야. 잘 지내는 것 같군."

그녀의 눈이 제이크의 눈과 마주쳤다. 제이크는 겁을 내지 않으려고 애썼다.

"이 사람이야?"

"그는 우리 편이지."

로즈메리가 대답했다.

"그나저나 우리한테 음료수나 스팀샷을 사주려고 여기 온 건 아닐 거라고 생각하는데, 리자."

"물론 이 아편굴에서는 아니지."

리자가 탁한 목소리로 대답했다.

"가자."

리자는 다시 제이크를 보았다. 그러자…… 왠지 제이크의 마음 한 구석이 떨려왔다. 뭔가 이상했다. 제이크는 강하고 태연한 말투가 나오도록 목의 긴장을 가까스로 풀고 말을 건넸다.

"두 사람은 언제부터 알고 지낸 거죠?"

"육 년 전부터예요. 그동안 참 많은 일을 겪었어요. 안 그래, 리자?"

로즈메리가 대답했다.

리자가 미소 지었다.

"나도 옛날 얘기나 하고 싶지만, 여기서 빨리 나갈수록 이선과 나에게 더 좋을 거야. 어서 가자."

'자마라……?'

자마라가 방벽을 거두었다. 제이크는 마약으로 몽롱해진 사람들의 생각과 감정에 귀를 막았고, 온 힘을 다해 리자에게 집중했다.

'로즈메리는 결코 바보가 아니야. 그리고 이선도 곧 도착할 거야. 만약 로즈메리가 가져온 이 조커를 제때 가로채지 못하면…….'

제이크는 리자를 쳐다보았다. 리자도 제이크를 쳐다보았다. 로즈메리는 그런 두 사람을 번갈아 훑어보았다. 제이크가 아니라고 고개를 저었다. 리자가 자신의 권총집 속에 든 권총을 뽑으려고 손을 뻗친 순간, 로즈메리도 산탄총의 총구를 옛 친구의 면상에 들이대고 바로 방아쇠를 당겼다.

리자의 선 굵은 얼굴이 박살 나며 피와 뼛조각, 뇌의 파편들로 조각나 흩뿌려졌다.

제이크는 총성에 깜짝 놀랐다. 비명 소리가 터져 나왔다.

"빌어먹을, 제이크, 리자에 대해서는 나보다 더 잘 알 줄 알았는데요."

로즈메리가 제이크를 출구로 밀어붙이며 소리쳤다. 제이크는 바닥에 대자로 드러누운 리자의 시신에 발이 걸려 넘어졌다. 토하려는 걸 억지로 참았다. 자마라가 다시 방벽을 쳤고, 그를 진정시켜 주었다. 제이크는 재빨리 일어나 온 힘을 다해 출구로 뛰어갔다. 로즈메리는 달리면서 사격을 가했다. 제이크는 불쌍한 노예들이 배설물보다 더 심한 걸 치워야겠다는 놀라우리만치 냉정한 생각을 했다.

"꼭 붙어요!"

로즈메리가 소리쳤다. 제이크는 그대로 따랐다. 그들은 문을 밀치고 거리로 달려 나갔다. 마음속에서 자마라가 움직이는 게 느껴졌다. 방벽이 다시 낮아졌다.

'제이콥, 공포와 분노 속에서 위협을 골라내는 데 집중해야 해. 그래야 살 수 있어.'

제이콥의 마음속에 아이어의 어둡고 안개 낀 우림 속을 달리던 템라와 사바산이 갑자기 떠올랐다. 그들은 언제나 포식자들, 다른 동물들, 또는 프로토스를 경계하고 있었다. 제이크는 그 이미지에 매달리면서 위협을 찾아내고 달리는 데 열중했다.

'……지금이라면 한 방에 맞출 수 있어…….'

"왼쪽이야!"

제이크가 소리쳤다. 로즈메리는 왼쪽으로 몸을 재빨리 돌린 후 사격을 가했다. 그러자 왼쪽에서 다른 생각은 들려오지 않았다.

'……어떻게 되는지 모르겠지만, 일단은 여기서 빠져나가는 게…….'

로즈메리는 움직이며 몸의 방향을 틀었다. 그러자 제이크가 소리쳤다.

"아냐, 그는 이곳을 뜨려는 거야!"

덩치 작은 암살자인 로즈메리는 망설이더니 총구를 내렸고, 계속 달렸다. 제이크에게 안도의 물결이 몰려왔다. 그는 공포와 학살의 와중에서도 생명을 구하고 싶었다.

'……젠장, 사고뭉치, 네가 뭔 짓을 하고 있는지 알기나 해?'

"사고뭉치?"

제이크의 머릿속에 로즈메리가 침대에 누워 있는 모습이 떠올랐다. 로즈메리의 새까만 머리카락과 창백한 피부는 그녀의 알몸을 가려주고 있는 빨간색 홑이불과 명확한 대비를 이루었다. 그리고…….

상상은 제이크의 것이 아니었다. 제이크가 소리쳤다.

"이선! 그가 오고 있어!"

그 직후, 제이크는 호버 사이클 특유의 소리를 들었다. 여섯 대의 호버 사이클이 난데없이 튀어나와 그들에게 다가왔다. 그중의 네 대는 그들을 지나쳐 갔고, 제이크는 순간적으로 호버 사이클에 장착된 장갑과 불을 뿜는 무기를 보았다. 나머지 두 대는 제이크와 로즈메리 앞에 급정거했다.

첫 번째 호버 사이클의 운전자는 검은 옷을 입고 있었다. 그의 피부는 그을려 있었고, 눈동자도 갈색이었다. 머리칼은 검었고, 미소를 짓자 굉장히 하얀 치아가 드러났다.

"오랜만이야, 사고뭉치. 만나서 반가워요, 교수님. 어서들 타요. 그리고 꽉 잡아요."

제이크와 로즈메리는 지체 없이 그의 말에 따랐다. 로즈메리는 이선의 뒷자리에 올라타 팔로 그를 끌어안았다. 그 자리에 탈 수 있는 사람은 로즈메리 말고는 없어 보였다. 제이크도 두 번째 바이크에 뛰어올라 운전자를 끌어안았다. 두 번째 바이크의 운전자는 온몸이 단단한 근육으로만 이루어진 듯한 덩치 큰 사나이였다. 호버 사이클이 출발하자 제이크는 주변을 둘러볼 겨를이 없었다.

'즉시 휴식을 취해야 해.'

자마라의 메시지가 들렸다.

'오늘 자신을 지키고 다른 사람들의 마음속을 살피느라 기력을 너무 많

이 소모했어. 잘했어, 제이크.'

'자마라, 난 이 친구랑 얘기 좀 해야겠어요.'

'바로 쉬지 않으면 자네는 뇌손상을 입게 될 거야. 그건 용납할 수 없어.'

너무 빨리 달리는 바람에 주변 풍경이 흐릿하게 보였다. 그것도 풍경이라고 할 수 있다면 말이다. 제이크는 살짝 어지럼증을 느끼기 시작했다. 마침내 호버 사이클이 속도를 줄이고 멈췄다. 제이크는 후들거리는 다리로 호버 사이클에서 내렸다. 그리고 그와 로즈메리가 타게 될 작은 최신형 우주선을 어렴풋이 알아차렸다. 사람들의 목소리도 어렴풋이 들려왔으나, 웅얼대는 말의 내용은 제대로 들리지 않았다. 그리고 제이크는 지면이 엄청난 속도로 자신을 향해 달려오는 것을 어렴풋이 느꼈다.

많은 손들이 제이크의 몸을 움켜잡았다. 제이크의 기억은 거기까지였다.

제19장

처음에는 벽이 매끈했다. 하지만 천천히 안으로 깊이 내려가면서, 제이크는 벽의 질감이 달라지고 있다는 점을 눈치챘다.

벽의 색조는 검은색과 은색, 회색을 띄었고, 가는 끈 같은 소용돌이들이 갈수록 또렷해졌다. 제이크는 손가락으로 소용돌이들을 쓸어 보았다. 덩굴처럼 부드러웠다. 그리고 손가락이 소용돌이에 닿는 순간, 제이크는 분명히…… 생명을 느낄 수 있었다. 생명? 돌 안에? 어떻게 그런 일이 가능하단 말인가? 그러나 이것은…… 이한리가 남긴 유적이었다. 그들에게 무엇이 가능하고 무엇이 불가능한지 누가 알겠는가? 동굴 속으로 깊숙이 들어갈수록 추워졌고, 제이크는 몸을 떨었다.

제이크는 희미하지만 깊은 소리가 자신의 뼈를 울린다는 사실을 눈치챘다. 이제는 그 소리가 꽤 오랫동안 들려왔다는 것도 알아챘다. 하지만 자신의 빠른 심장 소리와 너무나 비슷해서 도저히 외부에서 들려오는 소리라고는 생각할 수 없었다. 계단이 꺾어지면서 갑자기 완벽한 암흑이 나타났다. 굴곡지고 툭 튀어 나온 벽에 박혀 있는 보석에서 나오는 빛도 여기까지인 듯했다. 제이크와 사바 산은 걸음을 멈췄다. 제이크는 공기가 자신들을 부드럽게 휘감고 있으며, 앞에 뭔가가 놓여 있음을 눈치챘다. 이곳은 매우 넓고 탁 트인 곳이었다. 탁 트였다 고? 지표에서 한참 아래인 지하에? 이곳은 도대체 얼마나 넓단 말인가?

사바산의 망설임은 찰나에 불과했다. 결국 그는 마지막 발자국을 떼어 놓 았다.

갑자기 새벽이 밝아온 듯 주위가 환해졌다. 계단을 비추고 있던 보석 빛깔의 불빛과는 달리, 이곳을 비추는 빛은 부드러운 백색광이었다. 그들 앞에 열려 있 는 이곳은 광활했고, 공기는 차갑고 부드러우면서도 깨끗했다. 인위적인 평탄 화 과정을 거친 바닥에는 돌로 된 형상들이 튀어나와 있었다. 형상들은 거칠거 나 날카롭지 않았고, 누군가가 조각하고 광을 낸 모습이었다. 돌 조각에는 다 양한 색상의 작고 빛나는 보석들이 박혀 있었다. 천장은 자체적으로 부드러운 백색광을 발하고 있었다. 마치 그 속에 광원이 있는 것처럼 빛나고 있었다. 제 이크에게 거센 감동이 밀어닥쳤다. 모든 것은 균형이 딱 맞아 보였다. 누군가가 이곳에 가져다 놓은 금속들과 보석들, 기타 재료들의 색상은 돌과 흙의 원래 색 상과 완벽한 균형을 이루고 있었다. 그리고 그 누군가는 이한리가 분명했다. 이 곳의 모든 것은 완벽히 보존되어 있었다. 이곳에는 바람도, 모래도, 물도, 자신 들이 이해하지 못하는 것을 모조리 때려 부수기로 작정한 프로토스 부족의 부 주의하고 파괴적인 손길도 일절 들어온 흔적이 없었다. 제이크는 불과 얼마 전 까지만 하더라도 자신이 알던 세계의 전부였던 지상에 대해 생각했다. 그는 너 무나도 초라한 프로토스의 오두막집, 말린 진흙으로 막대기를 연결하고 가죽 과 나뭇잎으로 지붕을 씌워 지은 집들을 생각했다. 제이크는 프로토스의 도구와 무기들, 몸을 치장하는 무늬에 대해 생각했다. 그는 프로토스들이 뼈, 조개껍데기, 돌 같은 걸로 정성스레 만든 목걸이를 생각했다. 그리고 한때 자신이 그런 목걸이를 얼마나 아름답게 여겼는지도 생각했다. 물론 지금도 목걸이들이 아름답다고 생각했다. 그러나 지상에서 본 어느 것도, 심지어 애석하게 파괴된 이한리의 유물들조차도 지하 세계의 아름다움에는 견줄 수 없었다. 그리고 자신이 이제까지 알아낸 이한리의 영광은 이곳에 안전하게 숨겨져 자신들을 기다리고 있던 것들에 비하면 정말 보잘것없다는 사실을 알게 되었다. 자신들을 이해하려고 노력하는 사람들의 눈에 띄기를 기다리고 있던 이것들에 비하면!

제이크는 이제 더 이상 과거와 같은 시선으로 지상의 세계를 볼 수 없음을 알게 되었다.

사바산은 앞으로 나아가 한때 천연석이었던 돌기둥 옆에 섰다. 그는 보석들을 쳐다보았고, 제이크에게 오라고 손짓했다. 제이크가 서둘러 그쪽으로 갔다.

"저것이 보이나?"

사바산은 제자에게 물었다.

이번에는 제이크의 눈에도 보였다. 돌기둥에는 여러 개의 보석으로 만들어진 직사각형이 있었다. 보석들은 모두 희미하게 빛나고 있었다. 제이크는 아라도를 그리기 위해 손을 들었다.

1:1.6······.

각각의 보석들은 케이다린 수정이 지상에서 들려주었던 곡을 좀 더 부드럽게 변주하여 허밍으로 들려주기 시작했다. 제이크는 마지막 보석을 만졌다. 노랫소리가 커졌고, 모든 보석들이 일순간 환하게 밝아졌다가 다시 원래의 약한 빛으로 돌아갔다.

부드러운 윙윙 소리를 들은 두 프로토스는 몸을 돌렸다. 멀리 떨어진 벽에 빛나는 선이 생기기 시작했다. 제이크는 그 선들이 만들어낼 균형을 알고 있었다. 선들은 빠르게 움직여 직사각형을 이루고는 확 밝아졌다가 사라졌다. 잠시 후 직사각형 부분이 낮고 큰 마찰음을 내며 왼쪽으로 열렸고, 그 속에서 평평한 단이 느리게 방 안으로 나왔다.

빛나고 구불구불한 덩굴이 단의 안팎을 감싸고 있었고, 단 위에는 여섯 구의 시신이 누워 있었다. 아름다운 꿈의 세계와 은은한 소리, 빛나고 반짝이는 완벽함이 순식간에 끔찍한 악몽으로 변하고 말았다.

제이크는 내면으로부터 솟아오르는 끔찍한 공포와 역겨움에 사바산을 향해 몸을 던졌다. 얼마나 세게 안겼던지 사바산이 비틀거릴 정도였다. 돌바닥에 세게 쓰러진 제이크는 사지를 사용해 계단으로 기어가기 시작했다. 그들이 결코 알아내지 말았어야 할 비밀을 등지고, 자신이 알고 이해하는 지상의 세계로 돌아가고 싶었다…….

사바산의 손이 자신의 발목을 잡자, 제이크는 다시 한 번 놀라 까무러쳤다. 그리고 사바산의 평온한 메시지가 공포로 정신을 못 차리는 제이크의 뇌에 온전히 전달되기까지는 약간의 시간이 걸렸다.

"템라, 그들은 오래전에 죽었어. 그들은 우리를 해치지 않아. 죽은 지 오래되어 잔디처럼 바싹 말랐어. 여기에 무서운 건 전혀 없다네."

템라는 도저히 진정할 수 없었다. 하필이면 여기에 죽은 프로토스들이 있단 말인가? 그는 신경을 잔뜩 곤두세우고 시신들 가까이로 천천히 다가갔다. 이곳의 공기는 호흡하기엔 문제가 없었지만 매우 건조했다. 지상의 습한 공기와는 전혀 달랐고, 일반적인 동굴 속 공기와도 달랐다. 이렇게 부자연스러울 정도로 건조했으니 죽은 프로토스들이 썩지 않고 건조되었으리라. 만약 시체를 만졌다간 부스러질 거라고 제이크는 생각했다.

그들은 잠시 동안 멈춰 서서 죽은 이들에게 조의를 표했다. 사바산은 주위를 둘러보았고, 뭔가를 발견했다. 이처럼 거대한 방이 여기 하나만 있는 게 아니었다. 불완전함 속에서 완전한 계란형 단면의 터널들이 다섯 방향으로 뚫려 있었다. 템라는 옆구리에 찬 주머니를 뒤져 짧은 숯을 꺼냈다. 그리고 무릎을 꿇고 앉아 바닥에 표시를 한 다음, 일어나서 터널들을 바라보았다.

"어디로 가야 할까요?"

제이크는 이곳의 크기와 복잡함, 아름다움에 다시 한 번 경탄했다. 이곳은 아파에서 온 방랑자들이 아이어를 떠난 후 지금까지 수백 년 동안 누구도 찾아오지 않았다. 이런 곳이 있는지 알고 있는 사람은 없었다. 기억하고 있는 사람도 없었다. 이런 게 있을 거라고 생각해본 사람 역시 없었다. 이곳의 실체를 알았던 프로토스가 있을까? 이곳은 잊힌 장소라고 해야 하나, 아니면 발견된 장소라고 해야 하나? 그리고 이제 또 어디로 가야 한단 말인가?

사바산은 자신들에게 남겨진 선택들을 돌아보았다.

"이곳에는 우리가 이제부터 죽을 때까지 파헤쳐도 다 알 수 없는 수수께끼들이 있다네. 우리는 그중 한 가지…… 아라도만 발견했을 뿐이야. 내 생각에 이곳에는 수천 개의 비밀들이 숨어 있을 것 같아. 그 사실에 초점을 맞춰야겠지. 우선 아라도를 따르자고, 템라."

제이크는 고개를 끄덕였다. 그는 터널이 나 있는 모습을 유심히 살펴본 뒤 아라도에 가장 잘 맞는 듯 보이는 터널을 가리켰다. 두 프로토스는 그 터널을 통해 다른 방으로 들어섰다. 그 방은 처음 들어간 방과 거의 똑같았다. 유일한 차이점이 있다면 가슴 뛰는 소리가 더욱 커졌다는 것이었다. 제이크는 바닥에 또 다른 표시를 했다. 주위를 둘러본 그들의 눈에 더 많은 터널이 보였다. 그들은 계속 나아갔다.

제이크는 몇 걸음 나아갈 때마다 바닥에 표시를 했다. 또한 항상 어깨 너머로 주변을 경계하는 일을 잊지 않았다. 마치 죽은 지 오래된 프로토스들의 유령이 이들 이승국의 불청객들이 길을 잃게 만들어 자신들처럼 저승국의 주민이 되게 하려고 뒤를 따라오며 표시를 지워 없애는지 살피는 것 같았다.

사바산은 그런 제이크를 보고 살짝 재미있어 했다.

"아무것도 아닌 거 가지고 무서워하고 있군, 템라."

사바산의 한 마디에 제이크는 부끄러워 고개를 움츠렸다.

그들이 나선을 그리며 각각의 방으로 들어갈수록 소리는 커졌다. 그리고 마침내 마지막 방에 도착했다. 그들의 머리 위를 감싸고 있는 천장은 반구형이었다. 바싹 마른 프로토스 시신 여섯 구를 감싸고 있던 덩굴이⋯⋯.

• • •

"전선이군요."

제이크는 자마라에게 말했다.

"전선이에요. 하지만 왠지 유기물로 만들어진 것 같아요."

• • •

⋯⋯그들 머리 위는 물론 주위를 감싸고 있었다. 이곳에는 시신이 없었다. 단은 비어 있었다. 그러나 방 한복판에는 이제까지 제이크가 본 것 중에 가장 크고 완벽한 수정이 있었다. 그 수정은 허공에 떠서 느리게 위아래로 오르락내리락했는데, 수 세기 동안 그렇게 움직였을 거라는 데 의심의 여지가 없었다. 수정은 나른하게 움직이면서 고동치고 있었고, 제이크는 이것이 바로 여기서 들려오던 심장 뛰는 소리의 근원임을 깨달았다. 오랫동안 제이크는 공포를 잊고 넋을 잃은 채 수정을 응시했다. 제이크는 수정의 눈부신 아름다움과 완벽한 형상에 매료되었다. 그는 수정의 면과 완벽한 비례를 보았다. 그러자 자신과 사바산이

이곳을 떠난 지 오래된, 아파에서 온 방랑자들의 친족인 것 같은 기분이 들었다. 이 버려진 세계에서 그나마 이해가 되는 것은 그들의 비밀 중 일부뿐이었다.

사바산은 제이크로부터 생각을 숨긴 채 주변을 뚫어져라 살펴보았다. 그 모습은 이곳에서 제이크가 본 어떤 것보다도 강한 경각심을 불러일으켰다.

"스승님, 무얼 하시는 건가요?"

제이크는 존경의 뜻이 담긴 옛 호칭을 사용해 불렀다. 제이크는 더 이상 사바산이 자신과 동등하다고 여기지 않았다. 그저 허공에 떠서 고동치는 수정을 보고 있자니 자신이 한없이 어리고 무지하다고 느낄 뿐이었다.

"깨달음을…… 얻은 것 같네."

사바산이 조용히 말했다.

"모든 것의 해답은…… 바로 여기에 있다는…… 깨달음이지."

· · ·

제이크는 잠시 후 깨어났다. 그리고 자기 옆에 서 있는 사람을 보고 졸린 표정으로 눈을 깜박였다. 옆에 서 있는 사람…….

제이크는 등을 똑바로 폈고, 이불을 목까지 끌어다 덮은 채 강렬한 눈빛으로 쳐다보았다.

"안녕히 주무셨습니까, 교수님."

정장 차림의 그 남자는 육십대 정도로 보였다. 진회색의 머리카락은 한 치의 흐트러짐도 없이 다듬어져 있었고, 푸른 눈동자는 색이 흐릿했지만 여전히 매서웠으며, 얇은 입술은 말할 때에도 거의 움직이지 않았다.

"당신은 안전합니다. 보증하지요. 제 이름은 필립 랜들이라고 합니다. 머무르시는 동안 당신의 급사 노릇을 할 사람입니다. 이선 스튜어트 씨께서는 이곳을 당신의 숙소로 정하셨습니다. 부디 마음에 들기를 바랍니다.

괜찮으시다면, 그분께 교수님이 지금 일어나셨다고 전해드리겠습니다. 그분은 교수님을 몹시 만나고 싶어 하십니다."

랜들은 큰 창문 앞으로 가서 두툼한 커튼을 열어젖혔다. 햇살이 방 안으로 들어왔다. 너무 눈부셔서 제이크는 잠시 눈을 감았다. 그는 고개를 살짝 숙인 뒤 조용히 방을 나갔다. 제이크는 이제 자기 자신으로 돌아오고 있었다. 마약 소굴…… 리자…… 살아남기 위한 광란의 질주…… 제 시간에 자신들을 구하러 온 말쑥한 사나이, 이선 스튜어트. 제이크는 자신의 목숨을 구해준 이선에게 왜 이렇게 화가 나는지 알 수 없었다.

스튜어트에 대한 견해가 어떻든지, 그의 취향은 비난받을 구석이 없었다. 방을 둘러본 제이크는 경외심에 가까운 감정을 느꼈다. 발레리안의 방에서 포트와인을 마시면서 경이로운 것의 발견을 논했던 때 말고는 살면서 이렇게 화려한 방을 본 적이 없었다. 발레리안의 방에는 영광스러운 옛 무기와 갑옷이 있었고, 금속의 반사광과 담배와 가죽의 냄새가 있었다. 하지만 나름대로 검소한 분위기도 풍기고 있었다. 그곳은 연구와 훈련, 성찰을 하기 위한 곳이었다. 또한 그곳의 주인이 어떤 사람인지를 잘 보여주고 있었다. 이 방 역시 주인이 어떤 사람인지 잘 보여주는 동시에 주인의 감각도 잘 보여주고 있었다.

제이크는 높이 쌓아올린 베개에 몸을 의지해 일어나 앉았다. 그가 앉아 있는 밝은 크림색 이불은 두툼하면서도 부드러웠다. 방은 짙은 적갈색으로 칠해져 있었고, 침대의 다리는 물론 침대 발치에 놓인 푹신한 의자도 반짝이는 구리로 만들어져 있었다.

침실용 탁자 위에는 포도, 배, 오렌지, 사과 등의 과일이 잔뜩 담긴 그릇이 놓여 있었다. 제이크의 입에 침이 고였다. 이거야말로 진짜 음식이었다. 제이크는 사과를 집어 깨문 다음, 눈을 감고 그 맛을 음미했다.

"모레까지는 계속 주무실 줄 알았습니다."

제이크가 눈을 떴다. 문간에 이선 스튜어트가 미소를 지으며 여유롭게 서 있었다. 이선은 호버 바이크에서 제이크와 처음 만났을 때처럼 자신감이 충만한 멋진 남자였다. 하지만 이선에 대한 제이크의 호감도는 그때보다 조금도 나아지지 않았다.

"외계인을 두뇌에 달고 계신 고고학자라고 들었습니다. 저는 이선 스튜어트라고 합니다. 로즈메리가 저를 어떻게 소개했는지는 모르지만, 그녀가 저에 대해서 한 말은 모두 사실이 아닙니다."

제이크는 다소 시간이 걸린 후에야 이선의 말이 농담이라는 걸 눈치채고 마구 웃었다.

"좀 더 진지한 말씀도 드리자면, 로즈메리가 한동안 교수님과 함께 지냈다고 하더군요."

"매우 절제된 표현이군요."

제이크가 조용히 말했다. 이선은 순식간에 냉정해졌다.

"예, 저도 압니다. 저도 해병대와 그 배후 세력에 의해 여러 친구들을 잃었습니다. 또한 교수님께서는 머릿속에 담긴 수많은 프로토스의 기억을 재미있게 감상하신 걸로 알고 있습니다. 어찌되었든, 리자가 일으킨 난장판에 대해서는 진심으로 사죄를 구하는 바입니다. 저는 몇 달 전에 리자와 헤어졌고, 그 이후에는 그녀의 소식을 들은 적이 없었습니다. 저는 여기 와서야 다시 연락이 되었고, 그녀에게 교수님을 잘 모시라고 얘기했습니다. 그저 리자가 너무 빨리 죽은 게 유감스러울 따름입니다. 그녀가 제 이름을 판 일에 대해서는 관심 없습니다."

제이크는 이제껏 자마라에게 배운 기술을 총동원해서 이선의 생각을 조심스레 읽었다. 제이크는 로즈메리가 이선을 신뢰한다는 사실을 알고 있었지만, 이선이 그럴 만한 사람인지 스스로 확인하고 싶었다. 그는 아직도 자마라의 지식이 왜 중요한지를 제대로 이해하지 못했다. 그저 중요하다는 점만을 알고 있을 뿐이었다. 그리고 태도를 바꿔서 마치 희생양처럼 이선 스튜어트에게 모든 것을 내맡기기에는 너무 많은 것을 보았다. 제이크는 알아야만 했다. 과연 이선은 그들을 배신할까?

우선 무엇보다도, 이선은 리자에게 실로 단단히 화가 난 상태였다. 이선의 입에서 나온 말은 모두 참말이었다. 제이크는 이선의 입에서 왜 '잘 모시라고 얘기했습니다.'라는 말이 나왔는지를 조금은 알게 되었다. 제이크는 움찔 놀랐고, 재빨리 이선의 다른 생각을 뒤졌다. 그는 이선의 로즈메리에 대해 품고 있는 감정의 크기를 알고 놀랐다. 사랑이라는 말로 표현할 만큼 부드럽지는 않았지만, 강하고 실질적인 감정이었다. 자신과 이선은 서로 강하게 결속되어 있다던 로즈메리의 말은 옳았다. 이선은 어지간해서는 로즈메리를 위험에 빠뜨릴 사람이 아니었다.

제이크는 이선이 자신을 간절히 원하고 있음을 알고 또 놀랐다. 이선에게 제이크는 두 번 다시 오지 않을 기회였다. 이선은 제이크의 힘을 사용하고자 했다. 하지만 제이크는 이선의 마음속에서 배신하려는 의도나 살의는 발견할 수 없었다.

제이크는 이 정도면 충분히 공정하다고 생각했다. 로즈메리는 천사가 아니었다. 그리고 제이크는 이선이 불법적인 영역에까지 사업을 확장했다고 생각했다. 물론 이선은 제이크의 능력을 사용해 이윤을 창출할 수 있을지 알고 싶어 했다.

"그래, 제 머릿속에 뭐가 들어 있습니까?"

이선이 느리게 말하며 미소 지었다.

제이크는 우물거렸다.

"음, 저는…….."

"거두절미하죠, 제이크. 당신은 타인의 마음을 읽을 수 있습니다. 로즈메리가 교수님을 해병대에 넘겼던 이유는 그게 이득이 된다고 생각했기 때문입니다. 그리고 교수님이 저에 대해 아는 거라고는 로즈메리가 저와 같이 자는 걸 좋아한다는 것 말고 없습니다. 방금 드린 말씀을 믿으신다면 당신은 이미 인간의 경지를 넘어섰습니다."

이선이 갑자기 미소를 지었다.

"그리고 당신이 설령 완전하게는 아니더라도 어느 정도 인간의 경지를 넘어섰다고 말하는 사람이 저 외에도 또 있을 거라고 생각합니다."

"음."

제이크는 다시금 능숙하게 받아넘겼다.

이선은 제이크의 다음 말을 기다렸다.

"당신 말이 옳아요. 내가 지금 진심으로 믿을 수 있는 사람은 로즈메리 말고는 없어요. 그녀는 나와 함께 도망쳐준 사람이니까 믿을 수밖에 없어요."

제이크는 할 말을 더 생각했으나, 머릿속의 외계인은 손가락을 저으며 이렇게 말했다.

'침묵은 금이야.'

'나는…… 우리는…… 저 사람의 생각을 읽어봤어요. 그는 로즈메리나 나를 배신할 생각이 없어요.'

자마라도 어느 정도는 인정했다.

'적어도 지금에 한해서 그건 사실이야. 그러나 사람의 생각은 시시각 각으로 변해. 그리고 방법만 안다면, 텔레파시 링크에 거짓말을 할 수도 있지.'

'오, 이런.'

제이크는 프로토스의 마음이 동요하고 있음을 감지했다.

"자, 저를 믿으세요. 저는 공직에 있는 어떤 사람에게도 호감이 거의 없 습니다."

이선의 말이 계속되었다.

"저는 상황을 제게 유리하게 전개시켜서 이득을 얻는 데만 관심이 있습 니다. 그리고 그것을 위해 모든 방법을 다 알아보지요. 그게 제 본능입니 다. 그 덕분에 저는 이 모든 것을 얻게 되었지요."

이선은 손을 크게 벌려 한동안 제이크가 머물게 될 크고 안락하며 값비 싼 인테리어로 가득한 방을 가리켰다.

"보시다시피, 거기에는 뜻밖의 즐거움도 따릅니다."

"정말로 그렇군요."

제이크가 답했다.

"자, 로즈메리와 저는 알고 지낸 지 오래됐습니다. 우리는 진짜배기 용 병이지요. 이제부터는 교수님을 도울 겁니다. 교수님을 안전하게 모시고, 발에게 넘어가지 않도록 지켜 드리겠습니다. 그래야 우리 모두에게 이득 이 될 테니까요. 한번 믿어 보십시오."

이선이 발이라는 애칭으로 아크튜러스 황제의 아들을 지칭하자 제이크 는 눈을 깜박였다.

"우선 뜨거운 샤워로 의심을 날려 보내는 게 어떻겠습니까? 저쪽으로 가시면 욕실이 있어요. 진짜 물이 나오지요. 저는 이런 소소한 사치를 좋아합니다. 즐거운 것들도 좋아하고요. 저녁을 드시면서 저에게 궁금한 것들을 물어보시기 바랍니다. 시간이 되면 랜들이 모시러 올 겁니다."

이선은 윙크를 하고 문을 닫았다. 제이크는 잠시 동안 침대에 앉아 있었다. 그러다가 간절한 생각에 이끌려 자리에서 일어나 샤워기 앞으로 향했다.

• • •

욕실에서 나온 제이크는 자기 방에 다른 사람이 들어왔다 나간 것을 알았다.

누군지는 몰라도 꽤 소리 없이 몰래 왔다간 모양이었다. 불청객은 턱시도, 셔츠, 커프스 링크, 장식허리띠, 넥타이를 놓고 갔다. 턱시도는 침대 옆 옷걸이에 매달린 채 제이크를 끈기 있게 기다려 주었다. 제이크는 두툼한 목욕용 수건을 두른 몸에서 물방울을 살짝 떨어뜨리며 옷을 바라보았다.

이건 이선이 말도 못하게, 상상도 못하게, 더럽게 돈이 많다는 증거인가?

문이 열렸고, 빛나는 구두 한 켤레를 든 랜들이 들어왔다. 제이크는 그 구두가 자기 발에 꼭 맞을 거라고 확신했다. 그는 제이크를 향해 고개를 끄덕였고, 제이크가 수건 차림이라는 점은 전혀 신경 쓰지 않은 채 그가 저녁 파티에 입고 나갈 물건들을 늘어놓기 시작했다. 눈만 껌벅거리고 서 있는 제이크의 마음은 아직도 혼란스러웠다.

'제이크 교수는 아마 여태까지 턱시도를 구경해 본 적도 없을 거야.'

"나도 턱시도는 두어 번 입어봤어요."

제이크는 짜증이 나서 갑자기 소리쳤다. 살짝 놀란 랜들은 몸을 돌리고 회색 눈썹을 들어올렸다.

"플린더스 페트리 고고학 상에 수상 후보로 지명되었을 때 입어봤단 말이오."

수상 후보 지명만 받았을 뿐, 단 한 번도 상을 타본 적이 없었다. 제이크는 지금 이 상황에서도 그 생각만 하면 짜증이 밀려오는 것에 놀랐다. 머릿속에 외계인을 달고 돌아다니는 지금의 상황이라면 수상 위원회에서 뭐라도 하나 받아먹을 수 있을 텐데. 그럴 기회가 없는 게 아쉬울 따름이었다.

"입어보신 적이 있다니 다행입니다."

"예…… 그렇지요. 가져다 줘서 고마워요."

제이크는 랜들에게 미소를 지었다. 그러고는 랜들이 고개를 숙이고 물러가기를 기다렸다. 그런데 랜들은 나가지 않았고, 뒷짐을 진 채로 계속 서 있었다.

"랜들?"

"예, 부르셨습니까?"

'이런 세상에, 이럴 때 뭐라고 말하면 좋지?' 제이크는 랜들이 나가지 않자 겁이 났다.

"음, 이제 나가도 좋아요."

"교수님께서는 만찬용 턱시도를 입는 데 도움이 필요 없으십니까?"

"예, 교수님은 필요 없답니다. 그리고 교수님께서는 당신이 그분을 삼인칭으로 부르지 않았으면 하신답니다."

현재 상황은 머릿속에 죽은 지 오래된 외계인을 달고 살면서 매일 밤 꿈에 그들이 나오는 신세만큼이나 이상하고 생소했다.

하지만 이 완벽한 차림새의 사나이를 뭐라고 불러야 한단 말인가? 제이크는 적합한 호칭을 알지 못했다. 집사? 하인? 종업원? 종복? 지브스 (P.G. 워드하우스의 단편 소설에 나오는 재치 있는 집사)? 그는 이런저런 호칭을 생각하다가 이름인 랜들이라 부르기로 했다. 랜들은 눈썹 하나 꿈쩍하지 않았다. 그는 얕게 목례를 하고는 이렇게 말했다.

"예, 알겠습니다. 또 필요한 게 있으신지요?"

제이크는 급격하게 피곤함을 느꼈다. 그래서 깊게 한숨을 쉬고 나서 조용히 말했다.

"내 인생을 돌려주시오."

랜들은 대답하지 않았다. 그는 그저 방을 나간 후 등 뒤에서 방문을 닫았다.

제이크는 자신에게 주어진 정장을 오랫동안 바라보았다. 그리고 나서 한숨을 쉬고 옷을 걸쳐 입었고, 구둣주걱을 가지고 딱 맞는 빛나는 구두 안에 자신의 발을 밀어 넣었다. 그리고 자신의 넥타이 매는 솜씨가 그리 좋지 않다는 사실을 떠올렸다.

제20장

한 시간 후, 랜들이 제이크를 만찬장으로 안내하러 왔다. 제이크는 그를 따라 자신이 묵었던 방만큼이나 휘황찬란한 몇 개의 방을 통과했다. 그들의 발자국 소리가 짙은 녹색의 대리석 바닥에 울려 퍼졌다. 제이크는 숙소로 돌아갈 때도 랜들이 안내해주기를 바랐다. 혼자서는 도저히 숙소를 찾아갈 수 없을 것 같았기 때문이다. 제이크는 길 찾기 실력이 그리 뛰어나지 않았다. 하지만…….

'……방문을 나서서 왼쪽, 오른쪽, 왼쪽, 계단을 내려와서 다시 왼쪽, 오른쪽…….'

자마라는 제이크와는 달리 길 찾기 실력이 매우 뛰어났다.

제이크는 주변을 돌아보느라 정신이 팔린 나머지, 한 쌍의 커다란 문을 여느라 멈춰 선 랜들과 하마터면 부딪칠 뻔했다. 제이크는 뒤로 물러서 랜들과 약간의 거리를 두었고, 간신히 옷매무새를 정리할 시간을 벌었다.

곧 랜들은 오래된 질 좋은 금속 같은 목소리로 제이크의 도착을 알렸다.

"제이콥 제퍼슨 램지 교수님께서 오셨습니다."

제이크는 로즈메리의 모습을 보고 입을 쩍 벌렸다.

로즈메리는 제이크의 이름이 불리자 몸을 돌려 희미한 미소를 지은 채 그와 시선을 마주했다. 가우스 소총의 조준기를 노려보던 로즈메리의 푸른 눈에는 이제 두껍고 검은 눈썹 화장과 스모키 아이 메이크업이 되어 있었다. 이 방의 유일한 조명인 촛불을 받은 로즈메리의 피부는 마치 자체 발광하는 듯 빛이 났다. 살짝 벌어진 입술에는 짙은 빨간색의 립스틱이 발라져 있었다. 깨끗하게 감아 빗질한 검은 단발머리도 예쁘게 찰랑거렸다. 그리고 목에 건 초커에 달린 다이아몬드가 빛을 받아 반짝였고, 로즈메리가 입은 빨간 끈 없는 드레스는 목이 너무 깊게 파여서 목선이 그대로 노출되었다. 드레스의 아랫단 트임도 매우 깊어서 다리가 모두 드러나 있었다. 그 모습을 본 제이크는 심장마비에 걸릴 것 같았다.

로즈메리는 정말로 아름다웠다. 이 정도의 미인인 것은 알고 있었다. 그러나 이런 모습은 본 적이 없었다.

로즈메리는 시커먼 눈썹을 치켜세웠고, 파란 눈으로 제이크의 모습을 위아래로 훑어보았다.

"멋져요, 교수님. 때 빼고 광내니 한결 멋지네요. 누구 생각이었어요?"

제이크는 자신의 모습을 내려다보고 살짝 킥킥댔다.

"확실히 내 생각은 아니었어요."

이선이 일어나서 탁자에 하나 남은 빈자리를 가리켰다.

"어서 오십시오. 다행히 식전에 오셨군요. 어떤 것을 드시겠습니까?"

"가지고 계신 거라면 어떤 것도 좋습니다."

제이크는 우물거렸다. 그는 하마터면 의자를 놓치고 바닥에 엉덩방아를 찧을 뻔했다. 그때까지 존재를 눈치채지 못하고 있던 하인이 제이크를 위해 의자를 뒤로 뺀 것을 알아채지 못했기 때문이다. 제이크는 얼굴이 빨개진 채로 의자에 앉은 뒤, 탁자 쪽으로 의자를 끌었다. 제이크는 냅킨도 자기 손으로 가져다 놓을 필요가 없었다. 하인이 이미 냅킨으로 무릎을 감싸고 있었다.

이선은 빨간 액체를 가늘고 긴 작은 유리잔에 부은 다음, 제이크에게 건넸다. 제이크는 망설이다가 술잔을 받았다. 만약 이 사람이 제이크를 납치하거나 죽이려고 했다면, 제이크가 죽은 듯 자고 있던 바로 전날처럼 완벽한 기회도 없었으리라. 그리고 지금 제이크를 마약에 취하게 할 이유도 없었다. 제이크는 이선이 내민 음료를 조심스럽게 한 모금 들이켰다. 음료는 감초와 향료의 맛과 냄새가 강했다. 제이크는 자기 입맛에 맞는지 확신이 들지 않아서 한 모금 더 들이켜기로 했다.

"랜들이 마음에 드셨기를 바랍니다. 랜들은 제가 이곳에 살림을 차리자마자 고용한 사람이지요."

이선이 말했다.

"아시면 놀랍고 즐거우실 거예요. 이곳의 모든 멋진 물건들은 적법한 투자를 통해 얻은 거예요."

제이크의 표정을 보고 로즈메리가 웃으며 말했다.

"그러니 기분 나빠하지 말아요. 저도 놀랍거든요."

"암시장도 충분히 잘 돌아가고 있죠. 그러나 팔 개월 전에 제가 탄 우주선이 작은 백워터 행성에 추락했어요. 그때 저는 이 주 동안 추락 지점 주변을 탐험했고, 베스핀 가스가 매우 풍부한 곳이라는 사실을 알게 되었습니다. 범죄를 저지르는 것보다는…… 가치 있는 자원을 파는 게 훨씬 이득이 많이 남지요."

이선은 제이크를 향해 미소를 지었다.

"로즈메리는 당신의 상황을 감안해서 자신이 알고 있는 모든 것을 저에게 얘기해 주었습니다."

이선은 로즈메리의 손을 잡으려고 탁자 위로 손을 뻗었다. 제이크는 로즈메리가 매우 아름답게 차려입기는 했지만, 손만큼은 여전히 직업적인 살인자의 손이라는 점을 알았다. 손톱은 짧게 깎여 있었고, 광을 낸 흔적이 없었다. 그리고 이선의 손을 잡고 있는 로즈메리의 손에는 두툼한 못이 박혀 있었다. 제이크는 로즈메리야말로 팜파탈이라고 생각하면서 내심 몸서리쳤다. 굳이 중점을 두자면 팜보다는 파탈에 더 무게를 싣고 싶었다.

제이크는 음료를 또 들이켰고, 잔이 비었음을 깨달았다. 그는 이 음료가 입맛에 맞는지 아직도 확신이 서지 않았다. 이선이 손짓으로 하인을 불렀다. 하인은 백포도주를 따라주었다.

"제 마음대로 코스 요리에 와인을 곁들여 보았습니다. 마음에 드셨으면 좋겠습니다."

제이크는 사실 차가운 맥주를 더 좋아했지만, 억지로 미소를 지어 보였다.

"맛있을 거라고 확신합니다."

이선이 말을 하는 동안 새 백포도주가 부어졌다.

"로즈메리에게서 사건의 자초지종을 들었습니다. 저는 교수님께서 경험하신 바를 알고 싶습니다. 그리고 무엇 때문에 발이 교수님을 열심히 찾아 헤매는지에 대한 교수님의 의견도 듣고 싶습니다."

제이크가 백포도주를 마시는 동안, 작은 접시가 그의 앞에 놓였다. 접시에는 상추 비슷한 채소 위에 자주색과 녹색의 소스가 뿌려진 생선회처럼 보이는 음식이 담겨 있었다. 그 음식을 본 제이크는 한번 먹어보고 싶었다. 그래서 포크를 들어서 음식을 한 점 찍어 입에 넣었다. 놀라운 맛이었다. 제이크는 음식을 먹는 동안 생각을 정리할 기회를 얻었다. 그는 음식을 씹어 넘기고 달지 않은 백포도주를 마시며, 가급적 오랫동안 입을 열지 않았다.

"이번 세기가 끝나기 전에는 말씀을 해 주실 거죠, 제이크?"

로즈메리가 말했다.

"프로토스는 사실상 영원히 살 수 있지만, 이선은 앞으로 사십여 년밖에 더 못 살거든요."

"자기, 그래도 최소 육십 년은 더 살 거야."

이선은 그렇게 말하며 로즈메리의 손을 끌어당겨 입을 맞추었다. 로즈메리는 입을 살짝 벌리며 미소를 지었다.

제이크는 이선의 얼굴에 주먹을 날리고 싶은, 도저히 논리적으로는 설명이 안 되는 욕구를 애써 눌렀다.

"그래…… 뭐가 궁금하신가요?"

이선은 로즈메리의 손을 꼭 잡으며 답했다.

"모조리요."

제이크는 처음부터 설명하기 시작했다. 그리고 단 한 부분도 빼먹지 않았다. 제이크는 이 시점에서 이선에게 잘 해줄수록, 이선이 자신의 힘을 이용하고픈 생각을 더 강하게 품으리라는 점을 충분히 알고 있었다. 제이크가 말하는 동안 두 번째 코스 요리인 진하고 맛있는 해산물 비스크가 나왔다. 제이크의 정신이 홀딱 팔릴 정도로 맛있었다. 결국 제이크는 이선으로부터 계속해달라는 재촉을 받고서야 얘기를 이어 갔다. 제이크는 발레리안이 보낸 원정 참가 요청, 발레리안을 직접 만난 얘기를 해주었다.

크림 같은 수프를 한 숟갈 가득 퍼서 입으로 가져가던 로즈메리가 고개를 끄덕이며 거들었다.

"음, 저도 그분 방에 가본 적이 있어요. 인테리어가 상당히 위협적이던데요."

그 순간 제이크는 로즈메리도 상당히 위협적이라고 생각했다. 깊게 파인 붉은 드레스를 입은 지금의 모습이 자신에게 가우스 소총을 겨누던 모습보다 훨씬 가슴 떨렸다. 샐러드가 도착할 무렵, 화제는 제이크가 사원의 방 안으로 들어간 얘기로 바뀌어 있었다.

오늘의 주요리는 베리 소스를 끼얹은 잘 구운 새 요리로, 환상적인 맛이었다. 이제까지 여러 날 동안 전투 식량에만 의존해 연명했던 제이크는 마분지 같은 맛만 아니라면 뭐든지 잘 먹을 수 있었다. 한편으로는 자신의 위장이 줄어든 사실을 원망했다. 제이크의 뱃속에는 이제 음식물을 받아들일 공간이 거의 남지 않았다. 그리고 포도주가 효과를 발휘해 슬슬 취하기 시작했다. 그럼에도 불구하고 제이크는 끈덕지게 음식을 입 안에 퍼 넣고, 술을 마셔댔다.

"그녀는 누군가가 자신을 찾아올 때까지 생존할 수 있도록 일종의…… 시간이 멈춘 공간을 만들었습니다. 그 방법은 아직도 이해할 수 없습니다, 그러나 거기에는 피 한 방울이 허공에 떠 있었습니다. 제가 만지자 그 피는 제 손바닥 위에 떨어졌고, 장력을 잃었습니다. 그리고 나서 그녀는…… 제 머릿속에 자신이 가진 모든 정보를 쏟아붓기 시작했습니다……. 그건 무엇보다도…… 아름다웠고, 또한 압도적이었습니다.”

“그건 어떤 정보였지요?”

이선이 물었다. 제이크는 집중력을 유지하려고 애쓰며 눈을 깜박였다. 이선의 모습은 식사를 하러 처음 착석했을 때에 비해 전혀 흐트러짐이 없었다. 이선은 제이크보다 백포도주를 덜 마신 걸까? 아니면 그저 주량이 센 걸까? 제이크는 평상시에도 그리 많은 술을 마시지 않았다. 그리고 이번에도 백포도주 세 잔과 처음에 나온 이상한 감초 음료만 마셨을 뿐이다.

“음…… 실은 지금까지도 그게 뭔지 알아보는 중입니다.”

제이크는 단 한 점의 거짓도 없이 말했다. 그 말을 듣자 로즈메리와 이선은 매우 재미있다는 표정을 지었다. 제이크는 그들이 왜 그러는지 궁금했다.

“우선 그 정보는 너무나 압도적이라 제가 도저히 이성적으로 받아들이기 힘듭니다. 즉…… 프로토스는 우리와 매우 다르다는 것이지요. 아시겠습니까? 그들의 정신세계는 우리와 매우 다릅니다.”

이선은 포크를 내려놓고 제이크를 뚫어져라 쳐다보았다. 로즈메리의 청자색 눈도 제이크에게 고정되어 있었다. 제이크는 갑자기 최면에 걸린 듯 로즈메리를 빤히 응시했다. 제이크는 천국이라는 가당찮은 이름이 붙어 있는 무서운 곳에 갔을 때 로즈메리의 과거를 살짝 들여다봤던 일이 기억났다. 그는 로즈메리의 과거를 통해 재사회화를 겪지 않은 사람에게 자극제 중독이 어떤 영향을 미치는지, 자극제 중독에서 벗어나려면 얼마나 큰 힘이 필요한지를 희미하게나마 알아차렸다. 제이크는 또한 로즈메리의 가장 큰 장점이자 단점이 무엇인지도 알았다. 그것은 자신을 죽이려는 사람들을 조금의 흔들림도 없이 정확하게 죽일 수 있다는 점이었다. 그녀는 매우 강했고…… 아름다웠다.

제이크의 마음속 소리가 말했다.

'*저 여자는 우리를 배신했어.*'

제이크는 응수했다.

'상관없어요. 적어도 지금은, 여기서는, 이 순간만큼은 그런 건 중요하지 않아요. 게다가 당신은 저 여자가 우리와 함께 가야 한다고 말했잖아요.'

제이크의 마음속 프로토스가 조언했다.

'*자네는 술을 마시면 안 돼. 술을 마시면 판단력이 흐려지거든.*'

'그것도 신경 쓰지 마세요.'

'*미안하지만 신경 쓰겠어.*'

'그게 무슨 뜻이죠?'

하지만 프로토스의 목소리는 사라졌다. 그리고 제이크는 기뻤다. 그는 계속 말을 이어갔다.

"마치 네모난 구멍에 둥근 못을 끼워 맞추려는 것이나 다름없습니다. 프로토스는 내 두뇌가 정보를 처리할 수 있도록 두뇌를 개조해야 했지요. 그리고 개조 작업 중에 저는…… 차마 말로 형용할 수조차 없을 만큼 많은 것들을 느꼈답니다."

제이크는 반쯤 먹은 요리가 담긴 접시를 내려다보았다. 하인이 접시를 치우려는 듯 다가왔으나, 이선이 손을 내저어 하인을 돌려보내는 모습이 제이크의 시야 한편에 들어왔다. 이선도, 로즈메리도 아무런 말을 하지 않았다. 그들은 침묵을 유지하며 제이크가 생각을 정리할 수 있도록 해주었다. 그 자리에서 들리는 유일한 소리는 자기그릇과 유리그릇 위를 왔다 갔다 하는 은 식기가 내는 딸그락 소리, 그리고 배경음악으로 들려오는 낮은 고전음악뿐이었다.

제이크는 이마에서 땀이 나는 것을 느꼈다. 그는 평정을 유지하려 했다. '제이크, 정신을 바짝 차리라고. 한 번은 더 이런 상황에 처하게 될 거야. 지금은 정신 차려야 해.'

제이크는 한결 가라앉은 목소리로 자신이 겪었던 압도적인 살의, 증오, 분노에 대해 이야기했다.

"그때 의식이 없었던 게 다행이었습니다. 의식이 있었어도 뭘 어떻게 해야 할지 몰랐을 테니까요. 프로토스 종족의 발전사를 반영하는 거였다고 생각합니다. 저는 수많은 것들을 경험했고, 그 모든 것이 끝났을 때 깨어났어요. 그리고 이런 상태가 되었습니다. 하지만 지금은……."

'제이크, 그건 말하면 안 돼.'

어떤 이유에서인지 제이크는 마음속의 목소리에 복종했다. 그러나 그때, 로즈메리가 몸을 앞으로 기울여 손으로 턱을 괴었다. 로즈메리의 눈 속에 촛불의 반짝임이 반사되었다. 로즈메리가 물었다.

"하지만 지금은요?"

갑자기 제이크의 머릿속에서 들려온 경고음은 바닷가 여행 중에 만난 폭풍우만큼이나 반갑게 느껴졌다. 로즈메리는 어떤 답이 나올지 알고 있었다. 로즈메리는 제이크가 꾼 모든 꿈에 대해서 그와 이야기를 나눴기 때문이다. 이건 이선의 이익을 위한 것일 뿐, 로즈메리의 이익을 위한 게 아니었다. 제이크도 그 사실을 알고 있었고, 그래서 신경 쓰지 않았다.

제이크는 로즈메리의 시선을 받으며 말을 이어갔다.

"지금은 모든 정보가 매우 압축된 형태로 제 머릿속에 저장되어 있는 것 같습니다. 그리고 지금은 그 정보가 재생되기 시작했지요."

이선의 나이프가 고급 자기 식기를 긁으며 소리를 내자 로즈메리의 시선이 이선에게 쏠렸다. 제이크는 속으로 한숨을 쉬었다.

"이게 얼마나 드문 일인지 알고 계십니까? 그래요, 우린 프로토스와 그리 많은 접촉을 하지 않았어요. 하지만 교수님이 하신 것 같은 얘기는 오늘 처음 듣습니다."

"오, 나의 친구, 당신의 말은 지극히 타당합니다."

제이크는 계속 빠르게 말을 이어 갔다. 자마라는 조용히 하라는 자신의 말을 제이크가 거부하자 점점 심하게 동요하기 시작했다.

"그녀가 저에게 접근했던 순간부터 큰 위기감이 들었지요. 그녀는 정보의 전달을 가장 중요한 일로 여기고 있는 것 같았습니다. 비록 그 전달의 수단은 그녀가 보기에 분명 불완전하지만 말이죠."

이선은 생각에 잠긴 시선으로 제이크를 쳐다보며 음식을 씹었고, 삼켰다. 그러더니 접시를 한쪽으로 밀었다.

"그런가요? 그럼 그 정보는 무엇이죠?"

제이크는 왠지 기가 꺾인 느낌이었다.

"저도 잘 모릅니다. 지금까지는 어떤 프로토스의 일생이 대부분이었습니다. 아마 그 속에는 제가 아직 알아내지 못한 숨은 뜻이 있을 거라고 생각합니다."

이선은 잠시 동안 제이크를 바라보았다. 하인은 세 개의 작은 유리그릇이 담긴 쟁반을 들고 돌아왔다. 유리그릇에는 자주색의 아이스크림 같은 음식이 담겨 있었다. 하인은 그릇을 한 사람 앞에 하나씩 나눠주었다. 제이크는 디저트라고 생각했다.

"아마도 그렇겠지요."

이선은 제이크의 말에 동의했다.

"제이크…… 저는 당신과 대등한 관계를 유지하고 싶습니다. 당신의 머릿속에는 아직 봉인되어 있는 행운이 있다고 생각합니다. 발이 이 임무에 로즈메리를 투입하려 했고……."

이선은 말을 멈추고 로즈메리의 손이 마치 자기만의 것인 양 꼭 잡았다.

"그녀를 제거하려 했던 것은 당신이 뭔가 매우 귀중한 것, 혹은 매우 위험한 것을 알고 있었기 때문일 겁니다. 하지만 어느 쪽이든 제게는 마찬가지입니다."

이선은 심술궂은 미소를 지었고, 아이스크림을 한 입 퍼먹었다. 제이크도 따라했다. 차갑고 부드러웠지만 엄밀한 의미의 아이스크림은 아니었다. 그보다는 빙수에 더욱 가까웠다. 상큼한 과일 맛이었지만, 어떤 과일의 맛인지는 분간할 수 없었다. 그 혼자만 분간할 수 없던 것은 아니었다. 로즈메리도 고개를 젖히고 미간을 찌푸렸다.

"도대체 무엇으로 이 셔벗을 만들었는지 모르겠어, 이선. 패션 프루트야?"

패션 프루트라. 제이크는 그 이름을 들으니 왠지 충혈되어 즙이 뚝뚝 떨어지는 열대 정글의 과일이 연상되었다. 그리고…….

'……나무에 쏟아지는 빗줄기가 과일의 껍질 속으로 들어가 혀를 달래는 차가운 만족감을 만들어 내지. 우기는 언제나 좋아. 진흙탕이 생기지만 아무것도 바싹 마르지 않거든. 비가 내리는 중에도 이것들이 커나가기 충분한 햇살은 있어. 그리고 나무에 매달려 있는 이 열매는 매우 무거워. 껍질은 시커멓고, 모양은 혹 같지만, 속은 자주색이고 향긋해. 초식동물들에게는 최고의 식사야. 제이크는 나이프로 열매 하나를 잘라 연 다음, 그 향기를 즐겼다…….'

이선은 미소 지었다. 이선이 뭐라고 말하려는 찰나, 제이크가 조용히 입을 열었다.

"이건 삼무로 열매군요. 아이어 행성에서 나는 것이죠."

이선은 고개를 돌렸다. 이선은 제이크를 만나면서 처음으로 허를 찔렸다. 이선은 즉시 마음을 가다듬었고, 익숙한 미소를 지어 보였다. 그러나 제이크는 이선이 자신의 말을 듣고 화들짝 놀랐음을 알아차렸다. 덕분에 제이크의 기분이 좋아졌다.

"교수님 말씀이 옳습니다. 이 셔벗은 아이어 행성에서 나는 삼무로 열매의 과즙으로 만들었지요. 정말 구하기 어려운 겁니다. 심지어는 암시장에서도 구하기 어렵지요. 이 열매의 맛은 먹어본 사람만이 압니다. 교수님, 어떻게 아셨죠? 삼무로 열매를 드셨을 리 없을 텐데요."

어떻게 맞춘 걸까? 그의 앞에 놓인 것은 과일이 아닌 아이스크림이었다. 그리고 프로토스는 식사를 하지 않으므로 삼무로 열매의 맛도 알 턱이 없다. 제이크는 또 한 숟갈을 떠먹은 다음 미소 지었다.

"향기입니다. 저는…… 프로토스는…… 향기를 인식합니다."

"과연 그렇군요."

이선은 평정심을 찾은 후, 나온 셔벗을 모두 먹어 치웠다.

"다른 종족은 어떤지 모르겠지만, 적어도 인간에게 향기는 오래된 기억을 떠올리는 데 놀라우리만치 유용합니다."

'저 사람, 도대체 어떻게 알고 있는 거지?'

제이크 안의 프로토스가 물었다. 제이크는 갑자기 소름이 확 돋았다. 제이크는 자신의 마음속을 시험 삼아 들여다본 후, 이선의 마음을 다시 살펴보았다. 그리고 이선이 매우 관능적인 삶을 즐겨왔으며, 스스로를 아끼고, 매우 영리한 사람임을 또다시 알게 되었다. 또한 제이크를 이용할 구체적인 계획도 가지고 있음을 알게 되었다. 그 이상 불길한 것은 없었다. 제이크도 그만하면 충분히 불길하다고 생각했다.

그러나 여전히 의문이 남았다. 누구라도 이상하게 여길 사실에 대한 의문이었다. 육체적 즐거움을 저렇게 좋아하는 용병이 뇌의 움직임에 대해 어찌하여 이렇게 많이 알고 있단 말인가? 아니면 어쩌다가 들어맞은 말일 뿐인가?

제이크는 참지 못하고 이선에게 질문을 던졌고…… 바로 후회했다.

"저는 그런 건 몰랐습니다. 당신은 어떻게 그런 것까지 다 알고 계십니까?"

제이크는 자기 속의 프로토스가 어리석은 실수로 인해 움츠러드는 것을 느꼈다. 그러자 속이 울렁거렸다. '이런…… 바보 행세를 해야 했어. 그거야말로 내 장기인데…… 언제나 잘 먹히지 않았나…….'

그러나 이선은 이내 미소를 지었다. 아까 보였던 언짢던 흔적은 찾을 수 없었다. 제이크는 애초에 환상을 본 게 아닌가 싶었다.

"사업을 하려면 매우 다양한 지식을 알아야 합니다. 하루에도 얼마나 많은 일반상식들이 쓸모 있는지 아마 모르실 겁니다."

빈 셔벗 접시가 치워지고 여러 가지 종류의 치즈가 나왔다. 치즈 향기를 맡은 제이크는 콧등을 찡그렸다. 로즈메리는 그런 제이크를 보고 살짝 웃었다.

"저런, 프로토스는 향이 강한 치즈를 싫어하는 모양이죠?"

로즈메리는 짓궂게 물었다.

"아뇨, 유감스럽게도 제가 싫어합니다."

제이크가 진지하게 말했다. 나머지 두 사람은 웃었고, 그때까지 남아 있던 긴장된 분위기는 모두 사라졌다. 제이크는 다행이라고 생각했다. 그러나 자마라는 여전히 매우 긴장하고 있었다.

"그러면 교수님께서 중요하게 생각하는 것은 무엇인가요?"

이선은 사과에 브리 치즈를 바르면서 물었다.

지금 제이크의 정신은 매우, 매우 말짱했다. 제이크는 자마라가 일전에 말한 게 무슨 뜻이었는지를 깨닫게 되었다. 어찌 됐든, 자마라가 그의 체내 알코올을 분해한 것이었다. 제이크는 그것이야말로 매우 유용한 기능이라고 생각했다. 그는 자마라로부터 대충 대답해서 상황을 모면하라는 소리 없는 채근을 들을 필요가 없었다. 로즈메리가 자신에 대해 어떻게 생각하든 상관없었다. 과거에 로즈메리는 제이크를 죽이려고 했고, 분명 제이크보다 이선을 더 좋아하고 있었다.

"나도 잘 모르겠습니다."

제이크가 말했다. 하지만 그 말은 완벽한 의미에서의 참말은 아니었다. 제이크의 마음속에서 의심이 싹트기 시작했다.

"아직 진짜 중요한 기억은 보지 못한 것 같아요. 아마 지금까지 내 머릿속에서 재생된 모든 기억은…… 잘은 모르지만…… 예고편 같은 거라고 생각합니다."

이선이 고개를 끄덕였다.

"지당한 말씀입니다. 마음속의 프로토스에게 재생속도를 좀 빠르게 해달라고 전해주세요."

제이크는 살짝 웃었다.

"반드시 그렇게 하겠습니다."

이제 커피를 마실 시간이었다. 칠흑처럼 까맣고 향긋한 냄새를 풍기는 풍부한 맛의 커피가 나왔다. 그리고 진짜 디저트도 나왔다. 충분한 양의 술을 함께 넣어 만든 환상적인 맛의 초콜릿과 크림의 혼합물이었다. 셔벗은 단지 입가심용이었던 것이다. 제이크가 포크로 패스트리를 잘라 입에 넣자 설탕의 단맛이 마치 마약처럼 그의 몸에 녹아들었다. 맛이라는 개념 자체를 모르는 자마라에게 미안할 지경이었다.

'아냐, 이젠 우리도 맛이 뭔지 알아. 자네, 제이콥 제퍼슨 램지 덕택에 알게 되었어. 맛이야말로 자네가 우리에게 준 선물이야.'

그 목소리를 들은 제이크는 놀랐다. 그리고 왠지 기뻤다.

제21장

그 후로 며칠 동안, 사바산과 제이크는 지하의 방들을 탐험했다. 방들은 그들이 생각한 것보다 훨씬 컸다. 제이크는 지상에 있는 자신들의 세계가 이곳을 철저히 가리고 있다고 확신했다. 이곳은 그야말로 지하…….

• • •

"……도시로군!"

제이크는 흥분했다.

"여기는 지하 도시야. 그것도 한 개의 도시가 아니라 여러 개의 도시인 것 같아. 이것 좀 봐. 이한리는 곳곳에 연구소와 고속도로, 데이터 저장소까지 만들어놨어. 내 손으로 이걸 직접 만져볼 수 있다면 한이…….”

• • •

……세계였다. 무엇을 만나건, 무엇을 알게 되었건, 사바산은 언제나 수정으로 돌아왔다.

제이크는 더 이상 죽은 프로토스를 보고도 두려워하지 않았다. 하지만 그들에게 무슨 일이 있었는지는 궁금했다. 프로토스들의 시신을 더욱 꼼꼼히 관찰한 제이크는 이들이 저마다 여섯 부족을 대표하고 있음을 깨달았다. 그들의 시신에는 부상당한 흔적도 없었고, 눈에 띄는 질병의 흔적도 없었다. 물론 시신들이 너무 바싹 말라 있어서 자세하게 알아내기란 매우 힘들었다.

사바산은 오래 바라보고 있기만 하면 비밀이 풀리기라도 하는 듯 아주 오랫동안 시신들 옆에 서 있곤 했다. 사바산은 그들을 묶은 덩굴을 만져 보았다. 그 덩굴은 시신들의 몸 여러 군데를 꿰뚫고 있었다. 사바산은 또 다시 수정을 돌아보았다.

"이들은 영웅들이야. 그리고 각자가 프로토스 부족을 대표하고 있어. 우연이라고는 할 수 없네."

사바산은 제이크의 마음속에 굳은 목소리로 말했다.

제이크도 동의했다. 주위를 둘러 봐도 어쩌다가 일어난 우연으로는 보이지 않았다. 이 모든 것에는 의도가 들어 있었다.

"스승님은…… 이들이…… 살해당했다고 보시는지요?"

사바산은 고개를 저었다.

"아니, 이한리가 이들을 죽였으리라고는 생각하지 않아. 그들은 우리를 양육하고, 지도하고, 보살펴줬어. 이들이 죽은 데는 뭔가 이유가 있을 거야. 선의의 이유가 말이지."

사바산은 부드럽게 빛나는 눈으로 제이크를 보았다.

"시신에서 덩굴을 분리해야겠어."

제이크의 눈이 커졌다.

"그랬다가…… 무슨 일이 생길지 모르잖아요!"

제이크는 큰 방 안을 둘러보았다. 그는 아직도 이 안에 녹아 있는 자연의 책략에 익숙하지 않았다.

"그게 바로 내가 원하는 거라네."

사바산이 말했다.

"우리는 이한리의 비밀을 풀며 여기까지 왔네, 템라. 이제 여기서 멈출 생각인가?"

제이크는 고개를 저었다. 그의 심장은 미친 듯이 뛰었다. 사바산은 고개를 끄덕여 동의를 표했다.

"만약 내게 무슨 일이 생긴다면, 지상으로 올라가서 우리 부족들을 불러오게. 여기서 알게 된 것들은 자손만대에까지 길이 보전되어야 하네. 알겠나?"

제이크는 엄숙하게 고개를 끄덕였다. 사바산은 다시 시신들에 주의를 모으고, 마음을 진정시킨 후 앞으로 나갔다. 사바산의 손가락이 조심스럽고 공손히 덩굴 하나를 잡았다. 그 다음 마른 시신에서 힘차게 뽑아냈다.

보석이 박힌 기둥에서 빛이 번쩍였다. 제이크의 고개가 휙 돌아갔다.

"어떤 게 빛났는지 보았나?"

사바산이 물었다.

"예."

더 무서운 일이 벌어지지 않은 것에 안도하면서 제이크가 말했다.

"저걸 지켜보게. 순서를 기억하라고."

사바산은 그렇게 말하며 하던 일을 계속했다. 제이크는 사바산이 지시한 대로 시선을 불빛에 고정시켰다. 마지막 덩굴이 시신에서 분리되자 불빛은 갑자기 활짝 밝아졌다. 제이크는 사바산을 돌아보았고, 그의 눈이 커졌다. 덩굴이 스스로 움직이기 시작했다. 마치 이리저리 얽히고설킨 채 움직이는 뱀처럼 쉭쉭 소리를 내며 물결치고 뒤틀렸다. 덩굴의 끝은 부드럽게 푸른색 빛을 발하기 시작했다. 그러더니 덩굴들은 모두 돌 속으로 들어가 눈앞에서 사라졌다. 하지만 다른 다섯 구의 시신에 연결된 덩굴들은 꼼짝도 하지 않았다.

사바산은 제이크를 향해 몸을 돌렸다. 그리고 그가 전한 생각을 읽은 젊은 프로토스는 순식간에 혈관 속 피가 얼어붙는 느낌이었다.

"스승님, 안 됩니다!"

제이크는 모골이 송연한 채로 사바산을 바라보았다.

"어쩔 수 없네. 이미 멈추기에는 너무 멀리 왔어."

사바산은 그렇게 말하면서 프로토스의 마른 시신을 단상에서 조심스럽게 들어서 옆의 바닥에 정중히 내려놓았다.

"하지만…… 이들은 그래서 죽었을지도 모릅니다!"

"그랬을지도 모르지."

연로한 프로토스는 단상 위에 올라가 편히 누웠다.

"자, 템라. 진행하게."

"안 됩니다."

제이크의 마음속 목소리는 단호했다.

"스승님이 죽게 내버려 둘 수는 없습니다."

사바산의 생각은 부드럽고 다정했지만, 약간의 노기도 느껴졌다.

"내가 해야 한다는 걸 자네도 알잖나."

제이크는 자신의 생각을 감췄다. 사바산에게 보여주기에는 너무나도 사적이고 고통스런 생각이었다. 한편으로는 사바산에게 이미 자신의 감정을 들켜버린 게 아닌가 싶었다. 제이크는 스스로를 가다듬고, 빛이 들어왔던 순서를 거꾸로 재현했다. 그러자 덩굴이 벽에서 다시 느리게 물결치며 나타났다. 그 모습은 우아하면서도 무서웠다. 덩굴은 마치 의지를 가진 것처럼 사바산을 향해 가더니, 사바산의 몸을 단단히 조였고, 칭칭 감았다. 제이크는 앞으로 뛰어가 사바산을 덩굴에서 떼어내 안전한 곳으로 빼내고 싶은 것을 가까스로 참았다.

"이제 아라도 차례네."

사바산이 말했다.

제이크는 눈을 감았다. 손가락이 콘솔 위를 떠다녔다. 만약 이것 때문에 사바산이 잘못되기라도 하면…….

1:1.6…….

제이크와 사바산을 감탄하게 만든 허공에 뜬 커다란 수정이 우아하고 환한 빛을 발하며 생기를 뿜어냈다. 제이크는 몸을 움츠린 채 번쩍이는 붉은 자주색 빛으로부터 눈을 가렸다. 심장 소리가 점점 커지자 움찔했다. 빛은 사바산의 엎드린 몸을 감싸기 시작했다. 제이크는 그 모습을 빤히 지켜보았다. 저 빛은 어디에서 온 걸까? 사바산 자신에게서 온 걸까?

그때 고통이 제이크를 엄습했다.

제이크는 자신에게 전해져 오는 사바산의 너무나 깊은 고통 앞에 무릎을 꿇지 않을 수 없었다. 제이크가 다시 일어나서 빛나는 보석이 박힌 기둥으로 고개를 돌리기까지는 상당한 시간이 필요했다. 멈춰야 했다! 사바산의 몸은 제이크가 바라보는 앞에서 시들기 시작했다. 제이크는 이곳의 시신들이 바싹 마른 이유가 오랜 시간과 건조한 환경 탓이 아니라 이 혐오스런 물건 때문임을 알아챘다…….

제이크는 미친 듯이 다시 순서대로 입력했다. 하지만 아무것도 변하지 않았다. 멈출 수 없었다! 그는…….

그때 어떤 생각이 떠올랐다. 일련의 움직임들을 되돌려야 했다. 제이크는 어느 때보다도 강하게 정신을 집중한 후, 빛나는 보석을 빠르게 손가락으로 찔렀다.

수정이 뿜어내던 색상이 바뀌었다. 붉은 자주색에서 푸른색으로 바뀌기 시작했다. 그리고 제이크가 느끼던 사바산의 지독한 고통도 환희로 바뀌었다.

제이크는 사바산을 쳐다보았다. 연로한 프로토스의 몸은 원래의 모습을 되찾아갔다. 이제 사바산의 몸은 은은한 푸른빛에 감싸여 있었다. 제이크는 지금 상황을 파악하려고 애썼다. 결국 제이크는 있는 대로 머리를 굴려, 아까 사바산으로부터 에너지를 빼내던 수정이 이제는 사바산에게 에너지를 넣어주고 있다는 결론을 내렸다.

제이크는 자신에게 전해오는 사바산의 생각을 느꼈고, 전해지는 기쁨에 몸부림쳤다.

"오오, 마치 햇살 속에 서 있는 것처럼 나를 채워주는군……. 나에게 힘을 나눠주고 있어……. 템라, 템라. 너무나 아름다워. 여기엔 치료하는 힘이 있어. 이제야 깨달았어. 깨달았다고!"

수정은 다시 태양처럼 강하게 빛을 냈다. 그러더니 수정의 빛이 다시 줄어들었다. 심장 박동 소리도 예전과 같은 배경음 수준으로 줄어들었다. 방 안의 빛도 전처럼 은은한 백색광으로 돌아왔다. 사바산의 마음도 고요해졌고, 격렬한 환희에서 벗어나 평온과 기쁨을 누리게 되었다. 제이크가 재빨리 일련의 순서를 입력하자 덩굴이 사바산의 몸에서 떨어져 나와 돌 속으로 다시 들어갔다.

제이크는 스승에게 달려갔고, 바로 앉으려는 스승을 도왔다. 사바산은 제이크에게 뭔가를 숨기고 있었다. 제이크는 그게 뭔지 알려달라고 간청했다.

"나는 지금 뭘 해야 할지 알고 있네. 가야 할 길을 알고 있네. 우리는 수 세기 동안 증오에 빠져 잘못된 길을 걸어 왔어……. 너무나 잘못된 길이었어, 템라.

과거에 우리가 무엇을 했는지 기억해야 해. 우리 프로토스에게 필요한 건 젤나가가 아니야. 오직 우리 종족만이 필요할 뿐이야!"

젤나가라는 단어는 생소했다. 그러나 제이크는 이한리가 스스로를 가리킬 때 쓰던 이름…… 잊힌 이름이라는 점을 알아챘다.

사바산이 단상에서 일어났다. 그리고 굳은 의지에 찬 목소리로 말했다.

"우리는 가야만 해."

사바산의 생각의 힘은 템라가 거역할 수 없을 만큼 강했다.

"하지만……"

템라는 이렇게 말했다.

"하지만 이곳에서 우리는 많은 것을 배울 수 있어요. 우리는 여기 머물러 탐사를 계속해야 해요!"

• • •

"……제발, 제발, 여기 머물러서 탐사를 계속해 줘. 너의 기억을 통하지 않으면 이런 멋진 곳을 볼 기회는 어디에도 없어, 템라……."

• • •

사바산은 고개를 저었다.

"안 돼. 탐사는 나중에 해도 돼. 우리에게는 더욱 중요한 임무가 있어."

• • •

"……망할……."

• • •

"정 그렇다면 다시 돌아와서 배우고 연구하자고. 그러나 지금은 여기에 우리 동족들을 데려오는 일이 먼저야."

"하지만……."

"아직도 모르겠나?"

스승의 마음속 호통 소리를 들은 템라는 기가 죽었다.

"템라. 이것이야말로 우리가 원하던 거야! 지금 밖에서는 우리 동족들이 죽어가고 있어."

"쉴락 부족은 싸움에 능해요. 우리는 안전합니다."

사바산은 고개를 저었다.

"템라. 나는 우리 부족만을 얘기한 게 아니라 프로토스 전체를 말한 거야. 무엇 때문에 우리가 서로 싸우고 죽여야 하지? 바로 증오 때문이야. 그렇다면 왜 우리는 서로를 증오하지?"

"다른 부족들이 이한리…… 아니 젤나가를 내쫓았기 때문에 우리는 그들을 증오합니다. 그리고 그들도 우리가 계속 젤나가를 섬기니까 우리를 증오하지요."

"아니야, 템라. 그건 우리가 스스로에게 하는 변명일 뿐이야. 마음 깊숙한 곳에는 우리가 뭔가 문제가 있기 때문에 젤나가가 우리를 버렸다고 생각하는 추한 두려움이 있어. 분명 우리는 그들을 기쁘게 할 만큼 잘 하지 못했어. 우리의 조상들은 자신들을 만들어준 젤나가로부터 버림받았을 때, 들고 일어나 격렬하게 화를 내고 눈물을 흘렸지. 그들은 원래 서로를 미워하지 않았어. 모두가 스스로를 원망했지. 그리고 오래 견디지 못했어. 우리 모두는 분노와 두려움에 싸여 있었고, 결국에는 다른 프로토스를 괴물로 여기게 되고 말았지. 하지만 단지 피부색이 다르다고, 생활 습관이 다르다고…… 괴물로 여기지는 않았어. 우리는 모두 프로토스야. 모두 똑같은 프로토스야. 생각해보게. 만약 자네가 어느 아라 부족민의 생각과 감정을 공유할 수 있다면…… 그를 미워할 수 있을까?"

"나를 향한 미움은 확실히 느끼겠죠."

사바산은 분개하며 손을 내저었다.

"아니, 그럴 리 없어. 왜냐하면 상대방도 동시에 자네의 감정과 감각을 느끼기 때문이지. 자네도 그가 자신의 카슈로를, 아이들을 얼마나 사랑하는지 알게 될 거야. 자신의 피부에 와 닿는 햇살의 느낌이 얼마나 좋은지, 모닥불 주변에서 춤추는 게 얼마나 기쁜지 알게 될 거야. 자네는 절대 그를 미워할 수 없어. 왜냐하면 자네는 이미 그 사람이 되었으니까!"

템라는 멍하니 바라만 보고 있었다. 그는 생각을 자아낸 다음……

• • •

제이크는 멋진 이불 속에서 진땀을 줄줄 흘리며 깨어났다. 손으로 흠뻑 젖은 머리칼을 쓰다듬었다. 맙소사, 머리가 아팠다. 타인과 이렇게 철저히 하나가 되어 버리다니……. 생각만 해도 무서웠다.

제이크는 비틀거리며 샤워실로 향했고, 자신이 인간이라는 사실이 실감날 때까지 쏟아지는 물을 맞았다. 쏟아지는 물을 맞은 머리카락이 머리에 찰싹 달라붙을 즈음에야 제이크는 처음으로 자신의 의지로 꿈을 멈출 수 있다는 점을 깨달았다. 예전에는 템라가 주도권을 잡고 제이크가 따라가는 것에 불과했다. 제이크는 그게 과연 어떤 뜻인지, 그리고 지금 꿈에 대한 제어력이 높아진 게 무엇을 의미하는지 궁금했다.

샤워를 마치고 나오던 제이크는 랜들과 부딪칠 뻔하자 심장마비를 일으키는 줄 알았다.

"안녕히 주무셨습니까, 교수님. 오늘 입으실 옷을 가져다 놓으려던 참입니다."

제이크는 숨을 가다듬었다.

"저기, 랜들, 앞으로는 들어올 때 반드시 노크를 해주셨으면 해요."

"예, 알겠습니다. 교수님께서는 어떤…….."

랜들은 말을 잠시 멈추고 희미한 미소를 지었다.

"……의상을 좋아하시는지요?"

뜨거운 물로 마음을 가라앉혀서 잠시 쫓아냈던 두통이 복수의 칼날을 번득이며 다시 돌아왔다.

"아무 옷이나 좋습니다."

두통에게 항복한 제이크는 이렇게 말했다

"제일 잘 어울린다고 생각하는 옷을 챙겨주세요. 그리고 음, 랜들……
혹시 숙취에 좋은 음식은 없나요?"

랜들은 칼같이 다려진 바지와 단추가 채워진 셔츠를 늘어놓는 동안 눈 하나 꿈쩍하지 않았다. 그리고 옷들과 가장 잘 어울려 보이는 재킷을 고르며 대답했다.

"물론입니다, 교수님. 주인님께서는 손님들이 첫날 저녁 만찬 때 과음 하시는 모습을 무척 자주 봐오셔서요. 바로 가져다 드리겠습니다."

랜들이 방을 나가자 제이크는 옷을 갈아입었다. 그는 거울에 비친 자신의 모습을 보고 깜짝 놀랐다. 매끄럽고 입이 없는 프로토스의 얼굴 대신 인간의 얼굴이 자신을 바라보고 있었기 때문이다.

제이크는 자신이 많이 야위고 초췌해진 것 같다고 생각했다. 그는 방금 면도한 얼굴을 손으로 만져보았고, 쑥 들어간 볼살에 놀랐다. 제이크는 자신의 푸른 눈이 무척…… 나이 들어 보였다.

"망할."

제이크는 나직이 중얼거렸다. 그 느낌이 마음에 들지 않았다. 그는 머리 카락으로 시선을 옮겼다. 네마카에서는 황갈색이었는데, 이제는 흰머리가 드문드문 나고 있었다.

그때 문을 두드리는 소리가 들렸다.

"들어오세요."

랜들이 들어왔다. 그의 손에 들린 쟁반에는 녹색의 액체가 담긴 유리컵이 담겨 있었다. 제이크는 그 컵을 받아 마시면서 물었다.

"여기 머무르는 동안 이발도 가능하겠죠?"

"물론입니다, 교수님."

• • •

제이크는 마치 말 잘 듣는 강아지처럼 빠른 걸음으로 랜들을 따라 큰 집 안을 돌아다녔다. 그는 거울에 비치는 자신의 모습을 슬쩍 보고 멈춰 섰고, 흠칫 놀랐다. 그러고는 미소를 지었다. 다재다능한 랜들은 제이크에게 멋진 머리 모양을 선사했다. 제이크는 이런 생활을 즐기게 되었음을 인정하면서도 앞으로 이선이 어떤 대가를 요구할지 궁금해졌다.

"이런, 제이크. 볼 때마다 멋있어지네요."

끈적한 여자의 목소리가 들려왔다.

제이크는 고개를 돌렸고, 거울 앞에서 몸단장하던 장면을 로즈메리에게 들켰다는 사실에 얼굴을 붉혔다. 제이크의 눈이 커졌다.

"당신…… 역시 마찬가지로군요."

로즈메리는 밝은색의 평상복을 입고 있었다. 평상복은 로즈메리의 탄력 있는 팔다리를 모두 보여주었다. 제이크는 화장에 대해서 말을 하기엔 아는 게 많지 않았지만, 그녀는 화장을 거의 하지 않았거나 안 한 상태였다. 로즈메리의 발에는 단순하게 생긴 샌들이 신겨져 있었고, 머리 위에는 우스꽝스러워 보일 듯한 매우 큰 밀짚모자가 씌워져 있었다. 그러나 로즈메리가 쓰니 무척이나 매력적으로 보였다.

"제이크 교수님, 안녕히 주무셨나요?"

이선이 어디선가 홀연히 나타나 로즈메리의 어깨에 팔을 둘렀고, 그녀에게 키스했다. 마치 로즈메리가 자기만의 것이라고 주장하는 듯한 키스였다.

"정신없었지요."

제이크가 대답했다.

"또 꿈을 꾸셨나요?"

"그렇습니다."

"그렇다면 지금 매우 배가 고프시겠군요. 따라오시죠, 밖에 음식을 차려두었습니다."

작은 탁자 위에 차려져 있는 주스와 커피, 커다란 패스트리를 보자 제이크의 배에서 꼬르륵 소리가 났다. 랜들이 준 숙취해소제의 효과는 매우 좋았다.

이선은 로즈메리가 앉을 의자를 당겨 주었다. 그 다음 자신도 자리에 앉았다. 제이크도 따라 앉았다.

"당신 머릿속의 외계인을 우리 모두의 이익을 위해 이용하는 방안에 대해 논의했으면 합니다."

이선이 말했다. 제이크는 이선의 생각을 읽었고, 이선의 생각과 말 사이에 어긋남이 없음을 알았다. 이선은 머릿속에서 엄청나게 많은 계획들을 분주하게 들춰보고 있었다.

하지만 그중에 제이크의 마음에 드는 계획은 하나도 없었다. 이선과 함께 교섭장에 나가서 이선의 잠재적 사업 파트너의 마음속을 훔쳐본다는 계획도 마음에 들지 않았다. 과거에 이선을 배신한 전력이 있지만, 현재는 이선의 편에 있는 파트너의 마음속을 감시하는 계획도 마음에 들지 않았다. 겉으로는 예의 바른 것 같아 보이는 사람들의 마음속에 자살 충동이나 배신의 의도가 있는지 감시하는 계획도 마음에 들지 않았다. 그러나 제이크는 아침을 먹으며 이선의 계획들이 마음에 드는 양 미소 지은 채 고개를 끄덕거리며 적절한 말을 지껄여댔다. 로즈메리의 시선을 피하던 그는 갑자기 커피가 너무 쓰다고 생각했다.

제이크는 피곤하다고 말하고 숙소로 돌아갔다. 숙소에 도착한 그는 침대 위에 사지를 펴고 누워서 천장을 올려다보았다.

"이봐요, 자마라. 어디 숨어 계신가요?"

응답은 없었다. 제이크는 눈을 깜박거렸다. 그리고 이번에는 눈을 감고 정신을 집중한 채 마음속으로 말했다.

'자마라? 어떻게 된 거죠? 설마…… 일을 다 마친 건가요?'

'아니야. 하지만 자네는 끝났어.'

'뭐라고요? 그게 도대체 무슨 소리죠?'

'이번에는…… 실패했어.'

자마라의 목소리에 섞여 있는 비통함이 제이크의 마음에 닿았다.

'내가 고민했고…… 바랐지만…… 자네는 거절하고 있어.'

제이크는 소리 내서 크게 웃었다.

'거절이라고요? 언제부터 내게도 당신이 내 머릿속에 구겨 넣는 것들을 거절할 권리가 생긴 거죠?'

그러자 놀라운 대답이 들려왔다.

'처음부터 줄곧 있었어. 하지만 자네는 이제까지 그 권리를 사용하지 않았지. 그 이유 때문에 나는 자네에게 모든 것을 털어놓을 수 있었던 거야. 또한 이 순간을 위해 자네에게 지시를 내리고, 그에 따르게 하고, 준비시 켰던 거야. 자네는 스스로의 의지로 우리의 지식을 받아들였어.'

'그럼 마커스 라이트는요?'

'그는 지식을 받아들인 게 아니야. 지식을 이용한 거지. 그 두 가지는 다른 문제야.'

제이크는 자마라를 처음 만났을 때를 떠올렸다. 시간이 정지된 사원 중심부에 있던 방 안에서 죽어가던 자마라를 처음으로 발견했다. 그때 제이크의 의식을 잃게 했던 아득한 감각. 심장이 멎을 정도로 거칠었던 원시시대 프로토스의 역사 속으로 내던져진 일. 자아 상실의 두려운 경험. 옛 이야기 속 목마처럼 가슴 속을 아직도 무겁게 짓누르고 있는 죄책감.

'이런 것들을 내가 스스로 받아들였다고요?'

'그래.'

제이크는 프로토스가 강요하는 바가 뭔지 알아내기 싫었다고 생각했다. 그리고 희미하게 빛나던 기쁨이 기묘한 애처로움과 체념에 밀려 다시금 사그라졌다.

'하지만 지금, 자네는 최종 단계를 밟지 않으려고 하잖아. 그 단계는 우리가 알고 있는 지혜를 익히기 위해 반드시 필요한 거야.'

그리고 제이크도 깨달았다. 제이크는 실제로 존재하는 사람으로부터 숨듯이 고개를 돌리고 베개에 얼굴을 묻었다. 그러나 마음속의 자마라로부터 숨을 곳은 어디에도 없었다. 자마라의 말이 맞았다. 프로토스가 배운 지혜는 합일이었다. 마음과 감정과 생각을 합일시키고…… 그 다음에는 영혼마저 합일시킨다는 말인가? 그만큼 깊이 이루어졌단 말인가? 제이크는 그 문제가 너무나 난해하다고 생각했고, 더 이상 생각하지 않으려고 했다.

두 프로토스는 다른 곳을 탐사하기 위해, 아직 탐사가 끝나지 않은 젤나가의 지하 도시를 떠났다. 한때 모든 프로토스를 하나로 묶어주었던 고대의 연결고리를 찾기 위해서였다. 프로토스들의 영혼을 갉아먹고 종족의 수를 줄이는 것 외에는 아무 역할도 하지 못하는 증오를 멈추기 위해서였다. 타인의 몸에 자신의 마음을 깃들게 해 다른 이의 고통을 자신의 고통으로 받아들이기 위해서, 다른 이의 몸에 깃든 마음과 기쁨을 함께 나누기 위해서였다.

하나가 되기 위해서. 기억하기 위해서.

침대는 편안했고, 음식도 엄청났고, 샤워도 끝내줬다. 그러나 그것들은 이선이 제이크에게 바라는 것에 비하면 아무것도 아니었다. 로즈메리는 이선이 자신과 제이크를 지켜줄 거라고 말했다. 발레리안으로부터 그들을 지켜 주리라. 제이크도 그 점은 굳게 믿었다. 단, 이선에게 이익이 되는 경우에 한해서겠지.

그러나 이선의 비위를 맞춰주며 계속 그의 보호를 받으려면 제이크는 평생 동안 지켜온 모든 도덕률을 배반할 수밖에 없었다. 그렇게 되면 제이크는 이선보다 나을 게 없었다. 차갑고 파란 눈과 가우스 소총으로 무장한 로즈메리보다 나을 게 없었다. 다른 사람을 해치는 도구로 이용당할 뿐이었다.

'우리는 여기서 빠져나가야 해.'

제이크는 얼굴을 베개에 묻은 채 고개를 끄덕였다.

'탈출을 도와주겠어. 하지만 나를 철저히 믿어야 해.'

제이크는 자신이 울고 있다는 사실을 깨달았다.

'자마라, 무서워요. 나는 프로토스가 아니라고요. 내게는 동참해야 할 고대 선조의 기억도 없어요.'

'나도 알아. 하지만 자네는 이미 많은 것을 받아들였어. 자네의 마음은 이제 내가 자네와 나누고 싶은 것도 충분히 받아들일 수 있을 거라고 생각해. 그것만이 지식을 보호하는 유일한 방법이야. 그리고…… 자네 역시 더 많은 지식을 다루기 위해 준비해야 해. 다름 아닌 우리 동족들을 살릴 수 있는 지식을 말이야.'

'만약에 제가 거절한다면요?'

'이선은 자네의 마음을 아프게 할 일들을 계속 시키겠지. 자네는 그런 일 때문에 비난받을 테지만, 거기서 빠져나올 방법은 없어. 그리고 나서 훨씬 안 좋은 일이 생길 수도 있지. 자네가 모르는 안 좋은 일이 생길 수 있어.'

'아, 빌어먹을.'

'정말이야.'

제이크는 몸을 굴린 후 눈물을 훔쳤다.

"그럼, 어서 시작하죠."

그는 마음을 다잡았다.

시작하기 직전, 자마라가 감사의 인사를 보냈다. 꽃향기를 잔뜩 머금은 산들바람처럼 부드러운 감사의 메시지였다.

'고마워, 제이콥. 정말 고마워.'

그리고…… 시작되었다.

그의 머릿속으로 엄청난 양의 정보가 놀라운 속도로 쏟아져 들어왔다.

제이크는 훌쩍거리며 정보를 막아 보려고 눈과 귀를 가렸지만, 쓸데없는 짓이었다. 물론 지금 마구 흘러들어오는 정보는, 지식은, 합일감은…… 제이크의 감각을 통해 오는 게 아니었다. 최소한…… 익히 알고 있던 오감을 통해 오는 게 아니었다.

엄청난 감정과 감각이 제이크의 머리를 강타했다. 제이크는 소리 없이 신음했다. 그리고 처음에는 마구 달리다가 갑자기 속도를 줄여 편안하게 달리는 말의 등에 앉은 것처럼, 제이크는 어느 순간 그 모든 것을 소화할 수 있게 되었다.

아니, 제이크가 하는 게 아니었다. 제이콥 제퍼슨 램지가 하는 게 아니었다.

자마라가 하는 것도, 템라가 하는 것도 아니었다.

모두가 하는 것이었다.

모두가 춤을 추듯이 합심해서 정보와 감각을 잡아냈고, 기록했고, 통합했고, 옮겼다. 이 집의 어느 복도를 걸어가고 있는 랜들의 엄청난 자신감. 메뉴를 적고 요리사들에게 약초를 캐오라고 시키는 주방장. 아아, 그리고 성적 만족감과 순간적인 만족감이 넘치는 로즈메리의 뜨거운 감정. 제이크는 보고 싶지 않지만 볼 수밖에 없었고, 그녀의 감정을 무시할 수 없어서 결국 보아 넘기고 통합할 수밖에 없었다. 수십 명의 사람들이 수백 가지의 생각과 느낌을 제이크와 자마라에게 쏟아 부었고, 그들은 그 생각과 느낌들을 멋지게 요리해냈다.

한 가지 생각을 찾아낼 때까지.

대저택과 연구소, 훈련장이 합쳐진 큰 단지 내에 있는 어떤 사람이 한 생각을 본 제이크와 자마라는 한 대 얻어맞은 기분이었다. 마치 나비의 날

개처럼 가벼운 생각이었고, 순식간에 스쳐 지나가는 생각이었다. 그리고 음식과 뜨거운 샤워 생각에 밀려 곧 사라졌다.

'저 독심술사를 브이한테 넘기면 어떤 떡고물이 떨어질까?'

제22장

어떻게 이런 일이 가능하지?

제이크는 여기 온 직후부터 쭉 타인들의 마음을 읽어왔다. 이선이 제이크를 배신할 계획을 짜고 있다는 증거는 그동안 어디에도 없었다. 생각해볼 틈도 없이, 제이크는 재빨리 이선을 찾아서 그의 마음속으로 뛰어들었다.

없었다. 제이크를 배신하겠다는 생각은 이선의 마음속 어디에도 없었다. 어떻게 그런 일이 가능하지? 혹시…… 이선이 고용한 정비사들 중 누군가가 그냥 해본 생각인가? 하지만 어떻게 황제의 아들과 거래할 생각을 그냥 해볼 수 있단 말인가?

물론 그럴 리 만무했다. 제이크는 로즈메리의 생각 속으로 들어가 그녀가 혹시 그런 생각을 알고 있는지, 그런 생각을 하고 있는지 살폈다. 하지만 아무것도 없었다. 로즈메리 역시 이선만큼이나 그런 생각에 대해서는 새까맣게 모르고 있었다.

'새까맣게……'

제이크는 눈을 감았다. 하지만 여전히 보였다. 제이크는 다시금 템라가 되어 동굴 속으로 향하는 비비 꼬인 계단을 내려가고 있었다. 제이크의 눈에는 빛을 발하는 보석들과 매끄러운 돌들이 보였다. 아마 그 돌들은 보통의 돌이 아닐 터였다. 제이크는 둥둥 떠 있는 수정과, 그 수정이 자발적으로 나선 사바산에게 한 여러 가지 일을 보았다…….

바로 그것이었다.

제이크는 지금의 상황을 정확하게 알아차렸다.

• • •

이선은 개인 숙소에 홀로 앉아 있었다. 조명은 어두웠고, 오직 아름다운 분수대에서 졸졸졸 흐르는 물소리만이 들렸다. 이선의 호흡은 부드러웠고, 규칙적이었다. 이선은 자기 앞에서 반짝이는 촛불을 부드러운 시선으로 바라보았다. 이선의 눈앞에는 사십 개의 초가 한데 묶여 있었다. 작은 불꽃 사십 개가 밝게 빛나고 있었다. 이선의 눈에는 오직 촛불만이 보였다. 이선이 생각하는 것 역시 촛불뿐이었다. 그리고 그 자신 역시 촛불이 되었다. 이선은 촛불을 마음 가득히 채웠다. 그는 오른손을 몸 뒤로 돌렸다.

이선은 갑자기 촛불을 때리듯이 오른손을 촛불을 향해 내질렀다. 그의 손가락이 거의 탈 뻔했지만, 전혀 그렇지 않았다.

촛불이 꺼졌다. 회색빛의 연기가 구부정하게 천장으로 뻗어갔다. 이선은 눈을 감고 심호흡을 했다.

이선은 결코 초능력자가 아니었다. 그러나 마음을 스스로에게 복종시키고, 길들이는 방법을 터득해왔다. 촛불이 꺼진 첫 번째 원인은 공기의 자연스러운 움직임이었다. 그러나 그게 전부는 아니었다.

이선은 유연하고 강하게 몸을 일으켜 세웠다. 이선의 몸 역시 마음과 마찬가지로 엄격한 기준과 규율로 다스려져 왔다. 이선은 거울 앞으로 향했다. 그리고 깨끗하게 삭발된 자신의 머리를 보고 사이오닉 스크린으로 손을 뻗었다.

사이오닉 스크린은 믿을 수 없을 만큼 복잡하게 얽힌 전선과 칩의 집합체였다. 이선은 마치 왕관을 쓰듯이 사이오닉 스크린을 머리 위에 얹었다. 사이오닉 스크린은 제자리로 미끄러져 내려갔고, 이선은 흥분했다. 하지만 육체적인 감각이 아니라는 점을 알고 있었다. 사이오닉 스크린은 암시장에서조차도 구하기가 몹시 어려웠고, 구하려면 상당한 운이 필요했다. 하지만 이선 스튜어트는 그런 사이오닉 스크린을 두 개나 가지고 있었다. 사이오닉 스크린은 이선의 고용주가 준 선물이었다. 이선은 두 개의 사이오닉 스크린 중 하나는 자신이 착용했고, 다른 하나는 자신이 가장 신뢰하는 강력한 암살자에게 씌워 주었다.

이렇게 작은 물건이 대단한 일을 해낼 수 있다니, 정말로 놀라웠다. 텔레파시 능력자들도 어지간해서는 사이오닉 스크린 착용자의 생각을 읽을 수 없었다. 특히 이 사이오닉 스크린은 피상적인 생각을 상대방에게 보여 주도록 정밀하게 조정되어 있었다. 이선 스튜어트는 자신의 생각을 철저히 꾸며내고 통제할 줄 알았다. 이선은 그런 일의 달인이기 때문이었다. 과거에 사업을 해내가면서 이런 능력의 덕을 꽤나 많이 보았다. 특히 지금, 이 능력은 값을 따질 수 없을 만큼 귀중했다.

이선은 사이오닉 스크린을 제 위치로 옮긴 뒤 짧게 자른 테이프를 이용해 두피에 고정시켰다. 그런 다음, 가발을 써서 확실히 고정시켰다. 작업이 끝나자 가발 속에 사이오닉 스크린이 있다는 사실도, 이선의 머리카락이 가발이라는 사실도 전혀 티가 나지 않았다. 심지어 로즈메리조차도 이선의 머리가 가발이라는 사실을 눈치채지 못했다. 이선은 손목부착용 유닛을 손목에 붙인 다음, 셔츠의 긴 소매를 내려서 가렸다. 이선은 이 장비를 지나치게 오래 사용해서는 안 된다는 점을 명심했다. 너무 오래 사용할 경우에는 기억상실, 편집증, 심지어는 정신이상까지 일으킬 수 있다는 경고를 받았다.

이선은 아름답게 꾸며진 침실을 떠나 엘리베이터로 향하면서 깊은 생각에 잠겼다.

제이크 램지는 지식을 많이, 그것도 아주 많이 가진 지성인이었다.

그러나 제이크는 영악하지 못했다. 이선은 영악했기에 지금 이 자리까지 오를 수 있었다.

로즈메리 달, 그녀는…… 영악한 인물이었다. 그러나 로즈메리는 이선과 함께 지냈던 세월을 너무 맹신하고 있었다. 이선은 휘파람 불기를 멈추고 자신을 향해 눈살을 찌푸렸다. 그 점이 바로 이선이 지금 이 상황에서 진심으로 후회하는 유일한 것이었다. 이선은 로즈메리를 좋아했다. 그는 로즈메리가 발레리안에게 넘어가는 일을 막기 위해 힘이 닿는 한 모든 것을 다했다. 발레리안은 어중간한 것을 싫어한다고 이야기했다. 교수와 암살자. 이들 중 한 사람은 정보를 가지고 있었고, 다른 사람도 이제는 분명 너무 많은 것을 알고 있는데다 그에 따르는 책임을 져야 했다.

"걱정하지 마십시오. 우리는 로즈메리를 죽이지 않습니다. 로즈메리 역시 매우 귀중한 존재니까요."

발레리안은 이선에게 이렇게 말했다.

"다만 로즈메리가 무엇을 알고 있는지 알아낸 후 약간의 재사회화를 실시하고자 합니다."

이선도 발레리안의 말을 믿고 싶었다. 그리고 원하는 것은 반드시 이뤄왔기에, 이선은 그렇게 될 거라고 스스로를 안심시켰다.

이선은 그날 제이크와 점심을 먹으면서 머릿속에 품었던 거짓된 생각들을 실행에 옮기지 못해 제이크에게 조금 미안했다. 그것은 제이크를 매료시킬 만한 생각들이었다.

그러나 이선에게 발레리안의 제안을 거절할 여지는 사실상 없었다. 이선은 지금 발레리안에게 너무 많은 빚을 지고 있었다. 발레리안의 말대로 하면 누구나 원하는 것을 가질 수 있었다.

아니다. 단 두 사람, 제이크와 로즈메리는 제외해야 했다.

엘리베이터가 맨 아래층에서 멈췄다. 문이 열렸지만 이선은 내리지 않았다. 대신 암호를 입력했다. 그러자 문이 닫혔고, 엘리베이터는 하강을 계속했다. 이곳 사람들의 대부분이 단지의 맨 아래층이라고 알고 있는 층을 지났고, 실험실도 지났다. 그러고는 비밀스러운 장소 중에서도 가장 비밀스러운 곳으로 들어갔다.

문이 열렸다.

이선은 바위투성이의 차가운 공간으로 발을 내디뎠다. 이 행성의 내부를 관통하는 동굴 속에 공간을 마련한 것이야말로 비용 대비 효과 면에서 매우 탁월한 선택이었다. 랜들의 표현을 빌리자면, 지하 실험실의 대부분은 마무리가 되어 있지 않았고, 벽도 인위적으로 세운 것보다는 표면처리가 되어 있지 않은 자연 석벽들이 더 많았다. 이곳의 서늘한 기온은 이선이 설치를 지시한 다수의 첨단 기기들에 적합했다. 이선은 장비와 사람에게만 돈을 썼을 뿐, 이런저런 장식물에는 쓰지 않았다. 그는 지하 실험실에 자주 오지 않았다. 이선은 이런 곳보다는 음식, 술, 그밖에 촉각적이고 시각적인 위안을 주는 사치품들이 있는 곳에 더 가까이 있기를 좋아했다.

레지널드 모리스 박사가 그의 도착을 기다리고 있었다.

"안녕하십니까, 스튜어트 씨. 항상 그렇듯이 제 시간에 오셨군요."

키 크고 마른 체형에 안경을 쓴 모리스 박사의 머리칼은 가늘어지고 회색으로 변해가고 있었다. 하얀 가운을 입은 모리스는 겉보기에는 무척이나 자상해 보였고, 전혀 해로운 사람 같지 않았다. 이선은 모리스가 제이크와 무척 닮았다고 생각했다. 모리스는 연구에 엄청난 열정을 쏟았고, 다른 사람들이 자신만큼 연구에 열의가 없는 것을 이해하지 못했다. 그러나 이선은 모리스만큼의 열의를 보유하고 있었다. 그리고 바로 그런 이유로 인해 이선은 정부를 위해 유령 부대원들을 훈련시키고 있던 모리스를 죽은 것처럼 가장했고, 그를 고용해 정부의 손길이 닿지 않는 곳에서 일하도록 했다.

모리스는 손을 내밀어 이선을 익숙한 의자로 안내했다. 그는 실험 장비를 만지작거리면서 물었다.

"스튜어트 씨, 무슨 문제라도 있습니까?"

모리스는 길고 고운 손가락을 이선의 얼굴에 대고 이쪽저쪽으로 돌려보며 뚫어져라 쳐다보았다.

"아무 문제없습니다. 당신의 이론이 최종 실험을 통과했다는 소식을 전하러 왔습니다."

모리스는 의자를 옮기고 이선의 뒤통수를 살피기 시작했다. 그리고 이선의 뒤통수를 젖히더니 살짝 기울였다.

"잠시만 그대로 계세요."

그렇게 중얼거리고는 적절한 기기를 찾으려고 몸을 돌렸다.

"램지 교수를 직접 만나 검사할 수 있어서 무척이나 흥분됩니다. 오늘 당장 그분을 뵐 기회가 생긴다면 좋겠군요."

"곧 그럴 기회가 올 겁니다. 인내는 쓰지만 그 열매는 달다고 하지 않았습니까?"

이선은 따뜻한 목소리로 농담을 건넸다. 그러자 모리스가 이선을 따라 킥킥거렸다.

"열정이 지나친 게 죄는 아니라고 생각합니다."

모리스는 스캐닝 장치를 고른 뒤, 이선의 머리를 느린 동작으로 한 구석도 빠짐없이 샅샅이 훑었다. 모리스의 왼편에 있는 탁자 위에 이선의 뇌 모습을 담은 홀로그램 영상이 떴다. 모리스는 스캐너를 계속 움직이면서 그 영상을 주의 깊게 살폈다.

"걱정 마십시오. 램지 교수를 발레리안의 부하들에게 넘겨주기 전에 당신에게 꼭 먼저 보여드리지요."

"일전에도 말씀드렸다시피, 좀이 쑤셔 견딜 수 없군요."

이선이 사이오닉 스크린을 장착할 때와 제거할 때면 그들은 항상 이런 대화를 나눴다. 이 장비가 과용될 경우 가장 먼저 나타나는 증상은 뇌 활동 규모가 줄곧 유지된다는 점이었다.

"지금까지는 괜찮습니다, 스튜어트 씨. 언제나 저를 놀라게 하시는군요. 사이오닉 능력이 없는 사람치고는 정신 통제가 매우 뛰어납니다."

이선은 미소 지었다.

"통제는 항상 욕구를 기억하고 있지요."

그는 십대 때부터 자신의 욕구를 항상 잘 파악하고 있었고, 한결같은 의지로 자신의 욕구를 추구했다. 그런 이선의 의지 앞에 동료들은 언제나 놀랐고, 적들은 반드시 파괴되었다.

모리스는 입술을 오므리고 고개를 끄덕인 다음, 스캐너의 스위치를 껐다.

"모든 것이 매우 만족스러워 보입니다. 언제쯤 되면 훌륭하게 개조된 램지 교수의 뇌를 만져볼 수 있겠습니까?"

"오늘 저녁입니다."

이선이 말했다.

"발레리안의 부하들이 몇 시간 내로 올 테니까요."

• • •

자마라 덕택에 제이크는 이선이 갖춘 철옹성 같은 사이오닉 스크린을 뚫고 자신이 오늘 저녁에 전형적인 미친 과학자에게 넘겨진다는 사실을 알 수 있었다. 하지만 도망칠 수 없었다. 이곳은 음식과 안락함을 미끼로 달고 있는 아름다운 덫이었다. 그나마 적이 좋은 음식을 주고 푹 쉬게 해준다는 게 그의 유일한 위안이었다. 그러나 작은 위안에 불과했다.

제이크는 이제 옆에 남은 유일한 친구인 자마라를 불렀다.

'어떡하면 좋죠?'

'반드시 도망쳐야만 해. 내가 알고 있는…… 이제 자네도 알고 있는 프로토스의 역사와 지식이 발레리안이나 이선의 수중에 들어가서는 안 돼. 그것은 우리를 위한 거야. 그것들을 다른 사람에게 알려줄지, 알려준다면 언제 알려줄지, 어떤 방식으로 알려줄지는 오직 우리만이 정할 수 있어.'

제이크는 눈을 굴렸다.

'멋진 얘기네요. 하지만 한 가지 문제가 있어요. 어떻게 여기서 나갈 거죠?'

'제이콥 제퍼슨 램지, 날 믿지?'

제이크는 고개를 끄덕였다. 자마라와의 합일을 스스로가 허락함으로써 그는 이미 발을 들여놓은 상태였다.

'믿는 거 아시잖아요.'

'그럼, 알지. 하지만…… 확실히 믿어줬으면 해.'

'그러고 있어요. 그러면 어떻게 해야 하나요?'

'우리를 도와줄 사람이 있어. 그 사람은 나의 노력을 성공시키는 데 결정적인 역할을 할 거야. 우리는 반드시 로즈메리 달에게 우리가 아는 것을 납득시켜야 해.'

• • •

로즈메리는 샤워기 앞을 떠나지 못하고 있었다. 밖은 너무 덥고 땀이 나는 탓에 원기 회복이 필요하다고 자신을 설득한 끝에 하는 그날의 두 번째 샤워였다. 하지만 그 설득은 철저한 거짓이었다. 로즈메리 자신도 거짓임을 잘 알고 있었다. 그녀는 이선이 주는 편안함을 일 분 일 초도 빼놓지 않고 즐길 작정이었다.

로즈메리는 수건으로 머리를 감싼 다음, 두툼하고 부드러운 목욕가운으로 손을 뻗었다. 그러다가 어젯밤 이선과 침대에서 즐겼던 유희를 떠올리고 미소 지었다. 로즈메리는 어젯밤이 그리웠다. 이선도 그리웠다. 그리고 이선과 함께 있는 지금이야말로 그리움의 크기를 실감할 수 있는 유일한 순간이었다. 로즈메리와 이선은 둘 다 똑같은 악당이었다. 그리고 이선만이 다른 누구도 줄 수 없는 즐거움을 로즈메리에게 줄 수 있었다. 그들이 늘 함께 해왔던 나날들처럼 한 날 한 시에 죽을 수만 있다면 더 이상 바랄 게 없었다.

로즈메리는 그리움이 담긴 한숨을 쉬며 방 안으로 들어왔다.

"로즈메리?"

로즈메리는 몸을 돌렸고, 침입자를 덮치려던 움직임을 간신히 멈췄다.

"이런, 제이크, 여기서 무얼 하고 계셔요?"

그러자 로즈메리의 머릿속에서 낯선 목소리가 들려왔다.

'안녕, 만나서 반갑군요.'

로즈메리는 숨을 헉 들이켰다. 그리고 소리쳤다.

"어서 내 머릿속에서 나가요. 이렇게 할 수 있는 줄은 몰랐네요."

'내 생각을 읽을 건가요?'

"네, 그러니 제발 그만해요. 그리고 얼른 내 숙소에서 나가 줘요. 난 지금 목욕 가운 말고는 아무것도 안 입고 있다고요."

로즈메리는 자신의 말을 듣고 제이크가 떠올린 생각을 그대로 해주고 싶었다. 진심으로 그를 덮치고 싶었다. 하지만 그가 즐거워할 만한 방법은 절대 아니었다. 그런 생각 다음에는 철저한 수치심이 따라붙었다. 그럼에도 불구하고 로즈메리는 킥킥거렸다.

"여기 온 데는 이유가 있겠죠. 말해 봐요."

제이크는 망설이다가 말로 표현했다.

"마음에 들지 않겠지만, 당신이 꼭 믿어야만 하는 게 있어요."

로즈메리는 자신의 얼굴에서 웃음기가 사라지는 것을 느꼈다.

"계속해 봐요."

말로 표현되지 않았지만, 말보다 더욱 깊고 환상보다 더욱 복잡한 생각들이 로즈메리의 마음속을 채웠다.

제이크 램지가 옳았다. 로즈메리는 믿으려 하지 않았다.

"괜찮은 시도였어요, 제이크. 당신이 지저분한 편에 서는 걸 좋아하지 않는 사람이라는 건 알고 있어요. 하지만 이것만이 당신이 살아남을 유일한 기회예요. 이런 더러운 걸 내 머릿속에 집어넣는다고 해도 내가 갑자기 이선을 저버리진 않아요."

제이크는 로즈메리를 바라보았다.

"하지만…… 당신은 내 생각을 읽었잖아요. 나는 알고 있는 것을 전해 주었을 뿐이에요!"

"제이크…… 당신이 내게 보여준 게 완전히 거짓말일 수도 있죠. 아마 분명히 그럴 거예요. 나는 이선을 십 년 가까이 알아 왔어요. 그래서 이선 이 어떤 사람인지 잘 알아요. 그리고 이선이 발레리안에게 당신을 넘겨줘 야 할 이유는 없어요. 우리는 여기 오면서 추적당하지 않았어요. 그리고 조만간 이선은 우리를 데리고 이곳을 떠날 테고, 이곳저곳을 넘나드는 다 양한 임무를 수행할 거예요."

제이크는 좀 놀란 듯했다. 로즈메리가 능글맞게 웃었다.

"제이크, 저한테 거짓 생각을 보내서 제가 유일하게 믿는 사람을 포기 하게 하는 게 당신의 유일한 목적인가요? 그러려면 좀 더 그럴싸하게 말 해 봐요."

"다른 때라면 이선에 대한 당신의 충성심에 경의를 표하겠어요. 하지 만…… 로즈메리, 이 상황은 맹세코 사실이에요! 우리는 여기서 나가야 해요!"

"진담이세요? 그렇다면 뭔가 증거를 캐낼 수 있겠죠."

로즈메리는 시커먼 한쪽 눈썹을 들어올렸다.

"증거를 갖고 계신가요? 아님 나더러 찾으란 얘긴가요?"

"어떤 증거를 원하죠?"

"이선이 발레리안과 이야기했다면, 그 대화 내용이 녹화되어 있을 거예요. 여기는 이선의 성이에요. 이선은 기록이 있어야 비로소 안심해요. 상대방이 배신할 경우를 대비해서 기록들을 손이 닿는 곳에 두려고 하죠. 이제 알았어요? 나는 그가 어떻게 생각하는지 안다고 말했잖아요."

제이크는 크게 당황한 눈치였다.

"그렇다면 그 증거를 어떻게 찾죠?"

"이봐요, 유죄로 판명되기 전까지는 무죄라고요. 그리고 유죄를 입증할 증거들을 찾는 건 교수님이 할 일이지, 내 일이 아니에요."

"로즈메리, 나 혼자서는 이선이 갖춰놓은 복잡한 보안 시스템 속에 침투해서 홀로그램 통신 시스템을 해킹할 수 없다는 걸 당신도 잘 알고 있잖아요! 자, 만약 증거가 없다면 당신 말이 맞는 거겠죠. 그러면 나를 이선에게 넘겨준 다음, 그의 분이 풀릴 때까지 나를 걷어차라고 해도 좋아요. 하지만 증거가 있다면 지금 당장 찾아야 해요. 불과 몇 시간 후면 발레리안의 부하들이 온단 말이에요! 제발, 나를 도와줘요!"

제이크 램지는 속임수에 능한 사람이 아니었다. 어쩌면 제이크 안의 외계인이 시치미 떼는 법을 가르쳤을지도 모른다. 그러나 지금 제이크는 한 점의 거짓도 없어 보였다. 로즈메리는 제이크를 뚫어져라 쳐다보며 눈살을 찌푸렸다.

만약 해킹을 시도하다 적발되면, 이선은 로즈메리에게 크게 화를 낼 것이다. 그러나 제이크의 말이 맞았다. 이선의 분노는 결국 로즈메리가 아니라 제이크에게로 향하게 되리라. 한편, 로즈메리는 어려운 문제에 도전하기를 좋아했다. 그리고 그런 일은 절대로 없어야 하지만, 만에 하나라도 제이크가 옳다면…….

"좋아요. 도와드리겠어요. 방법은 알고 있어요. 하지만 이선이 그런 짓을 저질렀다는 증거를 발견하지 못한다면, 이 집이 떠나가라고 교수님을 비웃어 드리겠어요."

제이크가 끄덕였다.

"아무것도 발견하지 못한다면, 얼마든지 그래도 좋아요."

로즈메리는 제이크의 태도에서 다시 강한 확신을 느꼈다. 가벼운 떨림이 로즈메리의 몸을 뚫고 지나갔다. 왠지 속이 탔지만 그 이유를 설명할 수는 없었다. 로즈메리는 제이크를 놀라게 해주기로 작정했다. 로즈메리는 입고 있던 목욕 가운을 벗어던졌다. 그러자 제이크는 작은 소리로 놀라움을 표시하며 황급히 몸을 돌렸다. 로즈메리는 깨끗한 여름용 원피스로 손을 뻗었다가 멈췄다. 언제나 최악의 상황에 대비하라는 마음 깊은 곳에서 나는 본능의 목소리를 들었기 때문이다. 그래서 잘 세탁되어 있는 낡은 유니폼을 집어 들었다. 옷에서 풍기는 진한 가죽 냄새를 맡으니 타인의 피로 이 옷을 흠뻑 적셨던 많은 날들이 떠올랐다. 로즈메리는 장화도 신은 다음, 몸을 돌려 제이크의 어깨를 두드렸다.

"어서 가요. 당신이 바보가 된 꼴을 어서 빨리 보고 싶네요."

로즈메리가 차갑게 말했다.

"로즈메리."

제이크는 진심을 담아 말했다.

"나도 차라리 내가 틀렸기를 간절히 바라고 있어요."

제23장

　제이크는 외계인과 의식을 공유하는 과정에서 서로 적응하는 데 무척이나 힘이 들 거라고 생각했다. 하지만 실상은 그 반대였다. 물론 제이크는 이런 상황에 익숙하지 않았다. 그러나 자마라는 매우 익숙했고, 제이크를 잘 인도했다. 제이크의 자아는 절대 사라지지 않았다. 오히려…… 더욱 커진 느낌이었다. 마치 자마라가 잘 알고 있는 춤을 추는 기분이었다. 자마라는 제이크가 쉽게 스텝을 밟을 수 있도록 도와주었다. 자마라는 언제 뒤로 빠지고, 언제 제이크를 앞으로 내보내야 할지 잘 알고 있었다. 또한 수 세기 동안 모아온 지식을 어떻게 해야 올바르게 쓸 수 있는지도 잘 알고 있었다. 자마라는 그런 기술들을 지금 유감없이 발휘하고 있었다. 그리고 누군가가 죽어야 끝나는 정치와 계략의 음모 속에서 길을 잃은 제이크는 기꺼이 자마라에게 주도권을 내주었다.

　제이크는 마음을 혼란스럽게 하는 시각적 자극을 차단하고 마음속 목소리와 감각에 집중하기 위해서 눈을 감았다. 제이크는 엄청난 이미지와 감각의 홍수에 빠져 익사할 것만 같았다. 그러나 마치 경험 많은 뱃사공이 강을 헤쳐 나가듯, 자마라가 제이크를 부드럽게 인도해주었다. 제이크는 재빨리 그 안에서 필요한 생각을 골라내 조사하기 시작했다.

"교수님? 어서 갈 준비를……."

제이크의 눈은 아직 감겨 있었다. 제이크는 한 손가락을 들어 조용히 해 줄 것을 요구했다. 단지 전체의 보안을 담당하고 있는 사람은 단 한 사람, 여자였다. 자마라와 제이크는 그녀의 생각을 재빠르게 읽었다. 제이크는 자마라가 영상기억 능력을 가지고 있다는 사실을 깨닫고 큰 소리로 웃을 뻔했다.

"이제 지도를 손에 넣었어요."

제이크가 로즈메리에게 말했다. 그는 자신의 목소리가 살짝 다르게…… 두려움이 줄어들고 자신감이 높아졌다는 사실을 깨달았다.

"이곳의 보안 부서장 이름은 앨리슨 라시터에요. 이제는 통신실이 어디 있는지 정확히 알고 있어요. 그리고 암호도 있는데…… 어디 보자……."

제이크의 귀에 감탄하는 로즈메리의 휘파람 소리가 들려왔다.

"방금 하신 말씀이 지어낸 얘기가 아니라면, 우리가 이곳을 나간 다음에 별도의 사업체를 차려도 되겠네요, 제이크."

자마라가 신속히 암호를 외우는 동안, 제이크는 로즈메리의 말에 침묵으로 일관했다.

"자, 이제 암호도 손에 넣었어요. 자마라는 우리가 쳐들어갈 곳의 보안 시스템을 무력화시킬 수 있을 거예요."

"어서 해치우자고요. 이선은 오후에 차 마시기를 좋아하는데다 저도 점점 배가 고파오니까요."

제이크가 일어났다.

"한 가지 더 말해둘 게 있어요. 나보다는 자마라가 이런 일에 더욱 뛰어난 실력을 보일 거예요. 그래서 자마라에게 지휘권을 어느 정도 일임하려고 해요."

"그게 무슨 말씀이세요? 지금 교수님의 인격이 분열되었다는 뜻인가요?"

제이크는 망설였다.

"그렇게 대단한 건 아니에요. 다만…… 내가 뭔가를 할 경우, 자마라가 하는 것보다는 훨씬 더 많은 시간이 걸릴 거라는 뜻이에요. 물론 자마라가 한다고 해도 이렇다 할 차이를 느끼지 못할 수도 있어요. 지금 우리는 일종의…… 한 몸이니까."

"아무튼 저는 일을 가급적 빨리 처리하고 싶어요. 그러니 회색 피부의 외계인에게 총대를 맡기자고요."

"자마라의 피부는 자주색이에요."

제이크가 맥없이 말하며 옆으로 빠졌다. 그리고 자마라가 앞으로 나와 제이크의 의식의 키를 잡았다. 갑자기 제이크는…… 자신의 피부 깊숙한 곳에서 뭔가 다른 느낌을 받았다. 제이크는 꿈속에서 프로토스의 몸 안에 있을 때 편안함을 느꼈고, 그 꿈에서 깨어나 인간의 몸으로 돌아왔을 때 혼란을 느꼈던 일을 상기했다. 자마라의 반응도 그와 거의 같았다. 하지만 제이크보다는 자마라가 바뀐 몸에 대한 적응 속도가 훨씬 빨랐다. 둘은 같은 것을 보고 같은 것을 느끼게 되었다.

"이제 갑시다."

제이크의 몸을 입은 자마라가 말했다.

로즈메리가 한쪽 눈썹을 들어올렸다.

그들은 길을 떠났다.

• • •

탐색은 생각했던 것보다 의외로 쉬웠다. 제이크는 우주선을 훔치는 일이 매우 쉬울 거라고 생각했다. 그러나 자마라는 그 생각에 의심을 품었다.

'*첫 번째 관문은 암호를 얻어내고 생각을 조종하는 거야.*'

자마라는 제이크에게 말해주었다.

'*우주선들의 경비 상태는 훨씬 삼엄해. 우주선 조종에 필요한 암호 획득 말고도 해야 할 게 많아.*'

'이런.' 제이크는 낙담했다.

로즈메리는 이런 일에 뛰어났다. 그리고 잠시 후, 자마라는 긴장을 풀고 로즈메리를 앞장세웠다. 로즈메리는 지나치는 사람들 중 일부를 알고 있었고, 눈 깜짝할 사이에 그들의 경계심을 늦췄다. 출입증을 보자는 사람은 많지 않았다. 만약 그런 사람들이 있을 때면, 로즈메리는 자마라에게 미소를 지었다. 자마라는 상대방의 눈앞에 환상으로 출입증을 보여주었다. 그렇게 두 사람은 무사히 통과할 수 있었다.

하지만 그들도 통신실 문 앞에서 문제에 봉착했다. 자마라는 제이크의 뭉툭한 손가락을 들어 신속하게 암호를 입력했다. 그러자 문이 열렸다.

그 안에는 세 명의 경비병들이 서 있었고, 문이 열리자 바로 그들에게 소총의 총구를 겨누었다.

로즈메리가 나설 차례였다. 로즈메리는 얼굴을 찡그리며 총구를 몸에서 밀쳐냈다.

"우리에게 총구를 겨누지 말아요!"

경비병들은 전혀 동요하지 않았다.

"보안 구역에 침입자가 있다는 보고를 받았습니다. 두 분 모두 손을 머리 위에 얹고 서 계십시오."

로즈메리의 푸른 눈이 자마라의, 그리고 제이크의 눈을 보며 반짝였다. 그들 사이에 소리 없는 신호가 오갔고, 마치 몇 년 동안 함께 훈련해 온 사람들처럼 그들은 몸을 날렸다. 로즈메리는 고양이처럼 유연하게 자신의 머리를 겨누고 있던 총구 밑으로 파고들어 소총을 가로챈 후, 개머리판으로 상대방의 턱을 강타했다. 이런 사태를 전혀 예상하지 못했던 경비병은 비틀거리며 물러났다. 로즈메리는 상대방에게 뛰어올라 팔로 목을 졸랐다. 경비병은 총을 떨어뜨렸다. 그리고 양손으로 로즈메리의 팔에서 벗어나려 했지만, 헛일이었다. 상대는 의식을 잃고 쓰러졌다. 로즈메리는 제이크를 도와주려고 몸을 돌렸다.

하지만 굳이 도와줄 필요는 없었다.

자마라는 제이크가 전혀 알지 못했던 격투법을 시전하고 있었다. 자마라가 엄청난 노력으로 스스로의 힘을 제어한 덕분에 나머지 두 경비병들은 목숨만은 건질 수 있었다. 로즈메리는 이선의 부하를 죽이면 그의 분노를 초래할 뿐 아니라 자신들의 움직임을 방해하는 결과를 낳는다는 점을 깨달았다.

"이런."

제이크는 바닥에 쓰러진 두 경비병을 보았다. 자마라가 다시 제이크에게 몸의 통제권을 넘겨주었다.

"세상에, 제이크, 이런 거 어디서 배웠어요?"

로즈메리는 제이크를 도와 경비병들의 허리띠로 그들의 손목을 결박하면서 물었다.

"내가 아니라 자마라가 한 거예요."

대답하는 제이크의 손이 떨리고 있었다.

"이선이 이 광경을 봤다면 청혼했을 거예요."

로즈메리가 말했다. 제이크는 대답하지 않았다. 그저 일어나 암호를 입력해서 문을 닫을 뿐이었다. 제이크가 로즈메리를 힐끗 돌아보았다.

"당신 차례예요. 우리가 이곳에…… 하루 반나절쯤 전에 왔지요?"

로즈메리는 빈 의자 하나를 차지하고 앉아서 날랜 동작으로 키보드를 누르며 고개를 끄덕였다.

"아마도요. 암호는 뭔가요?"

제이크가 암호를 알려주자 로즈메리는 제이크가 불러준 대로 키보드에 입력했다. 제이크는 경비병 한 명이 쓰러지기 전에 자신에게 제대로 한 방 먹였다는 사실을 깨달았다. 입에서 피 맛이 났다. 망할.

"좋아요. 지금 데이터 뱅크에 접속했어요. 여기도 암호 처리가 되어 있군요."

제이크는 다른 암호를 말해주었고, 로즈메리는 그대로 입력했다. 로즈메리의 눈동자가 한 곳을 주시했다. 제이크는 로즈메리를 유심히 살폈고, 그녀가 갑자기 긴장한 사실을 알아챘다.

"오…… 세상에, 안 돼, 안 돼."

로즈메리가 중얼거렸다.

"무슨 일이에요?"

로즈메리가 버튼을 누르자 그녀의 오른쪽에 있던 검은 평면 위의 공간이 희미하게 반짝이며 색상과 모양을 갖춰나갔다.

"발레리안이군요."

제이크가 웅얼거렸다. 그는 자신이 맞았다는 사실을 알고 있었다. 그러나 아직도…….

로즈메리가 목을 가다듬었다.

"이선은 발레리안에게 다섯 건을 발신했어요. 첫 번째 통신은 우리가 회색호랑이호를 빠져나간 날에 있었네요."

통신 기록에 이선의 목소리는 녹음되었지만, 그의 얼굴은 녹화되지 않았다. 멋지고 부드러운 이선의 목소리는 이제 로즈메리뿐 아니라 제이크에게도 익숙했다. 그 목소리가 이렇게 묻고 있었다.

"예, 예, 알겠어요. 최신 투자 상황 소식을 듣고 싶으십니까?"

발레리안은 미소를 지었다.

"어느 정도는요. 부탁할 게 있어서 연락을 했소. 당신이 해주셨으면 하는 일이 있소."

"말씀하시죠."

"내 배의 감옥에 수감 중이던 두 사람이 도망쳤소. 그중 한 사람은 과학자로, 내게 필요한 정보를 갖고 있소. 그리고 나머지 한 사람은 과학자를 돕고 있지. 당신도 아는 사람으로…… 로즈메리 달이오. 달과 당신과의 관계로 짐작해 보건대, 달이 당신에게 도움을 청할 것 같소. 만약 그녀가 그리 하거든, 즉시 내게 그 사실을 알려주고 그들을 억류해주었으면 하오."

"과학자는 당연히 그리하겠습니다만…… 로즈메리는 왜 잡으려고 하시나요? 그녀는 이미 태자 저하를 위해 일하고 있지 않나요?"

"물론 그렇소. 걱정은 마시오. 당신이 로즈메리를 좋아한다는 것쯤은 나도 알고 있소. 그리고 나 역시 그러하다오. 우리는 그저 로즈메리가 무엇을 아는지 살핀 다음, 그녀를 재사회화시킨 후 당신에게 돌려보내려는 것뿐이오."

"음…… 그건 별로 마음에 들지 않네요. 정말로 그녀를 원하십니까?"

발레리안의 작고 귀족적인 얼굴이 굳어졌다.

"달을 원하지 않았다면 이런 얘기를 꺼내지도 않았을 거요, 이선. 그리고 이 문제에 대해 내게 이견을 보이는 건 별로 현명한 행동이 아니오."

"태자 저하. 저는 그저 그녀가 상처 입지 않기를 바랄 뿐입니다. 물론 그 과학자는 반드시 잡아다 드리겠습니다. 그가 어찌되건 제가 알 바 아니지만…… 로즈메리는 제 여자입니다. 볼 일을 다 마치고 나면 그녀를 제게 돌려보내주실 것을 청하는 바입니다."

발레리안이 엷은 미소를 지었다.

"물론 그러겠소."

홀로그램에서는 더 이상 소리가 나오지 않았다. 로즈메리가 굳은 손가락으로 버튼을 눌러 멈춰 버렸기 때문이다. 제이크는 연민이 가득한 눈빛으로 로즈메리를 바라보았다. 로즈메리의 얼굴은 시뻘겋게 상기되어 있었고, 제이크의 시선을 외면하고 있었다.

"나머지도 다 들어야 해요. 우린 모든 것을 다 알아야 해요."

제이크가 조용히 말했다.

"그럼요."

로즈메리가 대답했다. 그녀의 목소리에 배어 있는 평정심은 제이크를 놀라게 했다. 로즈메리는 이선이 그 다음에 보낸 몇 개의 메시지들을 선택했다. 모두 짧았고, 핵심을 거칠게 찌르고 있었다.

마지막 통신문에서 홀로그램 속의 작은 발레리안은 이렇게 말했다.

"배가 이미 떠났소. 열두 시간 후면 그곳에 도착할 거요. 나머지 일은 당신이 알아서 잘하고 있으리라 믿소. 아마도 램지는 당신 손바닥 안에 잘 있을 테고, 달 역시…… 대단히 잘 있겠지. 그러나 당신의 작은 제국의 보안 상태는 극도로 철저해야 하오. 그리고 내게 협력한다면, 당신은 안전할 거라 보장하오. 수년 동안 나는 당신에게 많은 돈을 투자했소, 이선. 그리고 나는 그 투자가 현명하지 못했다고 생각하기 싫소."

• • •

로즈메리는 홀로그램 이미지를 응시했다. 한 대 얻어맞은 기분이었다. 그녀는 손으로 콘솔을 내리쳤고, 이미지가 사라졌다.

"로즈메리?"

로즈메리는 제이크, 어쩌면 자마라의 마음이 자신을 위로하려고 부드럽게 어루만지는 것을 느꼈다.

로즈메리의 마음은 무너질 것만 같았다. 하지만 로즈메리는 조용한 어투로 말했다.

"잠시만 내 머릿속에서 나가 줄래요?"

로즈메리는 제이크가…… 그들이…… 조심스럽게 자신의 마음속에서 물러나는 것을 느꼈다. 제이크가 기침을 하면서 자리를 옮기는 소리도 들었다. 로즈메리는 얼굴을 돌렸다. 이제 로즈메리의 마음속에는 그녀 홀로 남아 있었다. 로즈메리 달의 손은 여전히 콘솔 위에 굳게 얹혀 있었다. 로즈메리는 눈을 감았고, 치밀어 오르는 아픔에 마음을 맡겼다.

이선.

어떻게 이선이 그녀에게 이런 짓을 할 수 있단 말인가? 아무리 오래전에 헤어진 사이였대도…… 이선은 천국의 마약 소굴에서 로즈메리를 발견한 뒤, 그녀를 거기서 꺼내 마약을 끊게 해주었다. 이선은 로즈메리의 첫 번째 연인이었고, 이제껏 만난 그 누구보다도 로즈메리를 정성 들여 기쁘게 해준 사람이었다. 여러 차례 로즈메리의 목숨을 구해준 사람이었다. 로즈메리야말로 자신이 본 가장 큰 사고뭉치라고 말해주던 사람이었다…….

이 더럽게 사치스러운 곳에 왔을 때 바로 알아차렸어야 했다. 현명한 투자가 무엇을 의미하는지. 이선에게 이 모든 것을 만들어 준 사람은 다름 아닌 발레리안이었다. 이선은 자치령에 도움이 되지 않는 것이면 무엇이건 팔아 버렸다. 이선은 황위 계승자의 말을 믿었고, 수년 동안 발레리안의 조종을 받아왔다. 적어도 로즈메리는 더러운 일을 맡아도 거짓말은 하지 않았다.

로즈메리는 자신의 입에서 새어나온 고통의 한숨 소리를 들으며 아랫입술을 강하게 깨물었다. 이선의 배신이 자신에게 얼마나 큰 상처를 입혔는지 제이크에게 보이고 싶지 않았다. 하지만 여기서 둘 다 살아서 나간다면 제이크도 언젠가는 로즈메리의 생각과 느낌을 알게 되리라. 그리고 그녀가 옳다면, 배신당한 그녀의 마음이 얼마나 아픈지 알게 되리라.

로즈메리는 제이크에게 그런 속마음을 들켜도 살아갈 수 있을 거라고 생각했다. 우주선을 타고 이곳을 나갈 수만 있다면.

"이제 괜찮아요."

로즈메리의 고요한 목소리에서는 다시금 자제력이 느껴졌다.

"이제 한 시간도 채 안 남은 것 같아요. 들키면 곤란하니까 이 카메라와 센서들을 끄도록 해요."

로즈메리는 디스플레이에 단지 전체를 보여주는 지도를 띄웠다. 제이크는 몸을 숙이고 지도를 바라보았다.

제이크가 한 곳을 가리켰다.

"우리는 여기에 있어요. 우주선은 여기에 정박되어 있고."

로즈메리의 푸른 눈이 가늘어졌다.

"지름길이 항상 가장 좋은 길은 아니죠."

손톱을 짧게 다듬은 로즈메리의 손가락이 콘솔 위를 바쁘게 움직였다.

"여기예요. 짐을 나르는 복도가 제일 사람이 적어요."

로즈메리는 카메라를 하나씩 껐다.

"카메라를 한 번에 다 꺼버리는 게 더 좋지 않아요?"

제이크가 물었다. 로즈메리는 제이크의 목소리에서 묻어나오는 짙은 안타까움을 느꼈다. 그리고 그의 안타까움에 화가 났다. 로즈메리는 그런 것을 원하지 않았고, 필요하지도 않았다.

"그렇게 하면 누군가는 바로 이상한 점을 알아차릴 테니까요. 얽히지 않아도 되는 사람들의 시선까지 끌 필요는 없어요. 신경 끄고 샌드위치나 먹게 내버려 두자고요. 좋아요, 여기로 가면 되요. 이제 우주선을 출발시키려면 어떻게 해야 하죠?"

제이크가 한숨을 쉬었다.

"망막 검사와 음성 검사, 유전자 패턴 인식까지 해야 해요."

제이크의 눈을 보는 로즈메리의 푸른 눈이 반짝였다. 로즈메리는 자신의 차가운 시선 앞에 제이크가 움츠러드는 모습을 보았다.

"누구 거요?"

제이크는 힘들게 입을 열었다.

"발사장 출입 권한이 있어서 망막, 음성, 유전자 정보가 등록된 사람은 총 열 명이에요. 하지만 그중 일부는 현재 여기에 없고……."

"열 명 중에는 이선도 물론 포함되어 있지요?"

제이크가 고개를 끄덕였다.

로즈메리는 따스함이 전혀 느껴지지 않는 미소를 지었다.

"문제없어요."

로즈메리는 아직 의식이 있는 경비병들에게 갔다. 그리고 경비병이 가지고 있던 소총을 들어 올려 점검한 다음, 제이크에게 던져 주었다. 제이크는 소총을 능숙한 자세로 받았지만, 로즈메리는 이제 그 정도에 놀라지 않았다. 로즈메리는 다른 두 사람의 몸을 수색했고, 작은 권총 한 정을 발견했다. 소총과 권총 한 정씩을 챙긴 로즈메리는 총기를 점검한 다음, 권총을 옷 속에 쑤셔 넣었다. 그리고 소총을 편하고 익숙한 자세로 파지했다.

"이선을 찾으러 가요."

• • •

로즈메리가 난데없이 불쑥 나타나자, 이선은 살짝 뒤로 물러났다.

로즈메리가 미소 지으며 말을 걸었다.

"안녕."

"안녕, 사고뭉치."

이선은 함께 있던 사람에게 고개를 끄덕여 보였다. 이선에게 매일 새로운 소식을 전해 주러 오는 사람들 중 한 명인 정체 모를 날씬한 젊은이는 고개를 끄덕이고는 자리를 피했다. 이선은 로즈메리에게 다가가 그녀를 끌어안았다. 그러고는 그녀가 자기 것임을 확인하는 열정적인 키스를 하려고 고개를 숙였다. 로즈메리도 이선의 목을 끌어안으며 그에게 키스했다.

"음…… 누군가 날 보고 싶어 하는 사람이 있는 것 같군."

이선은 로즈메리의 부드러운 목덜미 살에 대고 속삭였다.

"이런, 당신은 속일 수가 없다니까."

로즈메리는 슬픈 듯한 어조로 대답했다.

이선은 뒤로 물러나 손으로 로즈메리의 비단결 같은 검은 단발머리를 쓰다듬었다.

"자기, 이리 와. 내 방으로 가자."

로즈메리가 미소를 지었다.

"더 좋은 생각이 있어. 자기한테 고백할 게 있어. 나는 나쁜 여자였어."

"그래? 내가 당신을 때려줘야 하는 거야?"

"음…… 당신이 알아서 판단하도록 해. 실은 내가 당신의 시스템을 해킹했거든."

이선은 순간 긴장했다.

"뭐라고? 왜 그랬어?"

이런…… 그가 계획한 내용을 풍문으로 듣기라도 한 건가?

"아직 감각이 살아 있다는 걸 확인하고 싶었거든. 그래서 당신도 알고 있는…… 해킹하기 좋은 곳을 찾아냈지. 카메라와 센서를 다 꺼버렸어."

로즈메리는 이선의 입술 위를 손가락으로 쓸었다. 그러자 이선은 로즈메리의 손가락을 살짝 물었다.

"이런 조그만 장난꾸러기 사고뭉치 같으니."

말은 그렇게 했지만, 이선은 미소를 참을 수 없었다.

로즈메리는 이선의 셔츠를 잡고 부드럽게 말했다.

"이리 와요."

이선은 미소를 지은 채로 로즈메리를 따랐다.

하지만 모퉁이를 돌자마자 차갑고 딱딱한, 그러면서도 섹시하지 않은 어떤 물체가 갈비뼈 사이를 파고들었고, 이선은 더 이상 미소를 지을 수 없었다.

"나한테 사고뭉치라는 별명을 지어준 지도 구 년이 지났지. 이제 그 작명이 매우 잘 되었다는 사실을 깨닫게 될 거야."

이선은 평정을 유지하려 애쓰며 물었다.

"도대체 무슨 생각을 하는 거지?"

로즈메리는 대답 대신 움켜쥔 작은 총의 총구를 이선의 갈비뼈 사이에 더욱 강하게 찔러 넣었다. 이선은 잠시 걸음을 멈추었으나, 다시 걷기 시작했다. 이선의 마음속은 마구 밀려드는 생각으로 정신이 없었다.

"닥쳐."

로즈메리는 짧게 답했다. 위험한 상황에도 불구하고, 이선은 로즈메리가 지극히 프로답다고 생각했다. 그녀의 계획이 뭔지는 모르지만, 로즈메리는 절대 분노에 몸을 맡겨 자신의 계획을 망치는 짓을 하지 않았다.

"이런, 사고뭉치, 자기가 뭘 원하는지 모르면……."

"지금은 허세를 부려서 빠져나갈 수 있는 상황이 아니야. 한 마디만 더 해봐, 바람구멍을 만들어줄 테니까."

"자긴 그럴 수 없어. 할 수 있다면 진작에……."

그 순간, 예상치 못했던 지독한 고통이 이선을 강타했다. 로즈메리가 이선의 팔을 향해 방아쇠를 당긴 것이었다. 팔을 타고 피가 흘렀고, 이선은 쓰러질 뻔했다.

"로즈메리! 이게 무슨 짓이에요?"

놀란 남자의 고성이 들렸다. 이선은 목소리의 주인이 제이크임을 알아차렸다. 이선은 눈을 깜박이며 집중하려고 애썼다.

"이선을 조용히 시켜요."

로즈메리가 낮은 목소리로 지시했다. 로즈메리가 이선의 등을 거칠게 밀자, 이선은 비틀거리며 앞으로 걸어갔다.

"걱정하지 말아요. 이선은 의식을 유지할 거예요. 내가 무슨 짓을 했는지는 잘 알고 있어요."

로즈메리의 말은 사실이었다. 이선은 총상 때문에 지독한 고통을 느끼겠지만, 로즈메리는 동맥이나 뼈를 망가뜨리지 않을 위치에 총을 쏘았다. 하지만 그래도 무모했다. 이선이 흘린 핏자국이 남는다면…….

"제이크, 이선을 겨누고 있어요. 그동안 상처를 싸맬 테니까."

'빌어먹을.'

제이크는 자신 없어 보였지만, 그래도 로즈메리의 지시에 따랐다. 로즈메리는 이선의 앞으로 걸어가서 그의 셔츠를 찢기 위해 조용히 손을 뻗었다. 한때 둘 사이의 저런 행동은 정욕의 전주곡이었다. 그러나 지금은 아니었다. 로즈메리는 이선의 상처를 싸매는 데만 정신을 집중했다. 이선을 도우려는 것도, 그의 고통을 덜려는 것도 아니었다. 바닥에 피가 떨어지는 것을 막기 위함일 뿐이었다. 이선이 남겨진 선택의 여지를 생각하는 동안, 로즈메리는 숙련된 솜씨로 상처를 동여맸다. 그리 모양새가 좋지는 않았다.

"잘 들어, 사고뭉치."

이선이 말했다. 로즈메리가 눈 하나 깜짝하지 않고 엄지손가락으로 환부를 누르자, 이선의 눈앞에 별이 보였다. 이선은 이를 악물었다.

"내가 발레리안에게 한 말을 믿는 거야? 자기와 제이크를 발레리안에게 넘겨준다는 말을?"

로즈메리는 얼음장처럼 차가운 파란 눈을 이선을 향해 깜빡거렸고, 자신의 일을 계속 했다.

"안 믿을 수가 없잖아."

"이봐, 자기, 날 잘 알고 있잖아. 내가 왜 그런 짓을 할 거라고 생각하지?"

"그 이유를 일일이 열거할 시간은 없어. 그런 짓을 하지 않는다면, 그건 당신이 날 눈곱만큼이라도 사랑하기 때문이겠지. 하지만 당신이 날 전혀 사랑하지 않는다는 건 충분히 알아."

로즈메리가 물러서서 소총을 집자, 이선이 그녀를 덮칠 좋은 기회가 만들어졌다. 로즈메리와 몸이 얽혀 있다면 제이크도 함부로 이선을 쏘지는 못할 테니, 시도할 가치는 충분했다. 그러나 제이크가 든 가우스 소총의 총구는 이선의 가슴에서 불과 삼십 센티미터 거리에 있었다. 따라서 실패해서 총알을 맞을 확률도 높았다. 로즈메리는 이선보다 발레리안과의 대화 건에 대해 더 잘 알고 있었지만, 그의 말에 대답을 해주었다. 이선에게 생각을 하도록 만드는 그런 언행은 로즈메리가 이선의 배신으로 인해 마음이 흔들리고 있다는 증거였다. 그것은 이선에게 기회를 의미했다.

"제이크는 그들에게 넘겨주고 자기랑 같이 이곳을 떠나려고 했어. 머릿속에 외계인을 갖고 있는 건 제이크지, 자기가 아니잖아. 발레리안은 추적을 하겠지만 이내 포기해 버릴 거야. 날 믿어줘."

이선은 말이 끝나기가 무섭게 로즈메리의 청자색 눈에 떠오른 의심을 보았다. 제이크가 말했다.

"로즈메리, 이선의 말은 거짓이에요. 발레리안은 약속을 지키지 않으면 죽을 때까지 쫓아올 인물이라는 점을 이선도 알고 있거든요."

이선이 고개를 휙 돌려 제이크를 보았다. '이 망할 놈이 어떻게 내 마음을 읽을 수 있지? 사이오닉 스크린이 있는데도? 그럼 이것도 읽어 보시지.'

제이크가 움찔했다.

"알겠어요, 제이크. 이선, 계속 움직여."

로즈메리는 제이크와 함께 숨겨 두었던 곳에서 소총을 가져왔다. 그러고는 소총의 총구를 까딱거렸다.

"우리가 시키는 대로 해. 그리고 자기…… 우주선이 있는 곳으로 안내하라고."

이선은 상대방의 마음을 읽을 수 없었다. 그러나 로즈메리가 허세를 부리고 있는 게 아니라는 것쯤은 쉽게 눈치챌 수 있었다.

이선은 고개를 숙이고 로즈메리가 지시하는 방향으로 움직였다. 그는 그들이 어디로 가고 있는지 알고 있었다. 이 행성을 떠나는 유일한 방법은 이선의 우주선을 타는 것이었다. 로즈메리는 만능 선수였다. 우주선도 조종할 수 있었고, 컴퓨터도 해킹할 수 있었다. 사람을 죽이는 법도 알고 있었고, 그 외에 다른 것도 얼마든지 알고 있었다. 지금은 제이크 같은 아마추어를 유일한 조수로 거느리고 있기는 하지만, 그 역시 큰 문제는 아니었다. 제이크의 머릿속에 있는 프로토스는 로즈메리와 비교할 수 없을 정도로 많은 것을 알고 있었기 때문이다.

이선의 오른쪽 앞주머니에서 갑자기 작은 소리가 났다. 제이크는 그 소리를 듣고 당황한 듯이 보였지만, 로즈메리는 그 소리의 정체를 알고 있었다. 그들은 멈춰 섰다.

"주인님?"

로즈메리가 미간을 좁혔다.

"대답해, 이선. 현명하게 행동해."

이선은 손을 들어 버튼을 눌렀다.

"그래, 스티브. 무슨 일인가?"

이선의 목소리가 평상시와 다름없자 로즈메리는 고개를 끄덕였다. 이선은 자신을 쳐다보는 제이크의 매서운 시선을 느꼈다. 만약 스티브에게 경고를 보냈다가는 제이크가 알아차릴 것이다. 망할. 여기 있는 동안은 꼼짝도 못하고 이 녀석들의 비위를 맞춰줘야 할 판이었다.

"통신 시스템의 일부가 기능을 멈췄습니다. 제 9구역, 47구역, 43구역의 동영상 피드가 안 됩니다."

로즈메리가 작은 소리로 지시했다.

"통신실에는 아무도 들여보내지 마."

이선이 살짝 고개를 끄덕였다.

"나도 알고 있어, 스티브. 우리 아기가 한 장난이야."

그의 건방진 표현을 들은 로즈메리의 얼굴이 일그러지자 이선은 희미한 미소를 지었다.

"로즈메리가 아무도 훔쳐보지 않는 은밀한 시간을 원했거든. 무슨 말인지 알 거야."

통신기 저편에서 요란한 웃음소리가 들려왔다.

"알고 있습니다. 주인님은 참 운이 좋은 남자입니다. 로즈메리는 보기

드물 정도로 화끈하고 섹시한 여자잖아요."

이선은 미소 지었다.

"그렇지."

로즈메리는 총구로 이선을 찔렀다. 그러자 이선의 복근이 긴장했다.

"다른 전달사항은 없나?"

"없습니다. 즐거운 시간 보내십시오."

"그러겠네, 스티브. 그렇게."

이선은 통신기를 끈 후 로즈메리를 보며 한쪽 눈썹을 묘하게 실룩였다.

"잘했어."

로즈메리가 천천히 말했다.

"이제 당신의 작고 멋진 우주선을 타고 즐거운 여행을 떠나는 일만 남았군."

· · ·

랜들은 램지 교수의 방문을 노크했다.

"교수님?"

반응이 없었다. 랜들은 한숨을 쉬었다. 교수는 랜들이 소리 없이 들어오는 게 싫다고 분명히 말했다. 그래서 이번에는 노크를 했던 것이다. 교수가 취침 중이라면 문은 잠겨 있을 터였다. 랜들은 문의 개폐 암호를 알고 있었다. 랜들은 이곳뿐 아니라 단지 내 모든 방문의 개폐 암호를 알고 있었다. 하지만 랜들은 주인인 이선의 지시를 존중했다. 랜들은 문을 살짝 밀어보았다. 문은 쉽게 열렸다.

가져온 옷을 걸어놓을 생각을 하며 방 안으로 들어선 랜들이 멈춰 섰다. 랜들이 이제껏 관찰한 바에 따르면 램지 교수는 매우 깔끔한 사람이었다.

대부분의 손님들은 모든 시중을 다 받으며 이곳에서의 편안한 생활을 만끽했다. 그러나 교수는 달랐다. 교수는 언제나 옷과 침대를 잘 정돈해 두었다. 그런데 오늘은 달랐다. 침구는 어질러져 있었고, 심지어 베개는 바닥에 굴러다니고 있었다.

랜들은 미간을 찌푸렸다. 그가 이 자리까지 올라온 것은 자신의 본능을 철저히 믿었기 때문이었다. 랜들은 지금 뭔가가 매우 크게 잘못되어 있음을 눈치챘다.

랜들이 무전기에 대고 말했다.

"엘리사? 달 양은 방에 계신가요?"

"잠시만 기다리십시오."

엘리사는 랜들과 같은 일을 하는 여직원이었다. 랜들은 입술을 오므리고 난장판이 된 방 안을 바라보았다.

"안 계십니다, 랜들 씨."

"고마워요."

랜들은 몸을 돌려 가까운 곳에 있는 로즈메리 달의 방으로 향했다. 발목까지 오는 긴 야회복을 옷걸이에 걸고 있던 엘리사는 랜들을 보고 목례를 했다. 랜들은 약간 얼굴을 찡그렸다. 엘리사는 일을 지나치게 효율적으로 했다……. 그녀는 벌써 방을 치우기 시작했다. 랜들은 엘리사가 들어오기 전의 방 상태를 알고 싶었다.

"무슨 문제라도 있나요?"

키가 크고 우아한 금발의 엘리사가 물었다.

"아닙니다. 자리를 좀 비켜줘요, 엘리사. 이 방을 살펴봐야겠습니다."

엘리사는 랜들에게 눈길 한번 주지 않았고, 고개를 끄덕이고는 방을 나갔다. 그리고 그녀의 뒤로 조용히 문이 닫혔다. 랜들은 방 안을 돌아다니며 꼼꼼하게 살폈다. 시간이 갈수록 걱정이 커졌다. 랜들은 로즈메리가 여기 올 때 입고 있던 황갈색 가죽 바지와 조끼가 사라진 것을 깨달았다. 로즈메리는 왜 그 옷을 입고 나갔을까?

랜들은 다시 통신기를 켜고 정중하게 말했다.

"오툴, 혹시 단지 내의 보안기기에 무슨 문제라도 있나요?"

스티브 오툴의 대답이 들려왔다.

"이런, 정말 예리하네요, 랜들. 예, 문제가 있어요. 주인님의 섹시한 아가씨가 제 9구역, 47구역, 43구역에서 은밀한 시간을 갖고 싶다고 했답니다."

랜들은 잠시 눈을 감았다. 바보 같으니! 왜 내 주변에는 바보들만 있지? 하지만 그는 통신기에 대고 예의상 살짝 웃었다.

"그래요……. 알겠습니다. 그 구역에 로즈메리 아가씨와 주인님이 계신다고 봐도 될까요?"

"물론이죠."

"그럼 램지 교수님은 어디에 계신가요?"

잠시 정적이 흐른 후 스티브가 웃으며 답했다.

"예, 주인님과 함께 계십니다. 주인님께서는 램지 교수와 마주쳐서 꽤나 당혹스러우셨을 거예요."

"잘 알았습니다. 고마워요, 오툴."

랜들은 자신의 고용주가 어떤 위험에 처해 있을지 짐작이 갔지만, 오툴에게는 절대 말하지 않았다. 교수에게는 텔레파시 능력 외에는 이렇다 할 위험한 무기가 없었다. 그거라면 모리스 박사가 개발한 차단 장치로 막을 수 있었다. 그러나 로즈메리 달은 정말로 위험한 여자였다. 랜들은 만에 하나 이런 상황이 발생할 경우를 대비해, 이미 로즈메리에 관한 정보를 충분히 익혀놓은 상태였다. 물론 스튜어트 씨는 뛰어난 경비대를 보유하고 있었다. 하지만 이런 상황에서도 그들이 과연 로즈메리 달의 적수가 될지 랜들은 의심스러웠다.

랜들은 재킷을 벗었고, 커프스단추도 떼어냈다. 그리고는 셔츠 소매를 걷어 올렸다. 랜들은 스튜어트가 자신에게 맡긴 진짜 임무를 수행할 준비를 했다.

제24장

제이크는 그들이 여기서 빠져나갈 수 있다고 믿기 시작했다.

물론 탈출의 성패는 로즈메리와 자신의 의식 속에 둥지를 틀고 모든 것을 보고 있는 자마라에게 달렸다. 하지만 이십여 명의 경비병들이 자신들에게 사격을 가하는 일 따위도 없이 일이 풀리자 제이크의 희망은 커졌다.

그들은 복도 맨 끝에 있는 문에 다다랐다. 로즈메리가 이선을 총구로 찌르자, 이선은 그녀에게 우월감이 느껴지는 미소를 지어 보였다.

"이제 헛된 협박은 그만둬. 당신은 날 죽이면 안 되니까, 로즈메리."

"그렇긴 하지."

로즈메리는 그렇게 말하며 고갯짓으로 제이크에게 소총을 내려놓고 숨기라고 지시했다. 제이크가 그녀의 지시에 따르자, 로즈메리도 똑같이 했다. 소총을 내려놓은 제이크는 여전히 권총으로 이선을 겨누고 있었다.

"하지만 자기 손을 잘라서 유전자 신원 인식기에 올려놓을 수도 있어.

생각만 해도 즐거워지는걸.”

이선의 얼굴에서 미소가 가셨다. 이선은 육중한 금속제 문의 오른편에 있는 검은 사각형 모양의 인식기 위에 손을 올려놓았다. 감지기가 작동했고, 인식기가 빛을 발하기 시작했다. 붉은 빛이 이선의 오른손을 위에서부터 아래로 훑고 지나갔다. 인식기의 손을 대는 곳 바로 위에 있는 스크린에 메시지가 떴다.

“일차 신원 확인이 완료되었습니다. 유전자 조회 결과, 이선 폴 스튜어트의 유전자와 일치합니다. 이차 신원 확인인 성문 확인을 시작하겠습니다.”

“이선 폴 스튜어트.”

이선은 몸을 굽히고 벽에 장착된 마이크로폰에 대고 자신의 이름을 말했다.

또다시 스크린에 메시지가 떴다.

“이차 신원 확인이 완료되었습니다. 성문 확인 결과 이선 폴 스튜어트의 성문과 일치합니다. 삼차 신원 확인인 망막 매핑을 시작하겠습니다.”

이선은 문 왼편으로 향했다. 작은 카메라가 튀어나왔고, 이선은 오른쪽 눈을 카메라에 가져다 댔다. 부드러운 푸른 불빛이 이선의 눈을 비추는 동안, 그는 눈을 뜨고 있었다.

“삼차 신원 확인이 완료되었습니다. 망막 매핑 결과, 이선 폴 스튜어트의 망막과 일치합니다. 격납고 출입을 허가합니다.”

큰 문이 안쪽으로 열렸다. 제이크는 자신의 눈앞에 펼쳐진 동굴을 보고 잠시 동안 놀랐다. 그곳은 템라와 사바산이 들어갔던, 기술과 자연이 융합된 오래된 지하 시설과 비슷했다. 차이가 있다면, 이곳에 쓰인 테란의 기술력은 젤나가의 기술력만큼 뛰어나지 못하다는 점이었다. 이곳에서 보이는 기술과 자연의 조화는 자연스럽지 못하고 어색했으며, 우아하지 못하고 어설펐다. 암반을 대충 파서 만든 틈새에는 커다란 회색 장비들과 우악스런 불빛을 내뿜는 신호등이 박혀 있었다. 이곳의 수많은 장비들은 사람의 손길을 기다리고 있었지만, 장비를 운용하는 사람의 모습은 볼 수 없었다. 마치 휴일 같았다. 동굴의 반대쪽 끝에는 우주선 발사가 용이하도록 푸른 하늘로 출구가 뚫려 있었다. 거대한 동굴의 가운데에는 금속과 유리로 지어진 관제소가 있었다. 관제소에는 대머리의 살짝 통통한 사람이 자리를 지키고 있었다. 그는 콘솔 위에 양발을 올려놓고, 뭔가를 열심히 읽고 있었다. 제이크가 보기에는 별로 유익한 책 같지 않았다. 그는 커피가 들어 있을 법한 컵을 이따금씩 들어 입으로 가져갔다.

동굴 안에는 현재 네 대의 우주선이 선수를 모두 하늘로 향한 채 시무룩하게 줄지어 서 있었다. 그중의 한 대는 회색호랑이호에서 타고 온 탈출 포드였다. 탈출 포드는 제이크의 눈에 너무 작고 낡아 보였다. 그래서 제이크는 그 옆에 있는 멋지고 잘 정비된 우주선으로 시선을 돌렸다. 제이크는 우주선에 대해 충분한 지식이 없어서 우주선의 이름도 잘 알지 못했다. 하지만 로즈메리는 잘 알고 있으리라. 이건…….

제이크의 피부가 따끔거렸다. 제이크의 안에 있던 자마라가 재빨리 보낸 경고였다.

이선이 앞장섰다. 빠르게, 하지만 너무 빠르지 않은 걸음으로 가장 가까이 있는 우주선으로 향했다. 로즈메리는 그의 뒤에 바짝 붙었고, 남들의 눈에 보이지 않게 이선의 등에 권총을 겨누고 있었다. 보이지는 않지만 치명적인 무기라는 사실에는 변함이 없었다.

제이크의 심장 박동이 빨라졌다. 제이크는 주변을 둘러보았다. 뭔가 놓친 게 있었다. 뭔가 좋지 않은 게 있다. 제이크는 그것을 눈치채고 서둘러 로즈메리에게 향했다.

'저기에……'

정확히 뭔지 알 수는 없었지만, 제이크는 앞으로 몸을 날려 로즈메리의 몸을 위협으로부터 막았다.

"조심해!"

그가 소리쳤다.

세 개의 작은 화살이 제이크의 목에 날아와 박혔다. 제이크는 고개를 들어 머리 위에 있는 회색 바위 위에 쭈그린 채 손목에 작은 기계 장치가 달린 팔을 늘어뜨린 랜들을 쳐다본 순간, 화살에 발라진 뭔지 모를 약물이 곧 효과를 발휘할 거라고 생각했다. 그리고 효과는 즉시 일어났다. 제이크를 공격한 사람은 틀림없는 랜들이었다. 랜들은 몸 매무새를 가다듬은 뒤, 고양이처럼 날렵하게 뛰어내렸다.

랜들이 착지하는 순간, 로즈메리는 몸을 돌리며 새로운 적을 향해 잽싸게 권총의 총구를 틀었다.

"적절한 도움은 돈 값을 하는 법이지."

이선은 부드러운 목소리로 말하며 로즈메리의 권총을 향해 돌진했다.

제이크는 땅에 쓰러졌다. 그는 흐려지는 눈으로 위를 쳐다보았다. 랜들이 자세를 가다듬은 뒤 이선을 돕기 위해 달려오고 있었다. 의식이 흐려지는 가운데 두 가지 생각이 들었다.

첫 번째 생각은 제이크 자신의 생각이었다.

'우와, 내가 육십오 세가 되어도 저렇게 잘 움직일 수 있다면 좋겠어.'

두 번째 생각은 자마라의 생각이었다.

'제이크, 비켜 봐.'

제이크는 자마라의 말에 따랐다.

자마라는 제이크의 전두엽을 차지했다. 이곳에서의 첫 번째 밤에 와인을 너무 많이 마셨을 때 해줬던 것처럼, 자마라는 순식간에 제이크의 몸에서 약 기운을 몰아냈다. 그러자 제이크의 시야가 밝아졌다. 랜들은 제이크의 몸을 밟기 직전 거리까지 와 있었다. 자마라는 바로 피한 다음, 랜들의 다리를 잡아 당겼다. 랜들은 발을 헛디뎌 넘어질 뻔했지만, 가까스로 균형을 잡고 잽싸게 몸을 비틀어 자마라의 손에서 벗어났다. 자마라는 발……제이크의 발로 땅을 딛고 일어났다. 다시 제이크의 몸을 마음대로 조종할 수 있게 된 자마라는 프로토스의 몸보다 훨씬 짧고, 독특한 균형감을 가진 인간 남성의 몸에 신속히 적응하지 않으면 안 되었다. 다른 사람의 몸을 조종하는 일은 마치 잘 맞지 않는 옷을 입는 것만큼이나 어색했다. 자마라는 어린 시절부터 익혀온 공격 자세를 취했다. 앞뒤로 가볍게 움직이면서 무게 중심을 지면 가까이에 둔 채 팔을 뻗어 균형을 맞춘 다음 긴장한 상태로 조용히 공격할 준비를 갖췄다.

랜들의 하늘색 눈에는 아주 약간의 놀라움만이 담겨 있었다. 그러더니 재미있어 하며 입술을 기이하게 움직였다. 랜들도 격투 자세를 취했고, 마치 춤을 추듯이 가볍게 스텝을 밟아 움직였다. 자마라는 매우 편안하고 유연한 랜들의 움직임을 보고 그가 무술의 고수라는 점을 바로 알아차렸다. 조금 전에 쓰러뜨린 경비병들도 분명 특등 사수들이었지만, 랜들에게는 총 같은 물건들이 필요 없었다. 랜들은 첫 공격에서 소형 독화살을 사용했다. 혹여 독화살이 빗나가더라도, 맨손으로 상대를 죽일 수 있다는 것쯤은 자마라도 알아챘다. 물론 늙은 랜들에게 젊은이들만큼의 힘은 없을지라도, 그는 분명 사십여 년 간의 경험을 갖춘 숙련된 암살자였다.

자마라의 머릿속에 이 모든 생각이 스쳐가는 데는 찰나의 시간만이 필요했다. 바로 그 직후 랜들은 오른쪽 주먹으로 그녀를 속인 뒤, 놀라운 속도로 왼쪽 주먹을 내질렀다.

하지만 랜들의 주먹은 허공을 갈랐다. 자마라는 위로 뛰어오른 다음, 한 바퀴 멋진 원을 그리며 착지했다. 그러고는 바로 랜들을 걷어차서 균형을 잃게 만든 뒤 앞으로 끌어당겼다.

랜들은 신음소리를 내지르며 땅바닥에 처박혔다. 뭔가 부러지는 소리가 자마라의 귀에 들렸다. 그래도 랜들은 일어섰다. 볼에 난 상처에서 피가 흘렀다. 랜들은 눈을 가늘게 뜨며 입을 열었다.

"교수님, 항상 놀라게 하시네요."

랜들의 시선을 보니, 다시는 자마라를 우습게 여기지 않을 거라는 점을 알 수 있었다. 그리고 아니나 다를까, 말을 마치기도 전에 랜들은 매우 신속하게 몸을 튕겨 날아왔다. 자마라는 가까스로 몸을 피했고, 눈을 빛내며 마치 장마철 빗줄기처럼 계속 날려대는 랜들의 주먹으로부터 연약한 인간의 얼굴을 지킬 수 있었다. 자마라는 제이크의 몸이 지쳐가는 게 느껴졌다. 인간의 근육은 프로토스의 움직임에 익숙하지 않았고, 자마라의 지시에 반발하고 있었다.

랜들의 실력은 너무 좋았다. 힘도 꽤 좋았고, 맨손 격투기 훈련도 꽤 잘 되어 있었다. 자마라는 그런 적에 맞서서 움직이는 것조차 익숙지 않은 인간의 몸을 끌고 계속 버텨내고 있었다. 자마라가 할 수 있는 것은 랜들의 공격을 막는 것뿐이었다. 팔이 쑤시고 아파와 공격을 할 수 없었다. 자마라는 자신이 밀리는 것을 느꼈다. 랜들은 자마라를 제멋대로 가지고 놀고 있었다. 랜들은 자마라를 죽이러 다가왔다.

자마라의 머릿속에 묘수가 떠올랐다. 하지만 자마라는 그렇게 하길 원치 않았고, 여건이 된다고 해도 확신할 수 없었다. 제이크는 프로토스의 기억을 가지고 있었다. 제이크의 두뇌는 재배열되었다. 하지만 그 방법을 사용한다면, 제이크의 두뇌 기능이 마비될 수 있었고, 심지어 뇌 손상을 일으킬 수도 있었다. 하지만 자마라에게 선택의 여지란 없었다.

자마라는 뒤로 물러서는 대신 앞으로 몸을 내밀었다. 이런 움직임을 예상하지 못했던 랜들은 잠시나마 몸의 균형을 조금 잃었다. 바로 자마라가 찾던 기회였다. 그녀는 뛰어올라 랜들을 세게 걷어찼고, 재빨리 뒤로 움직였다. 그리고 아주 잠깐 동안 양손을 굳게 마주잡았다.

자마라가 양손을 뗐다. 빛나는 파란 에너지가 양손바닥 사이에 떠 있었다.

제이크에게도 그 빛이 보였다.

'우와! 저게 뭐지?'

랜들의 푸른 눈이 커졌다.

한참 동안 두 사람은 서로 마주보며 서 있었다. 에너지 덩어리는 빙글빙글 맴돌았고, 괴상한 빛이 드리워져 제이크의 모습이 또렷하게 드러났다. 두 명의 투사는 피와 땀을 흘렸고, 타박상을 입었다. 둘 다 숨을 거칠게 쉬고 있었다. 그리고 누구도 물러서려 하지 않았다.

랜들이 먼저 공격해왔다.

그러자 에너지 덩어리가 폭발했다. 수백 개의 파편이 분출되었고, 각각의 파편은 칼날처럼 자마라의 적에게 날아가 꽂혔다. 천 마리의 화난 꿀벌

들이 윙윙대는 듯한 소리가 주위를 채웠고, 사이오닉 에너지를 얻어맞은 랜들은 숨을 헐떡였다. 빛나는 파란 파편들이 피부를 그슬리고, 산성 물질처럼 피부 속으로 파고들자 랜들은 고통스러워하며 몸을 동그랗게 구부렸다. 자마라는 에너지 공을 두 개 더 만들어서 랜들의 가슴을 겨냥해서 던졌다.

랜들은 털썩 무릎을 꿇었다. 자마라는 그를 뛰어넘어 가볍게 착지한 다음 몸을 틀었고, 손가락을 벌렸다. 그녀는 손가락 끝에서 더 많은 사이오닉 에너지를 만들어냈다.

랜들은 자마라를 보려고 몸을 뒤튼 상태로 쓰러졌다. 자마라는 살이 타는 냄새를 맡을 수 있었다. 자마라는 필요할 경우 또 공격할 준비를 한 채 서 있었다.

랜들은 팔꿈치로 땅을 짚고 어떻게든 몸을 일으키려고 했다. 잠시 동안 둘은 서로의 눈을 바라보았다. 랜들은 자마라를 보며 무슨 일이 일어났는지 알아차렸다. 자마라도 그것을 알 수 있었다. 랜들의 입에서 걸쭉한 붉은 피가 흘렀고, 턱을 타고 바닥에 떨어졌다.

랜들은 미소를 지었다. 마치…… 기쁜 듯 보였다. 랜들은 상대방에게 경의를 표하며 고개를 살짝 끄덕였다.

자마라는 에너지를 서서히 없앴다. 윙윙대는 소리도 사라졌다. 숨이 끊어진 필립 랜들이 돌바닥 위에 쓰러지자 자마라도 팔을 내렸다.

• • •

이선은 실력이 뛰어났다.

그러나 이번에는 로즈메리의 실력이 더욱 뛰어났다.

이선은 팔에 난 총상으로 인해 애를 먹었다. 그는 로즈메리의 정신이 분

산되자 소총을 향해 손을 뻗었다. 소총을 움켜잡으려던 순간, 로즈메리가 무릎으로 이선의 사타구니를 가격했다. 하지만 예상했던 움직임이었다. 이선은 소리를 지르며 소총의 개머리판으로 로즈메리의 무릎을 내리쳤고, 로즈메리는 고통에 찬 비명을 질렀다. 로즈메리는 이를 악물고 발로 이선의 발등을 밟은 다음, 이선의 다리에 자신의 다리를 걸어 잡아당겼다. 동시에 로즈메리는 소총에서 손을 떼고, 그 손으로 이선의 팔에 난 총상을 찾아서 온 힘을 다해 짓눌렀다.

이선은 있는 힘껏 비명을 질렀고, 쓰러지기 시작했다. 그는 본능적으로 쓰러지지 않기 위해 무기를 버렸다. 이선은 어깨부터 쓰러진 뒤 구르려고 했지만, 로즈메리가 그럴 기회조차 주지 않았다. 로즈메리는 소총을 굳게 쥐었고, 개머리판으로 이선의 명치를 강타했다. 이선은 몸을 공처럼 동그랗게 말았고, 고통으로 몸부림치며 물 밖으로 끌려나온 고기처럼 헐떡였다.

로즈메리는 제이크를 돕기 위해 몸을 돌렸다. 그리고 살짝 헐떡이며 누워 있는 랜들을 옆에서 지켜보고 있는 제이크를 보고 눈을 깜박였다.

• • •

자마라가 제이크에게 마음의 통제권을 내주자, 제이크는 떨기 시작했다.

'이런 세상에, 사람을 죽였어요. 내가 사람을 죽였다고요.'

"세상에, 제이크!"

로즈메리의 목소리에는 경의가 깃들어 있었다. 제이크는 고통스러워하며 로즈메리를 쳐다보았다. 로즈메리는 끙끙거리며 쓰러진 이선을 감시하고 있었다. 로즈메리의 머리칼은 격투에도 불구하고 조금밖에 헝클어지지 않았다. 로즈메리는 다시 소총을 잡았다. 예전에 연인에게서 배운 그대로 싸웠을 뿐이었다. 로즈메리는 이선을 내려다보았다. 그러고는 이선을 발끝으로 밀치며 말했다.

"일어나."

제이크는 시야 한편에서 움직임을 포착했다. 그는 고개를 돌렸고, 관제소에서 입을 딱 벌린 채 자신을 바라보고 있는 경비병을 보았다. 둘의 눈이 마주치자, 통통한 몸매에서는 도저히 나올 법하지 않은 빠른 동작으로 경비병이 책상 밑으로 숨어들어갔다.

로즈메리는 제이크의 시선을 따라갔다. 그녀는 욕설을 내뱉었고, 관제소를 향해 총을 쐈다. 관제소의 창문이 와장창 깨졌다.

"시간이 좀 걸리긴 했지만, 많이 지체되지는 않았어요. 어서 저쪽으로 가요."

로즈메리는 첫 번째 우주선을 가리켰다. 이선은 그쪽으로 움직이기 시작했다.

"서둘러, 이 망할 놈아."

로즈메리가 으르렁대자 이선이 종종걸음으로 속도를 냈다. 로즈메리가 얼굴을 찡그렸다. 제이크는 로즈메리가 걷는 속도는 유지하고 있었지만 한쪽 다리를 절뚝거리고 있다는 사실을 눈치챘다. 로즈메리가 제이크에게 말했다.

"이선과 최대한 가까이 있어요. 그래야 저격수들이 오더라도 이선을 쏠지도 모른다는 생각에 우리를 향해 사격하지 못할 테니까요."

로즈메리는 우주선으로 들어가는 탑승교에 제이크를 먼저 들여보냈다.

"안전벨트를 꽉 매세요……. 거친 이륙이 될 테니까."

제이크는 고개를 끄덕였지만, 우주선의 출입구에서 멈춰 섰다. 그러고는 탑승교에 선 이선을 되돌아보았다. 이선은 격투 끝에 패배해 한층 흉한 몰골이 되었다. 얼굴은 피범벅이었고, 팔에 난 총상도 다시 벌어졌다. 게다가 몸의 균형을 잡는 데만도 엄청난 힘이 필요했다.

"아무래도 이선을 데려가야 할 것 같아요."

제이크가 다른 방법이 있기를 바라며 말했다.

"이곳에 놔두면 발레리안이 그를 죽일 거예요."

우주선에 오른 로즈메리가 제이크의 옆에 섰다. 그러고는 깊은 생각에 잠긴 채 이선을 보다가 고개를 저었다.

"아니요. 발레리안은 그를 죽이지 못해요. 내가 죽일 테니까."

그리고 로즈메리는 이선을 향해 총을 쐈다.

빳빳하게 풀을 먹인 이선의 새하얀 셔츠 위에 커다란 꽃송이 같은 핏자국이 피어났다. 이선은 경악한 채 멍하니 옛 연인을 바라보다가 천천히 탑승교 아래로 떨어졌다. 이선의 몸은 돌바닥에 둔탁한 소리를 내며 떨어졌다. 로즈메리가 버튼을 눌렀다. 문이 닫히면서 탑승교가 치워졌다. 로즈메리는 조종석에 앉아 안전벨트를 맸고, 장치를 조작하기 시작했다.

제이크는 로즈메리를 응시했다. 로즈메리도 제이크를 쳐다보았다. 약간 짜증이 난 듯 그녀가 이맛살을 찌푸렸다.

"안전벨트를 하라고 말씀드렸는데요."

"젠장, 로즈메리, 어쩜 그리도 냉정하게 사람을 죽일 수 있어요?"

로즈메리는 다시 하던 일로 돌아갔다.

"해야 할 일을 했을 뿐이에요. 이선을 살려두었다면, 발레리안과 함께 우주 끝까지 우리를 쫓아왔을 거예요."

'로즈메리의 말은 틀림없어.'

자마라도 말했다.

'이선은 지독한 추적자야. 이선의 죽음은 나의 사명을 위한 거야.'

제이크는 매섭게 받아쳤다.

'당신의 사명 때문에 너무나 많은 사람이 죽었어요. 너무나 많은 사람들이 죽었다고요.'

'유감스런 일이야. 하지만 어쩔 수 없었어. 자네도 곧 이해하게 될 거야.'

제이크는 자마라만큼 확신이 서지 않았다.

우주선이 추력을 높여가자 희미하게 윙윙거리는 소리가 났다. 자신의 몸이 매우 약해졌다고 느낀 제이크는 의자에 비틀거리며 앉았다. 그리고 자마라가 약물이나 독의 효력을 크게 낮출 수는 있지만, 몸에서 완전히 제거하지 못한다는 점을 알아챘다. 제이크는 몸을 덜덜 떨며 고개를 유리창에 기댔다. 유리창이 깨진 작은 관제소와 그 속에 있는 겁에 질린 경비병이 보였다. 제이크가 보고 있자니, 경비병은 안전한 책상 밑에서 위로 손을 뻗어 뭔가를 더듬더듬 찾다가 버튼 하나를 눌렀다. 그러자 클랙슨이 소리를 질러대기 시작했다.

"멋지군."

로즈메리가 중얼거렸다. 제이크는 갑자기 무거워진 머리로 조종석을 보았다. 로즈메리가 우주선의 선수를 푸른 하늘로 겨누고 있었다. 나가기만 하면 자유가 보장되었다. 그러나 뭔가 이상했다. 제이크는 눈을 깜박였다. 이제는 죽은 랜들이 그에게 뭔가를 주입해서 생긴 영향이 아닐까 걱정되었다. 하지만 그렇지 않았다. 저건…….

"로즈메리, 역장이에요!"

로즈메리는 코웃음을 쳤고, 우주선을 좌측으로 살짝 움직였다.

"제이크, 어딜 가더라도 항상 옳은 방법을 알아내는군요?"

제이크는 중얼거렸다.

"무슨 말이오?"

"역장의 제어 장치는 이 우주선 안에 있어요."

로즈메리는 측면에 붙어 있는 금속제의 큰 회색 계기판을 살핀 다음, 버튼을 눌렀다. 그러자 역장이 폭발했다. 로즈메리는 함성을 지른 뒤, 우주선의 선수를 푸른 하늘로 돌렸다.

제이크의 위장이 순식간에 납작하게 쪼그라들었다. 제이크는 몸 상태가 최상일 때에도 비행을 즐기지 않았다. 그리고 지금은 몸 상태가 최상이 아니었다. 로즈메리가 놀라운 속도로 위로 치솟는 작은 우주선의 방향을 제어하는 동안, 제이크는 점심 먹은 것을 게워내지 않으려 애썼다.

몸 안에 약이 퍼져가는 것을 더는 막을 수 없었다. 제이크는 눈을 감고 머리를 뒤로 기댔다. 수많은 기억들이 파도처럼 몰려왔다. 제이크는 의식을 잃기 전, 흐릿한 정신으로 그 이유를…… 궁금해 했다. 제이크의 두뇌의 이해 속도가 드디어, 드디어 엄청난 속도로 높아졌거나, 아니면 너무 늦기 전에 템라와 사바산의 마지막 이야기를 제이크에게 전해야 했기 때문이리라…….

제25장

사바산이 변했다. 사바산은 언제나 다른 프로토스들을 당혹스럽게 만들었다. 그랬던 사바산이 제이크와 함께 돌아온 후로는 더욱더 이해할 수 없는 존재가 되었다. 사바산이 전하고자 하는 바를 제이크가 이해하는 데는 오랜 시간이 걸렸고, 쉘락 부족 전체가 이해하는 데는 더욱 오랜 시간이 걸렸다. 그러나 사바산의 고집은 대단했다.

우선 사바산은 수정에 대해 이야기했다. 사바산과 제이크는 수정을 만지는 방법, 합일을 준비하는 법, 자아를 버리고 깨닫지 못하는 사이에 자신을 휩쓸고 지나가는 파도 속에 실려 오는 타인의 인격을 얻는 법에 대해 이야기했다. 사바산은 쉘락 부족민들이 하나둘씩 크고 아름답고 심원한 지경으로 발을 들여놓는 모습을 자부심 넘치는 시선으로 바라보았다. 부족민들은 수정의 작동 방법을, 서로 협력하는 방법을 알게 되었다. 그 체험을 통해 부족민 간의 결속력은 더욱 강해졌다.

그러나 사바산은 만족하지 않았다……. 아직은…….

• • •

로즈메리는 어깨 너머로 재빨리 제이크를 응시했다. 제이크는 완전히 정신을 잃고 있었다. 그들에게는 차라리 잘 된 일일지 몰랐다.

다행히도, 이선은 한 대의 시스템 러너를 가지고 있었다. 이 땅딸막하고 못생긴 우주선은 크기와 엔진 추력으로 볼 때 차원 도약을 실시할 수 있는 유일한 비행선이었다. 이 배는 암시장 상인들이 매우 좋아했다. 운용에 많은 승무원들이 필요 없고, 공간이 넉넉해서 화물을 적재하기에도 좋고, 쉽게 추적을 따돌릴 수 있기 때문이었다. 유감스럽게도 로즈메리가 좋아하는 망령 전투기나 기타 전투기 수준의 화력은 없었지만, 지금은 전투에서 이기는 능력보다 도망치는 능력이 더욱 중요했다. 이선은 망령 전투기를 두 대나 갖고 있었다. 둘 다 정부에서 허용한 수준 이상으로 무장이 강화된 상태였다. 그런 전투기들이 지금 로즈메리를 쫓아오고 있었다. 그들의 공격이 명중할 때마다 시스템 러너는 크게 흔들렸다. 이선의 망령 전투기들은 강제 착륙시킬 수 있는 기회가 있는 동안 시스템 러너의 항해 능력을 없애려고 했다. 일단 우주로 나가기만 한다면, 도망칠 기회는 더 많아질 터였다. 상대의 목표도 로즈메리와 제이크를 생포하는 것이지, 공중에서 날려버리는 게 아니었다.

최소한 로즈메리는 발레리안이 원하는 게 뭔지를 확실히 알게 되었다. 이선의 부하들도 알고 있기를 바랄 뿐이었다…….

시스템 러너가 심하게 휘청거렸다. 로즈메리는 타는 냄새를 맡았다. 로즈메리는 욕을 퍼붓고는 안전벨트를 풀었고, 소화 스위치를 눌렀다. 전선과 플라스틱이 타는 매캐한 냄새가 소화용 포말의 불쾌한 화학약품 냄새와 뒤섞였다.

제이크는 여전히 자고 있었다.

• • •

"우리는…… 여기 들어갈 방법을 찾아야 하네."

사바산은 템라에게 말했다.

"새로운 질서를 확립할 방법을 말이지. 우리가 들어간 곳에서 이러한 합일을 찾아내는 데 필요한 지침이 반드시 있을 거야. 우리 모두가 더 나은, 더욱 순수한, 더욱 신성한 존재가 된다면 우리 종족 전체는 더욱 완전하고 강해질 거야. 우리가 애써 나아갈 바는 거기에 있네."

"하지만 다른 프로토스들을 어떻게 이곳으로 데려오지요? 그들에게 수정의 힘을 어떻게 납득시킵니까? 저는 솔직히 마을로 가서 우리와 함께 가자고 말할 엄두가 나지 않아요."

"자네는 그렇겠지. 하지만 나는 할 수 있다네."

• • •

"에잇, 망할……."

로즈메리는 컴퓨터 스크린에 여섯 개의 밝은 점이 나타나자 욕을 퍼부었다. 그 점들은 한 대의 발키리 미사일 호위함과 다섯 대의 망령 전투기를 의미했다. 언제 그랬는지는 모르겠지만, 발레리안은 분명 두 대 이상의 우주선을 보내서 과학자와 암살자를 데려오라고 지시한 게 분명했다. 발레리안은 똑똑한 점을 빼면 시체인 인물이었다. 발레리안이 보낸 민첩한 작은 우주선들이 점점 가까이 다가오고 있었다. 그들은 사격을 가하지 않았고, 이선의 우주선들도 더 이상 공격하지 않았다. 로즈메리는 그들이 무엇을 하려는지 눈치챘다. 로즈메리를 포위해서 차원 도약을 못하게 하려는 속셈이었다. 마치 한 무리의 늑대들에게 쫓기는 상처 입은 사슴이 도망치는 것처럼, 이들이 쳐놓은 덫에서 빠져나갈 곳을 찾아내기 위해 로즈메리의 손가락이 바쁘게 움직였다.

"씁쓸한 비유로군."

혼잣말로 중얼거린 로즈메리는 항해 경로 설정을 포기했다. 그녀는 콘솔을 확 내려쳤고, 그 위에 엎드렸다.

• • •

사바산은 자신의 계획을 아무에게도, 심지어 제이크에게도 알려주지 않았다. 떠오르는 태양이 자주색 밤하늘에 분홍색과 황금색 손가락을 뻗치던 새벽녘, 사바산은 부족민들을 모아놓았다. 그들은 각자 하나씩 수정을 고른 다음, 축축한 땅 위에 정중하게 세워 놓았다. 사바산은 그들의 얼굴을 차례차례 바라보았다.

"이제부터 할 일이 부디 프로토스 역사의 전환점으로 길이 기억되기를 바랍니다. 저는 젤나가와 만났습니다. 그 후 저는 제가 배운 것을 저희 부족민들과 나눠 왔습니다. 그러나 여기서 멈춰서는 안 됩니다. 앉으세요. 그리고 수정을 앞에 놓으십시오. 그리고 제가 무엇을 하라고 말을 하면, 눈을 감고 수정을 만지세요. 그리고 저 밖에 있는 다른 프로토스들에게 생각과 마음을 여십시오. 그들은 이것에 굶주려 있습니다……. 이런 것에 굶주리고 목말라하지만, 그들은 이런 게 존재하는지도 모르고 있습니다. 우리는 새로운 것을 만드는 게 아닙니다. 오래된 무언가를 발견하는 것입니다. 오래전에 잊었던 기억들을 다시 떠올리는 것입니다."

제이크의 몸이 떨렸다. 제이크는 스승 옆에 천천히 앉았다. 아직 수정을 만지지도 않았건만, 제이크는 이미 어느 정도 부족민들과 연결되어 그들의 걱정과 희망을 감지하고 있었다. 그들의 두려움도…….

"자, 이제 수정을 만지세요."

사바산의 말이 이어졌다.

"그리고 형제자매들을 부릅시다."

• • •

감각들이 밀려들어 오자 제이크는 숨이 턱 막혔다. 파도처럼 밀려오는 감각을 처리할 수 있도록 재배열된 제이크의 두뇌를 통해 감각들이 몰려와 제이크를 휩쓸고 지나갔다. 제이크는 그 힘과 속도를 전혀 억제할 수 없었다.

자마라는 제이크 안에서 노래를 부르고 있었다.

'제이콥 제퍼슨 램지, 이해할 수 있어?'

자마라는 제이크의 마음속에서, 제이크의 피 속에서, 제이크의 모든 세포 안에서 기뻐 춤추고 있었다.

'사바산은 우리가 끝없는 전쟁을 치르면서도 깨닫지 못한 것을 일깨워 줬어. 그 깨달음의 순간은 나를 통해 영원히 전해질 거야. 나는 계승자야. 나는 이제껏 살았던 모든 프로토스들의 기억을 가지고 있어. 이러한 지식을 가진 프로토스는 극소수에 불과해. 그리고 나는 그중의 한 명이지. 나의 의식이 제이콥…… 자네 안에서 살아 있는 한, 이 순간은 생생하게 기억될 거야. 그리고 내가 자네에게 이 순간을 전달했듯이 자네가 다른 사람에게 이 순간을 전달하게 되면서 다시금 재생될 거야. 자네는 우리가 했던 일들을 경험하고 있어. 우리 종족을 영원히 바꿔 놓은 합일, 그리고 그 순간. 이제 자네는 계승자가 되었어. 계승자는 신성한 지식을 보전하는 사람이야. 계승자가 있는 한 신성한 지식은 거기에 마주치는 모든 것을 변화시킬 수 있어.'

'그래요…… 알겠습니다…….'

그렇게 대답했지만, 제이크는 모두가 뒤섞여 하나가 된 광대한 바다에서 표류하고 있었다.

다정한 이미지들이 몰려왔다. 사바산이 동료 프로토스들을 부르자, 그들이 조심스럽게 다가왔다. 그들은 겁에 질리고 소극적이었지만, 자신들이 경험한 일에 대해서는 반박할 수 없었다.

신비주의자 사바산은 그들에게 자신이 배운 것을 알려주었다. 정신과 생각을 연결하는 방법, 에너지를 만들어 사용하는 방법, 생각을 집중하고 방향을 제어하는 방법, 타인을 존중하여 모두가 함께 조화롭게 살아가는 방법 등을 알려주었다. 프로토스는 아름답게 빛나는 하나의 정신을 거의 완성해가고 있었다.

"이렇게 질서가 세워지는군."

사바산이 말했다. 사바산, 그의 이름은 잊힐 테지만 자마라, 그리고 이제 제이크는 그 이름을 잊을 수 없었다. 사바산은 '질서를 가져온 자'로 불리게 되었다…….

'질서를 가져온 자를 우리말로는 '카스'라고 부르지. 오늘날, 우리는 사바산을 카스라고 부르고 있어. 우리는 카스를 숭배하고, 그의 기억을 소중히 여기고 있어. 카스는 우리를 질서의 체계인 칼라 아래 단결시켰어. 칼라는 우리말로 '상승의 길'이라는 뜻이야. 칼라 덕택에 우리는 끝없는 전쟁을 종결시킬 수 있었어. 칼라가 없었더라면, 우리가 떼어놓을 수 없는 운명 공동체라는 지식을 알지 못했다면, 우리는 진즉에 자멸했을지도 몰라.'

제이크는 프로토스 부족들이 서로를 향해 품었던 증오를 떠올렸다. 그리고 프로토스 부족들이 외부의 적이 아닌 같은 프로토스들에 의해 멸망으로 치닫던 일도 떠올렸다. 그리고 프로토스의 역사적 전환기에 제이크는 템라의 몸을 입고 동참하고 있었다. 눈에 눈물이 가득 고이자, 제이크는 눈물을 닦아냈다.

'이 순간 마음이 동요했다고 부끄러워할 필요는 없어. 오히려 자네 마음이 동요하지 않았다면 난 실패한 셈이니까.'

'이건 치유예요……. 이건…….'

비록 마음속 연결을 통해서긴 하지만, 제이크는 이를 통해 아주 오래전에 살다 간 수천의 프로토스들과 하나가 되었다. 제이크는 그가 있는 곳이 그 자신의 시대임을 알았다. 그리고 그는 현실적으로 엄청난 위험에 빠져 있었다. 제이크의 체험이 제이크를 부르고 있었다. 제이크는 떠나고 싶지 않았다. 그러나 제이크의 머릿속에서 어떤 생각이 자라나고 있었다.

이 순간, 프로토스들은 맨손으로 서로를 살육하던 짓을 멈추었다. 이로써 프로토스들은 멸망을 면했다. 그것은 과연 어떤 영향을 미칠 것인가…….

'제이콥…… 이건 자네 종족을 위한 게 아니야…….'

'그게 아닐 수도 있어요…….'

놀란 자마라가 끼어들기도 전에, 제이크는 생각을 해냈다. 그리고 생각 속에서 그것은 이루어졌다.

로즈메리 달은 얼어붙었다. 그녀는 자신에게 밀어닥친 일들에 항복하는 것 말고는 아무것도 할 수 없었다……. 발키리 미사일 호위함 앵글리아호의 함장도…… 처음으로 먼 우주 임무를 나가는 그 배의 정비사들도…… 엘리사도, 스티브도, 우주선 발사장에 있던 겁먹은 경비병도, 이선과 발레리안을 위해 일하는 그 어느 누구도 마찬가지였다.

그것들은 아프고 눈부셨지만 사람들을 정화시켰다. 인간 본연의 정신은 유한하고, 그 정신이 이해할 수 있는 분량은 애처로울 만큼 작았다. 그러나 이제 그들의 정신의 한계는 태생적인 한계를 뛰어넘어 훨씬 크게 확장되었다.

우리는.

이제.

하나다.

로즈메리는 자신의 가슴에서 박동하는 테드 삼사의 심장 박동을 느꼈다. 엘리사 하퍼의 첫 키스도 경험했다. 스티브 오툴의 첫 살인의 추억. 한 입 베어 물었던 아이스크림의 맛. 사랑스런 강아지의 짖는 소리. 갓난아이의 울음소리. 갓난아기의 살에서 나는 냄새. 수백 명의 사람들이 머릿속에 담아두었던 기억과 품었던 감정, 느꼈던 감각이 모두 로즈메리의 마음속에서 노래를 불렀다. 그들을 웃게 했던 기쁨들은 이제 로즈메리의 기쁨이었다. 그들을 아프게 했던 슬픔들 역시도 이제 로즈메리의 슬픔이었다. 아픔, 경멸, 웃음, 궁금함, 지루함. 인생을 만들고, 개성을 이루고, 자아를 만들어가는 그 모든 것이 홍수처럼 로즈메리에게 쏟아져 들어왔다. 로즈메리는 자신이 타인의 인생을 느꼈던 그 순간, 타인들도 자신의 인생을 느꼈음을 깨달았다.

사람들은 누군가를 미워하고, 두려워하고, 편견에 찬 눈으로 보는 까닭에 로즈메리가 느낀 감정들 중에는 미움과 공포, 편견도 있었다. 하지만 이 연대, 이 유대, 이 깊고 깊은 합일의 도가니에 들어온 다른 사람에게 그런 감정을 품기란 불가능했다. 어찌 상대방의 오른손을 미워할 수 있겠는가? 이제 상대방의 손은 나의 손이었다. 어찌 상대방의 왼쪽 눈을 미워할 수 있겠는가? 상대방의 눈은 나의 눈이 되었다.

시간의 흐름이 멈춰버린 듯한, 누구도 경험해 본 적이 없던 환희에 찬 합일의 순간에 앵글리아호의 함장은 차마 공격 명령을 내릴 수 없었다. 로즈메리 역시 도약 좌표를 입력할 수 없었다.

우주선들은 표류했다. 그리고 합일의 순간은 계속 이어졌다.

• • •

제이크는 차마 형언할 수 없는 합일과 평화, 감각 속을 표류하며 계속 머물러 있기만을 간절히 바랐다. 그러나 제이크는 천천히 거기에서 빠져나와 자신이 속한 현실을 향해 떠올랐다. 제이크는 눈을 깜박였다. 자신의 얼굴이 흘린 눈물로 축축한 걸 알고도 놀라지 않았다. 혼자가 된 제이크는 공허하고 두려웠다.

제이크는 안전벨트를 풀고 로즈메리에게 다가갔다. 크게 뜬 로즈메리의 눈은 멍했다. 로즈메리의 입술이 살짝 움직이고 있었다. 로즈메리의 얼굴에는 아이 같은 순진한 기쁨이 드러나 있었다. 제이크는 이런 자신을 혐오하며 로즈메리의 마음속을 살펴보았다. 도약하는 방법을 알아내려면 로즈메리의 마음속을 읽어야만 했다. 제이크는 이 순간 맞물려 있는 수많은 마음들을 꼼꼼하게 살폈다. 그리고 합일의 영광스러운 태피스트리에 섞인, 로즈메리 달의 빛나고 눈부신 실을 찾아냈다.

"오, 이런"

제이크는 부드럽게 숨을 들이켰다. 그는 로즈메리가 받은 고통과 충격, 강렬하고 지독한 외로움, 괴로움, 실망을 느꼈다. 잔혹함과 더러움, 끔찍한 폭력으로 가득한 로즈메리의 일생이 주마등처럼 스쳐 지나갔다. 하지만 그녀의 삶 속에는 강하고 진실하며 힘차게 고동치는 결단과 용기, 의지도 있었다.

자마라가 로즈메리를 느낀 것은 바로 그때였다. 자마라는 로즈메리의 상처 받은 영혼이 스스로를 보호하기 위해 쳐놓은 담장 안으로 뛰어들었다. 자마라는 암살자 로즈메리 속에서 여자 로즈메리를 발견했다. 그리고 로즈메리를 가치 있는 사람이라고 생각했다. 예전에 제이크의 눈에 보인 로즈메리는 냉정한 암살자일 뿐이었다. 목표를 이루기 위해서는 수단과 방법을 가리지 않는 사람일 뿐이었다. 하지만 이제 제이크는 로즈메리의 본 모습을 볼 수 있었고, 로즈메리의 감정을 느낄 수 있었다. 그리고…….

제이크는 몸을 굽히고 로즈메리의 이마에 키스했다. 이성에 대한 정열적인 키스가 아닌, 아이에게 하는 것 같은 부드러운 키스였다.

로즈메리의 과거가 어떻건 제이크는 결코 로즈메리 달을 미워할 수 없었다.

이제 그는 감정적 연결에서 벗어나 정보를 검색했다. 로즈메리는 운명에 순전히 모든 것을 맡길 작정이었다. 도약을 할 경우 어디로 가게 될지 알 방법은 없었다. 멀쩡한 상태로 간다는 보장도 없었다. 제이크는 성간여행에 대해 그리 많이 알고 있지 못했다. 하지만 도약을 할 때 각별한 주의를 기울여 정밀하게 실시하지 않으면 다음 네 가지 결과 중 하나로 끝난다는 것 정도는 알고 있었다. 1) 사망한다, 2) 가고자 하는 곳에서 너무 멀리 떨어져 다시는 돌아올 수 없다, 3) 1), 2)번 모두의 경우가 발생한다.

원하는 정보를 찾아낸 제이크는 콘솔 위로 몸을 굽히고 정보를 입력했고…… 버튼을 누르기 전에 망설였다. 이래봤자 효과가 없을 가능성도 무시할 수 없었다. 그리고 제이크는 알아야 할 게 있으면 항상 호기심을 주체할 수 없었다.

'자마라?'

'응, 제이콥?'

'합일은 프로토스를 변화시켰어요. 우리에게는 어떤 효과가 있을까요?'

'합일의 순간은 우리 종족 이외에 다른 종족을 위한 것이 절대 아니었어. 칼라는 우리 프로토스의 것이지, 너희 테란의 것이 아니야. 그리고 장난감이 아니라 신성한 물건이야.'

자마라는 제이크에게 화가 났지만, 그 성과에 대해서는 반박할 수 없었다. 최소한 초기의 성과에 대해서는 말이다. 제이크는 자마라의 화가 누그러지는 것을 느꼈다.

'이번에는 자네가 현명한 선택을 했다는 걸…… 인정해야겠군. 솔직히 말할게, 제이콥. 나는 이것으로 자네 종족에게 무슨 일이 일어날지 몰라. 자네 종족은…… 진정한 의미를 깨닫기에는 아직 어려. 아마 합일을 체험한 사람들도 대부분은 이 체험의 의미를 과소평가할거야. 한 순간의 공상 정도로 치부하고 잊어버리겠지.'

'하지만…… 모든 사람들이 그럴까요?'

'그래, 모든 사람들이 그런 건 아니야.'

제이크는 이 소중한 체험을 간직한 채 살아갈 자신이 있었다.

제이크는 버튼을 눌렀다.

「스타크래프트 암흑 기사단」은
제2부『그림자 사냥꾼』에서 계속됩니다.